INGRID ELFBERG
TILLS DÖDEN SKILJER OSS ÅT

KABUSA BÖCKER

På Kabusa Böcker har tidigare utkommit:
Gud som haver (2009)

Till min syster Kerstin.

Tills döden skiljer oss åt

© Ingrid Elfberg 2013
Omslag och grafisk form Anna Henriksson
Omslagsfoto iStockphoto/iconogenic
Första upplagan Kabusa Böcker 2013
Första pocketupplagan Kabusa Böcker 2014
Tryck ScandBook, Falun 2014
ISBN 978 91 7355 352 0

www.kabusabocker.se

"I rymden kan ingen höra dig skrika."

Alien. Dan O'Bannon och Ronald Shusett

1.

Erika såg på sin man, den breda ryggen vid köksbänken, ryggmusklernas små rörelser under skjorttyget. Hon klev några steg in över tröskeln men blev stående, stilla och andlös. Golvbrädornas släta lackade yta var kall under fotsulorna och huden på hennes ben knottrade sig. Hunden kom på snabba förväntansfulla tassar, slingrade sin varma silkesmjuka kropp mot hennes ben och viftade på svansen.

Hon slätade till klänningen längs sidorna, drog lite i tyget för att få den bättre på plats och rätade upp axlarna. Han stod vid ismaskinen, det blå skenet från maskinen föll ut på golvet mellan hans ben, det rasslade av dom kantiga isbitarna när dom landade i glaset.

Göran kände hennes närvaro och hon vände bort blicken precis innan han hann se på henne. Det var som att balansera på en spänd lina, där ett enda felsteg var ett kliv ut i avgrunden. Inte andas högt, inte prassla med klänningen, inte säga något om att han hällde upp ännu en drink. Inte säga något alls.

"Är du klar, eller?"

Göran gav Erika en skarp blick över glaset, sen ett belåtet leende.

"Så djävla snygg du är då. Kom här gumman min!"

Han sträckte ut den fria armen mot henne, hon gick tyst fram och gled automatiskt in i den stora breda famnen, hans hårda överarm slöt runt henne, värmen från hans kropp het och fuktigt nyduschad genom skjorttyget. Erika la försiktigt kinden mot hans bröstmuskel, kände dom tunga regelbundna hjärtslagen, doften av tvål och tvättmedel, parfym. Göran brummade belåtet, smekte henne över stjärten och samlade upp klänningstyget tills han nådde den bara huden under. Hans fingrar var heta och lite sträva. Hon rös.

"Vi har ju inte så in i helvete bråttom, fint folk kommer ju alltid sent. Eller?" spann han belåtet. Erika andades ljudlöst med öppen mun mot hans bröst.

"Är klänningen ny förresten? Har du plundrat min plånbok nu igen", retades han. Dom varma fingrarna knådade Erikas skinkor, hon blundade, käkmusklerna spände.

"Det är väl inte Martin du klär upp dig för?"

Göran sköt henne ifrån sig, dom intensivt blå ögonen hade fått ett smalt vasst drag under den simmiga ytan av alkohol. Erika svalde hårt och ofrivilligt. Hon kunde känna odjuret röra sig, monstret som bodde djupt inne i Görans kropp, hur det slog med sin taggiga stjärt och snabbt kom upp mot ytan, kamouflerat under det oskyldigt blå i hans ögon.

"Göran, snälla ...", mumlade hon, försökte göra sig stadig men samtidigt hålla rösten liten och snäll. "Vi är sena älskling. Och jag är hungrig. Är inte du det?" Rösten hade krympt till inget alls.

Hon såg upp på sin man, den blonde vikingen som fått henne att falla, precis så som hon varnat sina väninnor att göra. Handlöst, utan en tanke, bedövad av passion. Den vackraste man hon sett i verkligheten. Så hade hon beskrivit honom. Görans ögon mörknade, allt ljus sögs in i pupillerna medan greppet runt hennes armar hårdnade.

"Snacka inte om mat igen, Erika." Göran skrattade torrt och pressade henne bakåt mot hallen. "Du borde träna lite mer, apropå det. Vi börjar med ett litet träningspass i sänghalmen, gumman min."

Erika snubblade bakåt över tröskeln, ut i hallen. Ljudet av hennes bara fötter mot plankgolvet lät som blöta plask när hon föstes bakåt av Göran. Hunden gled som en skugga genom hallen bort till sin korg i vardagsrummet.

Hon slog hälen i tröskeln in till sovrummet, snubblade till och rasade baklänges ner i dubbelsängen med Görans massiva kropp ovanpå. Hon avvärjde en kort stund kyssarna på halsen och händerna som trasslade med klänningstyget, innan insikten kom som ett slag i magen. Hon hade klivit vid sidan av linan. Odjuret hade väckts till liv av hennes oförsiktighet.

Att hon inte hade sett det därinne, under den manliga tryggheten. Det hade så klart funnits där, redan från början. Varför hade hon inte varit mera uppmärksam, lyssnat till sitt sjätte sinne, lagt ihop dom små subtila signalerna. För dom hade hon noterat, som små stickiga nyp av oro, men valt att inte se, inte ta in. Och varför försvann all hennes kraft, allt det hon egentligen var, borde vara.

Göran grep om hennes underarmar och pressade ner dom i madrassen, tyngde ner henne med sin breda bröstkorg och väntade tills hon mjuknade och slutade göra motstånd. Med ena handen grep han om hennes ansikte, dom starka fingrarna grävde sig in i kinderna. Han tryckte sina läppar mot hennes och penetrerade hennes mun med sin tunga. Erika kved in i hans mun, fick inte luft men släppte allt motstånd, lät honom böja och bryta, gripa i köttet med hårda fingrar medan hon kände hans flåsande alkoholtjocka andedräkt, lukten av kön och adrenalin. Hon blundade hårt och lät själen glida undan, så djupt ner som möjligt, undan odjuret.

Erika öppnade mödosamt ögonen. Huset var tyst och mörkt. Knallar, kemiska tjut och glada röster utanför på gatan avslöjade att tolvslaget närmade sig. Erika låg hoprullad mot garderoben med bara behån på, andades så tyst hon kunde och lyssnade. Inte ett ljud i dom mörka rummen.

Göran hade gått. Till festen? Där beklagade han sig säkert: "Ni vet Erika, alltid är det nåt tjafs. Och så den där förbannade huvudvärken titt som oftast." Missnöjd med att inte få visa upp henne och samtidigt lika nöjd med att hon inte var med och kunde dra till sig andra mäns blickar. Hon började försiktigt räta ut sin stela kropp, andningen blev ansträngd och kom i korta smärtsamma stötar. Hon frös, reste sig mödosamt mot garderobens spegeldörr och såg blånaderna som skiftade i mörkrött och lila över bröstet och överarmarna, sträckte på halsen, såg avtrycken av hans fingrar, vänsterhanden brann av smärta, andetagen högg.

Med höger hand rafsade hon snabbt ihop lite kläder i en ryggsäck som hon lyckades dra ner från garderoben, körde in handen långt under tröjorna i garderobslådan och drog ut necessären som redan låg packad med tandborste, plåster, täckande kräm, extra plånbok, pass och linser.

Hon klädde sig klumpigt med en hand, svalde över smärtan och gråten som stramade i halsen. Efter några snabba blickar runt sovrummet, som för att bekräfta det hon redan gått igenom i sitt huvud så många gånger, klev hon ut i hallen. Det var märkligt tyst, inte en rörelse.

"Boss. Gubben? Var är du?"

Hon grep sin dunjacka, halsduken, handskarna, klev rakt i kängorna. Ett kort ögonblick blev hon stående framför deras bröllopsfoto som stod på byrån. Ett vackert par, ett stelfruset ögonblick, glittrande djupblå ögon och lyckliga leenden, solen som lyste upp deras blonda hår, vinden lekte i blommor och bröllopsklänningens tunna tyg. Dom såg ut som syskon. Samma färg på ögonen, samma leenden, ansiktsformen. Äktenskapstycke. Det hade alla sagt. Erika vände fotot ryggen, klev bort genom hallen och väste så högt hon tordes.

"Boss? Voffsingen. Vi ska gå nu. Kom! Var är du?"

Fan, hon hade inte tid med lekar nu. Han brukade inte sova så tungt, kom alltid så fort hon rörde sig, glad och ivrig. Just när hon skulle gå bort till vardagsrummet för att se ifall han passat på att tjuvligga i husses favoritfåtölj, såg hon. Kroken där hundkopplet brukade hänga spretade med tomma gripklor.

"Nej!" Rösten drunknade i kroppsvätskor. "Ditt satans djävla svin, din ..."

Erika rev bland halsdukar och jackor men kopplet hängde inte där. Hon vacklade till, torkade snoret med baksidan av handen, tog det inramade kortet av hunden från byrån och pressade ner det i ryggsäcken, gick sen hastigt genom hallen, ropade in i köket och vardagsrummet, men inte ett ljud, inte en rörelse. Erika gick ut, pressade igen dörren efter sig och låste. Hon gick snabbt ut genom grinden, runt hörnet, utan att kasta en blick bakåt.

Ormar av gnistrande vitt, metall och färg exploderade mot natthimlen medan hon gick med så hastiga steg hon klarade mot tunnelbanestationen. Hon önskade att hon stått på Mosebacke med hundens varma kropp tätt intill benen och blickat ut över staden och vattnet som speglade fyrverkerierna. Hon sänkte blicken och snubblade framåt med käkarna hårt sammanpressade mot smärtan som sköt ut från bröstet och armen vid varje andetag, varje steg.

2.

Erika klev av vid Mälarhöjdens tunnelbanestation. Det låg en fuktig rå kyla i luften, marken var täckt av ett decimetertjockt lager snö och mörkret utanför gatlyktornas disiga käglor var kompakt. Det var på väg att bli kallare. Hon snabbade på stegen, rundade gathörnet och hejdade sig intill en dunge med träd. Därifrån kunde hon se Lottas och Martins hus längre ner på gatan.

Ett stort trähus i gammal stil, byggt bara för några år sen. Gult med vita knutar, en bred glasveranda och snickrade krusiduller under takfoten. Det lyste från alla fönster och ett par marschaller flämtade intill grinden i den kalla vinden. Hon drog huvan över huvudet, gick med så avspända steg hon förmådde förbi brevlådan, sneddade in på en liten gångpassage mellan husen och klev genom den nyplanterade häcken, in på tomten. Väl innanför hukade hon bakom ett buskage, lyssnade och kikade mot det hon visste var köket. Hon kunde tydligt se siluetterna av sina kollegor och vänner, höra dom höga rösterna, skrålet, musiken och Görans grova stämma som bröt igenom. Hon kunde inte urskilja orden men kände igen tonläget med en rysning, hur grälsjukan låg och lurade under festyran.

Hon hittade Boss i hundgården tillsammans med dom två schäfrarna. Hon hyschade och kastade in hundgodisar medan hon med stelfrusna fingrar kämpade för att få upp grinden. Precis när hon fått loss den fastfrusna haspen och alla hundarna trängdes framför grinden med viftande svansar, slogs en dörr upp på sidan av huset. Erika drog igen grinden, tryckte ner haspen och snubblade in bakom hundgården, la sig i snön och ålade in under ett plasttak som täckte en stor vedhög intill väggen. Hon tryckte handen över munnen för att dämpa sina stön när hon la sig ner. Hon stirrade på sina fotspår i den fluffiga snön och bad en tyst bön att den som klev ut från huset, inte skulle få syn på spåren. Boss ställde sig med framtassarna mot metallnätet och försökte se vart matte tagit vägen. Han gnydde och viftade ängsligt på svansen.

Erika såg hur Göran och hans vän Martin klev ut på trappan från köksingången. I en fyrkant av varmt ljus stod dom och svajade med armarna runt varandra. Dom skrattade medan Göran drog med sig Martin ner för trappan, ut på den snötäckta gräsmattan, mot den glesa och halvt uppvuxna häcken mot grannhuset.

"Va fan, du måste väl för helvete gödsla skiten lite om den ska växa", skrockade Göran och klev bredbent och ostadigt fram mot tomtgränsen.

"En riktig karl kan väl för fan inte ha en sån liten skithäck!"

Han ställde sig bredbent, öppnade gylfen och lät strålen rita mönster i snön runt dom nyplanterade häckplantorna. Martin gjorde honom sällskap och kissade koncentrerat på dom veka kvistarna. Så lutade Göran sig bakåt och kissade in på grannens tomt med ett belåtet flin i det rödmosiga ansiktet.

"Va fan, är du helt djävla galen?" fnissade Martin som sträckte på halsen och kikade mot grannens hus där det var släckt och tyst. Göran verkade inte höra utan försökte med koncentrerad min rita en kuk i snön med strålen, men tröttnade snabbt.

"Hahhahah! Skyll på hunddjävlarna vettja", skrattade Göran, skakade av sig och drog igen gylfen. När han fått igen byxorna vände han på huvudet och kisade skarpt bort mot hundgården.

"Och va fan är det med hunddjäveln nu då?"

Boss gled ner med tassarna från nätet och kröp bakåt in i ett hörn med blicken mot sin husse. Svansen försvann in mellan bakbenen och ryggen blev krum. Dom två schäfrarna började skälla framme vid hundgårdens dörr. Martin röt till och dom tystnade tvärt. Erika tryckte knytnäven mot munnen och höll andan. Snön smälte sakta runt henne, den iskalla vätan sögs in i jeansen, kroppen darrade av kyla och smärta.

Göran gick med långa steg fram till hundgården, ställde sig och spanade ut i dunklet, gick runt hundgården, hans stora kropp svajade alldeles över Erika under ett ögonblick innan han gick tillbaka, rev upp grinden och vräkte sig in. Schäfrarna skyggade när han rappade till Boss över nosen så att hunden skrek av skräck och sen med ett brutalt grepp i nackskinnet, släpade honom upp för trappan, in i huset.

Martin stod stilla och följde Görans framfart med blicken. När Göran försvunnit in i huset med den svarta retrievern släpande efter sig gick han fram till hundgården, klev in och klappade hundarna och mumlade ord som Erika inte kunde uppfatta. Efter en stund backade han ut, stängde grinden och gick tillbaka in i huset.

När Erika var säker på att dörren var stängd och ingen verkade komma ut igen, drog hon åt sig ryggsäcken och smög på darrande ben över tomten och ut på gatan bakom, tillbaka mot tunnelbanestationen. Hon väntade i skuggorna nedanför spåret tills hon hörde tåget komma, då sprang hon upp för trappan till perrongen, slank in i tåget och sjönk ner, med ryggsäcken i famnen, lutade pannan mot den och snyftade bakom sammanpressade käkar.

3.

"För närvarande är alla telefonister upptagna. Ni är placerad i kö. Var god vänta."

"Va i helv..."

Jan Olof blundade med telefonluren som ett bräckligt stöd mot tinningen. Han såg hennes kropp framför sig, hur han lutade sig över henne, champagnen i flaskan som glittrade, kaskader av diamanter, fladdrande varma lågor från kandelabern som brann längre in i rummet. Den tjocka doften av stearin, alkohol, svett och tung parfym. Kondensdroppar som rann över hans fingrar. Barbro kved, andningen ökade till flämtningar när vätskan letade sig ner mellan hennes ben och sakta värmdes under vägen. Hon log förväntansfullt mot honom medan han förde samman hennes händer och med vana rörelser band ihop dom bakom hennes rygg. Mer champagne landade på hennes bröst och mage och dom fnittrade tillsammans när han jagade efter rännilen med tungan.

"Polisen Västra Götaland."

"Eh, ja, jag ... hrm, jo, jag skulle vilja anmäla min fru saknad ..."

"Ett ögonblick så kopplar jag dig."

"Jaha? Ta..." Jan Olof lyssnade till sin egen tunga andhämtning och den elektroniska tystnaden i luren.

"Kriminaljouren, Gustavsson."

"Jaha, ja, vad bra. Eh, jag menar ... jag heter Jan Olof Olofsson och bor i Askim."

Han svalde, harklade sig och sa med så stadig och kraftig röst han förmådde:

"Barbro, min fru, har inte kommit hem. Hon är försvunnen …"
Rösten tog slut.
"Hur länge har hon varit borta?"
"Jag har inte hört ifrån henne på fyra dagar."
"Ni vill göra en anmälan?"
"… ja …"

4.

"Hälsa Erika att hon får krya på sig. Synd att hon inte kunde vara med."

Martin gjorde en gest med handen innan han körde iväg. Göran svor över kylan medan han grävde i jackfickan efter nycklarna. När han hittat dom blev han stående och såg upp mot övervåningen på deras lilla gråmålade tvåvåningshus på Sockenvägen.

Vinden ryckte planlöst i dom kala trädgrenarna och små vassa iskristaller bet mot hans ansikte och nakna öron. Han vädrade i den kalla luften. Det doftade hemtrevligt av brinnande ved. En svag slinga rök letade sig ut från grannens skorsten. Men inte ur deras. Och det lyste inte heller. Inte ens utelampan var tänd.

Han öppnade mekaniskt brevlådan och stirrade ner. Ingen tidning. Han insåg att det var nyårsdagen och att det inte skulle komma någon tidning. Grusgången fram till ytterdörren var täckt av ett lager lättflyktig snö som kommit under natten. Inga mänskliga spår, bara en nästan osynlig slinga av fågelfötter. Boss gnydde där han satt tätt intill Görans ben. Frambenen darrade.

"Ska vi se om matte ligger och trynar fortfarande?" sa Göran rakt ut i den kalla luften.

Han gick upp för den korta trappan, öppnade dörren, klev in före hunden, sparkade av sig snön på dörrmattan, tog ner en handduk från en krok och torkade av hundens tassar och mage, innan han släppte in honom. Boss försvann in i huset, klorna klickade lätt mot plankgolven, svansen roterade förväntansfullt. När Göran hängt av sig jackan kom Boss tillbaka och svassade runt hans ben. Göran stelnade, rätade upp sig och spanade genom hallen mot vardagsrummet. Det var tyst, fullständigt tyst. Och mörkt.

"Vad i helv...", morrade han och tog hallen i några få steg innan han vräkte sig in i sovrummet. Med en enda blick tog han in rummet. Sängen såg likadan ut som när han lämnat Erika. Tillknölad av deras våldsamma akt. Men tom. Han lyfte hastigt på överkastet och kikade sen in under sängen. Tomt. Under några få minuter sökte Göran igenom hela huset, vräkte upp dörrar, öppnade garderober, tittade under soffan i vardagsrummet, inne i vindsförråden, nere i källaren. Tomt. Boss följde honom oroligt på några meters avstånd, ögonen som blanka knappar i det svarta sorgsna hundansiktet, svansen viftade ömkligt.

Svärande gick Göran tillbaka till hallen, slet upp sin mobil ur jackfickan, slog ett kortnummer och lyssnade, käkmusklerna som spända rep under huden. Signalerna gick fram obesvarade. Efter en stund kom Erikas varma vänliga röst som sa att hon tyvärr inte kunde svara just nu. Han släckte telefonen. Blev stående ett ögonblick, obeslutsam, då han såg att ett av fotona på byrån saknades. Det på Boss.

"Helvetes djäv..."

Göran gick med hårda steg tillbaka till köket, tände, rev upp skafferiskåpet, hällde upp en rejäl whisky som han svepte med en grimas. Spriten rev och hettade, bakfyllan bultade inne i skallen. Han stirrade omkring sig i det tomma köket. Boss låg tyst ihopkrupen i ett hörn intill sin matskål, dom blanka ögonen följde varje rörelse husse gjorde.

"Din djävla slyna!" vrålade Göran. Han kastade det tomma glaset i diskhon så att det krossades och bitar av glas flög och landade med vassa klirr på bänken och golvet. Han knöt högerhanden och drev den rakt igenom köksdörren så att flisorna yrde.

5.

Erika gick med osäkra steg genom korridoren in på tekniska roteln, vägledd av sin väninnas porlande skratt. Anna stod i en grupp av män, två äldre och en yngre. Dom tittade i tur och ordning på något i ett mikroskop. Anna skrattade och viftade med armarna när hon pratade. Hennes späda, korta kropp rörde sig intensivt och det mörkbruna glansiga håret guppade över axlarna.

Erika rös. Hon kunde för sitt liv inte begripa vad det fanns på tekniska, som var värt att skratta åt. Hon gick fram, la sin hand på Anna som leende vände sig om och glatt presenterade henne för dom tre männen. Erika log med kindmusklerna, deras namn gled av minnet som på teflon. Anna slog armarna om henne och Erika andades in doften av väninnans hår, drog in hennes kroppsvärme.

"Trött?" frågade Anna och tryckte Erika en bit ifrån sig. Dom bruna ögonen glittrade nyfiket ett kort ögonblick innan den mörka oron och dom outtalade frågorna kom tillbaka.

Erika hade träffat sin nya arbetsgrupp på eftermiddagen, fått presentera sig. Som en sköldpadda hade hon försökt dra in den gipsade handen i tröjärmen och hålla halsen dold bakom kragen. Hon hade med ovan hand och färgad underlagskräm, försökt dölja blånaderna i ansiktet, som efter en knapp vecka gått från skarpt rödblått till skiftningar i lila, grönt och en sjukligt gul nyans.

Erika hade välkomnats till vikariatet av sin nye gruppchef Bengt Steen med kaffe och årets första semlor och hon hade kort berättat att hon var född och uppvuxen i Östersund, att hennes man bodde kvar i Stockholm, att dom skulle skiljas och att hon bodde hos vänner i Göteborg, till att börja med. Hon hade försökt möta blickarna men hela tiden glidit undan och insett att hon stirrade i bordsskivan eller på sina händer. Hon hade känt sig mjuk, kladdig och sårbar, likt dom jolmiga semlorna.

"Okej", sa Anna glatt. "Vi tar en kort promenad ner till saluhallen, köper lite grönsaker och ost. Vin har vi hemma, massor. Och kylen är proppfull med mat. Krister drog hem halva restaurangen igår. Han, som alla andra kockar, tror att allt botas med mat." Anna gav Erika ett blossande ögonkast.

"Ja-a ... okej då. Lite annat också." Anna fnissade och buffade Erika i sidan men bad direkt om ursäkt när Erika grimaserade.

Lätta flingor av snö dalade ner mot marken och la sig som ett tunt lager florsocker utanför polishuset på Skånegatan. Några enstaka cyklar stod kvar utanför den höga tegelbyggnaden och träden runt den halvtomma parkeringen spretade med kala, svarta fingrar mot en jämngrå himmel. Erika vädrade i luften. Dofterna var bekanta stadsdofter. Avgaser, matos, våt jord och en dov lukt av nedbrytning. Men där fanns också en tyngre känsla. Den höga luftfuktigheten, hävdade Anna tvärsäkert. Erika vände upp ansiktet och lät den stadiga brisen treva över huden. Där fanns mer än bara jord och avgaser. Det doftade tång, fisk och unken råolja. Och salt.

Erika lyssnade på Annas glada småprat om dom romantiska gamla växthusen och rosariet medan dom gick genom Trädgårdsföreningen. Men den tunga känslan ville inte släppa. Hon längtade plötsligt efter den höga torra luften hemma i Östersund som kom över Storsjöns kalla yta, bitigt torr och luktfri, en kyla som gick att klä sig mot och en luft som gick lätt att andas.

Dom promenerade raskt över Kungsportsbron med axlarna uppdragna mot vinden, vek av efter kanalen, in i Saluhallen där dom sveptes in i en fuktig doftmättad värme och började titta, peta och lukta.

"Det fanns en saluhall i Östersund också", sa Erika drömskt. "Vid torget. Men nu har dom gjort pub av den. Det är skittrist. Där doftade så gott av färskt bröd, korv, torkat kött, ost, hjortron ..."

Anna stannade vid en av ostdiskarna och började intresserat studera dom olika läckerheterna.

"Du saknar Östersund. Eller hur?"

Erika nickade, kände hur strupen drogs ihop och lät blicken glida över dom upplagda frestelserna.

"Varför åkte du inte hem?"

Erika teg. Anna såg långt på sin väninnas nacke. En dryg vecka tidigare, på nyårsdagen, hade hon stått där på deras tröskel, blåslagen och med ett hjälplöst sug i ögonen som Anna inte för ett ögonblick kunde förknippa med sin väninna. Mer än en vecka före det datum dom avtalat. Anna hade direkt tagit Erika till akuten, där läkaren konstaterat att hon hade två spräckta revben, ett skadat nyckelbensfäste, utgjutningar och blåmärken i stort sett över hela kroppen och ett brutet finger på vänster hand.

Anna hade sett fram emot att Erika skulle komma till Göteborg. Hon och hennes man Krister hade lovat henne husrum en tid, under det som dom bägge uppfattat som en kortare arbetsperiod i Göteborg. Erika hade inte berättat så mycket. Låtit kort och stram. Den korta perioden hade visat sig vara ett vikariat på ett halvår. Och Erika hade sagt att hon och Göran skulle skiljas.

Anna kämpade mot irritationen över väninnans inåtvända tigande. Och sitt eget glättiga pladder. Känslan av att det fanns fler bottnar i Erikas plötsliga beslut att flytta till en stad hon inte kände, retade hennes nyfikenhet men också oro och hon kände en irrationell ilska över att inte ha hennes förtroende.

Anna suckade demonstrativt. Dom gick vidare till frukt- och grönsaksdisken. Köpte sallad, avokado, röda äpplen och kvisttomater. När dom var klara gick dom ut på torget igen och stannade upp när kylan grep runt deras kroppar.

"Vill du promenera? Det är inte långt. Eller vill du åka tidsmaskin?"

Anna knyckte med huvudet mot en spårvagn som sakta kämpade igång från Kungsportsplatsen.

"Jag går nog hellre. Jag gillar inte dom där järnhästarna, dom känns lite väl ålderdomliga", erkände Erika. Anna log. Där var Erika och Krister rörande överens. Ända sen olyckan vid Vasaplatsen där en skenande spårvagn mejat ner allt i sin väg och elva människor mist livet, var hans benhårda inställning att spårvagnarna endast dög till att smältas ner, för att göra mänskligheten sin tjänst i annan form.

"Jag kan ju erkänna att det inte är särskilt exotiskt att åka 1800-tals-järnväg till jobbet i januari", fnittrade Anna.

"Jojo, och hur exotiskt eller kul är det med tunnelbana då?" kontrade Erika.

"Man har tak över huvudet när man väntar. Och det går fortare än att promenera", log Anna och gjorde en troskyldig min.

Erika la sin arm under Annas, tryckte åt. Dom log mot varandra. Hon hade saknat Anna, hennes goda humör, giftiga humor och kristallklara skratt. Dom gick tillbaka över bron, arm i arm, förbi Stora Teatern och Bältesspännarparken, upp längs Avenyn medan Anna med ivrig entusiasm berättade om Filmfestivalen som skulle dra igång inom några veckor.

Dom vek in på Vasagatan och gick en stund mellan tjocka trädstammar, sneddade över gatan och spårvagnsspåren, in på Nedre Fogelbergsgatan, en djup gränd som slutade i en bred och hisnande brant trappa av sten, upp på en av alla bergknallar som stack upp i Göteborg. Huset där Anna och Krister bodde var ett högt och bastant stenhus som vilade likt en medeltida borg med ryggen lojt lutad mot berget bakom, med ett runt och spetsigt torn högst upp som pekade mot himlen. Under huset öppnade sig en gång, rakt in i bergets fot, där porten till trapphuset dolde sig. Det fanns något magiskt kring platsen och Erika tänkte varje gång hon gick in under berget, på orden i Tolkiens Sagan om ringen. "Man ska inte gräva för djupt ..."

Framför porten hejdade Erika sig. Känslan av att vara iakttagen hade följt henne varenda vaken minut sen hon lämnat Stockholm. Hon vände sig om, men ingen annan än dom själva fanns i den korta återvändsgränden.

"Vad är det?" undrade Anna medan hon grävde efter nycklarna i axelväskan.

Erika ruskade bara kort på huvudet och följde efter henne in i porten. När dom hängt av sig och kommit in i värmen i det stora köket hade känslan runnit av. Erika fick order att sitta ner och inte röra ett finger medan Anna tog fram en skål ur kylen, hällde innehållet i en kastrull och satte på gasen. Snart började en ljuvlig doft av saffran och vitlök fylla köket.

Anna hällde upp ett generöst glas vitt vin till Erika och ett till sig själv och dukade bordet med effektiva rörelser. Ångorna från kastrullen svepte ut i köket och dom första törstiga klunkarna av vinet kröp ut i Erikas mörbultade lemmar och utmattade hjärna. Soppan togs från spisen, salladen stod, som genom ett trollslag, på bordet tillsammans med balsamvinäger, olja och grovt salt. Anna slog sig ner med en belåten suck. Dom tog för sig av maten, trötta och sugna av dofterna. Soppan var len, bitarna av fisk mjälla och perfekta, grönsakerna lite matta av ett dygns vila men ändå fulla av smaker som svällde i näshålan.

Erika stannade upp ett ögonblick, kände att hon glufsade. Hon tog en långsam klunk av det svala vinet och lät blicken vandra i det avlånga köket, runt matplatsen och ut genom fönstret som vätte mot stentrappan och parken bakom huset. Känslan av att Göran varit där satt som ett brännmärke i nacken. Hon hade inte sett skymten av honom eller hört något ifrån honom, sen hon kommit till Göteborg. Men det var bara en tidsfråga innan han skulle dyka upp med ett bländande troskyldigt leende över ansiktet. Anna kisade med smala ögon över glasets kant. Erika kände hennes blickar, frågorna, oron som Anna försökte släta över och förminska med glättigt småprat. Hon tog ett djupt andetag. Det var dags att berätta.

"Vill du ha mer?" undrade Anna. Erika ruskade på huvudet. Anna sköt fram osten och ett grovt bröd med nötter och torkad frukt, en specialitet på Kristers krog nere i Haga. Erika la, trots att hon redan var mätt, en tjock skiva av den doftande getosten tillsammans med en bit äpple på brödet, bet och tuggade frånvarande.

"Berätta nu. Vad tyckte du om gruppen?" frågade Anna förväntansfullt.

"Ja-a ... Bengt Steen gillade jag ju redan första gången vi träffades", började Erika trevande. "Han känns trygg och erfaren, stram, lite pappig om gruppen kanske", la hon till.

Hon hade verkligen tyckt om honom från första stund. Ett sympatiskt utseende, femtiofyra år, född och uppvuxen i Göteborg, en hustru som jobbade som lärare och två döttrar i övermogna tonåren. Dom bodde i ett radhus i Önnered i, som han själv sa, ryckvis motat förfall. Kortsnaggat svintogrått hår, spår av bekymmersminer men också av skratt, en kropp som såg stark och seg ut, trots kulan över byxlinningen.

"Ja, Bengt är bra", bekräftade Anna medan hon skar av osten. Erika kisade mot taket, skuggorna blev hastigt längre och djupare, stuckaturen såg ut att växa.

"Erik Fahlén verkar jättemysig", fortsatte Erika med blicken ut i rummets mörker. "Genomsnäll. Men en råtuffing under ytan?"

Anna nickade bekräftande. Erik var fyrtiosex, ett runt och godmodigt ansikte där ögonen hela tiden tindrade vänligt mot omgivningen, och en satt sälformad kropp. Bodde på Hisingen som Erika bara hade en vag aning om var det låg. Han hade mumsat på sin premiärsemla med lätt slutna ögon, ogenerat njutningsfullt.

"Han är en drömprins, faktiskt", log Anna. "Tre söner som är vandrande kopior av sin far, en mullig ursexig fru som bakar och lagar fet husmanskost och skämmer bort sina karlar allt vad hon orkar. Bor i Kärra, norr om älven, åt Oslohållet." Anna pekade ut genom fönstret, mot gränden och Vasagatan.

"Tjatar tydligen sin hustru gul och blå för att få göra en dotter." Anna smålog. "Kampsportar tillsammans med Per. Dom slår varandra möra med bambusvärd. Svartbältare båda två. Och Erik är helt klart en av våra bästa förhörsledare. Skål!" log Anna. Dom mumsade och njöt medan tystnaden och mörkret la sig allt tjockare kring dom likt en ljusätande filt.

"Och så Aleks. Kårens snygging!" bubblade Anna i glaset när hennes ätande stannat av. "Han är nyseparerad, visste du det?" Hennes ögon glödde. Erika mötte inte hennes retsamma antydning. Aleks var mer feminint snobbig än dom män inom kåren som hon var van att arbeta med. Ett klassiskt vackert ansikte, öppet och charmigt. I hennes ålder, precis som Per. En slank kropp, kopparrött hår, fräknar över kinderna och klädd i dyra märkeskläder blandade med vintage, H&M och Dressman till en högst personlig och kaxig mix.

"Det är rätt sorgligt, faktiskt", funderade Anna med ögonen i det skuggiga taket. "Dom har tre barn, Aleks och hans söta fru. Den minste är nog inte ens ett år ännu. Dom flyttade till ett radhus i Örgryte från Orust för ett halvår sen. Sen sprack det." Hon ruskade bistert på huvudet, gnuggade sig hårt i ögonen och log sen mjukt.

"Torbjörn ...? Känns det fel?"

Torbjörn Stark. Erikas tankar stannade upp vid den gigantiske mannen, en vandrande karikatyr av machopolisen, över hundranittio lång, bred som en ladugårdsvägg med kalrakad huvudsvål, isvassa ögon och en svällande snusbuss under överläppen. Samma grova underarmar som hennes man, där ådrorna låg synliga över musklerna, och starka händer. Torbjörn och Göran hade varit goda vänner under studietiden. Inte tajta. Men tillräckligt mycket goda vänner för att binda manliga band. Lojalitet, heder, män före kvinnor. Torbjörn hälsade artigt men dolde inte sin distans. Erika fick i alla fall ge honom det. Han hycklade inte.

"Det får gå", svarade Erika kort.

"Det är ett himla bra gäng du har kommit in i, bara så du vet", sa Anna efter en stund och lät skeden göra cirklar i resterna på tallriken.

"Torbjörn är stor, stark och macho som tusan. Har Husets grövsta och bredaste käft som han använder för att dölja hur rädd han är för kvinnor. Singel. Ja, herregud!" Anna himlade. "Bor i Linné i en lägenhet som tydligen har världens utsikt över hamnen, proppfull med böcker. Typisk mjukis som inte har kommit ut ur garderoben helt enkelt. Försök att inte bry dig."

Anna gäspade igen och slog sig generad för munnen. Erika teg. Sorgen och tröttheten vällde över henne och hon kände till sitt förtret att gråten stramade i halsen.

"Men Erika ... Per! Säg nåt?" manade Anna, reste sig och dukade bort sopptallrikarna och salladen. Erika svalde. Vinet bedövade och gjorde tankecirklarna större och yvigare. Hon vände blicken inåt, kunde se honom framför sig, det nästan svarta lockiga håret, den muskulösa kroppen, ögonen som verkade suga in ljuset omkring honom. Kampsportarens smidiga centrerade kroppshållning. Ett bulligt och inte särskilt bildskönt ansikte men med en märklig fysiskt påtaglig närvaro. Han hade bara hälsat kort, inte sagt mer än några ord. Norrlänning hade Bengt sagt som för att be om ursäkt för hans tystnad.

Varifrån i Norrland visste hon inte. Klädd helt i svart. Erika antog att han antingen tyckte att han var cool eller förenklat sitt klädval till det ultimata.

"Per och Aleks verkar ganska lika, i alla fall vid första anblicken", funderade hon. "Men ..."

"Vadå?" Anna spände intresserat blicken i henne.

"Jag vet inte", svarade Erika ärligt. "Aleks verkar rätt enkel, lite söt på nåt sätt. Men Per ... Han stör mig. Det finns ett avstånd hos honom. Nån slags kaxighet, nåt självgott, medvetet tillbakalutat."

Erika såg hur besvikelsen bredde ut sig i Annas ansikte. Hon ångrade dom hårda orden och insåg att hon inte visste särskilt mycket om Annas och Pers relation, mer än att dom var goda vänner.

"Vad synd", sa Anna, öppnade vinkylen och tog ut en flaska vin till. Erika såg förvånat på sitt vinglas. Anna log retsamt och fyllde på deras glas.

"Per är lite speciell, jag vet", fortsatte Anna eftertänksamt och sjönk till rätta i stolen igen. "Men jag gillar honom. Lever själv han med, fast han skulle kunna få halva stans kvinnor på fall om han bara ville ..." Anna viftade bort Erikas skeptiska min. "Ge honom lite tid. Och även om du inte gillar honom, se och lär. Han är en av dom bästa. Tro mig", la hon till med ett roat leende.

Anna gäspade stort medan hon sträckte ut ryggen och armarna. Hon studerade sin väninnas bleka ansikte. Erika var sig lik, verkade inte ha förändrats ett dugg under åren dom bott på var sitt håll. Samma högkindade ansikte med stora rådjursblanka ögon, det bångstyriga blonda håret som hon aldrig verkade veta vad hon skulle göra med, lika smal och späd som då. Men hinnan av smärta och trötthet, det vaksamma över ögonen gick inte att ta miste på. Värmen och glädjen var borta, ersatta av en obehaglig vaksamhet och en sammanbiten hopkurad tystnad.

"Erika, älskade vän", sa Anna så stadigt hon kunde. "Berätta nu. Både jag och Krister behöver få veta. Vill veta. Varför stannade du inte i Stockholm? Med dina kollegor. Vänner."

Erika slöt ögonen mot Annas laserblick, lutade pannan mot glaset och andades. Anna hade all rätt i världen att ställa dom frågorna. Hon var förvånad över tålamodet dom visat henne. Anna och Krister hade öppnat sitt hem, tagit emot henne utan frågor eller motkrav. Från knappt någon kontakt alls på många år, till att be om husrum i en stad hon knappt kände till. Med kort varsel.

"Vi är jätteoroliga för dig. Du måste förstå det."

Annas högerhand smög över bordsskivan och la sig, mjuk och varm, över Erikas. Värmen brände i skinnet. Erika nickade, försökte hitta ord i sörjan av bilder och känslor. Hur kunde hon förklara? År av förnedring, förtryck och galenskap.

"För ni ska skiljas?"

Annas hand smekte försiktigt, hennes bruna ögon var stora och undrande. Erika nickade och harklade sig skrovligt.

"Ja. Vi ska skiljas. Men Göran ..."

Orden fastnade. Anna sökte sin väninnas blick, den ormade sig undan varje gång hon försökte fånga den. Det var alltså som hon och Krister trott. Att det verkliga skälet för det hastiga uppbrottet var våld. Och att skadorna Erika hade, inte alls var resultatet av någon banal vurpa i ett löpspår. Dom hade pendlat mellan oro, förvirring och ilska. Långa viskande samtal vid köksbordet som tvärtystnat vid minsta ljud eller rörelse från deras inneboende.

Annas bästa väninna under tiden på högskolan, den vackra självlysande stjärnan, glada starka roliga Erika. Som gift sig med urtjusige manlige Göran och flyttat till det söta huset i Enskede. Och sen? Anna hade både skamset och irriterat konstaterat att hon inte visste. Hennes bästa vän hade sugits in i det tjusiga äktenskapet, in i en annan värld av andra vänner i en annan del av landet. Tappat kontakten, brukade man säga. Åren hade gått. År av allt längre uppehåll mellan gångerna dom pratade eller skickade hälsningar. Hon skämdes. För att hon inte hört av sig, försökt lite mer. Men mest för att hon känt sig ratad av sin bästa vän. Undanskuffad av den vackre äkta mannen och det nya livet i Stockholm. Och gett igen med samma mynt. Tystnad.

"Men det vill inte han?" la Anna till när Erika inte fortsatte. Erika slöt ögonen som bekräftelse. Anna smekte försiktigt över hennes underarm.

"Han slår dig", sa hon, mera som en bekräftelse än som en fråga.

Hon fick en kort stum nickning till svar. Anna saknade plötsligt Krister, fysiskt. Han var bara några kvarter bort, stod i den fuktheta värmen i restaurangköket i Haga, la upp fisk och skaldjur och små kvistar av grönt med ömsinta rörelser, hällde upp doftande fond. Anna reste sig klumpigt, gick runt bordet och la armarna runt sin väninna, begravde ansiktet i hennes lockar och grät. Erika satt stilla, ögonen torra med blicken rakt genom vinglaset och armarna inslingrade i Annas.

"Jag vet inte när det började", sa Erika med klar men ändå frånvarande röst. "Som om det skulle ha någon betydelse. Men man gör så. Söker svar. Jag har ägnat allt för mycket tid åt att analysera det redan. Jag skulle ha gjort det jag visste att jag måste. Lämnat honom, då, långt tidigare. Men man gör inte det."

Orden blev hängande i mörkret, torra och kristallklara. Anna släppte sakta taget om Erikas axlar, gled tillbaka ner på sin stol, grep tag om osten och skar en stor bit som hon pressade in i munnen och sköljde ner med vin. Hon torkade sig med servetten i hela ansiktet medan hon samlade sig.

"Men dina vänner, dina arbetskamrater, di...", protesterade hon.

"Jag sa till Göran att jag ville skiljas, för att han var svartsjuk, inte lät mig leva mitt eget liv, slog mig och hotade mig. Han svarade med att slå mig sönder och samman och sa att han skulle döda mig om jag försökte lämna honom. Han hotade till och med att ta sitt eget liv. Mina vänner ... står vid sidan av och ser på. Rädda, handlingsförlamade och klarar inte att ta till sig sanningen. För att den skrämmer, inte passar in."

"Men, du kan ju inte ..."

Anna harklade sig, tog sats. Det hon tänkt säga kändes plötsligt så självgott och nedlåtande. Varför kunde inte en tjej som var polis slå tillbaka? Anmäla. Bara sätta stopp. Hennes kollegor, va fan hade dom gjort? Ingenting?

"Jag menar bara att ... att du bara ... jag ..."

"Du anar inte hur mycket jag hatar ordet bara", svarade Erika med en trött underton i rösten. "Allt är hela tiden bara. I alla fall om man står utanför. Det är bara att anmäla. Bara att gå. Bara flytta. Lämna in skilsmässopapperen. Begära tvångsförsäljning, kräva bodelning."

Hon tystnade, lät det aggressiva sjunka.

Anna teg, det stramade i halsen, hon tog en klunk av vinet men satte i halsen och hostade så att hon blev tvungen att resa sig och hämta en ny servett. Efter en stund satte hon sig igen, försökte se samlad ut. Servetten hade blivit en hård boll i handen.

"Anmälde du hans misshandel?" frågade Anna rossligt. Erika nickade med ett hårt drag över munnen.

"Men?"

"Jag anmälde både olaga hot och misshandel, flera gånger. Men anmälningarna togs inte upp", svarade Erika sakligt.

Väninnornas blickar möttes. Tystnaden tjocknade.

"Men din chef?"

"Min gruppchef fick ett helvete med mig. Jag menar, va fan skulle hon göra?" suckade Erika. "En utredare som är sjuk lite titt som tätt, har psykiska problem, migrän, antagligen knaprar tabletter och dessutom läcker som ett såll till pressen. Det gick alla möjliga rykten om mig. Det enklaste var att se till att jag fick börja någon annanstans. Och dra en lättnadens suck när problemet försvann."

Erika såg sin egen ilska speglas i Annas ansikte och hejdade sig. Hon hade tänkt berätta om hundvalpen hon fått av Göran, den hon längtat så efter. Boss, som dom gått ut på promenad med och lekt med men som Göran i ett av sina rasande svartsjukeanfall tryckt mot marken med ett järngrepp i nackskinnet, sen satt tjänstevapnet mot hundskallen och hotat att trycka av. Han hade fått Erika att säga att hon aldrig skulle lämna honom, aldrig någonsin. För då skulle valpen dö. Munnen hade med ens blivit så torr att hon inte kunde svälja.

"Jag är grymt tacksam för att du och Krister ställer upp för mig", viskade Erika. "Men jag är inte så glad över vad jag drar in er i. Jag kan inte annat än be om ursäkt för det. Jag är så ledsen. Jag lovar att snart hitta någonstans att bo. Snart."

"Men för jösse namn, Erika! Klart att vi ställer upp, fattas bara."

Anna stramade upp sig i ett leende och höll det, trots att avgrunderna i Erikas stora pupiller sög all energi ur henne. Hennes ilska sjönk som en sten. Och hon skämdes för att hon inte förstått, för att hon inte frågat.

"Var det för att han slår som du ..."

"Som jag kom tidigare? Ja. Min gruppchef hjälpte mig med vicket, mörkade för mig. Men Göran är inte dum. Han anade så klart att något var på gång och bevakade mig som ett rovdjur. Jag väntade in första bästa tillfälle då han sänkte garden. Vi var bjudna på fest på nyårsafton. Hos vänner. Men han slog mig innan, så …" Erika tappade orden ett kort ögonblick, hämtade andan djupt nere i bröstet, klarade inte att möta Annas blick.

"Han lämnade mig hemma. Och då passade jag på att smita. Jag satt på centralen hela natten och tog första expressbuss hit."

Erika kände Annas sökande blickar. Det var en liten, nästan vit lögn hon tagit till. Men just nu spelade den ingen roll. Och hon orkade inte berätta om hunden. Inte än.

"Han kommer att komma hit, det finns inget som kan hindra honom", sa Erika stramt. Anna såg sig omkring och insåg att det var mörkt i rummet. Hon reste sig, hämtade en tändare, gick runt och tände fler oljelyktor och ljus. Det varma ljuset ökade och trängde tillbaka det hotfulla svarta runt dom.

"Vi är inga supermänniskor, Erika …", sa Anna eftertänksamt och satte sig ner igen. "När vi gick ut från polishögskolan var vi så rättrådiga, så förberedda och allvetande på nåt sätt. Men ibland får jag en stark känsla av att vi bara fick lära oss att ta hand om andra. Att fatta beslut när andra krisar, när andra mår dåligt. Men att vi inte blev så bra på att ta hand om oss själva."

Erika fingrade på glasets kant, betraktade oljelyktans fladdrande låga genom dubbla väggar glas och blekgult vin. Lågorna förstorades och glödde som bollar av eld.

"Vet du vad som känns hemskare än allt annat?" sa Erika med blicken mot en inbillad punkt inne i en av lågorna.

"Näe?"

Anna famlade efter sin kofta, var fan hade hon lagt den.

"Jag vill att Göran ska hitta en ny tjej", sa Erika hest. Anna hejdade sig och sjönk tillbaka.

"Men det är väl inte så hemskt?"

"Jo. Om han hittar en ny slagpåse så kanske jag får vara i fred."

Erika skyndade på stegen med sitt nya passerkort i handen och en känsla av att ha varit med förut och ändå inte ha en susning. Hon försökte, så gott hon kunde, memorera våningsplan och väderstreck i det stora polishuset på Skånegatan, medan hon följde Anna tätt i hasorna och splittrat lyssnade på hennes glada ordflöde om hur arbetsplatsen byggts ut och ihop med det nya rättscentret. Erika hälsade kort på sin gruppchef Bengt Steen och slog sig sen ner intill Erik Fahlén som med ett varmt leende erbjöd henne en stol.

Utsättningen hölls i ett större konferensrum och samlade varje gång närmare femtio personer från spaningsroteln, utredningsroteln, information och ibland också några från tekniska. Lokalen blev snabbt full och syret tog slut som i ett gammalt hederligt klassrum. Den föregående veckans arbete sammanfattades tillsammans med helgen som passerat. Arbetsuppgifter delades ut. Rutinerna, människorna och sorlet var detsamma som på hennes tidigare arbetsplats. Uppgifterna var också desamma. Våld i hemmet, på krogen, ungdomsgäng som tände eld och kastade sten, kriminella som gjorde upp enligt sina egna regler, bråk och fylla på stadens gator, rån och våldtäkter.

"Och, så har vi ett försvinnande."

Rotelchefens min var outgrundlig. Men hans kropp avslöjade både irritation och leda. Försvinnanden var normalt inte deras uppgift. Erika kände en svag nyfikenhet och såg intresserat på den mörkhårige mannen framför dom.

"En kvinna anmäldes försvunnen av sin make för fem dagar sen", fortsatte rotelchefen. "Enligt media finns en hotbild på hennes arbetsplats. Kollegan Nils Sundström har haft ett samtal med den äkta maken. Och skrivit en PM. Ta ett snack med honom först", la han till med en snabb blick på Bengt Steen.

Den egna gruppens möte efteråt, blev kort och intensivt. Bengt delade ut den PM som Nils skrivit.

"Som sagt, en kvinna, fyrtiofem år, anmäldes försvunnen av sin make den tredje januari. Då hade han inte hört av henne på fyra dagar. Han lämnade sin hustru intill en bilverkstad i Mölndal. Hennes bil var klar, hon skulle hämta den och köra till sina föräldrar i Alingsås för ett besök på några dagar. Hon hämtade inte bilen, dök aldrig upp hos sina föräldrar och kom inte heller tillbaka till sin man. Enligt media finns det en hotsituation på kvinnans arbetsplats. Hon arbetar som arkitekt på Stadsbyggnadskontoret."

Erik stånkade ljudligt.

"Det där är ju bara nyhetstorka efter jul. Och om nån hotar dom där sega typerna på Stadsbyggnads så har dom i alla fall min välsignelse." Han skrockade belåtet och ignorerade irritationsrynkan i sin chefs panna.

Samtalet med Nils och den övergivne äkta mannen i Askim, föll på Per och Erika. Dom övriga skulle se till att personalen på bilverkstaden hördes, att bevakningskameror kollades och att det knackades dörr runt verkstaden och i grannskapet uppe i Trollåsen, där paret bodde.

"Så du har flyttat till Göteborg", mer konstaterade än frågade Per medan han körde ut bilen från polishuset. Hans fråga fick bara en kort nick till svar. Han lät det bero och iakttog diskret sin nya kollega samtidigt som han tittade efter korsande trafik.

Erika var blek, nästan vit i ansiktet, och det var inte svårt att se att det inte bara var en arm hon skadat. Drygt en och sjuttio lång hade han uppskattat. Späd kroppsbyggnad, men med tydliga armmuskler och en hållning som skvallrade om hård träning. Ett bångstyrigt hår som hon fäst ihop till en burrig hästsvans och knappt någon makeup. När hon log sken hela ansiktet upp och dom mörkt blå ögonen tändes och fick fläckarna av vitt och blått i hennes irisar att gnistra. Men, hon log knappt. Teg mest sammanbitet, lyssnade och nickade.

Erika såg spänt på allt som passerade utanför bilen, försökte memorera det som passerade och känna av väderstrecken. Hon hade helst av allt velat jobba med Erik. Men Per var säkert okej, precis som Anna sagt. Han verkade i alla fall inte reta sig på hennes tystnad.

Erika la huvudet på sned och kisade upp på dom två blanka hotelltornen vid Korsvägen. En gråtung himmel flöt ihop med sin egen spegelbild i glasfasaderna. Det var flera år sen hon sist varit i Göteborg och hon insåg att staden förändrats. Men att det inte gjorde någon skillnad. Den var ändå lika okänd för henne.

"Där är Mercedesverkstaden. Där slutar spåren efter Barbro", pekade Per när dom passerade ett långsmalt industriområde. När dom kommit in i Mölndal hade Erika tappat orienteringen. Käkarna värkte medan hon försökte minnas kartan över Göteborg, som hon studerat tillsammans med Anna. Per förde smidigt bilen mellan koner, maskiner och gropar genom ett av alla vägarbeten som ständigt verkade pågå, förbi Mölndals centrum och ut till Sisjöns industriområde.

Besöket hos kollegan Nils blev kort. Hans bedömning var att Barbro Edin Olofsson inte kunde anses vara i någon akut fara och att man skulle avvakta. Hotsituationen på hennes arbetsplats var han fullständigt oförstående till och hans bestämda uppfattning var att Jan Olof Olofsson blivit övergiven av sin hustru och sen supit skallen i bitar. Nils erfarna pondus gjorde inte att Pers bristande entusiasm för fallet minskade. Tvärtom. Erika kände en domnande trötthet krypa över henne som inte hade med leda att göra. Det var svårt att acceptera, men hon var i dålig kondition. Fysiskt. Men mest av allt psykiskt.

7.

"Därutåt ligger Askimsbadet."

Per pekade åt höger medan han med en hastig rörelse i ratten svängde vänster och över leden bort från havet. Erika vände på huvudet åt det håll han pekat men såg inte mer än en asfalterad väg, som försvann bland träden in i en mjölkig dimma. Hon lyssnade halvhjärtat på hans beskrivning av sandstranden som han jämförde med en strand på Mallorca. Det fanns inte mycket som påminde om Medelhavet, tänkte Erika bistert och betraktade dom allt större husen som slöt tätt intill den smala krokiga vägen som ledde brant uppåt.

Försvinnanden var ofta resurskrävande. Över sju tusen personer anmäldes försvunna varje år i Sverige. Dom flesta hittades. Majoriteten levande. Dom som inte hade turen med sig, drunknade på väg hem från krogen, drullade i från en båt och fastnade i grannens nät eller virrade bort sig i närmaste skogsparti, iförda pyjamas och tofflor på spontan promenad från sitt äldreboende. Och så fanns det dom som aldrig mer återfanns. Varken döda eller levande. Som slukades upp av skogen, klippskrevor och rotvältor, kastade sig i tunga strömmar av svart vatten som aldrig släppte taget eller sögs in i fartygspropellrar och förvandlades till biologisk sörja, som Anna så finkänsligt skulle ha uttryckt sig.

"Det här området heter Trollåsen, fan vet varför. Här bor man om man har kulor", smålog Per. Han kontrollerade adressen och svängde in vid ett lågt brett hus nästan uppe på åsens krön. Titelmusiken till Familjen Flinta flöt upp i Erikas huvud medan hon betraktade huset. En låg och utdragen huskropp murad i tegel som dominerades av en vitmålad skorsten, med en bred och djup terrass mot väster. Dom vände sig båda automatiskt mot havet men såg inte mer än några av husen som klättrade på åsen nedanför dom. Molnen låg lågt, en färglös massa som verkade flyta på ett fuktigt täcke av råkall dimma.

"Här har dom utsikt", konstaterade Per utan något spår av avundsjuka i rösten. Han klev upp för den korta trappan och ringde på. Jan Olof Olofsson öppnade direkt. Erika iakttog honom medan Per kort presenterade vilka dom var. Jan Olof var klart över medellängd och hade en märkligt torr utstrålning. Adamsäpplet stack ut från en senig hals och kroppen gav ett utmärglat intryck under dom dyra välskräddade kläderna. Han visade artigt in dom.

Erika tyckte genast om huset. Möblerna var inte i hennes smak, för mycket läder och mörkt trä. Men ljuset och den öppna planlösningen förde tankarna till eleganta hem i teveserier från sextiotalet med den numera så moderna öppna kökslösningen, en öppen spis i fond och breda, väl tilltagna fönster. En stor, långhårig och alldeles vit katt kom smygande med den fluffiga svansen mot taket. Per föll genast ner på knä och började gosa med katten som strök sig runt hans ben. Erika rös. Hennes barndom hade varit fylld av allsköns husdjur som hennes syster antingen tjatat sig till eller helt enkelt tagit med hem. Men aldrig katter eller hästar. Erika fann fortfarande alla djur som tolkade en rak blick som en utmaning, som skrämmande.

Jan Olof tog upp ett skrynkligt cigarettpaket ur kavajfickan, drog ut en cigarett, sträckte sen hastigt och skuldmedvetet fram paketet. Erika och Per avböjde unisont. Jan Olof satte sig på armstödet till en av fåtöljerna. Han satt stel och onaturligt rak i den långa ryggen och rökte glupskt medan han kisade genom röken på sina besökare. Katten hoppade upp i fåtöljen och Jan Olof strök frånvarande över djurets rygg. Erika kämpade för att inte hosta. Röken sved i ögonen.

"Du har ju tidigare träffat vår kollega Nils Sundström. Nu har vi fått veta att det ska ha förekommit hot på din hustrus arbetsplats. Är det något du känner till?"

Per halade fram sin telefon och började dra fingret över skärmen. Jan Olof satt stilla. Erika tyckte plötsligt oerhört synd om den bleke mannen. Han verkade knappt andas. Hela den magra kroppen ångade av ångest och vanmakt. Efter en stund svalde han ansträngt, cigaretthanden ryckte till och han såg upp på Per.

"Kände till ...", svarade han förvirrat. "Nä, det är nog inget jag kan säga. Visst har Barbro berättat om ärenden som blivit både påstridiga och aggressiva, men hot? Nej, inte så att jag kan säga att jag vet."

Han gjorde en lam gest med den fria handen, blicken gled undan, han stirrade på sina händer och cigaretten där röken sakta ringlade uppåt. Per nickade med blicken intensivt fäst på mannen framför sig. Den loja, nästan apatiska, frånvaron hos mannen kändes märklig. Men han hade sett den många gånger förut, det ofta irrationella beteendet hos människor i chock och vanmakt.

"Tyvärr måste vi nog besvära dig med rutinfrågor igen. Berätta när du senast såg din fru", bad Per. Han kände en plötslig trötthet, hur hans fokus var på väg bort. Helst av allt hade han velat åka tillbaka till stan, dra till dojon med Erik, träna skiten ur sig, basta och dricka en kall öl efteråt. Barbro skulle sannolikt dyka upp igen.

Jan Olof nickade, ansiktet hade bleknat ytterligare. Lite aska föll från cigaretten ner på den persiska mattan men han verkade inte märka det.

"Min hustru, Barbro, skulle åka till sina föräldrar i Alingsås ... ja, hon brukade alltid göra det, några dagar runt nyår. Jul firar vi nästan alltid utomlands. Hon och jag. Så även i år."

Jan Olofs blick vandrade, ögonen var rödkantade. Han harklade sig och fimpade cigaretten i ett stort askfat på bordet framför sig. Erika studerade hans stela återhållna rörelser. En stegrande panik som han tryckte ner med all sin psykiska kraft, försökte behärska. Och döva med en hel del alkohol, att döma av doften från hans kropp.

"Barbro skulle hämta sin bil på verkstaden", fortsatte Jan Olof trevande, rösten var hes och sönderrökt. "Ja, det var inget fel på den, bilen. Bara service och rekonditionering. Jag skjutsade henne dit vid elvatiden på fredagen. Jag släppte av henne vid verkstaden. Bilen var klar, man får sms om det ...", la han till med ett hastigt ögonkast på Erika. Hon besvarade den med en vänlig nick. Jan Olof formade munnen, men det kom inga fler ord.

"Hörde inte dina svärföräldrar av sig?" frågade Erika och ansträngde sig för att inte låta kritisk. Deras dotter hade ju inte dykt upp till middagen, som avtalat. Föräldrarna borde ha reagerat.

"Nä, jag hörde inget ifrån dom. Men ..." Jan Olof gned sig i pannan, tog återigen upp det skrynkliga cigarettpaketet och skakade det brutalt.

"Det är så här ..." Han harklade sig besvärat. "Jag och mina svärföräldrar, vi har inte så värst bra kontakt." Han gav upp cigarettpaketet, strök över kattens öron och såg med sorgsen ömhet in i dom runda ögonen. "Eller rättare sagt, vi har ingen kontakt alls. Dom har aldrig velat veta av mig. Så jag har gett upp, kan man väl säga."

Jan Olof ursäktade sig och gick bort till köket. Erika och Per gav varandra ett frågande ögonkast. Jan Olof kom tillbaka med ett oöppnat paket cigaretter och slog sig ner igen.

"Att Barbro inte hörde av sig på några dagar oroade mig inte", sa han förklarande. "Hon är en kvinna som kan ta hand om sig själv. Hon hade ju ringt om bilen inte varit klar." Han gjorde en ömklig gest med handen.

"Så du har inte ringt till dina svärföräldrar?" undrade Per misstroget. Jan Olof såg upp med ett förvånat uttryck i det bleka urgröpta ansiktet.

"Jo, visst. När hon inte kom och jag inte fick nåt svar på hennes mobil. Jag ringde. Men allt jag fick var en lång djävla utskällning för att jag inte svarat i telefon och ..." Han suckade tungt och uppgivet.

"Jag hade bokat bord på Barbros favoritrestaurang, Hos Pelle." Jan Olof såg häftigt upp på Erika. "Hon kom aldrig."

Han slog händerna för ansiktet. Katten gled ner ur fåtöljen och smet som ett streck under soffbordet, ut i köket.

"Gjorde du nåt mer, förutom att ringa hennes föräldrar?" frågade Per.

Jan Olof tog händerna från ansiktet, det bleka hade fått fläckar av rosa. Han torkade sig hårt kring ögonen med bägge händerna och stramade upp sin kroppshållning.

"Jag ringde till våra vänner, till Barbros gamla barndomsväninna i Alingsås och till en kollega till Barbro. Jag ringde faktiskt till hennes arbetsplats, också. Jag hoppades väl att ... jag vet inte."

"Skulle du kunna skriva ner dom du ringde till, vilka relationer ni har?" frågade Per. "Och gärna vilka kläder din hustru hade på sig när du sist såg henne", la han till med en vädjande blick. Jan Olof nickade, hämtade ett block i köket, tog emot pennan som Erika erbjöd honom och antecknade snabbt.

Erika lutade sig mot Per och tittade på raderna på papperet han fått. Det var ett fåtal namn. Ett par som bodde i närheten, en kvinna i Alingsås och en i Göteborg. Barbros föräldrar. Det Barbro hade haft på sig dagen hon försvann var inget uppseendeväckande. Men så mycket mer exklusivt än det dom brukade möta. Pälsfodrad kappa, kashmirpolo, ullbyxor, ridstövlar av ett dyrt märke, ett designerarmbandsur, äkta pärlor runt halsen och en sidenscarf över håret. Och flera ringar med ädelstenar och briljanter.

"Så du lämnade henne vid verkstaden vid elvatiden?" upprepade Per. Han fick en kort nick till svar. "Mötte din fru någon i personalen? Såg du henne gå in?"

Jan Olof ruskade på huvudet. Per noterade.

"Skulle vi kunna få se oss omkring lite?" la Per till.

"Visst."

Jan Olof kom klumpigt på fötter. Dom reste sig och följde honom in bakom köket, genom en lång hall där sovrum, badrum och arbetsrum låg.

Dom följde Jan Olof in i ett av arbetsrummen. Det var ombonat och välstädat. Ett stort vitmålat skrivbord och vita bokhyllor som täckte två av väggarna. Erika följde raden av foton i bokhyllan med blicken. Paret Olofsson log mot henne, blå hav, berg och moln, vita stränder, palmer och golfbanor. Men också en rad bilder där Barbro poserade med eller lekte med en eller flera katter. Den vita katten fanns med på flera av bilderna, men också en rödbrun och en grå katt. Och på en bild höll Barbro en stor flätad korg i famnen där fyra små ulliga kattungar låg tätt ihop och blundade. Jan Olof, som stod alldeles intill henne, nickade sorgset.

"Vi har haft en rad katter här under åren. Nu är det bara Missan kvar. Den vita", la han till. Erika nickade och kisade mot bilderna. Barbro var ovanligt lång. Hennes halvlånga hår såg naturligt blont ut. Bruna ögon och ett öppet och självsäkert leende. En yppig och välformad kropp med långa ben som hon uppenbarligen gärna visade upp i shorts och djupt urringade linnen eller blusar.

"Min hustru är kanske inte den mest medkännande, alltid. Men hon avgudar Missan. Och hon är alltid tröstlös när vi blir tvungna att ta bort någon av katterna. Vi fick en kull kattungar en gång ... Hon ville behålla dom allihop." Jan Olof pekade på bilden och log blekt.

Erika nickade.

"Vet du om hon tagit ut några pengar inför resan?" frågade hon rakt.

"Pengar?" ekade han. Han stirrade på cigaretten som nu var en vinglig askpelare mellan hans fingrar.

"Nej, jag vet inte det. Vi har ett konto på Handelsbanken för våra gemensamma utgifter och var sitt för egna. Jag vet verkligen inte."

Han såg förvirrat på Erika, ett hjälplöst uttryck över ögonen.

"Ni har inga barn hemma?" undrade hon. Inget i huset bar minsta spår av några barn.

"Nej. Det är bara vi två. Vi fick aldrig några ..."

Erika fortsatte systematiskt med rutinfrågor. Jan Olof svarade mekaniskt, nästan frånvarande. Passet? Jan Olof hade ryckt till vid frågan, en skugga drog över ögonen. Han ruskade på huvudet. Kanske att det blivit kvar i Barbros beautybox sen resan till USA. Han visste inte.

"Bilen. Har du hämtat den?" undrade Per.

Jan Olof klev ordlöst ut i den avlånga hallen, öppnade en dörr och gick hastigt ner för en kort trappa. Erika och Per följde snabbt efter. Jan Olof tryckte på en strömbrytare inne i garaget. Ljusrören tändes i taket och reflekterades i bilarnas lack i en explosion av glitter. Den lilla cabrioleten som stod närmast dörren, var något av det läckraste Erika sett. Tvåsitsig, djupblå metalliclack, säten och ratt i ljusbeige läder. Som en pralin i blankt papper. Bakom den stod en myndigt svällande Audi i svart.

Garaget var stort och det renaste och mest välordnade Erika någonsin sett. Per gjorde en frågande gest mot den lilla Mercedesen, fick en uppgiven nick till svar från Jan Olof, satte sig bakom ratten, öppnade handskfacket, kikade på golvet och lyfte på mattorna.

Längst in i rummet fanns en smal dörr i samma ljusa äggskalsfärg som väggarna. Erika öppnade, kikade in och trevade efter strömbrytaren. Rummet var stort och kallt, med ett par frysboxar mot en vägg och hyllor fyllda av prydligt uppmärkta flyttlådor, tomma glasburkar, bildäck i en stapel, två långa stänger med kläder och en ihopfälld plastgran. Hon gick in och ställde sig en stund mitt i rummet. Hon betraktade lådorna som var märkta med allt från vinterskor till julsaker. Hon gick fram till dom två frysboxarna, lyfte på locken. Den ena var tom och avstängd och luften som slog upp ur den luktade unket. Den andra frysen var igång och till hälften fylld av matvaror i platspåsar med etiketter. Erika stängde locket som slöt sig med en suck.

Den vita katten hade omärkligt kommit in och slingrade sig runt hennes ben. Den glodde upp på henne med stora ögon och jamade uppfordrande. Erika motade tillbaka katten till garaget och stängde dörren efter sig. Jan Olof stod kvar på exakt samma plats, i garaget, där hon lämnat honom.

"Du har ingen aning om vad som kan ha hänt din fru?" frågade Erika efter en stunds tystnad. Jan Olof rörde sig inte, blinkade inte ens, följde bara som hypnotiserad Pers rörelser inne i Barbros bil.

"Hade ni grälat?" pressade hon.

Jan Olof såg förvånat på Erika.

"Grälat? Nä. Vi grälar aldrig."

Erika kvävde ett stön. Det var som att dra ut stygnen ur ett sår, ett efter ett. Inget kom självmant.

"Det har inte hänt nåt särskilt?" vädjade Erika. "Jag menar, nåt som upprört din fru? Verkade hon annorlunda innan hon skulle åka?"

För helvete, karl, säg något! Någonting måste du ju ha märkt? Gifta par grälar visst! Var det pengar? Svartsjuka? Är du våldsam? Men Jan Olof förblev tyst. Per klev motvilligt ur bilen, stängde andäktigt dörren efter sig och log en stund mot lacken. Plötsligt grep Jan Olof Erikas överarm, hans beniga fingrar klämde hårt in i överarmsmusklerna, smärtan strålade ut i hennes trasiga långfinger.

"Jag vet inte hur jag ska klara det här, hur jag ... hela vårt liv är förstört. Det finns inget kvar, jag ..."

Jan Olofs blick flackade mellan Per och Erika. Han såg ner på sin hand, drog den åt sig och gömde den skamset under kavajen. För första gången såg dom hur Jan Olofs ögon fylldes av tårar.

"Stackars sate! Lämnad åt sitt öde. Eller så bankade han på henne och förtjänar det", sa Per, med en sorgsen trötthet i rösten, när dom satt sig i bilen igen. Erika såg under lugg på Pers ansikte. Höga kindben och en distinkt haka, olivfärgad hy som inte verkade få den svenskt blåvita vintertonen. Mörka chokladbruna ögon med nästan feminint långa ögonfransar. Och så det lockiga håret. Halvlångt, nästan svart, i tjocka korkskruvar. Hon kände en hastig impuls att sträcka ut handen för att känna på det, om det var äkta. Hon förblev stilla.

Bankade på. Erika smakade på orden. Statistiskt hade Per rätt. Kvinnor som försvann var oftare än män utsatta för någon form av brott. Följt med på fel fest, med fel sällskap, blivit våldtagna, misshandlade, rånade. Eller så flydde dom från en brutal man. Maken, fadern eller en svartsjuk kärlek. Och i allt fler fall, en hel släkt. Eller så hade hon, precis som deras kollega Nils hävdat, tagit sitt pick och pack och rest långt bort ifrån sin torre, svartsjuke make med ett trevligare ressällskap.

Erika stirrade hårt ut över dom vattensjuka gräsmattorna som toppades av lätt frost. Handen bultade och spände, lårkakan stramade och bröstkorgen brände vid varje andetag. Hon insåg att hon stönat när hon satte sig till rätta i bilen.

"Förresten, vad har du gjort med armen?" undrade Per, som om han läst hennes tankar.

"Äh, du vet. Pinsammaste tänkbara. Jag ramlade i löpspåret. Halt som fan. Tog emot mig med handen."

Hon pressade sig att le, kände att det inte nådde ögonen. Pers ögon blänkte till. Han hade inte svalt lögnen. Vem trodde hon att hon var, att hon skulle kunna bluffa en luttrad kollega. Erika bet ihop, teg och hoppades att hennes surmulna uppsyn skulle avskräcka honom från att ställa fler frågor.

"Så, vad tror du?" frågade han kort.

Hon ryckte på axlarna och grimaserade över smärtan. Irritationen som hela tiden låg och skavde under skinnet flammade upp.

"Jag vet inte", muttrade Erika. "Det känns på något sätt planerat. Av henne eller den hon skulle möta. Passet! Han kunde ju inte hitta det."

"Du menar att hon styrt kosan mot sydligare breddgrader? Med pass, bikini och nån trevlig reskamrat."

"Typ", svarade Erika surt. Djävla tjat, vad var det med honom?

Per såg ut över hustaken, dimstråken hängde tyngdlösa mellan husen. Ilskan som låg och pyrde under Erikas väna uppsyn gjorde honom illa till mods. Han kände hennes blick mot kinden.

"Så?"

"Arbetsplatsen nästa", svarade Per kort.

Han startade bilen och lät den rulla ner mellan husen. Erika fäste blicken långt utanför bilen, genom dimslöjorna, mot havet, husen och skogsdungarna. Efter en stund hade hon känslan av att sväva, tyngdlös och utan förankring. Strupen stramade och hon stirrade envist ut genom bilfönstret tills tårarna dragit sig tillbaka igen.

8.

Göran plockade upp telefonen. För vilken gång i ordningen visste han inte. Hans tålamod höll på att rinna ut. Plötsligt svarade krypet.

"Kalle här."

"Tjenare Karl", bet Göran. Han hörde hur det flämtade till i andra änden.

"Tjena!"

En glättig och uppumpat positiv ton fick rösten att skära. Göran himlade med ögonen. Han knöt högernäven framför sig och studerade den, hur den darrade av ansträngningen och blodet trycktes ut ur knogarna. Han log och lät sekunder ticka på, lyssnade till andhämtningen på andra sidan landet och drog njutningsfullt ut på sin tystnad.

"Karl, min vän ... jag ville bara förhöra mig om att du fattat läget, att du har koll", sa han till slut.

"Jorå, jag vet vad jag ska göra", svarade Karl ansträngt.

"Bra, min vän. Låt höra."

Göran lyssnade till det nervösa rabblandet. Karl skulle tipsa buset. Sen pressen. Tid och plats. Viktigast av allt, ringa till Erika, inget dolt nummer. Se till att hon svarade på mess eller samtal. Göran hummade bekräftande. Han önskade plötsligt att han kunnat vara en fluga på väggen och se uppståndelsen när kollegorna i Götet slog till och fann strukturen tömd, medan media stod och väntade med dreglet hängande i mungiporna. Förnedringen skulle bli total. En välbekant känsla av tillfredsställelse spred sig i mellangärdet.

"Inget småskvallrande till frugan eller polarna bara ... då kommer dina gamla synder ifatt dig, min vän, och det vore väl rätt synd.

Eller hur?" mässade Göran och lyssnade intresserat till dom nervösa försäkringarna.

"Viktigast av allt", fortsatte han. "Se till att få tag på vår gemensamma väninna. Kontakt, min vän. Kontakt", la han till och tömde whiskyglaset i ett drag samtidigt som han släckte telefonen. Det var i sanning synd att han inte kunde vara där. Men man kunde inte få allt. Bara nästan.

9.

Dimman hade släppt men himlen var fortfarande ljusfattig och låg som ett täcke av smutsig vadd under himlavalvet. Marken var täckt av frost, som om dimman frusit till is och helt enkelt ramlat ner. Kylan hade blivit skarpare och rutorna i bilen immade igen. Bilfläkten klagade och rev bara in mer fuktig och råkall luft.

Per muttrade och trevade efter knappen till stolsvärmen, han frös om rumpan. Dom hade slängt i sig var sin hamburgare med läsk och pommes frites i Järnbrottsmotet. Erika kämpade med den fadda smaken av transfett och sötningsmedel i munnen. När handen läkt och gipset var borta skulle hon börja träna igen, hårt. Sen fick det bli lunchlådor.

Erika såg i ögonvrån på Per som såg koncentrerat ut genom vindrutan, hans profil avtecknade sig i det tunna ljuset, halvt dold av dom mörka lockarna. Erika återgick till att studera kartan i knät. Göteborg liknade en stjärna. Ett centrum runt vilket vallgraven löpte, stadsdelarna som isflak utanför, vägarna och lederna som strålade ut från mittpunkten. Nordväst mot Oslo, nord mot Alingsås och Stockholm, öster mot flygplatsen och Borås, söder mot Malmö, havet som klippte av i väster. Utmed stjärnans armar låg bebyggelse och industriområden. Per hade förklarat, att landskapet var så kraftigt kuperat och att det var därför som bebyggelsen låg som långa armar i dalgångarna.

"Det kommer du att märka om du cyklar eller går. Det är inte direkt platt i den här stan", smålog han.

Solen bröt plötsligt genom den vita fukten, frosten glittrade i träden, marken hade mörknat och täckts av en skorpa is och vatten som runnit efter sprängstenssidorna vid vägen hade stelnat till tjocka vita valkar. Det lilla snölagret virvlade runt bilarna som kröp fram längs leden.

Stadsbyggnadskontoret låg mitt i Göteborg. En provocerande ful tegelbyggnad som stack ut i sin omgivning. Per parkerade i gränden bakom. Inne på Stadsbyggnadskontoret ställde han sig att titta på en stor modell av en blivande stadsdel i Göteborgs utkanter. Han kunde inte motstå frestelsen att peta på modellen, kanske just för att det satt en uppkäftig skylt intill med den stränga uppmaningen att absolut inte röra den. Ett träd av flörtkula och tråd ramlade omkull, han drog småleende åt sig handen och återvände till Erika som stod lutad mot receptionsdisken och bläddrade i en broschyr om hur man sökte bygglov. En ung kvinna kom ut ur hissen.

"Hej! Elisabeth Jansson. Sekreterare på distrikt syd."

Kvinnan sträckte fram en välmanikyrerad hand. Hennes långbenta, smala kropp svassade ner genom korridoren framför dom medan hon, med huvudet halvt vänt bakåt, berättade att Stadsbyggnadskontoret var indelat i två stora distrikt, norr om älven och söder om älven. Korridoren öppnade sig mot en bred receptionsdisk och ett väntrum med ett bord, stolar och en ingrodd kaffeautomat. På bordet låg slitna veckotidningar och dagens GP. Elisabeth visade vänligt mot dom nedsuttna stolarna. Hon bekräftade att Sten Åhlander, chef för distrikt syd, var på väg.

Erika såg sig omkring. En känsla av att tiden stått stilla sen slutet av sjuttiotalet underströks av den stillastående luften, dammet som låg tjockt på lamporna över en ledsen yuccapalm och hålet i takkassetterna där hon kunde skymta ett virrvarr av sladdar och feta dammråttor.

En man och en kvinna passerade, ivrigt diskuterande. Mannen bar bruna manchesterbyxor och polotröja, kvinnan en bredrandig tröja över en kolossalt bred bakdel och hennes korta ben var nedstuckna i bruna snedgångna pumps. Jag befinner mig på inspelningen av en Roy Andersson-film, tänkte Erika men kände sig mer nedstämd än road. Hon såg i Pers ansikte att chefen för distriktet var i antågande, vände sig om och flämtade ofrivilligt till. Mannen som kom längs korridoren var en kopia av Jan Olof Olofsson. Över medellängd med en mager, senig kropp och ett skarpskuret ansikte.

"Sten Åhlander. Chef för distrikt syd", sa Sten, räckte fram handen till Per och såg sen med höjda ögonbryn på Erika.

"Per Henriksson och Erika Ekman, länskriminalpolisen", sa Per vänligt. Sten Åhlander svepte hastigt med vassa ögon över Erikas kropp och tog henne sen pliktskyldigt i hand.

"Vi kan gå in på mitt rum."

Sten Åhlander visade med armen neråt korridoren. En grupp kvinnor och män stod tysta, i ett fikarum dom passerade, med koppar i händerna. Deras blickar följde avvaktande sällskapet som gick förbi. Sten Åhlander öppnade dörren till ett rum i slutet av korridoren. Rummet hade fönster åt två håll, ett stort skrivbord i mörkt trä och djupröda äkta mattor. På mattorna stod två grupper med bord och stolar. Erika fick en känsla av att Sten mycket sällan hade besök i sitt rum. Det luktade surt av gammal cigarettrök, på bordet stod bilder av två tonårsbarn och en vacker blond kvinna, i fönstren rader med pokaler och kristallföremål som Erika gissade var idrottspriser. Sten Åhlander satte sig bakom skrivbordet.

"Jag antar att ni vet att Barbro Edin Olofssons man anmält henne saknad", sa Per lugnt medan han halade upp sin telefon. Sten nickade.

"Vi skulle vilja prata med samtliga Barbros kollegor och få tillgång till hennes arbetsrum, dator och almanacka. Och andra handlingar som kanske kan ge oss någon information om vad som kan ha hänt", sa Per sakligt.

Erika såg på mannen framför sig med en stigande känsla av att han inte lyssnade. Han påminde om Christopher Lee i någon av hans senare vampyrfilmer, distingerat blek och lurpassande. Han tog upp en penna och började knäppa stiftet ut och in medan han fixerade Per med blicken. Just när Per tänkte upprepa sin begäran, släppte Sten pennan, reste sig, gick fram till fönstret, tog upp en av kristallfigurerna och betraktade den tankfullt medan han utstuderat långsamt vände sig om. Sten Åhlander harklade sig myndigt.

"Hela den här historien är som ni kanske förstår mycket obehaglig för alla som jobbar här. Men jag accepterar inte på något sätt att ni stör vår verksamhet."

"Vi försöker hitta Barbro, så fort vi kan. Vi är tacksamma ifall ni …", började Per men Sten högg rakt in i hans ord.

"Vi delar alla den här obehagliga situationen att en av våra kära kollegor saknas, men vi måste lika fullt upprätthålla vår service gentemot våra klienter", sa Sten kärvt. Han hindrade Pers försök att fortsätta genom att sätta upp ett smalt benigt finger mot hans ansikte.

"Jag menar inte att beklaga mig, men vi har en mycket hög arbetsbelastning och det faktum att vi plötsligt är en arkitekt mindre, gör inte saken bättre. Jag hoppas ni har förståelse för det."

"Vi förstår, men ju fortare vi kan få information, desto snabbare kan vi hitta Barbro." Död eller levande, tänkte Per bistert och studerade den strama mannen som stod nonchalant lutad mot fönsterbrädan. Per hoppades redan att det skulle ske mycket snart. Själv skulle han inte sakna varken henne eller utredningen en minut, när den var över.

"Vi kanske kan börja med att du berättar lite om verksamheten här, vad Barbro har för roll, vilka hon jobbar med och vem som kan veta något om vad som hänt", la Erika till.

Sten såg bistert på sina besökare, men berättade sen sakligt men omständligt om verksamheten och Barbros arbete. Distriktet handlade bygglov söder om älven. Arbetsbelastningen var mycket hög, högre än vanligt, förklarade Sten. Barbro arbetade tillsammans med Vanja Lankinen som också var distriktsarkitekt. Dom hade främst hand om nybyggnationerna ute i dom sydvästra delarna av distriktet. Erika såg på den länge mannen vars mun rörde sig lika mekaniskt som på en trädocka. Hon fann likheten med Barbros man allt mer märklig.

"När såg du Barbro Edin Olofsson senast?" frågade Per.

"Den sextonde december. Barbro gick på semester den sjuttonde."

"Hade du känslan av att hon var orolig för något innan hon åkte? Verkade hon annorlunda?"

"Nej."

Svaret kom kort och lite väl hastigt, tänkte Erika och ritade en krumelur i sitt block.

"Hur länge skulle hon ha semester?" fortsatte Per.

Sten böjde sig framåt och slog i en bordsalmanacka.

"Från den sjuttonde december till och med den sjätte januari."

"När fick du veta att Barbro saknades?"

"Vår receptionist berättade för mig att Barbros make hade ringt hit och frågat efter henne, att han verkade upprörd och orolig. Vi anade så klart att något hänt. Sen kom hon ju inte till sitt arbete, så ... Ja, och sen började pressen ringa."

"Det har framkommit att Barbro skulle ha blivit hotad på sin arbetsplats. Är det något du känner till?" frågade Per med neutral min.

"Vi kan väl säga så mycket, att många av våra ärenden har svårt att skilja på sak och person", svarade Sten med ett öppet förakt i rösten. "Och att känslorna ofta svallar i såna här sammanhang, men att regelrätta hot skulle tillhöra vardagen ... nä, min gode kommissarie, där går ni lite väl långt. Pressen är sig lik. Bara spekulationer som vanligt. Inget att ta notis om."

Sten reste sig, gick mot dörren, vände sig om och spände blicken i dom bägge.

"Ni kan få se Barbros arbetsrum nu men jag ser ingen anledning till att ni ska behöva tillgång till hennes dator. Den ger sannolikt inget och är dessutom känsligt material. Som sagt, vi befinner oss i en mycket ovanlig och pressande situation."

"Ursäkta", utbrast Per. "Vi behöver tillgång till hennes dator och ..."

Sten Åhlander snodde runt och blockerade dörröppningen med sin långa kropp.

"Och ...", sa Sten med en antydan till belåtet leende. "Vad har ni för juridisk rätt att gå in i vårt material, menar ni?"

Per svarade inte men knöt vänsterhanden i jeansfickan. Sten vände dom ryggen och fortsatte ner genom korridoren med långa utdragna kliv. Dom visades in i Barbros arbetsrum som var ett rymligt, nästan fyrkantigt rum med två stora fönster med utsikt mot låga gula hus som såg ut att vara från en betydligt äldre tidsperiod än Stadbyggnadskontoret. Mängder av papper och post låg över Barbros skrivbord och trängdes med några oöppnade julpaket och en stor chokladpresentask med locket på glänt. Bokhyllorna var samma trista bruna tingestar som också hittat till polishuset, fyllda till brädden av pärmar och böcker. Inga blommor i fönstersmygen, inga prydnadssaker eller tavlor. Men på en av bokhyllorna stod en rad foton på katter, samma som Barbro hade hemma i villan.

Längst in i rummet stod ett stort, fult plåtskåp där ett simpelt hänglås höll dörren på plats. Högar av brev, papper och plastmappar låg travade på golvet framför skåpet och blockerade det. Sten Åhlander stod kvar i dörröppningen.

"Jag finns kvar här på kontoret till fem. Fröken Jansson hjälper er om det är något ni behöver." Han svajade till och försvann. Per ruskade på huvudet mot den tomma dörröppningen.

"Jag föreslår att vi börjar med Elisabeth", sa Per buttert. "Brudar i receptioner brukar ha koll. Sen Barbros närmaste kollega, Vanja. Kommer du på nåt som chefen kan svara på så säg till. Jag kan tänka mig att grilla den där vaxdockan ett varv till", muttrade han och lät blicken vandra runt i rummet.

Han undersökte plåtskåpet, letade efter en nyckel i skrivbordslådorna men hittade ingen. Erika lyfte försiktigt på papper och pärmar på skrivbordet, hittade en bordsalmanacka, bläddrade utan att hitta något personligt, sökte bland post-it-lappar och anteckningar. Hon slog på datorn men fann att det behövdes lösen. Per gav henne ett hastigt leende. Hon gick fram till fönstret, sökte med fingrarna i svepande rörelser, vände tillbaka och tittade under skrivbordslådorna. Per log bredare.

"Du är verkligen inne på konspirationsteorin, eller hur?"

"Hmm, jag vet inte, men en kvinna som försvinner utan några spår, som lämnar både sin man och sina föräldrar utan minsta livstecken, har något att dölja. Eller, så har hon råkat ut för något."

"Stör jag?"

Elisabeth Jansson stod i dörren. Per bad genast om nycklar till det låsta skåpet.

"Nyckel till skåpet har jag inte, beklagar", svarade Elisabeth snabbt. "Det tror jag bara Barbro själv har, fast det kan ju hända att Vanja har en extra."

Hon log besvärat. Per antog att Sten redan gett henne strama förhållningsorder och kvävde det han tänkt säga.

"Kan vi prata en stund?" frågade Erika förtroligt.

Elisabeth nickade, kinderna glödde under pudret. Erika visade med öppen hand mot besöksstolen i Barbros rum och drog sen diskret igen dörren. Elisabeth satte sig ner. Hon kliade sig försiktigt under ena ögat, med spetsen på en mycket lång, klarlackad nagel, medan blicken studsade mellan Erika och Per. Erika betraktade en stund dom perfekt målade ögonen med brun ögonskugga, smal eyeliner och omsorgsfullt målade ögonfransar, den släta hyn där väl inarbetad färgad kräm och säkerligen också puder, dolde varje eventuell skavank. Hon förde omedvetet en hand till sitt eget ansikte. Vänster sida var fortfarande svullen och ansiktet stramade, som om det krympt och inte längre passade över hennes kranium.

"Kommer du ihåg när du såg Barbro senast?" frågade Erika och tog fram sitt anteckningsblock och en kort pennstump.

"Ja visst", svarade Elisabeth direkt. "Det var den sextonde december. Hon sa hejdå och drog på semester. Du vet, dom åkte alltid bort över julen, till nåt varmt ställe eller nån storstad. Typ London eller Paris. Fast den här gången åkte dom till New York."

Erika nickade. Hon hade svårt att tolka Elisabeths minspel.

"När förstod du att Barbro saknades?"

"När hennes man ringde och fråga efter henne."

"Minns du när det var?"

"Ja, det var vid tolvtiden på tisdagen. Han lät skitdålig, ja, stupfull faktiskt, prata en massa osammanhängande skit. Han fråga efter Barbro, undra om hon var på kontoret. Ja, du fattar!"

"Vad tänkte du?"

"Ja, gud. Att han var knäpp, tappat kollen, supit sönder skallen. Jag menar, dom var ju på semester, tillsammans. Och så ringer han och frågar efter henne på kontoret. Ja, sen förstod jag ju att han inte skämta direkt, han lät verkligen skärrad, börja gråta å babbla om att hon var borta, om å ringa polisen. Så jag sa att det måste han ju göra."

Erika nickade, antecknade så att det värkte i underarmen.

"Vad tror du har hänt?" frågade Erika förtroligt.

Elisabeth gjorde en besvärad min och kastade förstulna blickar mot Per, som stod lojt lutad mot fönsterbrädan och verkade studera något intressant i taket.

"Ni har tystnadsplikt, eller hur?" frågade Elisabeth, slickade sig hastigt om läpparna och drog i det redan släta och välkammade håret.

Erika svarade vänligt att inget av det hon sa skulle föras vidare, om det inte var viktigt för utredningen. Elisabeth skruvade på sig en aning men såg med ens beslutsam ut.

"Oss emellan, Barbro var en djävla kärring!" sa Elisabeth häftigt. "Hon tyckte att hon var bättre, finare typ", fortsatte hon. "Inte bara än oss, här på kontoret, utan alla. Hon kom och gick precis som hon ville. Man visste aldrig när hon var här eller när hon skulle komma. Och ledigt tog hon när hon fick lust, verka det som. Hon gled omkring i sina dyra kläder med näsan i vädret." Elisabeth tystnade. Hennes röda ansiktsfärg drog sig tillbaka en aning men ögonen mörknade. Erika kände sig plötsligt torr i munnen. Elisabeth hade pratat om Barbro i passerat tempus.

"Hur är hon mot sina kunder?"

"Precis likadan. Såg ner på dom. Hon missa alltid nåra möten under en vecka. Dom fick sitta här och vänta i all evighet och hade tur om hon råka vara på humör att ta emot. Det var inte konstigt att en del blev helt vansinniga."

"Vad tycker dom andra kollegorna om henne?"

Elisabeth ryckte nonchalant på axlarna, drog med en av högerhandens långa naglar på vänsterhandens översida, en disträ men ändå medveten rörelse.

"Det vet jag inte", svarade hon med en tjurig ton i rösten.

"Vet du om Barbro blivit hotad av någon?"

"Nej", svarade Elisabeth och slöt munnen till ett streck.

Erika försökte fortfarande smälta det receptionisten sagt när dom klev in till distriktsarkitekt Vanja Lankinen. Erika kände att Elisabeths svar på frågan om hoten kommit alldeles för snabbt. Det var uppenbart att hon visste mer.

Vanja Lankinen satt bakom ett stort, slitet skrivbord, högarna av papper var tjockare än på Barbros skrivbord, prydligare, mera strukturerade, men trots det desperat tjocka och ogenomträngliga. Fönsterbänken var fylld av kaktusar och fetbladiga växter. En bred och djup skål av sten stod i fönstret, fylld med bländande vit sand och vackra stenar, där sanden krattats i sirliga mönster runt stenarna. Ett stort och ömsint vårdat bonsaiträd stod i en låg kruka på en piedestal.

Erika hälsade och kikade intresserat på Barbros närmaste kollega. Vanja Lankinen hade ett blekt, vaxartat ansikte. Halsen föll samman med axlarna som halsen på en vas. Hon mötte Erikas blick men slog hastigt ner ögonen. Vanja var under medellängd och rejält överviktig. Hennes hår var blonderat till nästan vitt och mycket kortklippt. Hade Erika mött Vanja flyktigt, hade hon haft svårt att avgöra om det varit en man eller en kvinna.

"Du arbetar tillsammans med Barbro, inte sant?" började Erika.

"Ja", svarade Vanja, med en varm och behaglig röst som inte verkade stämma med det bleka ansiktet och dom lika bleka och undflyende ögonen.

"Barbro började här för två år sen. Jag har varit här betydligt längre", la Vanja till med viss stolthet i rösten.

"Då känner ni varandra ganska väl?"

Vanjas ögon vek plötsligt undan.

"Vi känner varandra som arbetskamrater, om det är det du menar. Men vi umgås inte privat."

"Vad tror du har hänt?"

"Jag vet inte", sa Vanja i en enda utandning.

Per ändrade ställning i stolen och harklade sig medvetet ljudligt.

"Tidningarna har skrivit om hot. Är det något du eller Barbro har råkat ut för?" frågade han.

"Inte jag", svarade hon hest.

"Men Barbro har?"

"Ja."

Vanja kastade en hastig blick på Per, han kisade allvarligt tillbaka. Vanja slog ner blicken och gned händerna om varandra men såg sen rakt på Erika med en plötslig beslutsamhet i blicken.

"Jag kan säga så mycket, att alla ärenden har inte blivit korrekt behandlade. Jag kan ge er namnen på dom, om ni vill?"

"Ja tack", svarade Erika snabbt.

"Det känns som om du själv känner dig hotad? Är det så?" undrade Per.

Vanja ruskade intensivt på huvudet, haklinjen guppade.

"Absolut inte. Jag hamnar inte i såna situationer."

Det fanns ett förakt i den förut så varma och vänliga stämman.

"Har du eller någon annan hört dom här hoten? Eller finns dom kanske skriftligt?" undrade Erika.

"Ja, några har vi väl hört, så högljudda som dom varit. Och några har skrivit arga mejl och brev. Jag kan skriva ut och kopiera dom ..."

En rodnad hade börjat krypa upp för Vanjas hals. Erika betraktade dom skära fläckarna över det vita hullet. Vanja och Barbro hade jobbat tillsammans i ett par år men var uppenbarligen inte dom bästa vänner. Och Vanja mer än antydde att Barbro inte skötte sitt arbete korrekt. Kunde hoten bero på att hon begått tjänstefel? Receptionisten hade sagt att Barbro inte skötte arbetet särskilt professionellt. Att strunta i bokade tider kunde vara nog för att ge upphov till ilskna mejl. Eller till och med hotfulla uppträden.

"Barbro har ett stort skåp i sitt rum som är låst." Erika la huvudet frågande på sned. Vanja nickade, munnen som ett streck.

"Elisabeth sa att du kanske hade en extranyckel till det?"

"Nej. Tyvärr har jag inte det. Det är bara Barbro som har en sån."

Vanja svalde hårt och började peta på sina naglar. Erika lät det bero.

Ytterligare en handfull av Barbros arbetskamrater hördes innan dagen var slut. Men samtalen gav inte mycket. Stämningen i korridorerna var nervös och det fanns en stark ovilja att prata om Barbro. Och hennes ärenden. Om det var rädsla för Barbro eller deras chefer eller bara en allmän rädsla för att uttala sig överhuvudtaget, kunde dom inte få något grepp om. Erika betraktade Pers allvarliga ansikte, ögonen som hade ett märkligt glödande mörker.

"Tror du att vår försvunna arkitekt kan ha begått tjänstefel? Tagit emot mutor? Eller trampat på några tår som inte tålde det?" undrade hon. Hon hajade till över sin egen röst. Den lät stram och torr. Tröttheten och smärtorna som hon tryckte undan anföll henne plötsligt som en tung flodvåg.

Per stannade upp och stirrade på Erika som om det hon just sagt var lika chockerande som om hon slitit av sig kläderna.

"Ja-a du. Det där är ett kärt ämne", svarade han tankfullt. "Myglet på kommunen pratas det om lite av och till. Så varför inte? Du menar att någon missnöjd kund har tagit saken i egna händer?" funderade han misstroget.

Per såg långt på Erika. Blånaderna, smärtan hon försökte dölja, den gipsade handen. All färg i hennes ansikte var borta, ögonen som stora klot. Vad var det hon bar på?

Erika vek undan med blicken. Hon hade känt det flyktiga kalldraget. Hon tryckte den gipsade handen intill sig. Den var som en klumpfot hon tvingades släpa på.

"Jag håller på uttråkad fru på rymmen. Ska vi slå vad?" log Per lätt överslätande och gav Erikas axel en vänlig knuff.

"Okej", gav Erika med sig. "Jag tror att hon har rymt med sin hemliga lesbiska romans", svarade hon kärvt, men mjuknade när hon såg Pers glittrande ögon.

"Sen kommer hon ut i kvällspressen, vackert leende med sin nya hustru vid sin sida. Ett nytt nätverk bildas, Lesbiska kommunalare. Vi har också rättigheter!" log hon retsamt.

Pers ansikte sprack upp i ett vitt leende. Erika såg fascinerad på hur hans ansikte totalt ändrade karaktär, hur till och med dom nästan svarta ögonen lyste upp.

"Så tjejen ... ska vi ge oss för idag? Vi kommer att ha mängder att skriva av oss. Du ser faktiskt rätt trött ut", konstaterade han.

Erika nickade mekaniskt, klumpen i halsen svällde upp utan förvarning.

Då kom Vanja emot dom genom korridoren med några pappersark i handen och räckte över dom med en svårtolkad min i ansiktet. Per kastade en hastig och nyfiken blick på namnen. Ögonmåttet sa knappt tio namn. Så frustade han till av skratt. Erika såg förvånad men nyfiken på honom.

"Hahhaha ... Minsann, har vi inte en kändis i listan. En av Göteborgs mest omskrivna storskurkar. Det här kan ju bli riktigt kul!"

10.

Torbjörn Stark lyfte på ögonbrynet, glodde ogillande på telefonen och väntade på att signalerna skulle tystna. Hans stora händer föll med två uppgivna dunsar på pappershögen framför honom. Han gav upp ett stön som protest men rev till slut åt sig telefonen.

"Torbjörn Stark."

"Tjenare, Tobbe!"

Torbjörn rätade upp sig, rösten var inte att ta miste på.

"Göran. Det var inte igår", svarade Torbjörn och hörde den ansträngda tonen i sin egen röst. Han spände ryggen, handen som hållit musen stack av cirkulationsbrist.

"Nä, men det är ju inte mitt fel att du bor i den där gudsförgätna hålan."

Görans röst var kall, utan minsta ironi.

"Vad sägs om att reparera skadan och ta en öl på onsdag?"

"Onsdag?"

"Ja. Jag råkar ha ett ärende till Götet och tänkte att du kanske har en extrasäng åt en gammal polare."

Torbjörn svor inombords. Han ville inte bli indragen i någon skit som han inte hade med att göra men han svarade så uppmuntrande han kunde att det förstås var en självklarhet att Göran fick bo i hans gästsäng några nätter och en öl på stan med en gammal god vän var ju alltid välkommet. Dom bestämde att ses på Bishops Arms vid Järntorget på onsdagskvällen.

"Bra", bet Göran av. "Jag har en del saker att prata om som du kanske fattar. Visserligen har min fru inte mått så bra en tid men det här

... ja, du fattar. Det är bara för mycket. Hon behöver hjälp och det ska jag se till att hon får. Hon är faktiskt min fru."

11.

Vanja Lankinen satt kvar på sitt rum och lät klockan gå. Elisabeth kom förbi på sitt varv innan hon gick hem för dagen, påminde som vanligt om larmet, babblade på en stund om polisernas besök och dom hotfulla kunderna med ivrig röst och en lätt upphetsad rodnad över kinderna. Vanja lyssnade utan att höra, stirrade framför sig utan att se med torra och vidöppna ögon.

Nu var bollen rullad. Hon borde känna både lättnad och skadeglädje, kanske rent av äkta glädje. Men allt hon kände var en molande skräck långt inne i magen. Vanja svalde gång på gång dom sura kväljningarna som kommit efter polisernas besök. När hon höll upp handen framför sig, såg hon att den darrade. Hon måste ta ett beslut. Och agera. Nu.

Vanja såg dom två poliserna framför sig. Tjejen med dom blonda lockarna och den gipsade handen verkade inte ha vidare koll. En rätt blåst brud. Misshandlad eller klantat sig på någon sorts träning som dom säkert hade. Men killen med dom mörka intensiva ögonen, han var något annat.

Vanja bestämde sig. Svetten bröt ut i armhålorna vid tanken. Hon tryckte sig upp med händerna i bordsskivan, snubblade till men återfick balansen och gick försiktigt fram till dörren och kikade ut. Det var tyst, öde och mörkt i alla rum. Bara taklamporna i korridoren lyste. Hon gick försiktigt ut i korridoren, tog dom få stegen till Barbros rum och gled ljudlöst in. Med hjärtat högt i halsen stod hon en stund innanför dörren, lyssnade och andades med öppen mun.

Den välbekanta doften av Barbros dyra parfym hängde kvar i rummet. En underligt formad skugga i dunklet fick hjärtat att göra en volt i bröstkorgen. Under ett kort ögonblick tyckte Vanja att Barbro satt vid sitt skrivbord och log sitt självbelåtna leende mot henne i mörkret. Men det var tyst och tomt, precis som det varit sen innan julhelgen.

Försiktigt smög Vanja bort till det stora skåpet, låste upp och svor till mellan tänderna när högen av mappar och akter vällde ut och hon tvingades stoppa raset med knät. När hon fått högen att ligga stilla, körde hon in handen i mitten, sköt den så långt in mot skåpets baksida hon kunde och hittade, efter lite grävande, den tjocka läderinbundna boken. Hon drog sammanbitet ut den, tryckte till högen av papper, pressade igen dörren efter sig och låste.

Snabbt tog Vanja sig tillbaka till sitt rum, rev åt sig kappan och gick ut från kontoret. Det var först när hon stod i busskuren nere på torget med Barbros dagbok hårt tryckt mot brösten, som rädslan grep henne med full kraft.

12.

Erika öppnade dörren, klev in i mörkret i hallen och blev stående, lyssnade. Lägenheten var mörk och orovächande tyst. Hon drog av sig kängorna, hängde upp jackan och tassade ner genom den långa hallen. Ett svagt ljus från vardagsrummet ledde henne. Anna satt djupt nedsjunken i soffan när Erika tittade in.

"Hej. Vad mörkt du har det."

"Hej!"

Anna klippte med ögonen, rätade upp sig och såg sig förvirrat omkring.

"Ja, jädrar vad mörkt det har blivit." Hon la ihop boken hon suttit och läst i. "Hur har du haft det idag?" undrade hon och gäspade stort.

"Jodå. Helt okej. Det blev en lång dag. Vi utreder ett försvinnande. Så jag och Per har varit på turné mellan Göteborg och Askim."

"Just ja. Den försvunna arkitekten. Krister sa direkt att hon blivit kidnappad av nån pamp som inte fått bygga som han ville och att hon sitter med en penna i näven och en pistolmynning mot tinningen", smålog Anna och sträckte på nacken. Hon grimaserade, vred och sträckte under små grymtningar. Erika smackade misstroget utan att kommentera.

"Är det okej om jag loggar in på Kristers dator? Jag tänkte se om syrran är online", frågade Erika snabbt.

"Visst! Vill du ha mat? Jag har inte käkat än."

"Absolut", log Erika och gick bort till Kristers arbetsrum, tände en golvlampa och slog på datorn. Hon hörde Anna rumstera i köket. Samvaron var enkel och avspänd. Trots åren av tystnad och allt glesare kontakt. Det hade tagit emot att kontakta Anna och be om husrum. Ändå var hon den som kommit upp först i hennes huvud, faktiskt den enda. Och Erika insåg att tystnaden som lagt sig runt henne och skapat ett avstånd mellan henne och hennes bästa väninna, inte var något hon själv åstadkommit. Anna och Krister hade tagit emot henne, med självklar generositet. Ändå kände hon sig som en skamsen snyltgäst. Hon måste ta tag i bostadsproblemet, så snart hon bara kunde.

Erika tittade hastigt på sin privata mejl men där fanns inget uppseendeväckande. Göran undvek att mejla. Han var inte korkad. Hon tittade hastigt in på Facebook men orkade inte bry sig om vad vänner och bekanta käkade till frukost, vilka bilköer dom köade i eller vilka fåniga spel dom pillade med.

Hon ringde upp sin syster på Skype, som svarade nästan direkt. Men bilden var grumlig och Erika kunde höra hur Mia stökade runt innan hon med rosor på kinderna, slog sig ner framför datorn. Hon var rufsig i håret och såg uppjagad men lycklig ut. Erika kisade men kunde inte känna igen bakgrunden. Då fick hon syn på ormen som hängde över systerns axlar. Den sträckte nyfiket men försiktigt fram huvudet och vädrade med tungan mot datorskärmen.

"Tjenare, sys! Det var ett tag sen. Är du på plats i Götet nu?" frågade Mia förväntansfullt.

"Ja. Jag bor hos Anna och hennes man. Och jag har börjat jobba", log Erika. Det kändes skönt att kunna säga det.

"Var är du?"

"Jaså, jag? Jo, jag är i den nya lokalen. Vi flyttade över allt i förra veckan och jag har haft mina första patienter här. Det kommer att bli kanoners. Bara mina gamla kunder hittar hit också."

Mia skrockade belåtet. Erika lutade sig tillbaka och såg kärleksfullt på sin syster. Erika var yngst i syskonskaran och alltså barn nummer sex. Det skiljde nästan fyra år mellan henne och Maria, som var näst yngst, vilket innebar att hon var en sladdis. Efterlängtad, hade hennes mor sagt med lite för överdriven entusiasm. Erika var övertygad om att hon var ett misstag, en oplanerad överraskning, en av naturens retliga påminnelser om vem som egentligen bestämmer. Hon hade två systrar och tre bröder. Maria, som kallades Mia, var veterinär och hade precis startat en egen smådjursklinik i nyrenoverade lokaler i det som tidigare varit ett av dom tre regementena i Östersund. Men som nu snabbt börjat ta formen av en ny stadsdel.

"Och här har vi en av mina första mycket belåtna patienter, om jag får säga det själv." Mia guppade med ormens huvud framför skärmen. "Jajamän. Ett styck äggstockning botad. Så nu får ägarna byta namn på kelgrisen. Det var inte en Malte. Det är en Malta!"

Erika småskrattade trött, lutade huvudet i ena handen och njöt av energin och entusiasmen som strömmade emot henne. Alla syskonen var energiska och drivande, precis som deras föräldrar alltid varit. Men Mia och yngste brodern var dom hon hade bäst kontakt med.

"Du, jag ska bara lägga Malta i terrariet, så hon inte fryser på sig lunginflammation också", sa Mia med ett belåtet småleende.

Hon försvann ur bild, det stökade. Mias småpratande och några glada hundskall hördes innan hon kom tillbaka till datorn.

"Men du, Erika vännen, du ser sliten ut. Och blåslagen? Va fan! Har han ..."

Mia visste bättre än att ösa okvädningsord. Hon bet av och muttrade en rad osande svordomar innan hon tystnade och gav sin syster fullt fokus. Erika nickade. Mia var den enda förutom yngste brodern som hon berättat allt för. Efter löfte om att dom skulle censurera allt till deras föräldrar och övriga syskon. Mias svordomar ebbade ut i en uppgiven suck.

"Förbannade svin", morrade hon. "Har du hört av honom sen du stack?"

Erika ruskade på huvudet, kände att tårarna plötsligt brände under ögonlocken. Hon svalde hårt, slog ner blicken och pillade med håret för att dölja sina våta ögon och blossande kinder.

"Jag har inte skickat in skilsmässopapperen än ...", harklade sig Erika. "Han lär ju inte bli gladare när dom kommer. Och sen har vi huset. Jag kollade och det är lite mer än ett halvårs kö för att få en bodelningsförrättare."

Erikas syster nickade, gjorde en hastig gest, försvann ur bild ett ögonblick och dök snabbt upp igen med en liten vit hund med brunt ansikte i knät.

"Säg hej till Morris, sys", log hon och vinkade med hundens tass. Hunden fick syn på Erika och gjorde en häftig ansats att anfalla skärmen. Mia tryckte skrattande ner hunden i knät. Erika såg med ömhet på det energiska djuret. Svanstippen vibrerade av närvaro och nyfikenhets. Ännu en av systerns ljuvliga patienter. Varför hade inte hon också blivit någon som arbetade med djur eller natur. Inte med människor och monster. Och deras misär.

"Vi är i alla fall två som älskar dig." Mia log melankoliskt men blev med ens allvarlig igen. "Näe, karln lär ju knappast sälja huset eller köpa ut dig, frivilligt. Men du äger väl halva, eller?"

"Ja och nej", bekräftade Erika med ett beskt leende. "Jag äger halva, ja. Men jag frågade en av våra jurister och det kan ta upp till tre år innan en tvångsförsäljning går igenom. Om han vägrar att skriva på. Vilket han så klart kommer att göra. Det kommer att bli ett mindre världskrig och kosta lika mycket. Jag får ordna bostad på något annat sätt", konstaterade hon torrt. Mia nickade tankfullt med ett sorgset drag över ansiktet.

"Men, Erika vännen, käraste syster. När blev han så knäpp? Jag fattar liksom inte. Han var ju inte så här djävla galen när ni träffades. Han var ju skitcharmig, trevlig, snygg som tusan! Herregud, vi tyckte ju att du hade gjort jordens kap. Ni var som gjorda för varandra. Jag har sällan sett ett sånt äktenskapstycke. Jag har underbara bilder på er när vi vandrade i Åre den där första sommaren. Ni var vackra som få ihop. Och verkade så lyckliga ..." Mias röst krympte ihop och försvann. Hon smekte den vita hunden som svarade med att slicka henne intensivt i ansiktet. Erikas ansikte drogs ihop och hon snorade ilsket mot handens baksida.

"Tack, syrran. Du är bäst. Du anar inte hur skönt det är att få höra det. Att jag faktiskt inte var totalt galen som föll för honom."

Hon längtade plötsligt efter att ha sin syster intill sig, hennes familj och alla hennes hundar. Ren outspädd kärlek i varje hörn. Bara att ta för sig. Behövde man akut närhet, kunde man greppa ett djur och tvångsgosa.

"Det känns som om det är mig det är fel på. Som inte såg, inte förstod", suckade Erika uppgivet och rev runt i lockarna som ställde sig rakt ut i ett rufsigt trassel. "Det är fan tur att vi inte skaffat barn. Ren djävla tur! Tänk att få försöka förklara för dom, varför man valde en psykopat till farsa!" Hon tystnade, tömd på energi.

Hunden i Mias knä gnällde svagt och trampade rastlöst.

"Du ... hunden, tog du med honom?" undrade Mia försiktigt. Hon rös då hennes syster sakta såg upp på henne.

"Nej", svarade Erika i en utandning. "Göran var väldigt misstänksam. Det var sällan han lämnade Boss utom synhåll det sista. Han bevakade honom lika hårt som han bevakade mig. Han tog med hunden till nyårsfesten ... Jag åkte faktiskt dit och försökte ta honom därifrån. Efteråt. Men jag misslyckades."

Erika mötte sin systers sorgsna blick i skärmen, slöt ögonen och lät tårarna rinna.

13.

Torbjörn trampade av och an framför fontänen på Järntorget. Han var bra klädd i varm jacka, ulltröja och kängor och stod med ryggen vänd mot älvsidan av torget och den isande vinden, med händerna djupt nedkörda i fickorna. Men kylan kröp ändå in under kläderna och tryckte envist mot kroppen. Han började bli både frusen och irriterad.

Han lät blicken vandra över torget, bort mot bokhandeln, hamburgerhaket och kaféerna. Några förhärdade rökare stod tätt tillsammans ute på kullerstenarna och samtalade mellan blossen och trampade fram och åter för att hålla värmen.

En äldre man som han vagt kände igen, kom nästan ljudlöst susande förbi med bara några decimeter till godo till Torbjörns kängor, på sitt elektriska handikappfordon. Gubben hade käppen nedstucken baktill som ett vapen redo att användas och en min som sa att allt som kom i vägen fick skylla sig självt.

Några rejäla svordomar fick Torbjörn att vända sig om och spana förbi den vintertomma fontänen. En spårvagn stod stilla med dörrarna öppna. Fyra mörkt klädda personer med texten "kontrollant" på jackorna stod framför en grupp människor som ville kliva av. Ett par armar fäktade upprört. Torbjörn ruskade på huvudet med en suck. Då fick han syn på Göran som kom gående över torget, lösgjorde sig ur sina tankar och gick honom till mötes.

"Tjenare. Det var inte igår", konstaterade han och tog Görans hand i ett fast grepp medan dom slog armarna om varandra ett kort ögonblick. Torbjörn sköt Göran ifrån sig, såg kort på honom. Han var sig lik. Lång och grov, det breda leendet, dom osannolikt klarblå ögonen, det blonda håret som fortfarande verkade vara lika tjockt.

Dom gick med raska steg bort till puben och klev in i värmen, hängde av sig på stolarna inne i ett av dom ombonade rummen, gick till baren och beställde var sin öl. Dom småpratade om vädret och Görans tågresa medan dom väntade på sina öl. När dom slagit sig ner, kände Torbjörn att något var fel med hans gamle skolkamrat. Eller åtminstone annorlunda.

Dom fortsatte att småprata och skämta om poliskåren, om att det blev allt fler pappersbärare och allt färre poliser ute på gatan, trots att dom totalt sett blivit fler i kåren. Om alla karriärister som numera klättrade på varandra i organisationen, om skillnaderna mellan huvudstaden och västkusten. Efter en stund tystnade Göran, ansiktsdragen blev hårdare. Torbjörn väntade medan Göran tog några stärkande klunkar på sin öl. Det högg till i honom när deras blickar möttes, på allvar.

"Jag vet att Erika tagit vicket hos er", började Göran med sorg i rösten. "Och att hon bor hos sin kompis Anna. Nu", la han till med en lätt grimas. "Ja, inte för att det var särskilt svårt att lista ut. Men det känns inget vidare att ha blivit förd bakom ljuset. Inte bara av Erika själv, utan också av hennes gruppchef."

Göran pressade samman läpparna och ruskade på huvudet.

"Jag antar att hon trodde att hon gjorde nåt bra. Att hon hjälpte Erika på nåt jädra konstigt sätt ..." Torbjörn rynkade pannan och Göran gjorde en uppgiven gest mot sin vän, tog en rejäl klunk ur glaset och harklade sig tjockt medan han torkade sig om munnen med handen. Ett kort ögonblick trodde Torbjörn att Göran skulle börja gråta men han stirrade bara framför sig, rakt genom bordsskivan med glansiga, nästan orörliga ögon.

Efter en stund rätade han upp sig, strök luggen ur pannan och började dra i fingrarna, ett efter ett, så att lederna lät som om dom knäcktes. Torbjörn dolde sitt äckel med en klunk ur glaset. När Göran dragit alla fingerleder, smackade han bistert och mötte Torbjörns frågande blick.

"Jag vet inte var jag ska börja. Annat än att jag så klart borde ha berättat, mer, för någon. Bett om hjälp tidigare. Dom sista åren har varit ett rent djävla helvete. Jag kan nog inte beskriva det på nåt annat sätt, är jag rädd."

Göran lyfte ölen och drack glupskt. Han ställde ner det nästan tomma glaset där skummet gled ner som en bubblig trög massa efter glasytan.

"Jag har ju berättat en del för Martin, min partner. Och jag har så klart pratat med min egen chef. Och också en del med Pernilla, Erikas boss. Men det mesta håller man liksom för sig själv. Man vet inte hur man ska hantera det. När det är den man älskar som ..."

Göran tappade orden, rösten stockade sig. Han stödde huvudet i händerna och försvann under den tjocka luggen.

"Jag fixar ett par nya öl", sa Torbjörn och gick bort till baren igen. Han kikade i smyg på sin vän där han satt med ryggen böjd och huvudet hängande. Det snurrade i huvudet av frågor. Han hade svårt att ta in det han fick höra. Han tog dom två ölglasen och gick tillbaka, slog sig ner och betraktade Göran under tystnad. Göran tog glaset med ett grumligt tack och drack stora ljudliga klunkar och ställde sen ner det med en smäll.

"Jag vet inte riktigt vad jag ska säga. Det låter så sjukt, förstår du? Visst, svartsjuk var hon väl redan från början. Men jag tyckte ju bara att det var rätt smickrande."

Ett blekt leende gled över hans ansikte. Torbjörn nickade tyst. Mer för att stötta än för att han egentligen förstod.

"Sen blev det värre. Det var som om hon ville låsa in mig. Fråga om allt, hela tiden. Förhörde, fan i mej! Sen börja hon få dom där migränattackerna allt som oftast. Käka mer och mer piller." Göran gav Torbjörn ett svart ögonkast.

"Ja, jag vet vad du tänker. Smärtstillande är inte nåt smågodis direkt. Treo comp. En klassiker. Hemma från jobbet lite nu och då ... ja, fy fan!"

Torbjörn lyssnade tyst på det Göran berättade. Varje ord hade lika gärna kunnat vara någon av deras klienters. Svartsjukegräl, misstänksamhet, två människor som slutat lita på varandra och börjat bevaka istället, snoka i mobiler och kalendrar. Där umgänget med vänner och arbetskamrater börjat glesa ut allt mer. Allt mer isolerade och instängda i sitt eget lilla helvete. En relation som började gå på tomgång och inte längre hade med kärlek att göra.

"Ja, och så sexlivet så klart. Det var som om hon straffa mig den vägen. Knep ihop. Jag hade tålamod först. Tänkte att det blir bättre om vi bara kommer iväg på semester, om vi bara fixar ditten och datten i huset ... ja, du fattar?"

Torbjörn nickade och svalde. Han fann inget att säga.

"Men till slut höll jag på att bli galen. Fa-an, jag är ju en man för helvete!"

"Vad hände?" undrade Torbjörn. "Varför drog hon?"

Göran slog ut med handen och drog den sen brutalt genom håret, kastade några hastiga och generade blickar runt sig, som för att se om någon hört hans utbrott. Men ingen i lokalen verkade ta notis om dom två männens diskussion. Han ruskade uppgivet på huvudet.

"Jag behöver fan i mej en whisky om jag ska klara det här", sa Göran och drog upp mungiporna i ett försök att vara lättsam. Han stoppade Torbjörns ansats att resa sig med en gest och gick själv till baren. Torbjörn följde den stora ryggtavlan med blicken. Den annars så energiska och starka kroppen såg bruten och kraftlös ut. Efter en stund kom Göran tillbaka med var sitt glas single malt-whisky och två glas vatten.

"Här", sa Göran och försökte le, men leendet blev bara en flyktig grimas. Han satte sig med en ljudlig duns, tog en rejäl klunk av spriten och gav ifrån sig ett stön.

"Jag tror att det är en kombination av två saker", funderade Göran. Dom klarblå ögonen hade blivit grumliga. "Erika hade blivit ett problem och inte en tillgång för gruppen. Hennes chef Pernilla ville bli av med henne. Och Erika ... hon har smitit ifrån alltihopa. Jag ville att vi skulle gå i terapi, att hon skulle få hjälp att komma ur allt. Hon tvärvägrade. Droppen var nog när hon fick ett svartsjukeutbrott mot en av våra kvinnliga kollegor. Man borde kanske vara smickrad ..."

Torbjörn kunde inte se varken ironi eller skämtsamhet i sin väns ansikte. Bara sorg. Och trötthet. Själv kände han sig, för första gången på mycket länge, fullständigt hjälplös.

14.

Per sköt upp dörren till konferensrummet. Erika satt vid bordet med den gipsade underarmen på en uppslagen GT. Hennes rufsiga hår hängde ner och dolde ögonen, ett finger på den oskadade handen följde textraderna. Hon såg upp, nickade kort och återgick snabbt till tidningen.

Per slog sig ner och masserade sig över nacken. En vass huvudvärk hade tagit form bakom ena ögat. Som en fet larv innanför ögonhålan. Tungan och gommen kändes torr och trång, trots att han druckit litervis av kallt vatten på morgonen. Frukosten hade fått bestå av en brutal espresso. Aleks svepte upp dörren, ytterkanterna av Erikas tidning lättade från bordet och det luktade kyla och fukt. Han var skär om kinderna.

"Tjena", frustade han och krängde sig ner på stolen bredvid Per. Han log skälmskt och blinkade mot Erika. Hon mötte dom gröna ögonen och kunde inte låta bli att le.

"God middag", började Bengt direkt när han kom innanför dörren tillsammans med dom övriga i gruppen. Han stökade med stolen och försökte ta in gruppen runt bordet. Lite stelt? Erika såg blek ut, Per sammanbiten. Torbjörn hade sin introverta blick som betydde att han redan befann sig utanför rummet i tanken, på väg mot nästa uppgift. Aleks och Erik var dom enda som såg avslappnade ut. Bengt suckade inombords. Ibland kände han sig som en föreståndare för ett dagis, en grupp treåringar, knappt blöjfria.

Bengt kastade en snabb blick på uppslaget i tidningen, som Erika hade framför sig på bordet. Han kände en het och frustrerad ilska.

Försvinnandet och spekulationerna om hot mot folkvalda hade slagits upp även av kvällspressen. Rubrikerna var alla söta kombinationer av spårlöst försvunnen, hot mot kommunanställda, saknad i över en vecka och att polisen inte tog situationen på allvar.

Mediadrevet vädrade lösnummer och frossade. Och hade blivit snabbare. Eller så var det den tekniska utvecklingen, nätet, att ingen längre var anonym och att skvaller spred sig som en gräsbrand i en kruttorr juliskog. Twitter och allt vad skiten hette. Ännu inte dömda las ut på nätet direkt. Att göra en klassisk lineup med en misstänkt var snart en metod som kunde förpassas till historien.

Bengt kände sig jagad. Folk som försvann och där inget tydde på brott eller reellt hot var ett rent elände. En utredning, med händerna bakbundna av sekretess, som dom fått på sitt bord av grumliga skäl som han inte ville spekulera i. Och just nu, när dom hade mer än nog av annat.

"Våra kollegor i Alingsås bistår eftersom vår arkitekt skulle ha åkt dit. Vi har fått protokoll från förhör med hennes föräldrar", började han och daskade handen i en bunt papper. "Men ingen verkar ha sett henne där eller på väg dit. Kollegorna ska söka med hund vid en sjö strax utanför Alingsås eftersom en kvinna påstår sig ha sett Barbro gå ut och dränka sig där." Bengt stannade upp, malde ett varv med käkarna och fortsatte.

"Vi har som vanligt fått in en mängd telefontips. Kvalitén är tyvärr väldigt dålig, men ett par av tipsen har i alla fall någon form av substans. Det är en familjefar och nybyggare som hotat att mörda Barbro inför flera vittnen på en middagsbjudning. Och två personer som bor ute på Näset som bestämt hävdar att deras granne sagt att han ska ta vår försvunna arkitekt av daga. Vi får beta av dom. Så vad har vi?"

Bengt såg uppfordrande på Per som snabbt sammanfattade besöket hos kollegan Nils, att han gjort bedömningen att Barbro inte befann sig i någon omedelbar fara, sitt och Erikas besök hos den övergivne äkta mannen ute i Askim, hans tillstånd av maktlös väntan och att han verkade supa hårt för att döva sin ångest.

Bengt hindrade bestämt alla försök att börja spekulera innan man hunnit igenom alla punkter och bad Torbjörn berätta vad man funnit kring verkstaden i Mölndal och i grannskapet ute i Askim.

"Inte ett skit", sammanfattade Torbjörn med en bister min.

"Vi har pratat med folk på verkstaden och ingen har sett Barbro där. Däremot kände man igen Jan Olof, när vi visade bild på honom, och tjejen i receptionen drog sig till minnes att hon sett honom åka från verkstaden, ensam i sin svarta Audi, strax innan lunch. Precis som han sagt."

Dom hade knackat dörr i området kring verkstaden, sökt igenom tomma lokaler och gamla skjul och även gått med hund längs Mölndalsån. Men inte minsta spår. Alla hennes bekanta hade kontaktats, utom vänparet som bodde i samma område och som befann sig utomlands. Och så väninnan i Alingsås som verkade lika spårlöst försvunnen som Barbro och ingen verkade ha sett skymten av på över en vecka.

"Vi har fått inspelningarna från bevakningskamerorna runt verkstaden", fortsatte Torbjörn med lugn stämma. "Eftersom tidpunkten när hon försvann är rätt begränsad, så har vi hunnit gå igenom dom. Tyvärr är kameran på baksidan av bilhallen, alltså vid ingången till själva verkstaden, saboterad. Sönderslagen med någon form av tillhygge", konstaterade han och gav Erik, som nickade bekräftande, en kort blick. "Vi har också plockat in bevakningen från Västtrafik men inte hittat någon som liknar vår arkitekt på några kommunala transportmedel."

Torbjörn tystnade ett ögonblick medan han studerade sina anteckningar och fortsatte sen koncentrerat.

"I och med att kameran på baksidan av verkstaden är trasig, så kan Barbro ha klivit in i en bil och åkt därifrån, utan att någon har sett det." Han petade snuset till rätta, blicken svepte över kollegorna i rummet och stannade på Erika. Deras blickar möttes ett kort ögonblick. Hon svalde och vek undan efter några sekunder. Det gick inte att ta miste på det hårda och anklagande i Torbjörns blickar. Men Erika tyckte sig ändå ha skymtat ett litet frågetecken.

"Vad vi troligen vet …", fortsatte Torbjörn skarpt, "är att Barbro åkt med sin make till verkstaden."

Han tryckte på en laptop, en projektor började susa och en ganska oskarp bild av en mörk Audi som rörde sig åt höger i bild, kom upp. Registreringsskylten syntes på första bilden. Torbjörn klickade vidare och alla kunde tydligt se Jan Olofs vassa profil vid ratten. Bredvid honom satt en nedböjd figur i beige kappa och en mönstrad sidenschal över huvudet. Ansiktet var dolt.

"Va fan gör fruntimret?" muttrade Aleks misstroget. "Sitter hon och suger av karln i bilen?"

Alla kisade intresserat mot bilden.

"Ja, det ser ju ganska märkligt ut", konstaterade Torbjörn. "Men någon i beige kappa och sidenscarf på huvudet sitter framåtböjd i framsätet bredvid Jan Olof. Kläderna stämmer bra med den beskrivning hennes man gav på det hon skulle ha haft på sig när hon försvann."

"Hon gräver i handväskan", konstaterade Erika torrt med ögonen på den grumliga bilden. Bengt gav henne en hastig men uppskattande blick och såg sen uppfordrande på Per igen.

"Arbetsplatsen. Inte mycket, tyvärr", konstaterade Per. "Vi har inte fått tillgång till Barbros dator. Men hennes kollega bekräftade att det faktiskt förekommit hot. Vi har fått ett antal namn på personer som varit upprörda över dålig service eller dåliga beslut. Vi går igenom dom. Intressant är att en av Göteborgs mera beryktade storskurkar finns bland namnen. Kai Andrée."

"Hå hå hå", skrockade Erik belåtet. "Now we're talking! Inte bara fingrarna i syltburken utan hela näven, ända upp till armbågen!"

En kort nick från Bengt fick honom att tystna men den raderade inte hans belåtna leende.

"Bra. Då har vi i alla fall lite att jobba vidare med." Bengt lät blicken falla på Erika.

"Du hade hunnit med lite av det inre nu på förmiddagen", sa Bengt. Hans ögonbryn åkte upp i pannan med en skarp rynka mellan dom. Erika ryckte till, kände hur allas blickar runt bordet vändes mot henne. Hon svalde och tittade snabbt på sina anteckningar.

"Barbro har två kontokort. Ett VISA och ett Mastercard. Inget av korten är använda den senaste tiden och inte efter vägen till eller i Alingsås. Inte särskilt mycket pengar på det egna kontot, bara knappt femton tusen kronor. Det är motigt med banken. Sekretessen", la hon till och kände att hon rodnade. En fullständigt onödig upplysning. Hon harklade sig.

"Jag har pratat med hennes läkare på Carlanderska, dit hon gått för hälsokontroller", fortsatte Erika och försökte få rösten starkare. "Och enligt honom var hon kärnfrisk och psykiskt stabil. Han bedömde henne inte som suicidal. Jag har också begärt in samtalslistor på Barbros telefon. Om den fortfarande är vid liv så kan vi lokalisera den. Jag gissar att det blir svårt att få pinga den?" Erika såg hastigt mellan Erik och Bengt. Den senare ruskade buttert på huvudet. Ännu fanns ingen misstanke om grovt brott, så samtalslistorna fick duga. Hon bekräftade med en kort nick.

"Okej", fortsatte Erika. "Restaurang Hos Pelle bekräftade att Jan Olof Olofsson hade bokat bord för två och att han suttit i baren och väntat, men efter ett antal glas vin och några whisky gett upp och tagit en taxi därifrån", avslutade hon andtrutet.

Hon såg på sista raden i sina anteckningar. Planerat? Jan Olof kanske spelade teater. Kanske väntade hans trogna hustru på honom någonstans, där dom skulle leva gott på pengarna från en av deras rejält tilltagna livförsäkringar. Sådant hade hänt förr. Eller, en resa utomlands för en person utan returbiljett.

"Passet saknas", la hon till. "Det kan, precis som äkte maken säger, ligga kvar i hennes väska av en slump. Men hon kan så klart också redan befinna sig utomlands."

"Solklart!" utbrast Erik med ett belåtet grin. "Fingrarna i kakburken och stuckit med stålarna. Det vet väl alla som har fått tjafsa sig blå om ett sketet plank, att det inte går enligt ritningar på Stadsbyggnads."

Erik tog belåtet emot dom uppskattande skratten runt bordet. Erika kisade under lugg på sina kollegor. Hon hade svårt för det göteborgska ordvitsandet, men i Eriks sällskap kanske hon skulle kunna vänja sig.

"Jag tycker att det ni beskriver känns planerat på något sätt", la Per till med en tankfull ton i rösten. "Hon har packat och ska vara borta några dagar, passet har hon med sig och hennes man kommer inte att reagera förrän hon är en bra bit på väg. Antingen har hon dragit med en ny man eller så flyr hon? Han skulle inte vara den förste äkta mannen som slår. Eller hotar."

Erika slog ner blicken när Per vände sig mot henne, och låtsades anteckna något.

"Mm-mm", brummade Erik. Uppmärksamheten runt bordet vändes mot honom. "Vår arkitekt har ett förhållande vid sidan av, hon vill skiljas. Det vill inte gubben. Han bönar och ber och hotar."

Erika såg fascinerad och aningen överraskad upp på Erik. Hans kropp och ansikte hade förändrats och en hel teaterpjäs spelades nu upp. Hon såg hastigt runt gruppen där samtliga såg med belåten förväntan på Erik. Det var uppenbarligen inte första gången som Erik spelade upp ett litet drama.

"Eller så vill hon ha mer av sin mecenat, äktenskap kanske?"

Erik vevade dramatiskt med dom långa armarna.

"Hon kräver att han ska skilja sig och göra henne till en ärbar kvinna, inte bara älskarinna. Kanske sitter han högt upp i kommunen eller på nåt företag, blir desperat och skickar henne på en lååååång resa."

Det hördes roade skratt runt bordet.

"Så vad har vi alltså?" bet Bengt av för att visa att deras småputtriga spekulationsstund var över. Men Erika noterade ett flyktigt leende i hans ansikte.

"Jae", grimaserade Torbjörn. "Fru Edin Olofsson får skjuts till bilverkstaden av sin man för att hämta bilen, han lämnar henne där och åker hem, hon hämtar inte sin bil utan försvinner från verkstadens baksida. Äkta maken är ensam kvar hemma i tron att Barbro åker till sina föräldrar i Alingsås. Föräldrarna väntar förgäves, ringer men får inget svar hos Jan Olof. Han börjar sakna henne på allvar när hon inte dyker upp till restaurangbesöket tre dagar senare. Maken letar efter hustrun i bekantskapskretsen och på arbetet och ringer till slut och anmäler henne försvunnen. Och det är banne mig allt! Om inte någon av dom uppretade kunderna på Stadsbyggnads har lite mer substans", konstaterade han. "Eller att Alingsås hittar henne i sjön."

Bengt gav sin flock en sträng blick.

"Jahapp, det är ju gott att herrskapet har teorier, men vi får nog ta ett larm. Se till att kolla bokningar på flyg, tåg och båtar. Ni drar vidare med hennes arbetsplats och dom som vi inte fått tag i än. Och våra tips så klart. Hör gubben igen. Och dra igenom bevakningskamerorna ett par varv till. Sätt lite fart under fötterna så att vi hittar tanten. Vi har annat att göra än att jaga efter en kärring som dragit utomlands på långsemester."

15.

"Per? Har du tid?"

Bengt la handen på Pers axel. Per lyfte blicken, ryckt ur en seg tankeslinga, och följde sin chef in på hans rum. Han ställde sig vid fönstret och stirrade ut över idrottsarenan och Trädgårdsföreningen. Bengt sjönk ner på sin stol och började pilla med ett gem.

"Jag kollade lite mera med Stockholm ... om Erika", sa Bengt kort.

"Jaså?" sa Per med äkta förvåning och vände sig från fönstret. "Varför?"

"Mmm." Bengt smackade besvärat. "Det finns nåt mellan raderna, nåt obestämt om att det gnisslat en del, en del frånvaro under perioder. Det verkar ha skurit sig mellan Erika och några andra på roteln."

Bengt strök över skalpen och lutade sig tillbaka i den gnälliga stolen.

"Det kanske inte är nåt men jag är orolig för att vi får samma problem en gång till. Fa-an, vad är det med fruntimren nuförtiden? Jag vill inte ha en helt manlig grupp om jag kan undvika det. Men ..."

"Fick du reda på varför? Nåt konkret?" undrade Per.

"Nä, egentligen inte. Hon verkar ha varit sjuk i omgångar, lite oftare det sista året. Och så en del antydningar om att hon gått lite mycket sin egen väg och inte varit lojal med kollegorna. Och så en massa snack om att hon skulle läcka till pressen." Bengt suckade trött, bände ut gemet och kastade det i en tom pappersmugg på bordet. Per masserade tankfullt sitt ömmande ryggslut.

"Jag hörde också det där snacket. Men fanns det nåt konkret? Eller är det den vanliga skiten med att Stockholmare läcker som såll?"

"Näe. Å andra sidan kanske den goda Pernilla i Stockholm var glad att bli av med tjejen. Så dom goda vitsorden ... fan vet."

Per svarade inte utan studerade sin chefs bekymrade ansikte. Han kände sig kluven och samtidigt nyfiken. Det var för mycket på en gång. Något som skavde.

"Hur hade hon skadat sig? Har hon sagt det?" undrade Per. Bengt såg överraskad upp.

"Vad menar du? Att hon skulle råka i slagsmål lite nu och då?"

Per småskrattade, gick tillbaka till fönstret och lutade sitt mörbultade ryggslut mot fönsterbrädan. Sträckningen var fortfarande svullen. Han hade fått duktigt med stryk under träningen och kände sig trött och belåten. Den djävla norrmannen. Han var dubbelt så stor som honom själv och brutalt vältränad. Ändå var det en sötsur utmaning att gå mot honom, att ta dödarblickarna och smällarna. Tids nog skulle han ta honom, på ren vilja, teknik och snabbhet. Per kunde se i norrbaggens smala ögon bakom visiret, att han visste. Han log introvert.

"Nä-ä. Hon ser inte ut som en slagskämpe direkt. Jag bara undrade. Vad har hon gjort?"

"Ramlat i löpspåret, tagit emot sig med handen och tydligen brutit nåt i den. Och så var det nåt med nyckelbenet också."

Per såg en stund på sin chef och kände en våg av ömhet. Det fanns inte ett uns ont i den mannen. Snäll intill det naiva, trodde alla om gott tills motsatsen bevisades, vilket faktiskt gjorde honom till en utmärkt polis. Men ibland behandlade han sin grupp som en flock barn istället för vuxna. Per ruskade leende på huvudet.

"Vet du vad jag tycker?" Per gick fram och klappade på Bengts axel.

"Jag tycker att vi ska ge tjejen en rejäl chans innan vi börjar måla fan på väggen."

Bengt nickade och gav upp ett ljudligt stön. Per behövde inte fråga varför. Dags för presskonferens. Det var det enda med jobbet som kunde få Bengt att fundera på en annan bana i livet. Han fullkomligt hatade murvlar och ansåg att dom antingen var enkelspåriga och korkade redan när dom kom till journalistutbildningen, eller att dom hjärntvättades till sensationslystna, snaskiga varelser som enbart var ute efter feta rubriker och klättrade på varandra så att Darwin hade bleknat om han levt. Bengt samlade ihop sina papper, rev åt sig ett luggslitet anteckningsblock och stegade iväg.

Per gick genom korridoren med det tankfulla leendet kvar i ansiktet.

"Och vad går du omkring och flinar åt? Nyknullad eller?"

Annas ansikte kikade fram bakom Pers arm. Han nöp till i hennes hakspets, hon slog leende undan hans fingrar. Dom låtsasfajtade ett ögonblick, sen tog Per tag om hennes midja och dom fortsatte ner genom korridoren likt en fyrbent insekt.

"Du, Per", sa Anna med sin vänaste röst. Per undvek hennes blick, beredd att få betala dyrt för någon av alla dom väntjänster som han var skyldig henne för.

"Ta väl hand om Erika."

Per stannade upp.

"Hallå? Känner *ni* varandra?"

"Erika och jag var bästisar i Sörentorp, ler och långhalm liksom, partybrudarna. Fast det är klart, det kan ju inte du veta."

Anna bet ihop, sänkte blicken, det vänskapliga greppet runt Pers midja lossnade. Han höll henne kvar med utsträckta armar.

"Nej, det visste jag inte. Är det hos er hon bor?" Per sänkte blicken.

Anna skrattade till och buffade honom i magen. Pers sängkammarblickar lyckades fortfarande påverka henne.

"Ja. Var lite hyggliga, okej." Hennes leende slocknade. "Men har du plats hos dig så ..." Den vänskapliga knuffen kom tillbaka och Per parerade.

"Hur går det med köket, förresten? När får vi inviga?" retades Anna glatt för att byta samtalsämne.

"Nä nä ... Inte du och gubben, inga kockar i mitt kök", protesterade Per. "Fast jag funderar faktiskt på att bjuda in mina kollegor en kväll, slita in det lite. Vad tror du?"

"Kanonidé. Finns inte en kvinna som inte faller för en man som vet hur ett kök ska användas."

Anna svepte in genom dörren till tekniska med sitt sötaste leende över ansiktet.

Per stod kvar ett ögonblick, ruskade på huvudet. Anna trodde fortfarande att hennes uppgift var att hitta en kvinna, som kunde fylla det hon uppfattade som ett ensamt och torftigt ungkarlsliv. Det hon inte hade förstått, var att hans problem inte var att hitta dom. Det var att bli av med dom.

16.

"Hej. Jag heter Erika Ekman, inspektör på länskriminalen. Jag ringer angående förhöret med paret Edin. Föräldrarna till kvinnan som försvunnit."

"Ja. Ja, det var jag och en kollega som pratade med dom häromdagen. Vad kan jag hjälpa dig med?" svarade den glada rösten i Alingsås.

"Jag har läst igenom förhöret. Men det känns inte som om det gav särskilt mycket?"

"Näe, det kan man nog inte påstå."

Erika väntade och lät kollegan samla sina tankar.

"Jag och kollegan fick nog intrycket att relationen med dottern var lite spänd. Och framförallt att dom inte hade någon vidare relation med svärsonen. Men det kanske hänger ihop. Barbro Edin har inte synts till i Alingsås och inte på vägen från Göteborg. Och föräldrarna kunde inte bidra med mycket."

"Verkade dom oroliga?"

"Jo. Oroliga var dom nog. Mest mamman, skulle jag säga. Hon ojade sig en hel del. Att det var det här hon väntat på länge och det vanliga skrocket. Men som sagt, dom verkade inte veta något som kan leda vidare."

"Väninnan? Julia Lindmark. Ni hittade inte henne?"

"Nä. Hon har tydligen inte varit hemma på ett tag. Vi fortsätter att kolla där. Hon är en rätt välkänd figur här i stan, så vi får nog snart korn på henne. Lite av ett lokalt original, kan man säga. Men det är lite märkligt trots allt. Hennes granne har inte sett henne på nästan en vecka. Och det låg duktigt med post innanför dörren."

"Kan det vara så att dom bägge väninnorna har åkt iväg tillsammans?" funderade Erika.

"Ja, det är väl inte helt otroligt. Vi ska knacka lite mera dörr och kolla med hennes lokala bankkontor också. Jo, förresten. Vi har draggat i en tjärn utanför stan och gått med hund, med anledning av tipset. Men inga som helst spår. Så det var nog bara rosa elefanter eller uppmärksamhetstörst, som vanligt."

Erika tackade och noterade att dom borde ta ytterligare ett samtal med föräldrarna och att Barbros barndomsväninna inte setts till på en vecka. Kanske låg dom båda på en varm sandstrand med var sin drink i ena handen och en mörkhyad ynglings hand i den andra.

Erika sjönk tillbaka i sin kontorsstol och kisade trött på papperet framför sig på skrivbordet. Hon suckade djupt men hejdade sig mitt i andetaget. Det smärtade fortfarande elakt i bröstkorgen och den gipsade handen kliade så att hon höll på att bli galen. Hon sträckte på sin stela kropp och lät blicken försvinna ut genom fönstret. Det hade varit grått och stilla eller grått, regnigt och blåsigt, ända sen hon kommit till Göteborg. Kanske var allt elakt förtal om Göteborgsvädret inget förtal alls, utan rena rama sanningen. Hela tillvaron kändes färglös och flack och under dom två veckor hon varit i Göteborg, hade solen bara skymtat några få gånger.

En stor svart spyfluga vandrade längs fönsterkarmen. Den fastnade med dom taggiga fötterna i kondensdropparna som kletade efter glaset. Erika betraktade den långsamma vandringen. Flugkräket måste ha piggnat till i den kvava inomhusvärmen. Nu vandrade den planlöst på jakt efter mat eller kanske en partner. Eller bara ett lämpligt ställe att lägga sina ägg. Tyvärr, min goda fru fluga, här finns inga lik, inget ruttnande kött att lägga sina krälande larver i. Inte än i alla fall, tänkte hon bistert.

Hon återgick till att sortera i högarna av papper i ett försök att få struktur. En vanlig syssla i början av en utredning, då allt var ologiskt, vildvuxet och en oformlig massa av information vällde in, ofta hastigt. För att sen ebba ut. Ibland till inget alls. Erika lutade sig tillbaka i stolen, rätade på nacken och försökte slappna av medan hon kliade sig med en penna under gipskanten. Hon förbannade att det skulle behöva sitta kvar i minst en vecka till. Men den ständiga värken i fingret hade i alla fall börjat klinga av. Och blånaderna och märkena efter Görans fingrar på halsen var nästan borta. Hon klippte med ögonen över trötthetes, rafsade med musen, datorskärmen knastrade och tändes.

Första steget var taget. Hon hade flytt undan Göran, klivit ut genom dörren och gått därifrån. Det hon drömt om så många nätter, när hon legat intill sin snarkande man, stirrat i taket och knappt vågat andas, än mindre röra sig. Det hade tagit all hennes kraft att våga söka vikariatet i Göteborg. Hennes gruppchef i Stockholm hade stöttat henne och mörkat det som hände bäst hon kunde. Faktum var att det var hon som kommit med förslaget. Och Erika var tacksam. Trots att det Pernilla gjort, egentligen var ett svek och ett simpelt sätt att bli av med ett problem.

Som polis mötte Erika nästan dagligen kvinnor som var i hennes egen situation, nere i skiten, och som betraktades med en trött och nästan medlidsam uppgivenhet av kollegorna. Ständiga konflikter, hem i uppror, missbruk och arbetslöshet, vanmakt, social isolering, barn som grät, blåslagna kvinnor som mellan tårarna försökte förklara ett händelseförlopp som för det mesta var så kaotiskt, brutalt och ologiskt, att det knappt gick att minnas.

Kvinnor som stannade kvar, tog tillbaka och vek ner sig och gav upphov till ett kollektivt stön i kåren. Kvinnor som hamnat i en ond cirkel, anmälde när våldet var akut för att sen ta tillbaka anmälan, därför att skräcken var starkare, för att dom inte hade någonstans att ta vägen, ingen inkomst som klarade en separation, för att dom hotades till livet och dessutom fruktade för sina barns liv. Men inte någon av kvinnorna Erika mött, hade varit polis.

Veckorna innan nyår, då hon gått och väntat på att en glipa i stålburen som Göran byggt runt henne, skulle öppna sig, hade hon gått på nattgammal is med ett svart bråddjup under fötterna. Hon hade varit vänlig, undfallande och söt. Men inte för mycket. Han fick inte fatta misstankar. Minsta lilla förändring i hennes beteende skulle ha varnat honom.

Göran hade köpt nya underkläder till henne inför nyårsfesten. En blank hård korsett i svart siden som hon hade fått prova direkt när han kom hem med den. Han hade dragit åt så hårt att hon knappt kunnat andas och sen tagit henne brutalt på köksbordet, med ett svidande grepp i hennes hår, medan han stötte.

"Korsetten ska du ha på dig på festen, gumman min", hade han sagt efteråt. "Och strumporna. Men inga trosor."

Han hade lett, det inåtvända sneda leendet. Sen hade den vassa glöden i hans ögon kommit tillbaka. Han hade tagit ett hårt grepp om hennes axlar, ansiktet förvridet av förakt.

"Och gå för fan och klipp håret, Erika. Du ser ju för fan inte klok ut! Jag har ju sagt det till dig. Du får börja lyssna nån djävla gång."

När hon suttit hos sin frisörska som, under den vanliga strömmen av skvaller och vänligt småprat, satte saxen i Erikas hår, hade dörren vräkts upp. Göran hade fyllt dörröppningen. Med stel rygg och den berusades återhållna rörelser hade han klivit in och glott uppfordrande på frisörskan. Hans ansikte hade tappat skärpan, som ett fotografi taget under rörelse. Han hade klivit fram och gripit tag i Erikas nackhår, samlat ihop det och stirrat henne i ögonen i spegeln.

"Tänk att du fan aldrig kan lyssna på vad jag säger åt dig. Varför, Erika, varför behandlar du mig alltid som skit? Är det så djävla mycket begärt att du åtminstone lyssnar nån gång. Har jag inte sagt åt dig att du inte ska ha håret fram i ansiktet. Eller?"

Han hade brutalt dragit fram allt hennes hår över ansiktet i demonstrativa hårda tag. Pekat åt frisörskan.

"Ser du? Det ser ju för fan inte klokt ut! Det ska bort från ansiktet har jag ju sagt. Tänk att man ska behöva jaga efter dig jämt och ständigt." Göran hade låtit mungiporna dra uppåt i ett hånfullt leende, men ögonen förblev kalla. Svarta tomma ögon, som på en haj.

Göran hade klappat frisörskan på kinden, lite för hårt, och sen tagit ett stadigt tag i Erikas kinder, nupit åt och pussat i luften mot hennes ansikte innan han försvunnit ut genom dörren igen. Frisörskan hade börjat gråta. Erika hade inte något minne av hur frisyren blev. Bara att hon var rädd att den inte skulle vara det Göran ville. Hennes frisörska hade bett henne att aldrig mer komma tillbaka. Hon ville inte ens ha betalt.

Erika ryckte till, klippte av tankarna, drog in snoret och svalde. Hon och Per skulle prata med Jan Olofs partner i firman och sen fortsätta traggla med tipsen och namnen dom fått av Barbros arbetskamrat Vanja.

Hon kände sig nyväckt, yr och matt och upptäckte att det som ryckt henne ur det inåtvända tillståndet var ännu ett sms i hennes privata mobil. Hon hade börjat ignorera den, ville inte öppna och se den allt längre raden med meddelanden från Göran. Ledsna, ömkliga och bedjande och ibland ilsket uppgivna.

Dom vänliga orden var inte han. Dom var medvetet oförargliga och lagom tårdrypande. Och skulle få henne att framstå som hårdhjärtad och grym, ifall någon skulle råka läsa. Men för Erika, var dom kodade ord med en helt annan betydelse.

Erika öppnade efter en stunds tvekan meddelandet. Det var inte från Göran, utan från hennes kusin Karl. Hon hade tidigare upptäckt ett par missade samtal från numret och letat upp det. Dom sista dagarna hade hon fått flera nya meddelanden från samma nummer, som hon först tänkt besvara men sen låtit vara, helt enkelt skjutit upp. Han bodde i Backa, strax norr om Göteborgs centrum, ute på Hisingen. Och hade på något sätt fått nys om att hon flyttat ner till Göteborg.

Hon läste meddelandet. Det var vänligt men lite barnsligt skrivet. Han ville återuppta kontakten. Träffas för att fika och prata. Erika höll telefonen framför sig, läste meddelandet flera gånger. Hon kände sig märkligt kluven. Det fanns inget beräknande eller elakt, inte ens besviket, i det han skrev. Gångerna dom faktiskt träffats var lätt räknade och bestod av några få somrar vid Storsjöns strand i Orrviken på morföräldrarnas gård. Och ett par stela möten när Erika nyss flyttat till Stockholm och Karl hade bott där.

Han hade faktiskt stött på henne då, på ett klumpigt och tafatt sätt. Men Erika hade avvisat honom, vänligt men bestämt. Och Karl hade surat. Pinsamt förorättad. Han hade flyttat till Göteborg strax därefter och dom hade inte haft kontakt sen dess. Men Erika kunde ändå känna ett litet styng av dåligt samvete, parat med en vag känsla av obehag. Att hitta hennes mobilnummer var inte svårt. Ändå kändes hans kontaktförsök ovälkommet.

Hon såg obeslutsamt på telefonens skärm. Ytan var full av hennes fingeravtryck och kladdiga fläckar av något obestämt. Hon gned telefonen mot tröjärmen och ringde sen upp sin kusin. Efter några signaler svarade Karl. Han lät glad. Frågade hur hon mådde och om hon hade lust att ta en fika på stan. Han kunde guida henne lite i Göteborg om hon ville. Dom var ju ändå släkt. Hans röst var märkligt bekant men ändå främmande och Erika lyssnade frånvarande till hans tröga pladder.

"Det är jättegulligt att du hör av dig", sa hon efter en stund och försökte få rösten att låta vänlig och neutral. "Men jag är som sagt ny i stan och har inte hunnit komma till rätta än och det är mycket med jobbet också. Så inte just nu. Men vi kanske kan ta det lite senare, när allt lugnat sig lite?"

Han lät inte överdrivet besviken, vilket gjorde henne lättad.

"Det är helt okej, Erika! Vi måste så klart hålla kontakten. Du och jag, Erika. Vi har ju så mycket gemensamt", skrockade han, som om dom delade en hemlighet.

Erika ruskade lätt på huvudet mot sin telefon. Gemensamt? Hon hoppades att han snart skulle ha glömt deras fikastund för hon hade, om hon skulle vara ärlig, inte minsta lust att sitta och prata bort dyrbar tid med någon som hon knappt kände och dessutom inte tyckte särskilt bra om. Det var kanske dags att hon började tänka lite mer på sig själv och inte bara ställde upp och accepterade att finnas till för andra, tänkte hon bistert.

När hon klev ut i korridoren hördes glada röster och skratt från pentryt. Doften av kaffe, något sött och en svag antydan av svett och fuktiga kläder, sipprade ut i korridoren. Erika saktade ner stegen och sträckte på halsen. Dom glada rösterna fick henne att småle och hon tänkte precis kika in för att se om Per var en av dom som hade så roligt, då hon fick syn på Torbjörns skarpa ansikte i dörrglipan.

Hon stelnade, sträckte sig och kikade in. Något i stämningen, luften, hur dom samtalade, fick henne att skärpa hörseln. När hon fokuserade, såg hon Torbjörns breda axlar, hans sneda leende som betydde att humorn halkat ner under bältet. En röst, ett tonläge bröt igenom.

Hon insåg plötsligt att hennes sinnen redan registrerat det hennes medvetande inte ville ta in. En röst hon kände igen. En närvaro hon så innerligt väl kände. Skinnet krympte, det hettade under gipset. Hon tog ett steg till och sträckte sig för att se, för att förstå att det hon väntat och fruktat, faktiskt var sant. Göran.

Hon kikade in. Han satt verkligen där. I deras fikarum, pratade skit med hennes kollegor, skämtade och skvallrade. Erika svalde hårt och stirrade på Görans vackra ansikte, den välstrukna skjortan, dom snygga jeansen, hans loja tillbakalutade pose i stolen, bekväm och charmigt leende.

Erika vinglade till, tog några steg bakåt, vände och famlade sig tillbaka till sitt rum, ryckte åt sig jackan och tog hissen ner till garaget.

17.

Erika visades in på den propra revisionsbyrån vid Askims torg. Det var ett ganska trångt och anonymt kontor med ett litet pentry och två rum efter varandra. Men möbler i mörkt trä, stora bokhyllor ända upp till tak och ett par rejäla gammaldags palmer i var sin handdrejad kruka, gav en hemtrevlig och lite ombonad känsla.

"Hej. Erika Ekman, länskriminalpolisen."

"Välkommen, Erika. Ingemar Nordlund, revisor." Mannen log skälmskt.

Värmen i hans ansikte tinade upp henne en aning. Jan Olofs kollega och partner på revisionsbyrån var en medellång, smärt man med mörkt hår utan grå inslag och vänliga ögon med skrattrynkor. Hon gissade att han hade passerat femtio, men han gav ett betydligt yngre intryck. Han såg sund ut. Med ett öppet och intresserat uttryck i ansiktet.

"Slå dig ner, vettja."

Ingemar drog ut en tung karmstol till henne. Hans leende bleknade plötsligt och han såg med ens sorgsen ut.

"Ja, det är en djävla historia det här", sa han långsamt.

"Barbro. När ...?"

Erika fumlade med blocket.

"Jaa-a ... Barbro såg jag nog senast i december nån gång." Han nickade för sig själv. "Jan Olof och jag, ja, vi jobbar ju tillsammans sen många år, vi kan ju varandra utan och innan, kan man säga." Han log melankoliskt.

"Han var på kontoret en del under helgen. Hans fru brukar ju åka till sina föräldrar, efter julhelgen några dagar, varje år. Så det var inget konstigt. Han brukar passa på att få lite gjort då. Vi har ju en rätt hektisk tid framför oss med bokslut och deklarationer och så. Ja, vad ska jag säga?"

Ingemar ruskade uppgivet på huvudet och lät blicken vandra i det överbelamrade kontorsrummet. Han suckade tungt och fortsatte sen med ett bestämt drag över munnen.

"Jan Olof kom in på söndagen och jag var också där. Vi jobbade några timmar och sen gick jag hem. Jan Olof satt kvar ett tag. Han sa att han skulle passa på att få undan lite medan Barbro var borta. Han hade bokat bord på deras favoritrestaurang, Hos Pelle, tills hon skulle komma hem igen. Ja, i Linnéstaden", la Ingemar till när Erika inte omedelbart bekräftade. "Kvarterskrog med många stammisar. Bra mat. Barbro och Jan Olof går ofta dit." Han tystnade, blicken fastnade på något på bordsskivan mellan dom. Efter en stund samlade han sig och mötte Erikas blick.

"Sen ringde han och sa att hans hustru inte kommit hem igen. Och att han var orolig. Han hade ringt till sina svärföräldrar på kvällen och blivit rätt chockad när han förstod att hon inte dykt upp hos dom. Det innebar ju att hon varit borta i flera dagar. Och inte svarade hon på mobilen heller." Ingemar ruskade bedrövad på huvudet.

"Sa han om han ringt till sin fru tidigare?"

"Nä. Jag tror inte att han gjorde det. Hon skulle ju bara till sina föräldrar ett par dagar."

Erika nickade. Kanske var dom ett par som inte hade behovet att kontrollera varandra hela tiden. Ändå skavde det i henne.

"Jag har erbjudit mig att hjälpa honom", sa Ingemar. "Hålla honom sällskap, hjälpa till med vad det nu kan vara. Men han vill inte", fortsatte han. "Han säger att han klarar sig, att han är okej och att han vill finnas på plats när hans hustru kommer tillbaka."

Ingemar tappade huvudet. Erika nickade och väntade. Han rätade upp sig efter en stund, ögonen hade blivit rödkantade.

"Ja, jag måste säga att jag blev väldigt chockad, väldigt. Han har förstås inte varit på kontoret. Jag försöker få det att fungera ändå. Jag fattar ju hur dåligt han mår. Och inte blir det bättre av att pressen

travar runt i hans trädgård och försöker glo in genom fönstren. Och grannarna som pratar en massa skit. Jag har ju hört en del av det, det där med att det alltid är äkta mannen som är den skyldige ..."
Det vänliga ansiktet blev blekt och trött. Han knöt handen på bordet framför sig.

"Hur tyckte du att Jan Olof var, innan Barbro försvann?" undrade Erika.

"Det finns inget jag kan säga", svarade Ingemar allvarligt. "Han var sitt vanliga jag. Han såg fram emot restaurangbesöket och att hans fru skulle komma hem. Och nu ... Ja, jag hoppas verkligen inte att han fördärvar sig, så som han håller på. Han super som en svamp och har isolerat sig i huset bakom nerdragna gardiner. Men jag anklagar honom inte. Jag skulle nog fan ha gjort detsamma. Han kan ju inget göra. Bara vänta och hoppas."

Erika hittade inget att säga. Hon stirrade ner i sina anteckningar. Kände sig tom och trött. Och mera påverkad av mannens sorg än hon borde vara. Hon harklade sig och fortsatte.

"Hur skulle du beskriva Jan Olofs och Barbros förhållande?"

"Gott, skulle jag nog säga." Svaret var rakt och ärligt, utan falsk klang. "Klart att det var en sorg att dom inte fick några barn. Men dom hade så mycket gemensamt, var så fina mot varandra. Kanske att dom höll sig lite väl mycket för sig själva. Så kan jag tycka ibland. Lite för mycket dom två, om du förstår? Fast Barbro hade ju sina katter. Dom var väl hennes bebisar, får man anta." Han log lite generat.

Erika noterade, höjde blicken och nickade. Kanske blev det så för barnlösa, att allt fokuserades på relationen, på tvåsamheten. Och att husdjur kunde bli substitut, som man slösade sin kärlek på. Det var i sig ingen synd. Erika fann inget i Ingemars ansikte som antydde att han inte menat det han just sagt.

"Deras ekonomi verkar vara väldigt god?" Erika höll rösten så neutral hon kunde. Men det fanns något i parets livsstil som inte gick ihop med inkomsterna. Kanske var det pratet om mutor och mygel som fått henne att glida in på dom tankarna. När hon tittat på Barbros taxering så hade det inte varit mer än ett högst ordinärt lönekuvert. Medan kläder, smycken, bilar och resor andades ett lyxigt överdåd.

Ingemar lyfte på ögonbrynen och verkade först oförstående. Sen sög han in underläppen och begrundade hennes fråga.

"Hm-m, jag förstår. Ja, för det första så har man ju lite större möjligheter att ta ut svängarna som egen, det går ju inte att sticka under stol med. Ja, med bilar och sånt. Och dom var bara två vuxna. Det blir en helt annan ekonomi då. Sen skulle jag inte bli förvånad om en del av guldkanten kom från Barbros far. Han har alltid varit svag för sin dotter. Och det är ingen fattig familj hon kommer ifrån. Pappa Edin är en av Alingsås mer framgångsrika företagare." Ingemar gjorde en menande grimas.

Erika stod stel och oföretagsam på torget när hon lämnat revisionsbyrån. Jan Olofs partner, om någon, borde känna honom väl. Men samtalet hade inte gett mycket att gå vidare på. Inget i Jan Olofs beteende hade antytt att något varit fel, att han varit orolig eller att äktenskapet knakat i fogarna.

Hon såg ut över det pyttelilla torget, ett åsidosatt lokaltorg med en solkig närbutik där slarvigt textade skyltar hängde ledset i fukten, här fanns också fiskvagn, godisbutik och vårdcentral. Pizzeria, så klart. Och faktiskt en kvarterskrog som verkade överleva. Sannolikt på ölen.

Erika gick till bilen, satte sig och manade fram minnesbilden av vägen tillbaka. Irritationen flammade upp, igen. Hon kände hela tiden att hon låg steget efter. Inte hittade, inte kände sina kollegor, inte förstod koderna och inte hade koll. Anna hade försökt dämpa hennes irritation med att hon måste ha tålamod, att hon bara bott i Göteborg knappt tre veckor, men känslan av underläge ville inte krympa, trots väninnans välmenande uppmuntran.

Nu hade hon dessutom smitit iväg och hört en person utan sin kollega. Hon skulle bli tvungen att förklara sitt märkliga beteende för Per. Och övertyga honom om att hon fortfarande var vid sina sunda vätskor.

18.

"Hej igen, Erika! Du har besök", förkunnade Astrid i receptionen när Erika med andan i halsen klev in på Huset. Erika stelnade, beredd.

"Meyer, Ingrid å Carl", sufflerade Astrid genom glasglipan och pekade på ett par som satt stela och storögda intill glaset vid entrédörrarna. Erika släppte ut luften ur lungorna. Det prydliga paret, som var Jan Olofs och Barbros närmaste vänner, såg nervösa ut och Erika visade dom vänligt mot hissarna. Herr och fru Meyer satte sig försiktigt på var sin stol i hennes rum.

"Ja, vi hittade lappen i vår brevlåda och jag tänkte att det var lika bra att vi kom hit", sa Carl snabbt och andtrutet. Erika nickade vänligt och såg intresserat på dom bägge som uppenbarligen var några av dom få som faktiskt umgicks med paret Olofsson. Båda var solbrända och blonda, klädda i sportiga fritidskläder. Carl förklarade att dom just kommit tillbaka från en golfresa i Spanien.

"Ja, det var lite spontant, så där. Vi såg en billig resa och slog till. Ja, det är kanonbilligt att ta några vardagar." Han log lätt urskuldande.

"Jättebra att ni kom hit så snart. Ni vet kanske att Jan Olof Olofsson har anmält sin hustru saknad", inledde Erika. Paret nickade unisont.

"Jan Olof ringde till oss", bekräftade Carl. "Vi höll på att packa och skulle ut till Landvetter." Han kastade en hastig blick på sin fru. "Ja, jag måste säga att vi blev ganska chockade. Han var fullständigt uppriven, nästan aggressiv. Och inte var han nykter heller. Vi har knappt pratat om annat, jag och min fru. Vi har ringt till honom varje dag men han vill inte prata, säger att han är okej."

"Ni känner Jan Olof och Barbro ganska väl?"
Båda nickade.
"Ja, det stämmer."
Erika såg förvånat på Ingrid Meyer. Så, hon kunde prata i alla fall.
"Senast ni träffade dom, betedde sig Barbro annorlunda? Verkade hon nedstämd eller pressad?"
"Nä, absolut inte", sa Ingrid. Hon gav sin man ett blygt ögonkast, han harklade sig.
"Nej, dom verkade inte annorlunda på något sätt. Dom hade med sig champagne och choklad och några presenter från New York-resan ... ja, dom firade julen där", la han till.
"Möjligen", fortsatte han tveksamt, "att Barbro verkade lite mera frånvarande än vanligt, lite rastlös?"
"Hur menar du?"
"Nä, det var nog inget. Men jag fick en känsla av att hon var lite splittrad. Jag vet verkligen inte. Jag kan ha fel."
Erika nickade och studerade intresserat mannen framför sig men fann ingen anledning att driva på.
"Hur länge har dom varit gifta, vet ni det?" frågade Erika och kände att frågan lät fånig. Paret Meyer såg hastigt på varandra.
"Jag tror att det blir närmare tjugofem år, faktiskt", svarade Ingrid, med en lätt rodnad på kinderna. "Man får ju säga att dom har lyckats hålla passionen vid liv, under många år."
Passion. Erika gjorde en krumelur i sina papper. Ordet passion var inte ett ord som beskrev den knastertorre Jan Olof. Möjligen hans hustru.
"Du har nämnt att Jan Olof inte var nykter när han ringde hem till er", fortsatte Erika. "Är det så att han dricker mycket?"
Paret framför henne såg hastigt på varandra igen och Erika började känna en stark irritation över att dom hela tiden måste kontrollera varandra, innan någon av dom öppnade munnen. Carl gjorde en grimas och skruvade lite på sig.
"Jag vet inte direkt ..."
Han lät tungan löpa runt i munnen, tydligt besvärad.
"Jag skulle väl inte beteckna Jan Olof som alkoholist, men visst

tycker dom om att festa. Ingen av dom spottar i glaset när det serveras. Jan Olof och Barbro är två väldigt levnadsglada människor, dom älskar livets goda, att resa, äta och dricka gott. Dom njuter verkligen av livet. Och även av varandra, får man väl säga."

Carl hade blivit skär om öronen och hans hustru var flammig i hela ansiktet.

"Vi gillar verkligen Jan Olof och Barbro", la Ingrid till. "Dom är roliga, äventyrslystna och alltid pigga på att göra saker. Oerhört generösa och omtänksamma. Passionerade. Ja, vi förstår ju att dom har ett ganska passionerat sexliv. Dom älskar verkligen varandra. Det är så hemskt allt det här. Vi kan inte tro att det är sant, att det skulle ha hänt henne något?"

Erika gav kvinnan framför henne en lång blick. Hennes blå ögon glittrade och hon var rosig om kinderna av upphetsning. Hon njöt uppenbarligen av stundens dramatik, trots att det var en vän som var försvunnen. Samma märkliga fenomen som när människor, som drabbats av olyckor eller katastrofer, plötsligt log när en kamera riktades mot dom. Erika släppte tanken och fokuserade på sina anteckningar.

"Ni har säkert sett att pressen skriver om hot på hennes arbetsplats", fortsatte hon. "Är det något som Barbro nämnt?"

"Nej. Hot är inget ord hon har använt", svarade Carl snabbt. Lite för snabbt? Erika gjorde en anteckning i sitt block.

"Däremot har hon skämtat lite om en del av kunderna på Stadsbyggnads. Det verkar ju finnas en del udda varelser bland hennes kunder", la han till, som om han läst Erikas tanke.

"Hur menar du?"

"Alltså, en del verkar ha rätt galna idéer om vad man får göra när man bygger. Speciellt såna som har för mycket pengar."

"Fanns det någon som Barbro verkade rädd för?"

"Näe", skrockade Carl. "Barbro är nog inte den mest lättskrämda människan, direkt. Vi har fått uppfattningen att Barbro är väldigt professionell i sitt arbete. Och att folk som tror att dom kan få som dom vill, om dom bara har pengar eller gapar lite högre, inte har så värst mycket att hämta hos henne."

Paret framför Erika log bägge belåtet och såg på varandra i samförstånd. Hon ställde några avslutande frågor och sammanfattade det dom pratat om innan hon med några meningslösa ord om att Barbro nog snart skulle komma till rätta, ledsagade paret Meyer ut.

När hon återvände till sitt kala rum, blev hon sittande och betraktade den allt yvigare mindmap som hon alltid producerade. Hon var en utpräglad bildmänniska. Att göra en karta, en bild av alla fakta, dra ifrån och lägga till, hjälpte. Det var lättare att se sambanden och få en överblick.

Hon hade gjort en bubbla i mitten där hon skrivit Barbros namn. Runt henne hade hon lagt ett antal andra bubblor med namnen Jan Olof, väninnan Julia ifrån Alingsås, arbetskamraten Vanja och Barbros chef Sten, föräldrarna, vännerna Meyer och Jan Olofs partner Ingemar. Och så en svärm mindre bubblor en bit ut som var Barbros kunder.

I ytterkanten la hon sina anteckningar om tankar och frågetecken som uppstod. Pengar, mutor, vänskap, passion och eventuella ovänner. Nästan alla våldsbrott begicks mellan personer som kände varandra, på ett eller annat sätt. Fienden fanns för det mesta nära.

Hon gjorde en kraftigare linje mellan paret Meyer och Barbro och ritade ett hjärta på linjen mellan Barbro och hennes man Jan Olof. Men satte efter en stund ett frågetecken intill hjärtat.

Erika la upp pappersbunten framför sig och andades in djupt. Blicken vandrade runt i rummet. I tanken var det fortfarande inte hennes. Hon lånade det. Ändå, hon kunde faktiskt köpa några växter. Allt hon gjort var att sätta upp bilden av Boss på skrivbordet. Hon hade fler bilder hemma i huset i Enskede, på sin familj i Östersund, sin syster och hennes hundar och några svindlande vackra bilder från Orrviken. Insikten om att dom bilderna, kanske för alltid, skulle vara långt utom räckhåll för henne tryckte över bröstet.

Erika nappade åt sig jackan och klev iväg med raska steg längs korridoren, mot Pers rum. Det var dags att fortsätta med nya förhör. När hon passerade hörnet mot angränsande korridor, kom känslan av att huden hade krympt och inte längre passade över hennes kropp tillbaka. Hon stannade upp. Lungorna kändes trånga, hon hade svårt att få luft och insåg med ens att hon redan känt den välbekanta doften och närvaron. Hon stod stilla och kände hur Görans kroppsvärme och andedräkt nådde hennes hud.

"Erika gumman ... Där är du ju."

Erika andades in, vände sig sakta om och mötte den klara och kalla blicken. Händerna började darra och hon svor inom sig. Så kände hon Eriks närvaro. Han hade ljudlöst kommit ut i korridoren och stod nu snett bakom henne. Göran gav honom ett reptilsnabbt ögonkast men fäste sen snabbt dom hårda ögonen på Erika igen.

"Ja, det är här jag är, Göran. Men det visste du ju", svarade Erika så stadigt hon förmådde.

Ett inställsamt leende bredde ut sig i Görans ansikte medan han förtroligt sträckte ut en arm för att dra henne till sig. Hon ryggade instinktivt men Göran ignorerade hennes reaktion och fångade in henne, drog med hårda fingrar runt hennes nacke och la sitt ansikte i hennes hår. Han smekte över det medan den andra armen höll hennes motvilliga kropp i ett järngrepp.

"Jag har saknat dig sååå, gumman min. Allt jag vill är att du kommer hem igen."

Görans röst rann ut i en tunn viskning. Han lät henne glida ur greppet. Erika såg upp i hans ansikte, dom skarpa dragen, det manligt hårda och ändå så pojkaktigt avväpnande. Det breda vita leendet som inte nådde ögonen. Hon frös plötsligt. En pil av smärta sköt upp från det skadade fingret inne i gipset.

"Jag vill inte leva med dig längre, Göran. Jag jobbar här. Och jag stannar", viskade hon hest.

Torbjörn materialiserade sig i korridoren, gick fram med stora kliv och ställde sig på en armslängds avstånd från Göran, med armarna i kors över det breda bröstet. Han sög på snuset och studerade dom två, likt något i ett provrör. Per, som hört rösterna utanför, kom också ut i korridoren och ställde sig en bit bort och iakttog det som hände med en tydlig tveksamhet i kroppen, som om det han bevittnade var för privat.

"Snälla gumman. Gör inte så här mot mig ...", bad Göran ansträngt och harklade sig rosligt. Hans huvud sjönk och blev hängande som på en vissnande blomma.

"Sluta, Göran! Du kan inte komma hit och hota mig", väste Erika mellan stela läppar, så nära hans ansikte hon kunde, i hopp om att ingen av dom som stod runt omkring skulle höra. Hon förbannade med ens att hon sagt något, när hon såg hur det brände till i Görans ljusa ögon.

"Hotar?"

Göran lyfte på huvudet och sökte Erikas ögon med ett förbryllat uttryck i ansiktet. Han ryckte till som av en häftig rysning.

"Men gumman min ... vad är det du säger? Jag ... jag förstår verkligen inte."

Han slog handen över munnen och stirrade misstroget mot henne medan hans ögon blev allt blankare. Han tog ett tveksamt steg mot henne men rörelsen frös och hans hand blev hängande i luften mellan dom i en ömklig gest.

"Min älskade Erika", viskade han lågt. "Gör för guds skull inte det här mot mig. Jag vill ju bara hjälpa dig."

Han svalde hårt och slog ner blicken igen för att sen hastigt och generat se sig om på dom som stod i korridoren, förstenade och låsta av scenen framför sig.

Göran vände sig sakta mot Erika igen, höjde mödosamt armen, som om den blivit övermäktigt tung och sträckte den mot henne. Under några evighetslånga sekunder stod han så, låst, med blicken fäst på hennes ansikte medan tårar sakta fyllde hans ögon. Så föll hans arm och blev hängande, slapp intill kroppen.

Erika kände att hon gapade, en torr illaluktande dunst kom med varje grunt andetag. Erik stod bakom henne och stirrade med bister min på Göran och Torbjörn. Per hade tyst slutit upp nära henne och studerade det som skedde med ett uttryckslöst ansikte. Två kvinnliga kollegor som kom nerifrån korridoren saktade av sina steg när dom närmade sig, kikade nyfiket och frågande.

Det var som om någon dragit ur kontakten ur Erikas medvetande. Allt stod stilla, hon kunde inte tänka en enda logisk tanke. Trots att det som skedde var precis det hon väntat eller snarare fruktat. Görans sorgsna tårfyllda ansikte skrämde henne. Mer än något hon varit med om under dom brutala åren som dom bott tillsammans.

Där fanns en iskyla i hans ögon som hon inte sett förut. Och hon insåg plötsligt att hon utmanat allt som var hans existens, dragit ut honom i ljuset och nu tvingade honom att ta tillbaka sin förlorade heder och sin rättmätiga ägodel, sin fru. Kvinnan som lovat inför Gud att älska honom i nöd och lust. Nu hade hon vanhedrat honom, spottat på honom och gjort det offentligt.

Dom två kvinnliga poliserna återupptog sin takt och försvann runt hörnet. Erik svajade till och gav Erika ett frågande ögonkast som hon försökte besvara med ett förtroendeingivande leende, men inga muskler runt kraniet ville lyda. Erik drog sig undan med en bister nick och ett par långa ögonkast mot Göran. Per rörde sig inte utan såg koncentrerat på Göran och Torbjörn, som stod kvar som en bister livvakt bakom sin vän.

"Jag stannar här. Jag bor inte tillsammans med en man som slår", sa Erika med grus i rösten.

Hon pressade handen mot ena låret, benen skakade. Göran skrattade hest, svepte med handen över ögonen och drog bort tårarna i en brutal gest.

"Vad är det du står och säger. Skulle jag slå min fru? En polis? Nä, vet du vad. Lite mer respekt för min egen hälsa har jag allt."

Göran log blekt, snorade till och sträckte ut armen, la den återigen runt Erikas hals och drog henne mot sig. Han smekte lätt med ett finger över hennes kindben.

"Jag är väl inte galen heller", mumlade han tjockt. "Jag vet väl vilken lejoninna jag är gift med." Han drog upp mungiporna i ett försök att le men det liknade mera en grimas. Han släppte greppet om hennes hals, ögonen slocknade.

"Jag ville bara se hur du mådde, att du är okej", mumlade han knappt hörbart. "Och be dig att komma hem igen. Vi har varit väldigt oroliga för dig, allihop. Vi förstår ju att du haft det jobbigt, att du inte har varit dig själv." Göran sträckte ut handen med handflatan öppen i en bedjande gest. Erika stirrade på den som om den var en giftorm.

"Men snälla, kom hem, gumman! Jag ber dig."

Göran tystnade, munnen förblev öppen men utan att han sa något på en lång stund. Så ryckte han till och harklade sig.

"Jag bor några dagar hos Torbjörn." Han knyckte med huvudet mot sin vän.

"Jag väntade först, tänkte att du skulle komma hem när du varit hos Anna ett tag, att du behövde lite tid …"

Han verkade tappa orden, pressade samman läpparna och såg ner i golvet. Efter en stund såg han upp på Erika igen, ögonen var våta och rödkantade.

"Du vet var jag finns", sa Göran, rösten darrade. "Och du behöver inte skämmas för vad du har gjort. Vi ska ordna upp allt ska du se."

Göran sa ett grumligt hej till Torbjörn och Per och gick bort mot hissarna. Erika slog handen över munnen och stirrade mot hissdörren som slöt sig bakom honom, oförmögen att släppa den med blicken. Hon kunde känna kollegornas undrande blickar, men klarade inte att möta dom. Hon stod kvar och kämpade med gråten och kände sig yr och illamående. Efter en stund var hon ensam kvar i korridoren.

19.

Erika tog fram kartan. Hon började långsamt få en bättre bild av området som var Barbros revir ute vid kustlinjen. Per körde över Älvsborgsbron tillbaka mot fastlandet från Hisingen. Erika hisnade av den storslagna utsikten från bron, in mot staden, men framförallt ut mot hamninloppet. Regnet hade gjort ett uppehåll. Himlen som tidigare varit jämngrå var nu full av högt liggande moln i svart, blått och lätt orange. Solen smet igenom och skapade effektfulla band av ljus från himlen ner mot vattnet.

Per navigerade vant bland filerna. När dom passerat en rad villaområden och stora grupphusområden vek han plötsligt av åt väster, mot havet.

"Vi ska ut på Näset", log han. "Intressant det där med att bo i eller på. Eller hur? Dom som bor här säger att dom bor *på* Näset. Vilket ju är logiskt eftersom det är en halvö. Dom som inte bor här säger i och gör Näsetborna pissed." Han flinade muntert, sen slocknade hans leende.

"Erika ... jag ber om ursäkt ifall jag är påflugen ... men va fan var det som hände på Huset? Det var din gubbe, eller?"

Erika nickade. Hennes gubbe. Så var det. Erika slöt ögonen ett ögonblick för att försöka stänga ute Pers radarögon.

"Jag har lämnat Göran", undslapp hon sig, knappt hörbart, hon harklade sig och la mer kraft i rösten.

"Flytt, om du vill ... Det är inget jag är stolt över, men jag hittade inget annat sätt till slut."

Per såg på henne med smala ögon men släppte efter en stund och stirrade sen ut genom vindrutan utan att kommentera det hon sagt.

Erika svalde allt som ville ut, alla ord av försvar och förklaringar, att Göran varken var ledsen, sårad eller stukad av det som hänt. Att han var en iskall psykopat som slog och förnedrade, tryckte ner med ord och små gester, ögonkast lika dödliga som skarpslipade vapen. Att allt som skett i korridoren på Huset, var ett raffinerat spel, en teater som han skickligt lärt sig spela ända sen han var liten. Och att hans brist på empati och medkänsla gjorde honom till den perfekte lögnaren. Helt utan ånger eller skam.

Hon tittade istället ner i sina anteckningar och på kartan i knät. Dom hade besökt det första av dom två tips som kommit in, som ansågs innehålla någon form av substans. En ung man med fru och två små barn som börjat bygga på en gammal sommarstugetomt ute på Näset. Och som i berusat tillstånd släppt ut sin frustration på en större middagsbjudning. Dom hade träffat den unge mannen på hans arbetsplats en bit ut på Hisingen. Och arg hade han varit. Med rätta, visade det sig.

Han, som alla dom andra som dom hittills pratat med, berättade om långa handläggningstider, brutna löften, bokade möten som Barbro inte kommit till och hur tiden runnit iväg och där varje dag tickade pengar. Han erkände beredvilligt att han både höjt rösten och svurit och förbannat. Och faktiskt också hotat. Inte med fysiskt våld. Men väl med att stämma, anmäla för olaga myndighetsutövande och till Justitieombudsmannen. Men mer än så hade det inte blivit. Han förklarade enkelt att när väl dammet lagt sig, var det inte många som orkade gå vidare och fullfölja alla vedergällningar eller saftiga hot. Precis som dom flesta, hade också han dragit en lättnadens suck och ägnat sig åt det som var det enda verkligt viktiga. Att bygga, flytta och ta hand om sin familj. Han hade dessutom alibi för dagarna kring datumet då Barbro försvunnit. Han hade suttit och vakat på Östra sjukhuset. Hans yngste son hade haft hjärnhinneinflammation.

"Han var blå om händerna och fötterna när vi kom in. Helt djävla slapp, kunde inte amma, inte nåt. Vi förlorade honom nästan! Ska jag vara ärlig så kan djävulen ta den där kvinnan. Allt skit hon ..." Han hade tystnat och bett om ursäkt för sitt utbrott när han lugnat sig lite.

"Var det nåt mer? Eller kan jag få glömma den där skiten nån gång?" hade han sagt med tårar i ögonen.

Per och Erika passerade områden med allt större villor och efter en stund kunde Erika skymta havet som en färglös yta i slutet av vägen. Hon drog igen jackan när dom klev ut ur bilen och ställde sig att se ut över det vinterstilla villaområdet. Trasiga sjok av svartlila moln med bitar av ljusblå himmel i gliporna, hängde över havets lätt skrovliga yta. Varje gång hon skymtade blå himmel kom en stark längtan efter ljus och luft, öppna vidder och fri sikt. Men när hon andades in luften blev hon alltid lika besviken. Den doftade unket och tjockt av fukt och något stillastående, ruttet. Hon undrade om hon någonsin skulle vänja sig vid doften av hav och salt. Eller vädret som verkade bestå av en oändlig rad gråmulna dagar när det antingen ösregnade eller dimman låg tjock och ogenomtränglig.

Hon lät blicken vandra längs gatan, där villor från olika tidsperioder och av olika storlek låg, ner mot vattnet. I viken låg fritidsbåtar upplagda på land under presenningar. En kort rad rödmålade sjöbodar kurade tätt intill varandra utmed kajkanten och en till hälften uppblött skylt som dinglade från grinden, talade om att enbart medlemmar i badföreningen var välkomna att bada. Erika huttrade till.

Det var tydligt att området varit ett sommarstugeområde. Några små stugor stod fortfarande kvar. Några verkade övergivna sen länge medan andra fortfarande var i bruk med kärleksfullt omskötta trädgårdar och planteringar. Husen längs gatorna var en blandning av villor från sextiotalet och framåt men dom flesta av tomterna hade bebyggts med jättelika nybyggen.

Tipsare nummer två var en man som ringt och bestämt hävdat att han hört sin granne säga att han skulle ta livet av Barbro Edin Olofsson. Tipsaren var inte alkis, inte pundare eller en av dom välkända mytomaner som alltid brukade ringa, i hopp om att få någon form av belöning. Eller bara få prata av sig en stund och få lite uppmärksamhet. Han bodde på en välsituerad adress och var inte innehavare av något grövre brottsregister. Allt han åstadkommit var en imponerande rad med parkeringsböter.

Mannen som mötte i dörren till den pampiga villan nere vid vattnet såg bister och dramatisk ut. Enligt födelsedatum var han strax över sextio, men huden i det bleka ansiktet var märkligt slät och skör för hans ålder. Han var klädd i en välskräddad kostym, men liknade mer en utklädd apa än en man, på grund av hans krumma rygg och att han hela tiden stack ut hakan när han pratade.

Med skarpt allvar berättade han, hur han och hans hustru irriterat sig på att grannen hamrade och spikade på en söndag. När dom fått nog av spikandet hade han gått till grannen och påtalat att det var störande och en, som han själv uttryckte det, animerad diskussion hade uppstått. Hur dom kommit in på grannens försök att få bygga ut sitt garage, kunde han inte minnas. Men han mindes mycket väl att grannen sagt att han föraktade myndigheter, deras sätt att behandla vanligt folk och att han vid lämpligt tillfälle tänkte ta Barbro Edin Olofsson av daga.

Tipsarens fru klev som av en händelse in genom dörren och föll med ettrig, förorättad stämma in i anklagelserna mot den excentriske grannen och berättade indignerat att han också vid andra tillfällen lovat sända Barbro till nästa liv.

"Gud ...", kved Erika när dom gick längs gatan mot den hotfulle grannen. "Kärringen påminde om den där haggan i Häxorna i Eastwick, hon som bröt båda benen och spydde körsbärskärnor ..."

Per log igenkännande och Erika kände till sin egen överraskning att hon rodnade.

Carl Erik Djurberg, som var den granne som hotat att mörda Barbro, bodde på en strandtomt med egen brygga och båthus. Men huset liknade inte något av dom andra på den korta sidogatan. Dom stannade utanför en spretig och vildvuxen häck och tittade fascinerat på en snirklig järngrind med ett stort guldfärgat ornament i mitten. Erika böjde nacken bakåt och gapade.

"Det kallar jag sommarstuga", visslade hon mellan tänderna. Huset var av trä och utsirat i vild snickarglädje av en byggmästare som helt uppenbart varit av den mer originella sorten. Takutsprången låg om varandra och utbyggnaderna verkade ha skett i olika kreativa anfall under själva byggnationen. Överallt, på husets tak och vid stuprännorna, satt groteska figurer och glodde. Alla var mytologiska väsen och några var utan tvekan små djävlar med horn och svans, som räckte ut tungan mot den som vågade sig fram till huset. Några av varelserna plirade med vänliga klotögon ovanför runda kinder men dom flesta verkade ondsinta och färdiga till anfall. Stuprören bestod av snirkliga kedjor och taket var täckt av plåt och fjäll av koppar.

Ovanpå det bruna huset satt ett ilsket rött torn som såg ut att vara en gammal fyr som byggmästaren stulit en mörk natt och satt dit. Huset liknade ingenting Erika tidigare sett. Nyfiken tog hon tag i kläppen på ytterdörren, som hängde i käften på en grinande varg, eller möjligen varulv, och lät den falla med en dov smäll. En man i övre medelåldern stod plötsligt i dörren och log vänligt. Han var klädd i jeans och en enkel bomullsskjorta med sidenhalsduk innanför skjortkragen. Ett välvårdat skägg på hakan, som var format till en liten spets, gav hans annars vänliga ansikte ett demoniskt drag som Erika kände passade väl in i miljön.

"Ja?"

"Vi söker Carl Erik Djurberg. Erika Ekman och Per Henriksson, länskriminalpolisen."

Per halade upp sin legitimation men Carl Erik Djurberg ägnade den inte en blick. Han stirrade förbluffad på dom bägge men hämtade sig snabbt och sken sen upp med hela ansiktet.

"Så trevligt. Vad förskaffar mig den äran?"

"Kan vi få komma in?" frågade Erika lågmält.

"Åh, ja men visst. Kära nån." Mannen backade in i hallen och visade artigt in sina besökare. Han tog elegant hand om Erikas jacka och hängde prydligt upp den på en galge. Hallen var avlång och fylld av dörrar och små nischer i tunga mörka snickerier. I änden på den långa hallen stod en öppen spis, nära manshög, där två muskulösa män av sten höll upp spiselkransen. Högsmala fönster med färgat, blyinfattat glas satt med jämna mellanrum på hallens högra sida. Kappor och jackor, en mängd skor och diverse golfprylar fyllde entrén men atmosfären var, trots det tunga och mörka, hemtrevlig och inbjudande.

Carl Erik berättade muntert att han var hemma för att avsluta ett forskningsarbete som han hade hållit på med på tok för länge och att barnen och hustrun var i skolan respektive på arbetet på kommunen. Han öppnade en lönndörr i panelväggen och visade Per och Erika in i en gång med välvt tak. Doften av nybakat bröd strömmade mot dom.

"Det här är en liten genväg vi har till köket. Fan vet vad den användes till en gång i tiden. Men han som lät bygga huset var ju, som ni förstår, komplett galen. Jag tror personligen att han led av paranoid schizofreni. Ni såg väl alla figurerna på taket?"

Carl Erik småskrattade muntert. Han svepte fram två stolar till sina oväntade gäster. Dom slog sig ner och Erika såg sig snabbt om i det gigantiska köket. Rummet var nästan fyrkantigt med högt i tak och dominerades av en stor AGA-spis och en lång arbetsbänk i ljus marmor. Det hängde en uppsjö av olika redskap på en lång stång ovanför bänken och under en bred fläktkåpa i flammig koppar. Ett stort skåp, som hon gissade var från franska landsbygden, var fyllt av vackert porslin och täckt ovantill av torkade rosor och det låg färgglada trasmattor på dom vitmålade golvplankorna. Doften som fyllde rummet kom från två stora gyllenbruna bröd som låg på arbetsbänken. Carl Erik hade skurit en skiva av ett av dom och lagt smör på det varma nybakade brödet. Smöret hade smält och runnit ut på bänken.

"Berätta nu varför ni är här. Jag spricker av nyfikenhet", sa Carl Erik och log förväntansfullt.

"Som du kanske vet saknas distriktsarkitekt Barbro Edin Olofsson. Och vi har fått veta att du hotat att ta livet av henne", sa Per älskvärt och iakttog intresserat mannen i det märkliga huset.

Carl Erik såg först ut som ett levande frågetecken. Sen brast han ut i ett hjärtligt gapskratt och slog knytnäven i bordet så att resterna av hans kaffe skvimpade i koppen.

"Ha! Då är det inte så djävla underligt att det tar sån tid. Försvunnen? Ja, att hon var borta, det visste jag, men inte att hon var försvunnen dessutom."

Han skrattade så att ögonen tårades och knackade menande med ett finger mot tinningen. Erika försökte kväva ett leende.

"Nä, förlåt mig", flämtade han och torkade sig i ögonen. "Men jag hade ingen aning om att min kära distriktsarkitekt var försvunnen. När försvann hon?" undrade Carl Erik med det som såg ut som äkta nyfikenhet.

"Läser du inte tidningar, tittar på nyheter?" undrade Per.

Carl Erik lyfte den halvt urdruckna koppen från bordet, drack tankspritt och såg sen ner i koppen och sköt den ifrån sig med avsmak. Han smackade tankfullt.

"Alltså, om sanningen ska fram så gör jag sällan det. Det står ju ändå bara en massa skit."

"Nu är det tyvärr så att Barbro Edin Olofsson är anmäld saknad och att två personer berättat för oss att du hotat att ta livet av henne." Per såg stint på Carl Erik Djurberg, men reaktionen blev inte den han väntat.

"Låt mig gissa. Fru Ahlström här intill, kanske?"

Carl Erik la huvudet på sned och log förtjust.

"Varför tror du det?"

"Därför att hon är en djävla kärring som lever ett tomt och innehållslöst liv fyllt av allt för många pikanta små drinkar och att hennes enda nöje är att prata skit. Jag har också uttalat ett antal förbannelser över den kära fru Barbro Edin Olofsson och mycket riktigt sagt att jag skulle ta henne av daga, i deras närvaro. Men, mina kära kriminalinspektörer, det var ett dåligt skämt. Nå, har jag rätt?"

Erika såg snabbt på Per och noterade ett trött blänk i hans ögon.

"Varför sa du att du skulle mörda henne?" frågade Erika.

"För att reta dom fisförnäma Ahlströms, så klart! Men visst, den goda Barbro är en hal ål och jag kan inte påstå att vår relation är särskilt trivsam. Hon satte sig helt enkelt på tvären och la väl mitt ärende längst ner i byrålådan. Åtminstone var det så jag kände."

"Du tycker inte om Barbro Edin Olofsson", strök Erika under.

"Nä. Jag var helt enkelt heligt förbannad på henne. Hon är expert på att prata utan att säga varken det ena eller det andra och ändå få det att låta vederhäftigt."

För första gången under deras samtal verkade herr Djurberg inte skämta utan såg blossande arg och besviken ut.

"Och sista gången jag var uppe hos henne på Stadsbyggnadskontoret, så trodde jag mig höra mellan raderna att om jag gick henne till mötes på något sätt så skulle mitt ärende bli behandlat snabbt och till min belåtenhet. Ja, ni fattar vad jag tänkte. Mutor eller gentjänster eller nåt åt det hållet."

Han såg frågan i Erikas ögon men ruskade på huvudet och trutade betänksamt med läpparna.

"Nä, hon sa aldrig något konkret. Jag gav henne egentligen ingen chans till det."

Per frågade honom var han varit dom kritiska dagarna då Barbro försvunnit och fick svaret att han och hustrun varit i Barcelona med goda vänner, för att titta på fotboll och shoppa.

"Semester från mina kära patienter. Ja, jag är psykiatriker. Inte psykolog, får jag väl understryka. Och det är min hustru som står för shoppandet medan jag ser på vuxna män som jagar en boll på en stor gräsmatta."

Han log belåtet men blev med ens allvarlig igen när han mötte Pers blickar.

"Så Barbro Edin Olofsson är alltså försvunnen och ni tror att hon råkat i händerna på mig eller någon av mina blivande patienter?" konstaterade Carl Erik tankfullt.

"Vi tror inte särskilt mycket. Vi försöker ta reda på fakta istället", svarade Per bistert. Men det ryckte i hans ansiktsdrag av återhållen munterhet.

Per och Erika visades ut genom den trånga gången till hallen igen, sen psykiatrikern lämnat namn på vännerna som varit tillsammans med paret Djurberg i Spanien. Carl Erik krånglade ner Erikas jacka och höll upp den åt henne i en tankspridd gest.

"Hon var här, förstår ni. Ja, Barbro alltså. Fast det var ett tag sen. Jag kommer bara inte ihåg när det var."

Erika vände sig om och studerade psykiatrikerns tankfulla ansikte. Han strök sitt skägg med blicken i taket.

"Jag har inte tänkt så mycket på det. Hon ringde på. Själv. Jag trodde förstås att hon ville mig nåt om mitt ärende. Men hon ville bara att jag skulle få information om en grannes ärende. Så sa hon. Hon verkade knappt känna igen mig först. Sen tror jag nog att hon kom ihåg. Pinsamt, måste jag säga. Hon kan inte ha ägnat mitt ärende många ögonkast eftersom hon inte reagerade över huset och adressen. Jag menar, kåken är ju inte helt vanlig, om man säger." Han gjorde en föraktfull grimas.

"Hon blev inte långvarig. Sa bara nåt om grannens ombyggnation och att jag hade möjlighet att överklaga om jag ville. Jag fattar fortfarande inte varför. Jag skrev ju på hans papper. Det var ju inget som jag hade anledning att tycka illa om."

"Vilken granne var det?"

"Han intill här", pekade Carl Erik Djurberg med ett långt finger mot gatans motsatta sida.

"Han är arkitekt. Stefano Canneto. En gammal sextiotalskåk som han bygger om. Kan man inte tro nu. Fint som fan blir det. Tycker i alla fall jag."

20.

"Erika."

Erika reagerade först inte. Bengt gick ifatt henne i korridoren, tog lätt i hennes axel och visade med handen att hon skulle följa honom till hans rum. Den tysta vandringen spände ut korridoren som tedde sig oändligt lång och gjorde Erikas rörelser sega och motvilliga.

"Sätt dig, Erika. Och berätta det du kanske borde ha sagt med en gång", sa Bengt. En tung trötthet skorrade i hans röst. Han hade haft ett oväntat samtal med Erikas man Göran Frank. Bengt befann sig fortfarande i ett slags chocktillstånd, förvirrad, förbannad och besviken. Göran hade varit artig, vänlig och uppenbart orolig för sin hustru. Och han hade inte sagt ett enda negativt ord om Erika. Men det Bengt tyckt sig höra mellan raderna hade fått honom att rysa.

"Jag vet att jag borde ha sagt det ... men ..."

"Men?!" Bengt spände ögonen i Erika.

"Göran har misshandlat mig i många år. Både fysiskt och psykiskt. Jag har lämnat honom. Flytt, om du vill ha sanningen."

Dom sista orden fick hon knappt ur sig. Det hon just sagt lät så banalt och så ynkligt. Knappast ord som förväntades komma ur munnen på en polis. Erika kikade under lugg på sin nye chef och kände hur en spricka just öppnat sig i golvet mellan dom, hur hon drev iväg, hastigt, allt längre från fast mark.

"Har du anmält misshandeln?" undrade Bengt. Rynkorna i hans panna var skarpare än vanligt. Erika nickade tyst.

"Och?" manade han.

"Jag har anmält olaga hot och misshandel ett flertal gånger", svarade hon andlöst. "Första gången redan för flera år sen." Erika svalde, kindtänderna värkte och det stack och brände i den gipsade armen. Hon kom på sig själv med att klia sig utanpå gipset.

"Anmälningarna försvann. Eller togs aldrig upp", sa hon. Det var en oerhört allvarlig anklagelse mot hennes tidigare kollegor som hon just formulerat. Men det gjorde den inte mindre sann.

Bengt förblev tyst med huvudet sänkt med händerna som stöd under hakan och armbågarna i bordet. Han studerade henne länge, blicken var svart under dom grånade ögonbrynen.

"Göran jobbar också på ...", började Erika men tystnade tvärt när Bengt viftade bort hennes förklaring med ett tydligt drag av ogillande över munnen.

"Jag vet, Erika. Din man har varit här hos mig och berättat. Och jag är verkligen ledsen, uppriktigt djävla ledsen, över att du inte berättat det här för mig tidigare. Långt tidigare! Jag är väl medveten om att det inte har med din yrkeskompetens att göra, men av vilken anledning tyckte du inte att jag behövde veta vad som hade hänt?"

Bengt klippte det han tänkt säga, stönade ljudligt och slog handflatorna i pannan, grep och gned över skalpen så att det raspade i det stubbade håret.

Erika slöt ögonen, en stark svindel drabbade henne. Hon hade tigit. Inte medvetet. Men hon hade skjutit upp det hon borde ha tagit tag i direkt. Hon kunde skylla på trötthet, rädsla, vad fan som helst. Men det höll inte. Det var oprofessionellt. Och fegt.

"Jag vet att det inte finns en ursäkt. Jag borde ha berättat allt för dig, direkt. Men ..." Erikas röst lät ihålig, som om den kom ur en djup brunn.

"... jag skämdes!"

Bengt lutade sig tillbaka i stolen som gnällde svagt under hans kropp och la armarna i kors över bröstet medan han under tystnad begrundade det hon just sagt. Han betraktade den gipsade underarmen, nickade nästan omärkligt mot den och fick en lätt nickning till svar. Så, ramlat i löpspåret hade hon alltså inte gjort. Förbannade helvetes djäv...

Han kände sig kluven. En del av honom såg en misshandlad och jagad kvinna, en kollega som han gillat från första stund, den orädda och proffsiga tjej har först trott sig se när han erbjudit henne vikariatet. Och han visste mycket väl hur man bemötte en misshandlad kvinna. Skammen och rädslan var ju inte annorlunda hos henne, bara för att hon var polis.

Den andra delen såg en helt annan version av vad som hänt och där orsakerna till hennes flykt och hennes skador var allt annat än smickrande. Inget i den store polismannens kroppsspråk hade skvallrat om annat än att han var allvarligt oroad för sin fru. Och ville hjälpa henne.

"Jag är fan så besviken över att du inte varit rak mot mig. Jag har försökt vara det mot dig", morrade Bengt mellan tänderna. Erika teg och kunde bara nicka medhåll.

"Är du rädd för honom?" frågade Bengt snabbt. Erika slickade sig om läpparna. Hon ville säga att hon inte var rädd, att hon kände sig trygg i gruppen och att hon var stark. Men skräcken som sved under huden sa något helt annat.

"Jag känner mig trygg här. Tillsammans med mina kollegor. Men det känns inte bra att han kom hit", svarade hon snabbt.

"Hm-m, jag förstår. Men ni måste göra upp. Ni är ju fortfarande juridiskt bundna till varandra. Och vad det än är som han pratar om, som du skulle ha gjort, vill jag att du reder upp med Pernilla Krans uppe i Stockholm med det snaraste. Har jag varit tydlig nog?"

Bengt betraktade den sammanbitna, bleka varelsen framför sig. Vad fan skulle han ta sig till?

"Vi får försöka lösa det här tillsammans, Erika", sa Bengt. Han försökte ge rösten ett betryggande eftertryck men hörde själv hur tunn den lät. Han reste sig och ställde sig intill henne där hon satt kvar på hans besöksstol.

"Tack", viskade Erika med blicken ner i knät.

"Bra", sa Bengt och gav henne det han trodde var ett uppmuntrande leende. Han klappade henne tafatt på axeln.

"Och jo, din man lämnade en väska här till dig, med kläder och sånt han trodde att du behövde", la Bengt till utan att lyckas dölja den beska smaken han hade i munnen.

Erika såg förbluffad på sin chef. Hon reste sig klumpigt, tog resväskan och gick ut ur rummet med ett stumt tack. När hon försvunnit, stängde Bengt dörren och satte sig bakom skrivbordet igen. Han svor en lång ed och slog sen telefonnumret till Erikas före detta chef i Stockholm.

21.

Per låste upp lägenhetsdörren och vräkte in träningsbagen före sig på hallgolvet. Posten låg i en liten driva innanför dörren. Han böjde sig ner och bläddrade snabbt igenom pappershögen och konstaterade att det var mest skit och räkningar, som vanligt. Och ett doftande kuvert i svagt rosa. Han suckade, rev upp det, vecklade ut brevpapperet och såg på den spretigt barnsliga texten utan att ens försöka läsa. Han visste redan vad det stod. Att människan inte gav upp? Dom hade träffats på en bar av en slump. Dejtat ett tag. Sen hade han fått nog. Fortfarande, ett halvår senare, skrev hon långa kärleksförklaringar på rosa parfymerat papper. Han begrep sig sannerligen inte på kvinnor.

Per gick fram till skafferiet, tog ut en flaska vällagrad och färglös grappa, hällde upp och blev stående vid köksfönstret och blickade ut över hamninloppet med glaset orört i handen. Orange och blå ljus från färjeterminalerna färgade den tunna dimman som kom svepande från värmeverket vid Rosenlund. Det genomskinliga kvällsljuset reflekterades i vattnet nere i älven och han följde det spröda och kortlivade skimret ända ut mot inloppet och öarna utanför.

Från värmeverket och hela vägen bort till Klippan var all mark ockuperad av Stena Line. Ett märkligt avtal som gjorde att tung lastbilstrafik mullrade genom stadens centrum morgon som kväll. Ett faktum som inte ens diskuterades i kommunen. Inte ett ord sades om att ta tillbaka marken till folket och ge alla tillgång till vattnet. I alla fall inte där.

Tänk om alla visste att en lastbil full med trotyl passerade genom Göteborgs centrum varje vecka, tänkte Per och betraktade surmulet det upplysta parkeringshuset och dom spretiga terminalbyggnaderna där båtar, stora som mindre samhällen, låg och puttrade i väntan på nästa tur. Om det small, gud förbjude, skulle stadsdelen Majorna vara ett minne blott.

Per lutade pannan mot glaset som var kallt och bedövade lagom för att spänningsvecken i pannan skulle slätas ut. Han la fingrarna över glaset och kände kylan på andra sidan rutan. Han såg Erikas ansikte framför sig, det verkade sväva utanför fönstret. Dom intensivt blå ögonen med en svart ram runt iris. Dom bylsiga och okvinnliga kläderna som hon bar som ett skyddande skal runt sig. Det lilla smink hon använde för att dölja blåmärken och rispor.

Hon arbetade på i det tysta. Iakttagande och sammanbiten. Där, men ändå inte riktigt närvarande. Han var tvungen att erkänna att hennes frånvarande attityd började gå honom på nerverna. Varför valde man att flytta till en stad man inte kände till, för att ta ett vikariat på bara sex månader? Varför utsatte hon sig? Det var lätt att acceptera Torbjörns argument, att hon hade något att dölja, att hennes beteende inte var normalt. Att hon valt att smita från sina misstag. Men det fanns ett annat scenario som också kunde förklara hennes märkliga beteende.

Han tryckte på fjärrkontrollen, teven ute i vardagsrummet knastrade igång och staccatoröster började smattra. Han lösgjorde sig från fönsterbänken, klev igenom hallen ut i vardagsrummet och ställde sig att stirra på den breda skärmen där ansiktet på stadens tyngsta kommunalråd bredde ut sig.

"Vi e mycke bekymrade över de här", fräste det köttiga ansiktet uppbragt. Dom små rödkantade ögonen blängde irriterat mot kameran som om hoten riktats mot honom personligen. "... att både politiker å tjänstemän i kommunen inte går säkra e inte rätt. Vi kåmmer å ta tag i de här. Vi kan inte acceptera att de e ..."

Per gav upp ett stön och klämde till om fjärrkontrollen. Kommunalrådets köttiga ansikte sögs upp i en elektronisk punkt. Inget, absolut inget, i det dom hittills hittat, pekade åt att det skulle vara allmänna hot mot politiker och tjänstemän som skulle ligga bakom arkitektens försvinnande. Däremot verkade det finnas gott om missnöjda och pressade kunder som haft oturen att få Barbro som handläggare. Människor som blivit tillräckligt hämndlystna eller desperata. Eller så var allt mycket mera komplicerat än dom anade.

Ett hus. Ett eget hem. Drömmen om lyckan och det perfekta livet i den perfekta idyllen. Det som alla föräldragenerationer strävar efter. Att ge sina barn ett liv som är aningen bättre än det dom själva haft. Frisk luft, en gräsplätt att spela boll på, en egen sandlåda och en skola utan förortsligister. Bilden hade varit densamma sen femtiotalets reklamaffischer för färdighus. Den lyckligt leende, renskrubbade och välstrukna kärnfamiljen.

Men också habegär och sug efter prestige och status. Rätt tomt, rätt adress och tillräckligt stort hus med rätt bilar på uppfarten. Och en riktig arkitekt som ritat huset. Inte någon låtsasgubbe på något färdighusföretag. Utan en arkitekt med ett namn värt dom extra pengarna. Per fnös och höjde glaset mot Skansens kungakrona som glittrade bakom vattendropparna på fönsterglaset.

"Skål, för den perfekta familjen."

Han tog en rejäl klunk, sträckte ut armen och studerade uppskattande det genomskinliga innehållet. Det var en förbaskat god grappa. Han tryckte till på fjärrkontrollen igen för att leta upp någon av sina favoritfilmer. Blade Runner? Absolut. Director's cut. Filmen som visade suggestiva visioner av maktens språk och livets sköra skönhet, svidande vackert och grymt. Där makteliten rent fysiskt satt i sitt gyllene torn långt ovanför smutsen och kampen för den dagliga överlevnaden, på molnfri höjd. Nyhetsmattret kom tillbaka.

"... har under dagen avslöjat att flera av dom förtroendevalda har använt fackklubbens pengar för besök på restauranger, köp av alkohol och taxfree och för besök på porrklubbar. Några av dom kvinnliga medlemmarna vittnar om sexuella trakasserier och hur dom fått sexleksaker i present, som dom under förnedrande former tvingats ta emot. Ledningen för ..."

Per frustade till och log belåtet. Bengts lidande skulle få ett slut, snabbare än han kunnat ana. Fokus skulle flytta från en sensation till en annan. Media var som Saurons öga. Enögt stirrande på en sak i taget. Per blev stående med fjärrkontrollen i handen. Han kände sig plötsligt oerhört trött och sliten och bestämde sig med ens att istället gå och lägga sig och läsa.

Han tryckte av teven och tog den understa av böckerna i den olästa högen ur bokhyllan och skulle just gå in i badrummet, när en telefonsignal skar igenom bruset från trafiken och fragmenten av röster och hundskall i huset. Per kisade lojt mot mobilen som lyste upp som en fyr i mörkret. Han gissade att det var hans rödhåriga väninna som undrade varför han inte hört av sig på flera dagar. Signalerna brummade envist och fick mobilen att vandra på soffbordet. Per gav upp en suck, gick fram och plockade upp den.

"Det är Per."

"Tjena Pera. Det är Tomas."

Per stelnade. Tomas? Rösten var så innerligt bekant, så nära och familjär och ändå kunde han inte begripa att det var hans lillebror som talade i andra änden.

"Tjena", svarade Per tonlöst.

"Ja du, det var ett tag sen, jag vet", började Tomas. Per tänkte att rösten lät annorlunda, att åren gjort den grövre och mognare.

"Det är så att morsan är dålig, Pera. Hon ligger på lasarettet i Östersund. Jag vill att du kommer upp."

Per vacklade till. Han hade så klart anat. Men motat undan tanken en längre tid. Ändå var han helt oförberedd. Varje vecka talades dom vid, han och hans mor. Minst en gång, för det mesta två. Trots det kände han att dom sällan sa något till varandra, att allt fanns under ytan, i tystnaden mellan orden. Nu kändes det som om dom inte sagt något alls till varandra, annat än artigheter och allmänt skitprat om väder och vind.

"Jaså", lyckades han kraxa fram.

"Jag tycker att du ska komma upp, Pera. Jag menar fan allvar." Per hörde hur hans bror svalde, försökte låta neutral och dölja aggressionen som Per anade under den formella ytan.

"Det var bra att du ringde, Tomas. Jag ska komma så fort jag kan. Var ligger hon?" frågade Per i en enda utandning.

"På medicin. Hon har cancer."

Ordet cancer landade med en duns. Dom avslutade samtalet, stelt och kort. Per stirrade på telefonen i sin hand. Morsan skulle dö. Det var det Tomas sagt. Nu, snart, skulle hon dö. Han måste åka. Imorgon skulle han åka. Eller i övermorgon? Nä, så fort det bara gick. Fan också! Vinterdäcken. Han hade inga. Han körde ju knappt med bileländet.

Per tog sitt glas, fyllde på och tog med sig flaskan i samma rörelse, tände golvlampan och sjönk ner i sin slitna Corbusierstol. Dimman hade övergått i ett tätt duggregn och himlen hade sakta börjat bli svartare. Mörkret kröp allt närmare från hörnen. Tomrummet i hans kropp gick inte att fylla med sprit, den verkade bara rinna genom strupen, bränna sig ner och försvinna. Imorgon, tänkte han. Imorgon ska jag fixa med däcken och köra till Östersund.

22.

Erika vaknade till. Hon skulle just till att vända sig i sängen när hon stelnade. Något hade stört sömnen, ett ljud som inte hörde till. Något som avvek. Det var aldrig riktigt tyst i Vasastaden. Ett ständigt brus av trafik och ventilationer, röster och skrammel och det skärande otäcka ljudet när spårvagnarna svängde vid Handelshögskolan. Och så transporterna och sopbilarna tidigt på morgnarna.

Hon insåg att det som väckt henne var någon som rörde sig i lägenheten. Erika andades så ljudlöst hon kunde. Hon lyssnade intensivt och försökte hitta sin mobil för att se vad klockan var. Det knarrade till i hallen, ett tyst fras av kläder och sen det sugande ljudet från kylskåpsdörren och ett svagt klirr.

Erika andades ut. Antagligen Krister som var törstig och rotade i kylskåpet. Hon sjönk tillbaka på kudden, betraktade det kallt kulörta ljuset som föll in genom glipan mellan fönstret och rullgardinen och la en lång, oval formad skugga från takrosetten.

Resväskan som Göran lämnat på Huset, hade hon packat upp hemma hos Anna och Krister. Vad hon förväntat sig kunde hon egentligen inte formulera, bara en fånig känsla av förhoppning medan hon dragit upp väskans dragkedjor och känt doften av sin egen parfym. När locket fallit helt öppet och hon börjat dra i kläderna, hade förnedringen huggit genom kroppen.

Hennes finaste festkläder, blusar, kostymer, långa klänningar och fina underkläder, allt, låg i en sörja i väskan, sönderrivet eller sönderskuret. Och den först så subtila doften av hennes favoritparfymer hade med ens förvandlats till ett kvävande moln av unkna dunster.

Flaskorna låg i botten av väskan, öppnade eller sönderslagna. All parfym hade runnit ut och sugits in i trasorna och väskan. Anna hade hjälpt henne att tömma den och se om något var användbart men dom hade tvingats vräka allt i soporna.

"Vi har ju i alla fall det mest väldoftande soprummet i den här stan", hade Anna försökt skämta men inte kunnat radera ut avsmaken och chocken från ansiktet med sitt glättiga leende.

Erika ryckte till, luften intill henne rörde sig. Dörren gled upp och en mörk skugga kom in i rummet och stod sen stilla. Hon kunde höra andetagen, frös stel under täcket och slutade andas. Det klickade till av metall, det pysande ljudet när ringen på ölburken bröts upp. Göran klev ett steg närmare in i det smala ljusstråket från fönstret och stod sen stilla och drack med långsamma klunkar ur burken.

Hon kunde se hans ögon glänsa i det svaga ljuset. Han rapade. Sen hällde han ut resten av ölen över golvet och släppte burken med en dämpad duns i mattan. Han klev fram till sängen och lutade sig över henne. Hon kunde känna doften av läder, hans lite sötaktiga parfym, tvål och färsk öl. Han rapade ännu en gång, rakt i hennes ansikte.

"Jag ville bara se att du har det bra, gumman min", sa han lent. Erika kunde höra att han log. Han satte sig långsamt ner på sängkanten och smekte henne lojt med handen över kinden. Erika rörde sig inte, andades bara grunt och tyst och släppte inte hans ansikte med blicken.

"Min lilla tiger ..." Han skrockade lätt, harklade sig och lutade sig närmare. Det fanns en lätt onykterhet i rösten. Hans ansikte lystes upp av en strimma ljus från fönstret. Hans ögon var vidgade och simmiga men käkmusklerna låg som spända band under huden på hakan och gjorde hans leende stelt och onaturligt.

"Jag ville bara berätta att Boss har blivit lite dålig", sa han med hes och grötig röst. "Nåt med ena bakbenet. Ja, så du vet ... Jag vet ju hur mycket du tycker om vovven, älskling. Men han är inte riktigt bra längre. Boss saknar dig, gumman."

Göran rätade på överkroppen och Erika kunde inte längre se hans ansikte som fallit tillbaka i skugga. Men hon visste att leendet hade dött ut och ersatts av en hård mask. Hon ville skrika rakt ut. Inte Boss! Inte vovven. Snälla.

"Jag kommer inte tillbaka, Göran", viskade hon mellan strama läppar och med kroppen spänd mot det som kunde komma. Göran sträckte fram handen igen, den stannade i luften och hängde över henne i det som kändes som en evighet innan han lojt och fjäderlätt strök henne över kinden.

"Vi får väl se? Jag tror inte att du kommer å vara så förbannat kaxig så länge till."

Göran reste sig, tyst och smidigt. Han stod en stund i dörröppningen. Det kalla leendet fladdrade till i ljuset från fönstret och så var han borta. Ett svagt klick i ytterdörren, inget mer.

Erika rullade ihop sig i fosterställning och grät med kudden som ljuddämpare över ansiktet. När tårarna torkat ut låg hon stilla och inväntade gryningen med vidöppna ögon.

23.

Erika drog upp dörren, hon var ett par minuter sen. Det var redan nästan fullt i konferensrummet. Utsättningen hade precis börjat. Hon ursäktade sig och satte sig kvickt på en stol intill dörren. Hon kände Pers blick tvärs över rummet, deras ögon låste ett kort ögonblick men tillräckligt länge för att hon skulle se att något var fel, mycket fel.

Mötet drog igång men det fanns en spänning i rummet som hon inte känt tidigare. Ett klibbigt obehag av att vara iakttagen, inte bara i smyg eller förstulet, utan rent utstirrad. Så hörde hon plötsligt vad rotelchefen faktiskt stod och sa.

"Tillslaget som vi informerade om tidigare i veckan har alltså gått fullständigt i stöpet. Hur, vet vi inte riktigt än, men det finns all anledning att anta att det finns en läcka."

Erika kände hur det stack i hårrötterna. Hon mötte rotelchefens hårda anklagande blickar.

"Vi ska så klart undersöka det här noggrant. Flera av lokalerna som vi slog till mot i strukturen var tömda. Och i en av dom stod pressen och väntade. Det betyder i klarspråk att någon tipsat både buset och pressen. Och, att vi kommer att få löpa gatlopp för det här. Vi ..." Rotelchefens händer var hårt knutna och munnen halvöppen medan blicken sökte över alla som satt hopträngda i lokalen.

"Jag kan inte nog understyrka hur viktigt det är att vi har öppenhet mot varandra här inne. Men, att det är absolut täta skott ut mot buset. Vi gör inte som i huvudstaden här. Vi läcker inte!"

Dom sista orden brände han av med full styrka mot Erika. Hon svepte hastigt och ofrivilligt med blicken över lokalen och mötte allt från nyfikenhet, undran och rent förakt. Under resten av mötet satt hon med blicken låst på sina händer i knät, oförmögen att varken höra eller ta in.

Hon satt sen kvar och stirrade i golvet tills alla lämnat lokalen. Bengt fångade in henne när hon till slut gick mot sitt rum. Hon följde hans ryggtavla med korta steg. Luften i korridoren kändes unken och instängd och det glittrade av svävande damm i det svaga släpljuset.

"Sätt dig!"

Bengt svepte med handen mot sin besöksstol, satte sig med en duns, grep ett gem på bordet och började brutalt bearbeta det medan han fixerade Erika med blicken. Hon stirrade som förhäxad på hans fingrar som bände och vred tills gemet var helt uträtat, för att sen knyckla ihop det och kasta det, med en hård smäll, i papperskorgen en bit bort på golvet. Efter en stund lutade han sig fram i stolen och fångade hennes blick.

"Ett av busen i den här historien är en kusin till dig. En Karl Petersson, som bor i Backa. Stämningen är inte på topp, om jag uttrycker det milt", la Bengt till och sjönk tillbaka i stolen.

"Dessutom, Erika, så har ditt privata mobilnummer kommit upp i samtalslistorna som kriminalunderrättelseroteln vaskat fram."

Erika stirrade torrögd på sin gruppchef. Munnen kändes med ens klistrig och sträv. Det Bengt sa sjönk inte in utan stannade bara på ytan, som en fet klibbig hinna.

"Jag vet inte riktigt hur jag ska formulera det här", fortsatte Bengt skoningslöst. "Men du behöver inte vara med på utsättningarna i fortsättningen. Du kan koncentrera dig på vår bortsprungna arkitekt."

Erika övermannades av sorg och en blytung trötthet som drog hennes kropp neråt. Hon tappade huvudet och stirrade ner på sina naglar, på flagorna av gammalt lack och dom sönderpetade nagelbanden. Gipskanten som stack fram över vänster hand var smutsig och uppflisad.

"Har du nånting att säga om det här?" la Bengt till. Hans ögon brann och Erika drog häftigt efter andan.

"Jag fick en rad sms från min kusin när jag kommit hit till Göteborg", svarade hon rossligt och hörde hur den egna rösten bröt i nära falsett. Hon svalde och såg skamset upp på Bengt.

"Jag ringde upp", fortsatte hon hest. "Han ville visa mig stan, träffas ... men jag avböjde."

"Känner du den här kusinen väl? Umgås du med honom?"

"Nej. Vi träffades några gånger i Stockholm, för flera år sen, när jag nyss flyttat dit. Vi har aldrig umgåtts med den delen av släkten mer än på lov och helger. Dom kom upp till Östersund på somrarna ibland. Nej, jag känner inte honom. Vi är släkt. Det är allt."

"Som du förstår så kommer du att få lite frågor om det här från internutredningen. Din kusin verkar inte ha rent mjöl i påsen. Och Erika ..."

"Ja?"

"Håll mig underrättad om vad som händer", la Bengt till med vass ton. "Oavsett om det gäller utredningen eller inte. Har du förstått?"

"Ja", svarade Erika knappt hörbart.

"Vi har jobb som väntar", la Bengt till med en tung suck. Han reste sig abrupt och visade henne på dörren med hela armen.

Erika följde tyst efter sin gruppchef ner till konferensrummet för ännu ett möte i gruppen. Stämningen i rummet var tjock. Inte ens Erik gjorde några försök att lätta upp den.

"Nå, vart har vi kommit med arkitektdamen?" manade Bengt. Han tittade stressat på sitt armbandsur.

Samtliga skrapade stolar, satte sig och kastade förstulna blickar mot Erika. Torbjörns blick vek inte en tum. Där fanns inget förakt. Bara ett lugnt iakttagande, som om han väntade på att hon skulle spricka som ett troll i solen framför hans ögon.

Mötet blev mekaniskt och hetsigt. Dom konstaterade återigen att inget av det som kommit fram kring deras försvunna arkitekt, så långt, var någon hårdvaluta. Allt dom kunde göra var att fortsätta traggla med hederligt polisarbete och beta av alla som kommit i konflikt med Barbro och som eventuellt hade ett horn i sidan till henne. Eller, ville resa bort med henne.

Erika återvände till sitt rum. Satte sig ner och drog av jeansjackan, bredde mekaniskt ut sina papper, stirrade ner i sin mindmap och tvingade sig att börja arbeta. Hon stirrade oseende på mönstret som dom olika personerna bildade på hennes papper. En grafisk och ganska märklig blomma med förgreningar där personerna svävade i grupper, likt svärmar av insekter eller klasar av frukt.

Hon ritade en ny bubbla långt ute i papperets ytterkant med ett frågetecken och kladdade tankspritt en stund tills hon såg att hon ritat en liten ö med en palm på och ett vågigt hav. Hon skrev Cayman Islands på den, mest på skämt.

Hon la också till arkitekten Stefano Canneto. När hon slog på honom, fann hon att han var en av stadens mera välkända arkitekter på en av dom nya och starkast lysande byråerna. Nystartade men redan prisbelönta. Och att en av dom tre grundarna till byrån var ett namn som redan dykt upp bland namnen Vanja Lankinen satt på sin lista av misshandlade ärenden. Hon plockade upp sin mobil och upptäckte att hon hade ett par missade samtal från ett nummer som hon vagt kände igen, slog numret och insåg under tiden hon la in siffrorna att det var receptionisten på Stadsbyggnadskontoret.

"Hej, Elisabeth, jag såg a..."

Erika hann inte säga mer innan ett väsande ordflöde svämmade över i andra änden.

"Kai Andrée ... han är här, nu! Han klev bara in till Sten och dom grälar nåt helvetiskt därinne. Han bara stövla rakt in, fattaru, såg helt galen ut. Ni måste komma hit innan han slår ihjäl nån!"

Erika bad Elisabeth hänga kvar och kontaktade sambandscentralen. Hade dom tur skulle dom äntligen kunna hala in den beryktade affärsmannen för att höra honom om hans högröstade hotelser.

"Är du kvar, Elisabeth?"

"Ja", viskade det i andra änden.

"Är du okej?"

"Jadå ... Kai är kvar. Fast nu är det nån som slår i en dörr? Herregud vad dom skriker! Hör du?"

Erika lyssnade nära telefonen och hörde mycket riktigt två mansröster som gapade i mun på varandra. Men hon kunde inte urskilja några ord, annat än en och annan köttig svordom. Hon hoppades att radiobilen skulle hinna fram innan Kai slank ur nätet igen eller dom bägge stridstupparna hunnit gå till handgripligheter. Erika försökte lugna Elisabeth och sa tydligt att en bil var på väg.

"Alltså ...", viskade Elisabeth väsande. "Jag ringde egentligen om en helt annan sak." Erika hörde hur hon svalde.

"Jaså? Vad då?"

"Alltså ... jag vet ju att ... alltså Barbro och Sten knullade. Alla visste det. Det var fan ingen hemlighet, liksom, som dom höll på. Jag är ledsen som tusan att jag inte sa det direkt, men här snackar man inte. Det här är kommunen, liksom."

Elisabeth ursäktade sig och la hastigt på. Erikas telefon ringde igen och en patrull som varit i närheten hade så när lyckats fånga Kai Andrée på väg ut mot sin regelvidrigt parkerade Mercedes. Men tappat honom i någon av dom trånga gränderna. Erika svor mellan tänderna och stirrade ner i sin mindmap. Hon la till ytterligare en tråd mellan Sten och Barbro med ett frågetecken. Otrogen? Och uppenbarligen inte särskilt diskret heller. Hon ringde upp Vanja som svarade direkt med vänlig röst, men som blev stramare när hon förstod vem hon pratade med.

"Jag undrar om det finns en Stefano Canneto bland Barbros kunder?" undrade Erika.

"Ja, det stämmer. Han bygger om ett hus ute på Näset. Ett sextiotalshus som han renoverar."

"Kan du berätta lite om det ärendet?"

"Visst. Vad vill du veta?"

"Hur det har gått. Om det finns några konflikter. Namnet fanns inte med på din lista."

Erika hörde hur Vanja harklade sig, bläddrade.

"Jag är ledsen, men jag är inte så insatt i just det ärendet, men jag ser här att det har stannat av. Han hade fått beviljat en del mindre avvikelser från planen av Barbro, men ... det verkar som om nästan alla grannar har överklagat."

"Du vet inte om han är en av dom som blivit hotfull mot Barbro?"

"Nä, det vet jag inget om. Tyvärr."

"Vet du något om hur Barbro skötte hans ärende?"

"Näe, det kan jag inte säga. Jag vet att hon beviljade honom lite avvikelser och jag tror att han var nöjd med hur hon skötte allt. Att grannarna överklagar är ju inget man kan veta, i förväg menar jag."

Erika tackade och avslutade samtalet. Det fanns alltså en koppling mellan arkitekten med det italienska namnet och en av dom på Vanjas lista. Ett av ärendena som enligt henne inte blivit korrekt behandlade. Toni Christensen. Arkitekt även han och en av dom som startat det nya framgångsrika arkitektkontoret EQ arkitekter. Hon slog på den danske arkitekten och fann till sin överraskning att han var död. 43 år? Vad hade hänt? Toni hade dött bara två månader tidigare. Innan jul. Erika ritade ett kors intill hans namn på sin mindmap.

Det knackade lätt på dörren. Erika ryckte till. Hon kastade en hastig blick på sin mobil. Två timmar hade flutit bort i ett töcken av arbete, tankar och kamp mot dom irrationella och panikartade tankarna som hela tiden ville tränga sig på. Hon sa ett kort kom in och såg med förvåning och ett hugg av genans, att det var Per. Han gick in i rummet och satte sig utan att fråga.

"Hur mår du?" frågade han mjukt.

Erika samlade sig, sög runt tänderna och försökte hitta ord.

"Skit ...", sa hon sanningsenligt och la handen över munnen för att dölja underläppen som började darra. Per nickade.

"Vad händer, tjejen?"

Erika pressade samman händerna framför sig, stirrade på sina sammanslingrade fingrar och försökte samla tankarna. Sen såg hon sakta upp på Per och sa som det var. Att hon hade en koppling till ett av busen i tillslaget, men att det var av oskyldig privat natur. En slump. Inget i Pers ansikte avslöjade vad han kände, om han trodde henne eller inte. Erika tystnade.

"Jag har hört en massa snack om att du läcker till pressen. Och lite annat också ..."

Erika nickade och bekräftade lågmält att sådana rykten hade cirkulerat kring henne även i Stockholm.

"Men jag läcker inte. Och jag tipsar inte buset", sa hon stilla.

Per nickade tyst. Efter en stund reste han sig och gick runt bordet och la en varm och tung hand på hennes axel. Erika slöt ögonen, hon klarade inte att möta hans blick, inte heller att säga något. Den varma handen försvann efter en stund och Per gick. Utan ett ord.

24.

Erika satt länge kvar på Huset. Mörkret utanför var kompakt. Regnet kom i små droppar som verkade lätta nog att kunna sväva. En dimma som vällde in från havet och smög in i varje vrå, varje spricka och som trevade sig in under kläderna. Fönsterrutan täcktes av glittrande droppar, som små runda kulor av glas. Ljusen från trafiken utanför fick dropparna att svälla av ljus, växla i färg och lysa i allt från blått till gult och starkt rött. Hon tänkte att det liknade en vacker glänsande paljettklänning. Som den hon tagit på sig till nyårsfesten. Röd och täckt av blanka metallfjäll. Med ens kom minnesbilderna och hon ruskade på huvudet för att få dom att försvinna.

Hon stirrade ut genom fönsterglaset. Ljuset var obefintligt. Vissa dagar knappt mer än en halvtimme. Hon borde vara van, rent av härdad. Hemma i Östersund var dagen under vinterhalvåret i bästa fall en ljusglimt. Himlen lättade lite under några vibrerande minuter, för att sen sjunka tillbaka som ett svart lock. Hon kunde fortfarande känna den tunga känslan av att bylta på sig och åka till jobbet i total svärta och sen ta bussen hem igen i samma kolmörker. Och så kylan. Den som dom värnpliktiga berättat rövarhistorier om efter lumpen. Men kylan var inget mot mörkret.

I Göteborg var mörkret mera påträngande, efterhängset och hotfullt. Ytterst sällan någon snö som kunde lysa upp och reflektera det lilla ljus som faktiskt fanns. Erika gned sig i ögonen, det kliade och ryggen och axlarna stramade. Samtalet med Bengt hängde fortfarande i hennes medvetande. Hon hade inga svårigheter med auktoritet och att ha en chef. Tvärtom. Men under mötet med Bengt hade hon känt sig som en tillrättavisad skolflicka. Avklädd och ertappad.

Hon hade kommit undan Göran. Lyckats fly ut ur sitt privata fängelse. Och så länge hon befann sig på jobbet eller med en eller flera kollegor, skulle han inte kunna göra henne illa. Fysiskt. Det hon inte kunde hindra honom från var att prata med hennes kollegor, manipulera dom, hota eller ljuga dom fulla. Hon hade ingen bostad. Det skulle ta lång tid innan hon kunde få några pengar från huset i Enskede. Och hon kunde inte belåna det utan Görans underskrift. Vikariatet skulle gå ut om dryga fem månader. Sen skulle hon stå på backen. Bokstavligen.

Erika tog upp sin privata mobil och bläddrade upp numret till sin syster. Men Mia svarade inte. Kanske var det lika bra. Att älta och gnälla gav inget. Hon behövde inte analysera sin situation för att begripa. Det hon behövde var att börja slå tillbaka. Och hitta så mycket fakta hon kunde innan internutredningen kom igång på allvar.

Hon noterade numret som kusinen ringt ifrån och började sen rita på en ny mindmap för Karl Petersson. Han bodde i Backa. Antagligen uppväxt där men hade bott några år i Stockholm. Varför eller vad han gjort där, visste hon inte. Deras familjer hade tillbringat somrarna i Orrviken på morföräldrarnas gård. Dom hade träffats allihop, umgåtts ytligt och lite glättigt och deltagit i traditionella högtider och sysslor på den stora gården tillsammans. Men utan att banden varit särskilt starka.

Erika insåg att hon hade dålig kunskap om hans nuvarande familj. Hon sökte på sin kusin, hittade adress och kontaktuppgifter och en sida på Facebook. Hans namn var så alldagligt att Google inte gav något särskilt. Dom övriga kusinerna och hans föräldrar bodde allihop i samma område ute på Hisingen.

Erika gick in i hans register och konstaterade snabbt att han var ett hederligt småbus med meriter som inbrott, bilstölder och ringa narkotikabrott. Men att han faktiskt också hade varit inblandad i några misshandelsfall, som han verkade ha slunkit ur med blotta förskräckelsen. Och, det fanns en misstanke om kopplingar till ett välkänt kriminellt gäng i östra stadsdelarna i Göteborg. Allt kunde vara en underlig slump. Men varför hade han tagit kontakt? Nu.

Erika samlade ihop sina papper och la till några små anteckningar. Hon kastade en hastig blick på klockan. 22.34. Dags att bege sig hem till Anna och Krister och hennes lånade pigkammare i Vasastaden.

Det täta duggregnet gjorde henne snabbt genomblöt och vattnet rann från nästippen redan efter några få meter. Hon gick snabbt och sammanbitet över Hedens vattensjuka grus, över Avenyn, in under träden på Vasagatan och vek sen snabbt in på Nedre Fogelbergsgatan. Hon tog trapporna innanför porten i dubbla steg och skakade sig som en hund innan hon klev in genom den vackert snidade dubbeldörren. Hon skulle just ta av sig jackan för att hänga den i badrummet när hjärtat stannade.

En dov duns från köket, ett svagt knakande som av trä och så ett tydligt smärtsamt utrop. Anna?! Erika stod blickstilla, lyssnade intensivt och höll andan. Ljudet kom tillbaka och nu var hon säker. Det var Annas röst som skar genom stillheten. Ett plågat kvidande.

Med några få kliv var Erika inne i köket, jackan krängde hon av sig medan hon hastigt och tyst rörde sig framåt mot köket. När hon kommit in genom dörren, slog hon till strömbrytaren och blev stående stum och darrande, med pulsen dunkande i huvudet och kinderna.

På det stora robusta köksbordet låg Anna på rygg, topp och behå halvt uppdragna, med sin man Krister över sig, deras armar lindade i varandra och hennes nakna ben runt hans kropp. Dom stirrade båda överrumplade och ängsliga på Erika som stod i dörröppningen, darrande och gråtfärdig. Den som först reagerade var Anna, som brast ut i ett hysteriskt skratt och borrade in ansiktet i sin mans halsgrop.

Erika tappade kroppen bakåt mot dörrposten och slog händerna för ansiktet.

"Förlåt! Förlåt ... jag trodde ..."

En stund senare satt dom alla vid köksbordet och sög på var sitt stort glas vin och mumsade kex och ostar. Erikas hjärta hade till slut saktat ner.

"Sluta sjåpa dig nu, Erika. Du har ju för farao bett om ursäkt en miljon gånger. Herregud! Folk knullar."

Anna fnissade till, drog vin i fel strupe, tappade sitt kex på golvet och skrattade ännu mer när hon konstaterade att osten hamnat neråt och kladdat fast i mattan. Krister ruskade sakta på huvudet med ett okynnigt glitter i ögonen medan han belåtet snusade på sitt vin.

"Mmm ... min kära hustru har rätt. Det är väl vi som ska be om ursäkt för att vi inte har vett att stänga en dörr om oss."

Krister såg inte det minsta ångerfull ut, utan sken snarare belåtet. Erika kunde till slut inte hindra ett leende. Dom drack ur sina glas, plockade ihop och sa godnatt. Erika smög in i sin lilla pigkammare men lämnade dörren till hallen en aning på glänt. Hon låg länge och stirrade ut i tomma intet och lyssnade på ljuden från staden som blev allt mer oregelbundna och avlägsna. Hon sjönk tillbaka på kudden, betraktade rosetten mitt i taket och ljuset som föll in mellan fönstret och rullgardinen. Ljusstrimman gled ryckigt fram och åter över väggen. Gatlyktan utanför gungade i blåsten.

Hon kunde inte bo kvar hos Anna och Krister. Hon måste hitta ett eget krypin, om så bara tillfälligt. Erika såg plötsligt huset i Enskede framför sig, dom stora rummen och trägolven. Hon kunde höra ljudet av hundens klor mot det lackade träet och känna värmen från den öppna spisen, dofterna från trädgården under sommaren ...

Erika reste sig plötsligt upp på armbågen i sängen och stirrade med svidande trötta ögon ut i mörkret. Göran! Vad visste han om Karl? Att han var hennes kusin. Hon hade ett vagt minne av att hon berättat för honom, om deras lite udda släktingar och deras möten i Orrviken på somrarna. Om Karls tafatta och pinsamma uppvaktning i Stockholm. Jo, dom hade skrattat åt det tillsammans. Insikten kom som en stöt. Göran kunde gå in i Karls alla register, lika väl som hon kunde. Och han hade så klart koll på allt som hände både i Stockholm och i Göteborg. Alla tillslag, alla större händelser.

Från ingenstans kom raseriet. Erika knöt handen så hårt att naglarna gjorde märken i handflatan. Fa-an ta dig, Göran! Fa-an ta dig!!

25.

Per och Erika mumsade sushi direkt ur frigolitlådorna. Dom satt i bilen och såg ut över havet, som låg nästan stilla, grått och lite rufsigt, som en skrovlig stenyta framför dom. Från parkeringen i änden av den nybrutna vägen var utsikten öppen ut mot öarna. Himlen var hög men lika grå som havet under.

Per åt med pinnar och mumsade njutningsfullt. Erika spetsade en av bitarna på sin gaffel och studerade den kritiskt. Det mörkröda fiskköttet luktade svagt av hav och hade en vacker, nästan blodfärgad yta. Hon doppade biten i soja blandad med en rejäl mängd wasabi.

"Visste du att den blåfenade tonfisken håller på att bli utrotad därför att snart hela världen har fått smak på sushi?" sa hon tankfullt medan hon noga doppade sushibiten. Per kisade på sin kollega och svalde.

"Mmm ... nu smakar det grymt mycket bättre", sa han småleende, plockade den sista biten med spetsarna på sina pinnar, slök den med en demonstrativ grymtning, slog ihop sin frigolitlåda och la den sen under sätet.

"Och frigolitlådorna skräpar ner världshaven och vi kommer att bo på en soptipp innan våra barn har blivit vuxna. Jag visste inte att du var skogsmulle", log han och rapade med en förvånad min, slog handen över munnen och bad om ursäkt. Erika log, högg in på sin sista bit sushi och tuggade hungrigt. Per försjönk i listan med namn och adresser en stund, kikade sen upp på Erika som belåtet torkade sig om munnen och noga packade ihop lådan.

"Din man ..." Per kände hur hon stelnade till. Han fortsatte envist.

"Har ni varit gifta länge?"

Erika vände sig med en hård blick mot honom men mjuknade när hon såg hans uppsyn med underläppen indragen som om han redan ångrat att han släppt ut frågan. Hon nickade stumt, såg på honom under lugg och väntade. Tystnaden inne i bilen bröts av några stridslystna trutskrik. En grupp måsar och trutar verkade ha kommit ihop sig om något dom lyckats få upp ur en av badföreningens soptunnor.

"Alldeles för länge", svarade Erika efter en stund och hörde hur kärv och hård den egna rösten lät.

"Hur ...?" Per kom av sig.

Måsarna fick ge sig och lämna över sitt tilltänkta byte till den största av trutarna. Erika följde den med blicken när den otympligt lyfte med en papperspåse i näbben. Hon vände sig mot Per och började sakta berätta. Om den bedövande förälskelsen, dom första goda åren och drömmarna om ett gott liv. Det hon beskrev lät så främmande, så orealistiskt och galet naivt, i perspektivet av att hon nu kallade honom hustrumisshandlare och psykopat. Men hon tryckte ner skammen och fortsatte.

Hon hade ignorerat varningssignalerna, bortförklarat hans raserianfall och kallat det svartsjuka, färgat in det i rosaskimrande dimmor för att hon inte velat se och inte velat förstå. För vem vill se en sanning som rycker undan allt under ens fötter. Som krossar kärleken, tilliten och alla drömmar. Och dessutom gör dig till åtlöje inför dig själv och alla runt dig. Vänner, kollegor och familj.

"Det var nåt med hur han tog i mig", fortsatte hon. "Bevakande, som en hund med ett ben."

Per nickade tyst. Erika fortsatte envist.

"Sen kom raseriutbrotten, fullständigt ologiska och oförutsägbara. Med tiden utvecklade jag tentakler som kände varje förändring i hans rörelser, hans sinnesstämning, till och med om han var på väg att bli irriterad, redan innan han själv visste det. Och jag pendlade mellan självförakt och ren skräck." Erika suckade tungt och drog brutalt i en slinga i luggen.

"Så, du tog vicket och stack?"

Erika nickade tyst.

"Jag antar att du vet att det spekuleras om dig i korridorerna?" sa Per stilla.

Erika nickade igen, tårarna brände innanför ögonlocken. Hon visste inte. Men hon kände kalldraget mot ryggen, dom förstulna blickarna och den avvaktande distansen. Tystnaden runt henne hade blivit nästan total. Kollegorna svarade på tilltal, men inte mycket mer. Reserverat och korthugget. Nä, hon visste att det snackades, att hon satt i kylskåpet. Man behövde inte vara raketingenjör för att fatta.

"Jag hade inget val ...", viskade Erika trångt. "Det låter så förbannat ynkligt, jag vet det. Jag om någon borde kunna ... åtminstone veta ..."

Rösten stockade sig och tårarna började rinna ljudlöst ur hennes vidöppna ögon utan att hon kunde hindra dom. Per drog Erika mot sig. Hon la sakta huvudet mot hans överarm. För första gången sen hon flytt lät hon smärtan och gråten ta över. Per trasslade tankspritt in fingrarna i det burriga håret bakom hennes nacke och stirrade rakt ut över havet där öarna utanför började skymta genom diset. Sakta kom tyngden av hennes huvud, tilliten och tröttheten. Hon grät. Hur länge visste hon inte. Sen rätade hon upp sig, torkade snor och tårar.

När Erika tystnat och snutit sig i en rad pappersnäsdukar, klev dom ur bilen och gick bort längs den nybrutna vägen som öppnade sig bland tallar och lövsly.

"Så, vad tänker du göra?" undrade Per med blicken långt ut över havet.

"Jag vet faktiskt inte", erkände hon och slogs av sina egna ord. Det var faktiskt sant. Hon hade ingen aning om vad hon skulle ta till för att försvara sig. Göran låg uppenbarligen inte bara ett steg före henne, utan flera. Den enda fasta punkten hon hade var jobbet och även det höll han på att ta ifrån henne.

"Du kanske skulle be om hjälp?" föreslog Per, fortfarande utan att se på henne.

Erika stirrade på hans lockiga nacke, den slätrakade hakan där den mörka skäggstubben redan syntes, dom breda axlarna under skinnjackan. En våg av frustration och raseri vällde upp inom henne.

"Om vem fan skulle det vara som skulle vilja hjälpa mig, menar du?" fräste hon och överraskades av hårdheten i den egna rösten.

Per vände sig sakta om, en otydbar glans i ögonen. Deras blickar möttes, en lång stund. Erika slöt ögonen, undan hans genomträngande blick, och svor inom sig. Hon ångrade sina hårda, ogenomtänkta ord och kände hur gråten ville välla upp igen.

Per svarade inte på hennes aggressiva utfall, utan drog jackan hårdare kring sig, vände på klacken och började gå längs den leriga vägen, bort mot ett av husen som var under byggnation. Det ofärdiga huset där Toni Christensen och hans fru skulle ha flyttat in.

26

Solen värmde. Helene Christensen tittade misstroget upp på den gula skivan som visade sig mellan dimmolnen och kände hur svetten klibbade mellan brösten. En kort stund av hetta från solen på framsidan av huset. Tog hon några steg bakom husväggen bet kylan som låg magasinerad i marken. Det var ännu långt till vår.

Hon sträckte på ryggen, grimaserade illa och tryckte ena handens knytnäve mot ryggslutet. Det knakade i halskotorna och stramade ner mot korsryggen och rumpan. Hon betraktade sitt verk. Snart kunde hon gjuta plattan framför dörren och sätta dit dom förbannade klinkerplattorna. Sen var det bara skärmtaket kvar. Och så lamporna förstås. Och färg. Hon nickade för sig själv. Hon måste bli bättre på att klappa sig själv på axeln för det hon faktiskt åstadkommit, istället för att hela tiden bara se det som ännu inte var gjort. Markplaneringen däremot, skulle hon ge fullständigt fan i. Den fick någon annan ta sig an.

Hon rev av sig tröjan, använde den för att torka svetten i pannan och ner mellan brösten, kastade ner spaden i skottkärran, körde tillbaka till högen med makadam och började ösa. Det rasslande ljudet ekade mot husväggen och ut i viken. Det var något märkvärdigt med akustiken i dalgången. Som om dom bosatt sig i en resonanslåda. Alla ljud förstorades. Det hade hon blivit varse när grannen Kai Andrée haft invigningsfest i sitt gigantiska hus. Den sena sittningen i utomhusjacuzzin hade hörts i hela dalen.

Helene hade satt sig ute intill huset, där hon inte syntes, inlindad i filtar och en tjock dunjacka med ett glas god Chablis i handen och lyssnat. Kända namn hade diskuterats och kommenterats, hennes mans så klart och även hennes. Inte särskilt positivt beskrivet. Skitsnack om Stadsbyggnads och kommunala pampar. Storvulna hot. Skryt. Intressant i sina stycken men som helhet mest en massa fylledravel.

Efter det hade hon tänkt på vad hon sa när hantverkare eller vänner var där. Det passerade alltid folk utanför huset. Särskilt på helgerna. Då var det rena folkvandringen. Några stannade och diskuterade husen som växte upp. Många var emot förändringen eller förändring överhuvudtaget. Andra såg det positiva i att ett äldre villaområde fick lite nytt blod och att dom flotta villorna som växte upp på tomterna drog upp priserna även på grannhusen. Många gav henne spontana komplimanger medan några inte drog sig för att servera rena förolämpningar. En äldre dam hade studerat Helenes hus en lång stund och till sist kommit fram och sagt att det var det fulaste hus hon någonsin sett.

"Såna här moderna hus borde inte få byggas härute. Ska det likna en frikyrka, eller?" hade hon sagt och elakt leende promenerat iväg med sina vänner. Helen hade velat replikera att funkis uppkom som arkitektonisk stil under sent artonhundratal och fått sitt genomslag vid världsutställningen i Stockholm på trettiotalet, men med en enda blick på den snörpiga damen förstått att inga argument skulle bita.

Helene lastade det sista spadtaget, satte fart mot dörren och baxade upp skottkärran. Tricket var inte balansen, utan att hålla farten. När hon släppte ner skottkärran kände hon att hon var iakttagen.

Helene välte ut stenmassan, vände sig om mot personerna som stod snett nedanför huset och såg på henne. En blond tjej i hennes egen ålder, trettio-plus-någonting, blekta jeans och en lång sportjacka. Håret såg ut att vara naturligt blont och lockigt, regelbundna drag och intensiva ögon. Blek. Ena handen i gips. En kille i ungefär samma ålder eller möjligen något äldre, snyggt klädd i mörka jeans och skinnjacka, medellång, rörde sig smidigt. Han hade det lockigaste mörka hår hon någonsin sett på en man i vuxen ålder.

"Hej, är det du som är Helene Christensen?" frågade den blonda tjejen.

Helene torkade svetten av handflatorna mot sina smutsiga byxor.

"Ja", svarade hon avvaktande.

"Erika Ekman och Per Henriksson, länskriminalpolisen", sa den blonda tjejen. Helene höjde frågande på ena ögonbrynet men ryckte sen trött på axlarna.

"Visst. Gäller det stölderna?" undrade hon tveksamt.

"Stölderna?"

Helene log beskt.

"Nä, tänkte väl det."

"Har du anmält något stulet?" undrade Erika.

Helene nickade till svar.

"Inte för egen del."

Hon pekade neråt gatan mot en av dom två trävillorna som börjat resa sig i början av vägen som, enligt en nyuppsatt vägskylt, fått det fantasilösa namnet Nya Badvägen.

"Vad var det som stals?"

"Dom kom på kvällen, parkerade rakt utanför. Tog ut vitvarorna och varmvattenberedaren. Rubbet. Lastade på och drog. Det var exakt repris på det dom gjorde i kåken intill för en vecka sen."

"Dom?" undrade Erika.

Helene skrattade glädjelöst.

"Byggfirman."

Dom såg på varandra, Erika gjorde en undrande grimas. Helene log och ruskade lätt på huvudet.

"Byggföretaget ställer in allt lullull och sen åker dom dit och plockar ut det själva, tar det till nästa kåk och låter försäkringsbolaget pröjsa. Ja, och så rullar det på", förklarade hon.

"Åh, herregud, så banalt!" stönade Erika och kunde inte hejda ett leende.

"Välkommen till verkligheten", suckade Helene och svepte med handen över pannan där svetten återigen börjat pärla.

"Firma ruffel och båg skulle dom heta hela gänget. Men ni ville något annat?"

Erika nickade. Helene släppte ut luft, gjorde en gest in mot huset medan hon kastade långa blickar på högen med makadam och säckarna med bruk. Skit samma. Hon behövde en paus och natten fanns ju som vanligt.

"En kopp te? Kaffe?" Helene gjorde en öppen gest mot sitt halvfärdiga hus.

Erika och Per klev in genom dörrhålet som skyddades av flera sjok av stel plast, in i det som skulle bli entré i bottenplanet men som ännu bara var ett kalt betongrum och där trappan upp till övervåningen bestod av en ranglig stege som någon spikat ihop av överblivet byggmaterial.

När Erika klättrat upp och kunde kika ut över golvet, såg hon att övervåningen var betydligt mera färdig. Ekgolv, innerdörrar, omålat på vissa ställen men med alla lister uppe, handtag, skåp och garderober. Dom klängde upp på övervåningen, tog av sig skorna på plasten som täckte hallgolvet och tassade ut i köket.

Erika drog häftigt efter andan och blev stående i öppningen från köket ut mot vardagsrummet. Köket och vardagsrummet var ett enda rum. Ytan var säkert närmare sextio kvadratmeter. En stram braskamin i rostfritt stål stod mellan två av dom största fönstren i fond mot havet. Utsikten var bedövande vacker, trots att vädret var grinigt och grått. Det doftade gott av träolja och smaksatt te. Slipdamm virvlade upp från golvet när dom rörde sig, kittlade henne i näsan och tvingade henne att nysa. Helene log trött över axeln medan hon bryggde te och snabbt diskade en pressobryggare och fyllde på med färskt kaffe.

"Ja, jag vet. Här är dammigt. Jag lovar och svär att aldrig mer i hela mitt liv ha med betongdamm att göra", suckade hon.

Erika gned sig över näsan som kliade i protest mot det nästan osynliga dammet. Helene kom med två gigantiska muggar med rykande hett te, en mindre kopp med kaffe och en burk med honung. Hon visade med handen mot ett stort ekbord med fyra stolar, satte sig och betraktade avvaktande sina besökare över sin kopp, medan hon försiktigt blåste på den heta ytan. Erika gav henne en uppskattande blick. Hon avskydde små temuggar. Hon rörde ut en rejäl klick honung i den heta drycken och andades in den goda doften.

"Vi behöver prata lite med dig om din handläggare på Stadsbyggnadskontoret, Barbro Edin Olofsson. Jag antar att du vet att hon anmälts försvunnen", började Erika.

Helene nickade bekräftande och smuttade försiktigt på sitt te. Hon såg inte det minsta överraskad ut, bara lätt tankfull.

"Jo, jag vet att Barbro är försvunnen. Dels har det ju stått massor om det i tidningarna. Och sen hade vi Barbro som handläggare som sagt, så jag vet."

"Jag har förstått att du och din man hamnade i konflikt med grannen Kai Andrée." Erika nickade menande med huvudet i riktning mot Andrées jättevilla som tornade upp sig på andra sidan vägen. "Kan du berätta lite mer om det?" bad Erika.

Helene såg på sina gäster och verkade begrunda det faktum att hon inte hade något val. Hon lät huvudet sjunka ner i handen och släppte ut luften ur lungorna mellan fingrarna.

"Det började med att Kai Andrée kom med sitt bygglov som han ville att vi skulle skriva på, och då menar jag på stående fot. När vi sa att vi gärna tittade på handlingarna ett par dagar först, så gick han fullständigt i taket. Jag tror inte att karln var nykter. Han var det definitivt inte när vi väl sagt nej och han sen kom och gormade om advokater och tinget och gud vet vad."

"Skrev ni på?"

Helene verkade överväga vad, eller möjligen hur mycket, hon skulle berätta. Hon spetsade sen beslutsamt läpparna, reste sig och kom efter en stund tillbaka med en rulle ritningar som hon vecklade ut på golvet. Erika satte sig bredvid och ställde kopparna intill på golvet. Per drog sin stol närmare och lutade sig fram för att se. Helene satte ett pekfinger på en av ritningarna.

"Till att börja med, så är inte detaljplanen klar på andra sidan av vägen, där Kai har byggt sitt hus." Hon pekade hastigt mot fönstren där man kunde skymta villan på andra sidan vägen.

"Den är under omprövning, som det heter. Så familjen Andrées nya hem är i praktiken ett gigantiskt svartbygge tills den nya detaljplanen börjar gälla även för den sidan av vägen. Om den nu kommer att ändras..."

"Är det vanligt, att man ger bygglov innan planen är klar?" undrade Erika.

"Nä. Det har hänt men är definitivt inte vanligt", log Helene.

Erika noterade. Hon var inte tillräckligt insatt ännu men började förstå att det fanns mycket i Barbros sätt att hantera sina kunder som var mer än märkligt. Hon såg förväntansfullt på Helene vars ansikte blivit blekt och hårt.

"Även om vi skulle utgå från att detaljplanen går igenom och blir densamma som för oss, på den här sidan vägen, så var det mycket som inte stämde med Kais bygglov. Det var dels höjderna på huset. Sen fanns det ingen plushöjd utsatt någonstans på ritningarna, vilket innebär att husgrunden skulle kunna läggas på ett berg av sprängsten, ifall han hade velat. Vi var ju medvetna om att Kai var väldigt intresserad av utsikten och blev så klart oroliga för att han skulle höja upp marken. Han lät faktiskt sina gubbar röja på kommunens mark ..."

Helene gjorde kaninöron med fingrarna för att illustrera sin ironi och pekade ut genom fönstren mot området mellan Kai Andrées villa och klipporna nere vid havet.

"När Kai Andrée hade folk här för att röja sina egna två tomter från skog, så passade dom på att bokstavligen snagga kommunens skog. En morgon så var skogen plötsligt borta. Dom gick också in på en av sommarstugetomterna och klippte ner ett par fruktträd. Gubben som bor där, Einar Andersson, polisanmälde det."

"Vad hände?" frågade Erika.

Helene stirrade ner på sina fingrar en stund. Hon suckade plötsligt, rätade upp sig och drack ur det sista av sitt te.

"Vi skrev som sagt inte på och Kai har betalat gubben Einar för äppelträden", konstaterade hon bistert.

"Sen kom det ett brev från Stadsbyggnads om att vi frångått detaljplanen vad gällde höjden på vårt hus. Vi skulle ha avvikit med exakt arton centimeter på husets baksida och anmodades antingen riva eller betala ett vite på närmare tvåhundrafemtio tusen kronor. Vi kände så klart att det var utpressning", fortsatte Helene bistert. "Att den påstådda avvikelsen var något man använde för att få oss mjuka och skriva på för Kai Andreé. Vi överklagade så klart."

"Och?" manade Erika.

Hon antecknade febrilt och kände att huvudet hade börjat surra av frågor men också av en begynnande nyfikenhet. Hon såg på Per som gått fram till dom enorma fönstren och nu stod och betraktade landskapet av klippor och skogsdungar nedanför och den stålgrå havsytan som öppnade sig lite längre bort, där ett stillsamt regn börjat falla som en grå gardin.

"Hotet om vite hänger fortfarande över mig, det står inskrivet i fastighetsregistret, och min man dog. Det är vad som hände", svarade Helene och hennes läppar förvreds i avsmak, som om hon just fått något vidrigt i munnen. Hon lyfte sin kopp och såg förvånat ner i den. Koppen blev hängande i hennes hand medan hon vände blicken mot Per och fönstren.

Erika teg. Insikten om vad kvinnan som satt intill henne faktiskt berättade, började sakta sjunka in. Helene hade förlorat den hon älskade. Hon bodde i ett ofärdigt hus med konflikter och hot om viten hängande över sig. Hon arbetade ensam med att få det färdigt och beboeligt. Slet och kämpade. Sakta vände Helene sig mot Erika igen, tårar glittrade i dom ljusa ögonfransarna.

"Jag tror inte att någon kan föreställa sig hur djävligt det känns, att förlora den man älskar ... och sen bli misstänkt för att vara den som förpassat honom till nästa liv."

Erika drog ofrivilligt upp te i näshålan och hostade tjockt. Hon lyssnade tyst medan Helene berättade om sin upplevelse, en som inte var helt ovanlig, där offret känt sig ifrågasatt, pressad och misstänkt, mitt i chock och sorg.

Livförsäkringarna, huset som skulle bli värt en smärre förmögenhet när det stod klart, mannens delägarskap i en nystartad och framgångsrik arkitektbyrå parat med vanlig hederlig avundsjuka hade gett en god grogrund för rykten och ondsint skvaller. Trots att det inte fanns någon verklig anledning till sådana misstankar.

"Min man, Toni, dog av ett brustet magsår. Så djävla banalt och så förbannat onödigt", snorade Helene sammanbitet. "Och jag ärvde allt. Skulderna, konflikterna, hoten om vite och rivning. Och en ofärdig dröm ..." Helenes röst blev allt rossligare tills den bara var en hes viskning.

"Vad tyckte du om Barbro?" undrade Per som kommit tillbaka till matbordet. Helene suckade tungt.

"Jag avskydde henne."

"Varför?"

"Hon var ointresserad, nonchalant och allmänt otrevlig. Hon gick vissa av sina kunder mera till mötes än andra, som Kai Andrée. Andra struntade hon i. Eller satte under sin tumme. Som oss."

"Har du något konkret bevis på det du just säger?"

"Nej, egentligen inte. Att det finns en massa felaktigheter eller tveksamheter i Kais bygglov är knappast bevis för något. Och hur ska jag kunna bevisa att anmärkningen vi fått, skulle ha något samband med att vi inte skrev på för vår granne? Det är väl det som är problemet. Att det inte finns något annat än vår egen magkänsla för vad som pågår. Två världar möts. En vars verklighet är paragrafer och politik, vilket i sig är en djävla paradox. Och en annan som är en rosaskimrande dröm om ett bättre liv, idyllen där alla är lyckliga och vackra."

Helene pressade fram ett bittert leende.

"Vem av er hade kontakten med Barbro?" frågade Per.

"Min man", svarade Helene korthugget. Hon satt kvar med utsträckta ben framför sig på golvet, ryggen rak men ändå avslappnad. Yoga, tänkte Erika. Hon spände halsen och kände det stramande kraset i kotpelaren.

"Vad tyckte din man om henne?"

En svag rodnad sköljde över Helenes bleka smutsrandiga ansikte.

"Han avskydde henne. Men det var ju bara att gilla läget. Han bet ihop och spelade med."

Erika noterade. Spelade med. Hur, och framförallt hur långt, skulle hon bra gärna velat veta. Men hon sparade det frågetecknet.

"Stefano Canneto är en av din mans kollegor", la Erika till med lätt röst.

Helene ryckte till. Hon såg hastigt och oroligt på Erika men lät sen axlarna sjunka igen.

"Jo. Vi är mycket goda vänner. Stefano och min man har känt varandra sen skoltiden. Deras familjer har umgåtts i många år. Det var Stefano som övertalade Toni att flytta hit, till Sverige och starta företaget."

"Och det är arkitektkontoret EQ?"

"Ja", svarade Helene resignerat. Hon pillade tankspritt på fläckar av färg och bruk på sina händer.

"Stefano har också Barbro som handläggare, inte sant?" sa Erika.

"Ja", nickade Helene. "Stefano hamnade i konflikt med Barbro ganska snart. Han är inte lika diplomatisk som min man var. Det italienska blodet. Det är väl därför du frågar, eller hur?"

Helene såg sorgset upp på Erika, som teg och väntade på att Helene skulle fortsätta.

"Barbro beviljade honom en del mindre avvikelser från planen i sin ombyggnad", fortsatte Helene. "Vi varnade honom så klart. I ett sånt här område är folk oerhört stingsliga och tvekar sällan att överklaga för att skydda sina egna intressen. Men han lyssnade inte. Och nu sitter han där med överklaganden upp över öronen. Hela grannskapet är emot honom och betraktar honom som en myglare som utnyttjat sin roll som yrkesman och sina kontakter. Han sitter rejält i skiten och kommer nog aldrig ur den igen."

Erika sög ett kort ögonblick på det Helene just sagt. Kunde det vara så? Att Barbro gått kunden till mötes med sådant som avvek. Att hon töjde på reglerna mot pengar. Och kom inte betalningen, ja, då gick hon runt och visade vad som avvek och lät pöbeln göra jobbet åt henne. Utstuderat. Faktiskt riktigt listigt.

"Så ... ni ska prata med alla som kommit på kant med Barbro?" funderade Helene. "Då har ni att göra."

27.

Erika slängde jackan på stolen och ställde sig att stirra ut genom fönstret, bort mot Ullevis böjda siluett. Hon var trött efter deras turné ute i väster och framförallt av deras sista besök, det andra hos Jan Olof Olofsson. Åsynen av den magre mannen och ångesten som omgav honom som ett kvävande gasmoln, hade gjort henne mera beklämd än hon ville erkänna.

Hon och Per hade åkt upp för den nu välbekanta slingrande vägen upp på höjden ovanför Askimsviken och knackat på hos Jan Olof för att prata lite mer med honom om hans och hans hustrus relationer, deras ekonomi och om han visste något om Barbros arbete och hennes kunder. Och om väninnan Julia som verkade lika uppslukad av jorden som Barbro.

När Jan Olof öppnat hade Erika ryggat. Allt i mannens kropp och ansikte verkade dras neråt av jordens dragningskraft med en skrämmande hastighet. Hans ögon hade varit rödkantade och fyllda av synliga blodkärl, huden under ögonen blålila och i resten av ansiktet fullständigt askgrå. Han var fortfarande välklädd och såg ut att sköta sin hygien, men all stolthet i hållningen hade varit som bortblåst och den svaga solbränna han haft när dom först mött honom, fanns det inte längre ett spår kvar av. Dom hade direkt sett att han inte var nykter när han öppnade.

När dom följt Jan Olof in i huset, hade han helt ogenerat satt sig vid baren i köket och fortsatt att dricka whisky. Erika hade frågat hur han mådde, om han drack mycket och fått det brutala svaret att han söp och att det var det enda han hade för att döva sin ångest.

Dom hade frågat om väninnan Julia i Alingsås men hon och Jan Olof hade aldrig haft mer kontakt än något enstaka möte och, som nu, ett telefonsamtal. Han hade trott, eller snarare hoppats, att hans hustru tittat in till sin barndomsväninna på vägen och helt enkelt glömt bort tiden. Dom hade ställt frågor om Barbros arbete, vad han visste om hennes ärenden, men fått svaret att dom sällan pratade om sina arbeten och att han därmed inte visste särskilt mycket. Kanske var han helt enkelt inte intresserad.

Erika hade tragglat igenom sina frågor men bara fått fåordiga svar eller enbart tystnad. Per hade gått runt i huset och hållit sig i bakgrunden, suttit på knä på golvet och gosat med katten som kråmat runt deras ben.

Jan Olof gick inte till sitt arbete. Han var sjukskriven. Det enda han faktiskt verkade göra, förutom att ta bilen till Sisjön för att handla mat ibland, var att följa det som skrevs om fallet på nätet och i pressen. I vardagsrummet låg en uppsjö av tidningar med svarta rubriker om den försvunna arkitekten och om misstankarna om mygel och hot mot politiskt valda.

Erika kände sig kluven inför Jan Olofs nästan likgiltiga attityd men insåg samtidigt att han var en människa i vanmakt och chock. Att han verkade vara konstant onykter gjorde inte hans minne bättre. Hon betraktade sin vidlyftiga mindmap och suckade uppgivet. Namnen på alla ärenden som betett sig aggressivt eller hotfullt eller, som Vanja påstått, fått utstå Barbros nyckfulla behandling, svävade i en svärm utanför Barbros närmaste krets.

Inget av namnen hade fått minsta reaktion från Jan Olof. Med ett undantag. Toni Christensen. Erika var, när hon känt efter en stund, säker på att något svart glidit över hans ögon när arkitektens namn kommit på tal. En liten ryckning, en muskel som stramat åt vid munnen. Något som stuckit till, som berörde.

Erika satt med pennan över papperet en lång stund, tvekade men skrev efter en stund ett litet frågetecken och drog en punktlinje mellan Jan Olof och Toni Christensen. Kunde förändringen, rastlösheten som deras vänner paret Meyer talat om, ha något att göra med Toni? Hans änka hade sagt att han spelade med. Hur mycket?

Erika stönade högt, körde fingrarna genom håret och drog brutalt i trasslet. Hon sträckte ut sig och gäspade stort. Hon var trött. Ständigt trött. Tränade för lite, nästan inget alls för att vara ärlig. Och hon sov uruselt. Hon längtade desperat efter vila. Vila och tystnad. Vilket i sig var ren ironi. Tystnad led hon verkligen ingen brist på. Det var själslig ro hon saknade. Och gymmet. Hon kunde träna med gipset. Det var bara fråga om vilja. Men den hade inte infunnit sig. Med gipsklumpen runt handen kände hon sig handikappad, begränsad och klumpig. Utsatt.

Hon rycktes ur sitt grubbleri av att jobbmobilen ringde. Hon fick än så länge inte många samtal i den. Hon svarade kort och så vänligt hon förmådde.

"Hej igen. Lars här, i Alingsås. Lika gråtrist hos er, förmodar jag?"

Erika bekräftade med ett blekt leende.

"Vi har trålat in Julia Lindmark", fortsatte han obekymrat. "Hon damp nyligen ner på Landvetter. Ja, vår kära revyprimadonna är ju som vi konstaterat inte helt okänd här i bygden. Och en vaken tjej på en av resebyråerna hade noterat att Julia bokat en resa till Lanzarote på knappt två veckor. Tillsammans med en äldre herre. Men bägge hade använt annat namn."

Lars i Alingsås skrockade förtjust.

"Dom försökte väl vara lite diskreta, eller hur man nu ska säga. Gubben är gift. Med en annan dam. Hur man nu kan tro att man är diskret med den munderingen som hon knallar runt i." Lars släppte ur sig ett rungande skratt.

"Vi har hört henne kort. Det var inte mycket vettigt vi fick ur henne, tyvärr. Hon var så infernaliskt bakis att jag knappt sett nåt liknande. Och arg som en gammal katta. Haha ... ett ögonblick."

Lars pratade några ord med en kollega, Erika kunde höra flera röster och en stol som skrapade. Lars återvände till telefonen.

"Ja, förlåt, det är lite snärjigt här just nu. Som sagt, Julia har varit borta i tio dagar och myst med en gift herre. Hon verkar inte ha läst några svenska tidningar, varken på nätet eller på papper. Och hon var uppenbart chockad över att hennes bästa väninna är puts väck. Hon säger sig inte heller ha fått något besök av Barbro."

Erika tackade uppriktigt och släckte samtalet med en varm känsla i bröstet. Efter en stund insåg hon att hennes privata mobil gav ifrån sig regelbundna och enerverande pip. Hon öppnade och fann en rad meddelanden. Motvilligt öppnade hon dom. Hon visste vad hon skulle hitta, men öppnade dem ändå ett efter ett.

"Jag saknar dig så, gumman min. Gör inte så här mot mig ... snälla älskade. Jag ber dig."

"Du är min tjej, gumsan. Det har du alltid varit."

"Du är min tjej, vad som än händer, det vet du."

"Varför gör du så här mot mig, gumman??? Svara mig."

"Gör inte så här mot mig! Du vet att du inte får göra så här mot mig. Du är min fru!"

När hon öppnat fem stycken av totalt femton meddelanden, släckte hon telefonen. Hon sjönk ner på sin stol och blev sittande med telefonen i knät. Hon kände sig tom och dränerad. Och samtidigt hade en het ilska börjat ta form i hennes inre, ett hat som svällde med en enorm kraft och som hon, när hon kände efter, välkomnade.

Telefonen ringde igen och Erika ryckte till som om hon fått en elektrisk stöt. Det var Anna.

"Hej. Hur har du det?"

"Jodå ... Var det nåt särskilt du ville?" svarade Erika och skämdes direkt för att hon lät avvisande och sur. Hon kunde känna Annas spänning och hörde hur väninnan bökade och sen började gå runt med telefonen medan hon pratade.

"Vi pratade ju om en bostad till dig", fortsatte Anna lite andfått.

"Mmm."

"Krister har fixat så att du kan låna en konstnärsateljé ett tag. Eller ja, typ ateljé."

Efter en lång harang av inlindade ursäkter berättade Anna, med glättig och uppjagad röst, att Krister ordnat ett tillfälligt boende, ett krypin snarare. Ordet tillfälligt upprepade hon om och om igen.

En god vän till Krister som jobbade som fotograf, hade en ateljé på Andra Långgatan. Vännen visste att en av hans grannar, en bildkonstnärinna, hade en extra ateljé som hon för tillfället använde som förråd. Men som skulle vara fullt beboelig.

"Den ligger mitt i stan, faktiskt. Lite udda men helt okej, tror jag i alla fall", sa Anna med rösten högt uppe i strupen. Hon förklarade ingående var den låg men Erika fick inte ihop beskrivningen med varken kartan eller det landskap hon sakta börjat göra sig en bild av i huvudet.

"Det blir säkert jättebra", sa Erika men kände hur magen drog ihop sig.

"Du vet att du får bo kvar hos oss om du vill", svarade Anna snabbt. Erika slöt ögonen och ruskade sakta på huvudet för sig själv. Nej. Hon kunde inte bo kvar. Det visste dom. Och det visste hon.

"Det kommer säkert att bli jättebra, Anna. Hälsa Krister och tacka honom för all hjälp."

Erika avslutade samtalet och satt sen och stirrade på den svarta blanka displayen i sin hand. En påminnelse dök upp i hennes dator. En liten ringklocka dinglade framför en notis om att hon skulle infinna sig för förhör. Internt.

Hon kastade en hastig blick på klockan och insåg att hon inte hunnit ta reda på var hon skulle infinna sig. Och, att hon var på väg att bli försenad.

28.

Erika klev ut ur hissen och såg sig om. Hon var i en del av Huset som hon tidigare inte satt sin fot i.

Hon hittade rätt dörr, knackade och klev in. En man satt i det lilla kontorsrummet och väntade på henne. Han hade vänliga ögon i ett annars stramt och väderbitet ansikte under ett kortklippt gråsprängt hår. Erika gissade att han hade passerat sextio. Han var klädd i jeans och skjorta med en t-shirt under. På handleden blänkte ett snyggt armbandsur och på vänster hand glimmade en slät vigselring.

"Välkommen, Erika. Sitt ner. Jag heter Anders Quist."

Erika mumlade ett tack, såg sig hastigt om i det anonyma rummet och satte sig.

"Erika. Du är ju ny här hos oss, du har ett vikariat, eller hur?"

Erika nickade och kände hur hon krympte i stolen medan Anders bad henne berätta hur länge hon varit i Göteborg, var hon jobbat tidigare, vem hennes tidigare gruppchef varit, rollen hon hade haft då och den hon hade nu. Erika berättade och Anders nickade och antecknade.

"Ville du inte ha någon som försvarar dig?"

Erika ruskade bestämt på huvudet.

"Nej. Det här har inte med mig att göra. Det är ett olyckligt sammanträffande bara."

Anders nickade och verkade begrunda det hon sagt.

"Den andra februari gjordes ett planerat tillslag mot delar av den organiserade brottsligheten i dom östra stadsdelarna. Det gällde bland annat narkotika och vapen. Kände du till det här tillslaget innan det gjordes?"

"Ja. Jag var informerad", svarade Erika tyst.

Anders nickade.

"Du vet säkert också att tillslaget misslyckades. Strukturen var tömd och dessutom stod media och väntade på oss. Anmälan gör gällande att någon som kände till våra planer hade varnat dom som brukade finnas där, i så god tid att dom hunnit tömma lokalerna. Och i samband med det också tipsat media."

Erika svalde hårt och nickade. Hon fäste blicken på sina darrande händer som hon knäppte i knät. Hon hade trott att hon skulle klara samtalet utan större problem. Nu var hon inte alls lika säker. Kanske skulle hon ha bett om en försvarare trots allt.

"En släkting till dig, Erika, har kopplingar till det här gänget. Han är en så kallad hangaround. Han kontaktade dig flera gånger innan tillslaget. Samtal och sms. Vi har ditt privata mobilnummer i samtalslistorna."

Anders betraktade Erika. Hans ansikte var allvarligt. Erika kände hur pulsen gick upp, hon torkade sig i mungiporna med ena handen.

"Ja, det stämmer. Jag har varit i kontakt med honom", svarade hon hest och harklade sig. Ljudet lät stumt i det lilla rummet.

"Din kusin Karl har gjort vissa medgivanden. Jag skulle vilja att du gav din bild av det som hänt."

Erika hostade till och flämtade efter luft. Hon stirrade på Anders utan att hitta ett enda ord att säga.

"Kan du förklara din kontakt med den här Karl. Hur mycket känner du till om honom? Brukar ni umgås?"

Erika mötte Anders blick och såg något som liknade trötthet i hans grå ögon. Hon nickade och berättade sen sakta, formulerade noga varje ord i huvudet innan hon släppte ut det. Om meddelandena, om det korta samtalet, att hennes relation till Karl bara var ytlig och att hon egentligen inte kände honom. Och att kontakten varit på hans initiativ. Anders nickade och hummade och antecknade ibland kort.

"Din kusin Karl, har gett en lite annorlunda bild av din inblandning i tillslaget", fortsatte Anders med en lätt frågande ton i rösten. "Han påstår att du kontaktade honom, att du erbjudit honom dina tjänster, att du mycket väl kände till hans kopplingar till gängstrukturen och att du ville ha betalt för din information."

Erika kände hur hakan föll ner utan att kunna hindra det. Hon hade svårt att ta in det Anders sa. Storleken av lögnerna och galenskapen började sakta ta form. Långsamt insåg hon hur långt Göran faktiskt var beredd att gå.

"Kände du till din släktings kopplingar till det här gänget?" frågade Anders. Erika hörde otåligheten skina igenom i hans röst.

"Vi kan ju med lätthet förstå vad din kusin tjänar på det här. Han har gjort sina gängkompisar en rejäl tjänst. Och säkerligen fått massor av cred. Och kanske också en plats i gänget. Men vad får du ut av det?"

"Inget. Jag har inte kontaktat honom och jag har inte tipsat honom", svarade Erika hest, harklade upp sig och upprepade allt ännu en gång. Att hennes kusin sökt henne, att hon ringt upp och avböjt kontakt. Att hon inte ens hade vetat att han hade en kriminell karriär. Och att hon inte hade något med tipsen till varken buset eller pressen att göra.

"Så du säger att du inte har fått betalt för det här?"

"Jag har inte tipsat någon och jag har inte fått betalt."

Anders suckade lätt. Noterade något i sina papper.

"Om du inte har fått ut något av det här, så får vi anta att du blev avtvingad den här informationen istället? Har du någon egen teori om vad det är som har hänt? Finns det något som du inte törs berätta, något du är rädd för?"

Erika rätade på sig, svalde hårt och mötte Anders blick.

"Nej."

"Är det säkert att du inte vet vad det här kan handla om?"

Erika pressade samman läpparna och nickade igen. Anders suckade högt och började om med frågorna, tog allt från början till slut, ännu en gång. När Erika fortfarande inte kunde förklara hur det hängde ihop eller formulerat en egen teori, valde han att stanna.

"Vi avslutar det inledande förhöret här", sa Anders lugnt. "Vi kommer att kalla dig några fler gånger för att reda ut vad som hänt. Och Erika ..."

Erika, som precis skulle till att resa sig för att gå, stannade upp i sin rörelse och föll tillbaka i stolen. Hon såg upp på Anders, väntade.

"Jag kommer att vilja prata en del med dig om din förra arbetsplats också. Vi har fått en del trista signaler."

"Som vad då?" sa Erika tyst.

"Du har tydligen haft en del samarbetssvårigheter. Mycket frånvaro under perioder. Labilt humör och aggressiva utbrott. Och det har talats om tablettmissbruk och alkoholproblem."

Erika mådde med ens kraftigt illa. Hon såg sig desperat om efter en papperskorg att kräkas i, men lyckades hålla kvar maginnehållet. Efter en stund förstod hon att hon kunde gå och reste sig på ostadiga ben. När dörren stängts efter henne stod hon en stund och stödde sig mot dörrposten.

Korridoren öppnade sig som ett grått rör framför henne. Det luktade instängt, dammigt och svagt av sopor och intorkat kaffe. Illamåendet kom tillbaka med full kraft och hon hann precis hitta en toalett och famla sig in, innan maginnehållet trycktes upp genom strupen.

29.

Erika hade snabbt packat ihop sina få ägodelar. Dom rymdes i två träningsväskor som hon nu bar, på väg till sitt nya boende. Den ena var hennes egen som innehöll det lilla hon fått med sig från Enskede och lite kläder som hon köpt sen hon kommit till Göteborg. Den andra väskan hade hon lånat av Krister. Den var fylld av nyinköpta lakan, ett täcke och handdukar. Krister, som gick bredvid henne, bar på en startbox från Ikea. En fantastisk uppfinning för den som flyttade hemifrån och aldrig tidigare haft ett eget boende. Eller för den som ryckt upp sig själv med rötterna och lämnat allt.

Erika hade berättat för Krister och Anna om Görans nattliga intrång. Krister hade lyssnat med tydlig misstro och kastat undrande blickar på sin fru, medan Anna direkt insett allvaret. Krister hade sen agerat och snabbt skaffat den udda tillflyktsorten till Erika. Dom ville inte ha fler snyltande gäster i kylen, hade Krister skämtat med ett ansträngt leende, som inte orkat upp till hans annars så vänliga ögon.

Konstnärinnan, som hette Eva, hade en vacker och ombonad ateljé på Andra Långgatan. Innanför en ganska trist och sliten fasad, dolde sig en ljus och trivsam gård med låga huslängor, planteringar och en stenlagd uteplats. I längorna låg ateljéerna, där bildkonstnärer, skulptörer och den fotograf som var Kristers gode vän, hade sina kombinerade bostäder och arbetsplatser.

Eva var en frodig kvinna i övre medelåldern, klädd i stora vida plagg av velour. Ett material som Erika alltid älskat men inte sett på många år. Och, insåg hon, faktiskt saknat. Kvinnan bar tjocka ceriserosa strumpor i platta kinasandaler, hade ett ilsket morotsfärgat hår uppsatt i två uppkäftiga pippilotter på huvudet, runda Harry Potterglasögon på näsan och ett läppstift som drog åt orange.

Hon visade glatt upp sin konst medan hennes katter nyfiket nosade runt besökarna. Erika tyckte inte om Evas bilder som var bullrigt färgrika och romantiska. Blommor, dukade bord, hav, klippor och solnedgångar, söta skärgårdshus och fiskehamnar. Men hon log ändå och sa något vänligt men meningslöst om konsten.

Konstnärinnan hade berättat att hon hade en extra ateljé som just för tillfället fungerade som lagerlokal, men som var fullt beboelig. Men i samma andetag bett om ursäkt för att den kanske var lite ostädad. Erika hade accepterat. Vad som helst var bättre än att bo kvar hos sina vänner och riskera att Göran kom på ovälkommet återbesök.

Erika fick en nyckel och ett passerkort av Eva, som återigen bad om ursäkt för att hennes extra ateljé inte blivit varken städad eller uppvärmd dom senaste månaderna. Erika tackade och hon och Krister kastade upp väskorna på sina axlar och klev framåtböjda längs Andra Långgatan, bort över Järntorget. Regnet som kom ur dom jämngrå molnen var tätt och extremt blött och den ryckiga vinden hade tilltagit och fick blötan att ta överraskande vägar, runt hörn och upp under kläderna.

Mitt på Järntorget stod en låg och bred fontän. På fontänens kant satt kvinnoskulpturer med urnor, speglar och andra föremål i händerna. Dom iakttog sin omgivning med bronsblanka, tomma ögon, halvnakna och utmanande kurviga. Kvinnorna representerade dom fem kontinenterna, berättade Krister, medan dom huttrande passerade. Statyernas framåtböjda ryggar såg ut att kura i kylan. Erika tänkte att om kvinnorna hade kunnat resa sig och gå, så hade dom redan varit försvunna. Någon skämtsam eller kanske bara omtänksam person, hade trätt ett par stickade strumpor på fötterna och knutit en halsduk runt halsen på skulpturen som föreställde Afrika.

Erika vände sig hastigt om och svepte med blicken runt det ödsliga torget. Hon hade känt ett plötsligt stick mot nacken som om någon stirrade på henne. Men allt hon såg var några människor som liksom dom själva, gick hukande över kullerstenarna.

Erika gick ifatt Krister. När dom passerade över kanalen pekade han med armen neråt gatan och sa, med ett snett leende, att dom nu gick på Göteborgs egen horgata. Erika kastade en blick längs kanalen. Höga långsträckta kontorshus vek av längs med kanalen. Ödsliga kvarter mitt i staden.

När dom passerat bron kom dom in på en öppen plats där en tung och hög mur av enorma stenblock växte upp ur marken, som ryggen på ett urtidsdjur. Krister böjde sig fram mot Erika, det droppade från hans keps.

"Det där är den enda del av Göteborgs gamla befästningsverk som finns kvar ovan jord. Carolus Rex heter den."

Erika slickade regnet från läpparna och kisade uppåt. Muren var högre än flervåningshusen intill. Stora, sammanfogade stenblock som fick den att likna ett skinn som en jätteorm ömsat och lämnat efter sig. Ett smalt metallstaket högst upp kring krönet. När dom kom närmare såg Erika portar av olika storlek i muren. Hon pekade och Krister hojtade om krutförråd och vagnstall under sin keps. Erika stannade till och följde en bred trappa av sten med blicken. Den ringlade uppåt på befästningsmurens baksida. Hon såg flera öppningar i murverket bakom ridån av fina vattendroppar, täckta med grova järngaller. Och ytterligare en välvd port av trä, med ett stort rostigt lås, som hon gissade ledde in till något av dom rum i befästningsverket som Krister talat om.

Dom fortsatte längs gatan och en bit längre upp stannade Krister och låste upp en metallgrind i en bred port. Dom smet snabbt in undan regnet. Några meter in i valvet öppnade sig en trång och andlöst djup gård mellan höga hus i tegel och sten. Husen längst in på gården stod på en brant bergklack som var så hög att husens bottenvåningar låg i samma nivå som dom översta på gathusen. Erika fick böja nacken bakåt för att se upp till dom översta våningarna. Det var som att stå i ett gruvhål. Solkiga soptunnor stod i rader intill gårdshuset tillsammans med bråte och några rostiga cyklar. Mörkt, djupt och klaustrofobiskt.

Krister pekade. Erika följde hans finger med blicken. Alldeles i kanten av bergklacken gick trappsteg av sten upp till en avsats där ett litet miniatyrhus av smutsigt tegel klängde sig fast. Två små fönster vätte in mot gården medan baksidan av huset lutade mot berget. Mitt på husets tak stod en skorsten. Erika slöt ögonen. Jesus! Hon skulle bo i en gruva. Kristers varma hand klappade tröstande på hennes axel. Deras blickar möttes.

"Ja, det är inte Grand Hotel precis. Vi får sätta fart på värmen därinne och så får du röja undan lite. Jag gissar att den goda Eva stuvat kåken full."

Krister hade givetvis rätt. Det lilla huset var sprängfullt med konstnärsmaterial, verktyg, tavelramar utan duk, spik, färg, dunkar med lösningsmedel, linoljor och övergivna målarpenslar. Erika stönade ofrivilligt. Krister ruskade misstroget på huvudet men hängde raskt av sig och började plocka ihop och kasta ut skräp genom dörren. Dom fyllde snabbt ett antal sopsäckar. Krister kontrollerade att vatten, värme och den lilla spisen med två plattor fungerade, innan han sa hej och stretade hem genom regnet.

Erika slog sig ner på en färgfläckad pinnstol och såg sig omkring. Det var utkylt men värmen skulle snart ta över. Kaminen hade snabbt blivit het. Det var en osannolik bostad. Mitt i Göteborg innanför vallgraven. Ett litet hus på en djup innergård, som om en illasinnad trollkarl krympt det med en knyck på sin trollstav.

Erika slöt ögonen. Värmen från kaminen började krypa ut i det lilla utrymmet. Hon vaknade med ett ryck när hon var på väg att ramla av stolen. Hon reste sig, groggy och med en stickande känsla i kroppen. Hon halade upp telefonen ur fickan och slog numret till sin syster. Den här gången svarade Mia.

"Tjena, sys! Jag har sett att du ringt, ledsen, men jag har haft det fullständigt helgalet. Hur mycket som helst att göra."

Mia lät inte det minsta ledsen, snarare rusig av lycka, och Erika kunde höra en uppsjö av märkliga ljud i bakgrunden som sa att systern var kvar på sin veterinärklinik.

"Hur är det med dig?" undrade Mia.

Erika samlade sig och sammanfattade läget, jobbet, den tillfälliga bostaden. Men nämnde inte att den snarare liknade en underjordisk håla, en lämplig bostad för en gollum, än en ateljé. Så tog hon mod till sig och berättade att Göran kommit till Göteborg, hur han gått raka vägen in på Huset och spelat sitt fula spel. Men valde medvetet att inte säga något om internutredningen. Mia stönade ljudligt som bekräftelse och öste ur sig en rad köttiga förbannelser över Göran och störda karlar i största allmänhet.

"Mia! Våra kusiner, du vet, Karl och Katarina och Lasse ..."

"Ja-a? Vad är det med dom?"

"Vad vet vi? Lite fina i kanten. Men hur var det, egentligen?"

Mia smackade fundersamt i andra änden.

"Jae du, vad ska jag säga. Morbror var ju en suput och en jädra lögnhals. Stor i mun och pompös. Men han var ju en vanlig knegare, trots att han gick och spände sig och låtsades vara professor eller nåt. Moster ... jag tror att det var lite väl mycket sprit och tabletter där. Jag kom ihåg en gång då jag hälsade på henne i Stockholm. Hon skickade mig till apoteket för att köpa smärtstillande. Jag tror att dom börjat neka henne. Varför frågar du?" undrade hon plötsligt.

"Näe, Karl kontaktade mig. Inte så att det är underligt i sig, att han hittade mig. Det är knappast någon konst. Men vi har ju inte haft kontakt på många herrans år. Varför är han så ivrig helt plötsligt? Jag snoppade av honom rätt rejält när vi träffades i Stockholm."

"Han kanske har förträngt det", skrockade Mia.

"Mm-m ... det som är obehagligt är att han är kriminell. Småbus visserligen. Men ändå."

"Säger du det. Karl? Ja, jag är knappast förvånad. Men jag kan inte säga att jag vet något om honom. Jag får snacka med brorsan, han vet nog mer. Förresten! Han har köpt gården nu, bortanför Vallsundet. På Annersia. Så nu har vi en månskensbonde i familjen också." Mia skrockade belåtet men tystnade sen tvärt när hon inte fick någon respons.

"Men du, sys ... Hur fick Karl reda på att du är i Göteborg?"

Erika hade inget svar. Hon kunde bara konstatera att hennes syster var skarpsynt, som vanligt.

30.

Per sträckte ut kroppen i vilstolen. Han balanserade espressokoppen framför sig, andades in, sjönk djupare och kände hur korsryggen jämrade sig. Filmen stod stilla och flimrade på skärmen. Han borde inte se någon film. Alls. Han borde vara på väg mot skogarna i norr. Men dagarna hade bara blåst förbi. Allt som hindrade honom var dom förbannade vinterdäcken. Han tryckte mekaniskt på fjärrkontrollen.

Alla scener i filmen Seven var mörka, men med ett svagt gyllene ljus, som om varje filmruta var en målning av Vermeer. De sju dödssynderna. En av regissören David Finchers bästa. Gammal, från nittiofem. En vedervärdig thriller. Äcklig. Trots att nästan inget våld visades. Kevin Spacey hade aldrig varit i närheten av att vara en av Pers favoritskådespelare. Men i rollen som mördare och sociopat, var han briljant.

Per vägde fjärrkontrollen i handen och stirrade på dom välbekanta bilderna. Han beslöt att surfa efter begagnade vinterdäck istället för att slötitta på en film han redan sett oräkneliga gånger, när dörrklockan skar igenom stillheten. Per såg rakt ut i dunklet i lägenheten framför sig. Vem fan ringde på en tisdag kväll? Under ett kort ögonblick övervägde han att ge tusan i att öppna men reste sig till slut och gick ut i hallen. Dom två skuggorna bakom dörrglasen stämde inte med det han hade väntat sig. Istället för den korta slanka siluetten av den rödhåriga tandsköterskan, tornade det upp sig två långa och breda män utanför hans dörr.

"Tjenare", flinade Torbjörn brett när Per öppnade. Snett bakom honom stod Göran. Erikas man. En stank av frityr och halvsmält öl kom svepande. Per kastade ett snabbt ögonkast på Torbjörns fyrkantiga ansikte och den lätt simmiga glansen i hans ögon. Det var sällan någon av dom såg Torbjörn berusad. Inte för att han sällan drack, snarare för att hans kropp vägde långt över hundra kilo och kunde härbärgera sprit i så våldsamma mängder, att det skulle till rena smuggellasten för att sänka honom. Under ett kort ögonblick övervägde Per att be herrarna gå till nästa adress, skylla på magsjuka eller stopp i toaletten. Men nyfikenheten tog överhanden.

Hallen fylldes. Torbjörn och Göran stojade muntert medan dom krånglade med kläder och skor. Per erbjöd dom båda sprit och kaffe och tog avmätt emot lovorden för det snart färdiga köket, gasspisen och den italienska kaffemaskinen. Göran gick en rask husesyn med utspända steg och berömde allt från renoveringen till den vidunderliga utsikten. Per tackade avmätt och iakttog sina oväntade gäster.

Efter en stund hade dom bägge hittat sina platser i sofforna och börjat pilla runt i Pers spellistor. Allt från Rihanna, Lady Gaga till Apocalyptica och Disturbed tonade upp för att lika hastigt snöpas igen. Ångestfyllda bluestoner av Gary More fyllde till slut lägenheten. Torbjörn och Göran sög förtjust i sig av Pers whisky, grappa och rykande espresso, bekvämt tillbakalutade.

Per ställde sig invid ett av fönstren i vardagsrummet och betraktade dom bägge kamraterna. Han höll handen med whiskyglaset nära fönstret och kände hur kylan rann mot hans hand från fönsterglaset. Månen lyste starkt från en molnfri kolsvart himmel. Långa band av kallt ljus sträckte sig in över fönsterbänkar, möbler och ut över golvet, men försvann i mötet med det varma ljuset från golvlamporna. Han la fingrarna mot fönsterglaset och lyssnade frånvarande på sina gästers diskussioner. Det bildades en liten cirkel av kondens runt varje fingertopp.

Per hade bara sett Göran en gång förut. I korridoren på Huset. Han var lång och välmusklad och rörde sig med den självklara tyngden hos en stark och tränad människa. Hans tjocka blonda hår hade lockat sig vid tinningarna, en tunn yta av svett glittrade under hårfästet. Ett berusat småleende gjorde det skarpa ansiktet mjukare och aningen oskarpt.

Samtalet flöt ojämnt och Per var medveten om att han var orsaken. Han teg och iakttog, nickade och lyssnade mer än han konverserade. Åsikter och funderingar fick gro i huvudet utan att han släppte ut dom. Han väntade. För herrarna hade inte kommit på besök av en slump.

Göran hade börjat reta sin vän Torbjörn. Pika honom för att han flyttat hem till Göteborg igen, att han bodde på landets baksida och att dom verkliga snutarna jobbade i huvudstaden och ingen annanstans. Men när Torbjörn började bli röd i ansiktet och axlarna åkte uppåt, började Göran plötsligt skratta.

"Ni har ett sånt djävla lillebrorskomplex i den här förbannade hålan. Det är rent otroligt! Det är väl bara att acceptera att ni bor i en skithåla och att Stockholm faktiskt är Sveriges huvudstad."

Göran kluckade roat. Torbjörn slappnade av och sjönk djupare ner i soffan, drog åt sig en av kuddarna och buffade in den under ena sidan av ryggen med en lätt plågad min. Per smålog. Träningsvärk. Eller så hade Torbjörn gått några matcher på brottningsklubben där han tillbringade stor del av sin fritid och fått stryk.

"Sveriges framsida, goa gubbar ... ärligt!" fortsatte Göran muntert. "En paradgata som ser ut som en horgata i Magaluf med luder i varenda hotellbar, rumänska proffstiggare så man snubblar på dom vart fan man än går, blattar i varenda djävla kiosk, rosagröna kaniner och italienska spårvagnar! Snart slänger ni väl upp nåt jädra pariserhjul på Götaplatsen."

Torbjörn hade tystnat, studerade spriten i sitt glas och sög på sin kaffesked. Göran verkade efter en stund inse att han inte längre hade någon publik för sina teorier. Han bet ihop och drack av spriten medan han fixerade Per över glasets kant. Per mötte blicken utan att vika. Torbjörn satt blickstilla och iakttog, som om han gruvade sig för det han visste skulle komma.

"Ja, va fan ska jag säga ..."

Göran såg på Per. Hans blick var med ens tårfylld och sorgsen.

"Fa-an, man försöker vara normal, men så är det ju inte ... alls. Jag ... jag har kommit hit för att få tillbaka min hustru ... och det känns som om jag är här och tigger eller nåt. Jag känner mig så förbannat hjälplös."

Göran hängde med huvudet och snurrade envist glaset framför sig med bägge händerna. Han drack några motvilliga klunkar och fortsatte sen att berätta. Det flödade ur honom, lätt som vatten. Hans hustru hade blivit allt mer svartsjuk, deras äktenskap hade till slut vilat på en tunn våris under vilken ett svart djupt vatten väntat. Han berättade om hur hon svartsjukt bevakat honom, hur hon allt oftare varit sjukskriven för den ena vaga åkomman efter den andra. Migrän, småskador från träning eller när hon snubblat hemma, gått in i en skåpdörr eller halkat under hundpromenaden.

Göran kastade en skamsen blick på Torbjörn och ryckte urskuldande på axlarna.

"Jag berättade inte för dig ens ... förlåt, Tobbe. Men Erika började dricka, mer och mer. Jag såg mellan fingrarna till att börja med. Jag menar, folk dricker ju. Det är middagar och fester och att ta ett glas vin eller en whisky nu och då, det gör ju alla nuförtiden."

Göran körde händerna genom det tjocka håret och gav ifrån sig ett uppgivet läte. Han blev sittande med huvudet vilande i händerna. Torbjörn vred sig i soffan, lädret klagade.

"Klassikern", muttrande Göran under händerna, efter en lång tystnad. "Vinboxar. Så djävla förrädiskt. Och så djävla lätt att mörka. Samma vinbox stod i kylen, samma favoritmärke. Men nog fan fattade jag att hon bytte ut den mot en nyköpt lite nu och då." Han såg upp och mötte Pers blick igen, ögonen blanka av förtvivlan.

"Jag borde ha satt stopp. Men ..." Han lyfte upp sitt glas och studerade whiskyn som gled längs glasets insida när han snurrade det. Hur den häftade fast vid ytan för att sen glida tillbaka, en vacker bärnstensgul färg.

"Jag gjorde inget. Och det kan jag säga, det är fan inget jag är stolt över nu."

Det sista bet han av, som om allt redan var slut och ingen lösning längre fanns. Han svepte spriten i ett enda drag. Hostade till, kraxade och började sen skratta, torrt och glädjelöst.

"Och här sitter vi och super. En sån satans djävla ironi."

Skrattet torkade lika snabbt upp och försvann igen. Han förblev sittande, framåtlutad över bordet och stirrade ner i det tomma glaset framför sig. Per iakttog. Och teg. Det var en sorglig och otrevlig historia Göran berättade. Och den passade väl in i allt som hände. Det han sagt förklarade mycket i Erikas underliga beteende och hennes flykt från sitt gamla liv.

"Vi kanske ska dra oss?"

Göran lyfte huvudet och såg på Torbjörn, som nickade med en bister och bestämd min i ansiktet.

"Jo", svarade Göran rossligt, hans kropp verkade trög och ovillig. Efter en stund rätade han upp ryggen, spände ut axlarna och grimaserade. Torbjörn reste sig, gick ut till hallen och började ta på sig skorna.

"Det var trevligt att träffa dig, Per. Jag vet ju att du jobbar med Erika nu."

Göran reste sig ur soffan, tog ett ostadigt steg men rätade snabbt upp sig igen och fäste blicken på Per.

"Jag har ju förstått att hon flyttat från Anna ... men om du vet var jag kan ..."

Göran tystnade. Han slog ner blicken och harklade sig.

"Ta väl hand om henne. Hon behöver hjälp. All hjälp hon kan få, faktiskt."

Dom såg på varandra en stund under tystnad. Görans blå ögon var som kalla stenar. Bitar ur en glaciäris. Per kände hur den gnagande misstanken la sig till ro i hans inre. Orden som kom ur Görans mun hade ingen förankring. Allt han sa och gjorde kändes som en fasad, en raffinerad teater. Göran klev runt soffbordet och ställde sig alldeles intill Per, som tvingades titta uppåt för att möta hans blickar.

"Och glöm inte att den som tafsar på min fru, ska få plikta i helvetet", väste Göran så nära Pers ansikte att han kunde känna fukten i hans andedräkt på huden.

"Den djävel som rör min fru ska jag krossa vartenda förbannade ben i kroppen på."

Per rörde sig inte. Vek inte med blicken. Efter en stund fyllde Göran lungorna med några långsamma andetag, vände sig om och gick med svajiga steg ut till Torbjörn i hallen. Dom tog på sig ytterkläderna under flamsiga kommentarer om vilken pub som skulle få bli deras sista anhalt för kvällen. Dom båda kamraterna gick efter en stund.

Per stängde, lyssnade ett ögonblick genom dörrglaset på deras grums i trapphuset och gick sen tillbaka in i vardagsrummet. När han röjt undan gick han fram till fönstret i köket och plockade upp mobilen som han lagt i fönsternischen. Han tryckte in Erikas nummer, signalerna ekade, och så hennes vänliga röst som sa att hon tyvärr inte kunde svara just nu, men om han ville lämna ett meddelande så skulle hon höra av sig så snart hon bara kunde. Per stirrade på sina händer och sen på dom tomma flaskorna som stod på köksbänken. Han kunde inte sätta sig i en bil och han visste inte ens vart han skulle åka.

Hon var inte kvar hos Anna längre, så mycket visste han. Anna hade sagt att dom hittat ett tillfälligt krypin åt henne och att hon inte ville bo kvar hos dom, för deras skull. Vad i herrans namn var det med henne? Hur tänkte hon.

"Tjurskalliga djävla norrlandsfruntimmer", muttrade han åt telefonen, la tillbaka den på fönsterbrädan och blev sen stående och stirrade ut över hamninloppet. Vinterdäcken var fortfarande inte införskaffade.

31.

"Du har besök, Erika. Å han e grymt snygg!" bubblade Astrid i receptionen när Erika klev in genom entrén.

"Kolla om han e gift!" mimade hon bakom glaset och gjorde allt annat än diskreta tecken mot sin vänstra hands ringfinger. Erika tog några sekunder för att radera leendet i sitt ansikte, vände och gick sen fram till Stefano Canneto, en av dom tre grundarna till arkitektbyrån EQ.

Stefano var dryga fyrtio år, smärt och med en stolt hållning. Han var slätrakad och klädd i snygga jeans och kavaj med en tjock ullrock över armen. Blicken i dom mörka ögonen var orolig men sympatisk. Och han var en av dom vackraste män Erika någonsin sett. Han hälsade nervöst, bad om ursäkt för att han inte hört av sig tidigare och berättade, under hissfärden upp, om det arkitekturpris som byrån nyligen fått och som han varit och hämtat i Köpenhamn. Han slog sig snabbt ner på Erikas besöksstol och svepte hastigt med blicken runt det kala och opersonliga rummet.

"Din distriktsarkitekt Barbro är anmäld försvunnen och jag vill att du berättar om din kontakt med henne och var du befann dig under mellandagarna fram till trettondagshelgen", sa Erika lugnt. "Och det är bra om du svarar högt." Hon pekade på bandspelaren på bordet.

"Jag förstår", svarade Stefano som bleknat under solbrännan.

Han stirrade på sina händer en stund, utan att säga något. Så drog han ljudligt efter andan och började berätta. Han och hans familj hade letat hus under nästan ett års tid i Göteborg, sen dom flyttat upp från Malmö för att starta den nya arkitektbyrån. Att bygga eget hade varit deras första alternativ, men dom tomter som dom varit intresserade av, hade haft en så hög prislapp att det inte varit genomförbart.

Erika fick anstränga sig för att tankarna inte skulle börja vandra medan hon lyssnade till hans omständliga berättelse. Han såg egentligen oerhört skyldig ut. Det var inte första gången som Erika hade någon i sin besöksstol som såg ut som han eller hon skulle börja erkänna direkt. Oavsett om dom var skyldiga eller ej. Det var dom förhärdade busarna som hade förmågan att se ut som om dom bara var på snabbvisit. Vilket dom ju oftast också var.

"Vi hittade till slut ett sextiotalshus. På Näset. Nere vid havet."

Stefano slog ut med händerna, log hastigt men leendet slocknade lika snabbt som det kommit. Hans händer föll tillbaka i knät.

"Det var stort och gediget byggt. Ett riktigt tegelhus. Teakfönster. Det hade verkliga förutsättningar. Volym, bra stomme och fint läge. Men nedgånget och med ett hutlöst utgångspris."

Med ett litet embryo av intresse lyssnade Erika på Stefanos beskrivning av huset som han och hans familj hittat, som då stått tomt med undantag för fyra katter som verkade få komma och gå som dom ville. En fet illaluktande man hade kommit och matat katterna och först flera veckor efter att dom tittat på huset första gången, hade dom förstått att mannen var en av dom tre söner som skulle sälja fastigheten, efter sin fars bortgång.

"Det var förstås rena folkvandringen när huset visades. Men kåken var i ett bedrövligt skick. I stort sett allt behövde bytas ut. El, panna, alla maskiner och köket, ja, rubbet. Skorstenen över öppna spisen saknade tak så det hade regnat rakt in. Och katterna hade använt parketten som toalett." Han ruskade på huvudet åt minnesbilderna.

Stefano och hans familj hade lagt ett bud på huset, långt under det begärda. Och efter en först hysterisk budgivning och en rad besiktningar med protokoll som skrämt iväg dom flesta, hade familjen Canneto blivit ägare till ett jättelikt renoveringsobjekt.

"Vi döpte huset till Villa Ruckel. Jag hade i princip ritat om det under tiden som vi förhandlade och jag fick klart med bygglovet direkt."

Erika kvicknade till.

"Direkt?"

Hon kunde inte hejda tvivlet i rösten. Ingen av Barbros ärenden, som dom hittills haft kontakt med, hade haft den erfarenheten.

"Nae. Kanske inte direkt, men snabbt."

Stefano tystnade, knep med läpparna och verkade väga sina ord.

"Jag väntade mig helt enkelt ingen service när jag kom till Barbro med mitt eget hus", fortsatte han eftertänksamt. "Dom brukar vara lite ogina mot oss yrkesmän. Mot dom som inte är proffs, kan dom ju alltid gömma sig bakom paragrafer och regler när dom klantar till det. Men Barbro var en överraskning."

"På vilket vis?" frågade Erika nyfiket.

"Vänlig. Tillmötesgående. Allt som jag inte väntat mig", konstaterade Stefano och tryckte menande upp axlarna.

"Hon tyckte om mina förslag för ombyggnaden och lovade att titta på mitt ärende med det snaraste. Jag gick ut därifrån med hakan nere på bröstet av pur förvåning." Hans gester blev allt yvigare.

"Hon tog alltid emot mig direkt, var öppen, vänlig och oerhört serviceminded. Proffsig, helt enkelt. Så föreslog hon att vi skulle diskutera några saker över en lunch. För mig var det inget konstigt, men jag inser ju att hon knappast bjöd ut sig på lunch med var och varannan småhusbyggare."

Stefano suckade plågat och såg olyckligt på Erika.

"Det här kommer att låta helt sjukt. Jag skulle förstås ha sagt nåt. Gjort nåt redan då …"

Erika väntade och såg intensivt på mannen på andra sidan bordet.

"Vi möttes på Fiskekrogen", började Stefano. "Hon var strålande vacker och trevlig och jag började få kalla fötter. Jag menar, jag hade inte en tanke på att vara otrogen med min distriktsarkitekt och jag började undra vad det var för idéer hon hade om mig. Egentligen. Jag satt och tänkte att jag skulle förväntas knulla henne för att få mitt bygglov."

Erika nickade och fick kämpa för att hålla ansiktet neutralt.

"Även om jag är ett så kallat proffs så blir det förbannat svårt att vara objektiv och professionell när det handlar om den egna drömmen. Som arkitekt har man ju en hel del prestationsångest. Det måste ju bli förbannat bra och kreativt. Nåt alternativ finns ju inte!"

"Vad hände?" manade Erika.

"Hon hade nog inte tackat nej om jag hade visat intresse för att ligga med henne. Hon bjöd ut sig rätt ordentligt. Så där satt jag och konverserade och var vänlig som fan och kände mig som en daggmask på en krok. Fy fan ... ja, ursäkta franskan."

Han ruskade på huvudet och gjorde en bitter grimas.

"Sen kom det", stönade han lågt.

Han körde handen genom det tjocka svarta håret och stirrade ut genom Erikas smutsiga fönster.

"Hon sa det som om det var vädret hon pratat om", sa Stefano långsamt. "Vi hade diskuterat några mindre avvikelser från detaljplanen för min ombyggnad. Det var inte så lätt att få ihop allt, framförallt inte så att det skulle se bra ut. Hon sa att det där med avvikelserna skulle jag inte oroa mig för och hon lovade att min handläggning skulle gå fort och enkelt. Om jag betalade henne en nätt slant."

Stefano såg på Erika igen, en blank sorg i ögonen. Erika kände hur ett stråk av kyla drog över solarplexus.

"Vad gjorde du?"

"Ja, vad gör man?"

Stefano gav Erika ett hastigt och djupt generat leende.

"Jag blev heligt förbannad och beslutade mig för att köra samma spel som hon. Jag gick med på att betala henne femtio tusen. Jag ville ha mitt bygglov och allt klart innan jag satte dit henne."

"Betalade du?"

"Nej."

Stefano såg allvarligt på Erika.

"Hon gjorde allt som hon hade sagt att hon skulle göra. Jag började renovera och bygga om och när jag fått bygglovet klart kom hon ut till huset, gratulerade mig och pressade mig på pengarna. Då klämde jag ur mig att jag inte tänkte betala. Jag var rejält kaxig och hotade med polisanmälan och åklagare. Och vet du vad hon gör? Hon skrattade och sa att jag hade en vecka på mig att ta mitt förnuft till fånga. Sen vände hon på klacken och gick."

Han rös vid tanken och borstade tanksprit med handen på ena byxbenet.

"Kom hon tillbaka?" undrade Erika.

"Nej. Hon ringde, kall som ett isberg. Hon påminde mig vänligt om att jag inte hade fullgjort alla mina åtaganden och att tiden började bli knapp. Jag borstade upp mig och sa att vi nog inte hade samma åsikt om saken. Och hon svarade bara att det var upp till mig att avgöra men att jag skulle få ångra mitt beslut. Bittert. Och så slängde hon på luren. Sen fick jag mina fiskar varma."

"Hur?"

Erika såg spänt på Stefano. Han stönade och gned sig över pannan.

"Hon gick runt bland alla grannar. Dom som kunde anses berörda och därmed hade rätt att yttra sig om mitt bygglov, som det heter. Hon visade vad dom kunde överklaga, när och hur, varenda liten detalj och piskade upp känslorna ganska rejält. Familjen Ahlström var till exempel inte särskilt nödbedda och mitt bygglov blev överklagat av samtliga som kunde göra det, utom en."

"Carl Erik Djurberg", sa Erika utan att kunna hejda sig.

"Ja", bekräftade Stefano och tittade upp på henne med en intresserad och lite misstänksam glans i ögonen. Erika log hastigt.

"Så, vad hände?" frågade Erika snabbt.

"Hände? Händer, menar du väl. Jag befinner mig fortfarande i stormens öga. Grannarna betraktar mig som en djävla myglare som i kraft av min yrkesroll har försökt skaffa mig fördelar som ingen annan åtnjuter och nu har överklagandena nått mark- och miljööverdomstolen. Tiden kostar mig pengar, massor av pengar. Jag kan inte placera mina lån därför att huset inte är slutbesiktigat och det blir inte färdigt därför att mitt bygglov är överklagat och kommer att överklagas till himlen. Och delar av avvikelserna som Barbro accepterade som mindre avvikelse från detaljplanen riskerar jag att behöva riva. Det kan ta år ..."

Stefano Cannetos blick blev tom, han sjönk framåt och stirrade ner i golvet.

"Så var befann du dig under mellandagarna och till trettondagarna?"

"I rucklet", svarade han tonlöst.

Han rätade på sig, ögonen hade med ens blivit blanka.

"Och jag kan inte skaffa alibi eller vad det nu heter. Jag har varit

ensam där rätt mycket. Man försöker ju dra ner på kostnaderna ..."
Han gjorde en uppgiven gest med händerna.

"Vad tror du har hänt Barbro?" undrade Erika. Hon böjde sig fram, sökte Stefanos blick.

"Jag vet inte."

"Det är inte så att det är du som har sett till att Barbro har försvunnit?"

"Nej. Vad skulle det hjälpa?"

Stefano såg upp på Erika med ett plågat ansiktsuttryck.

"Nä, kanske inte hjälpa", fortsatte Erika silkesmjukt. "Men det finns gränser för oss alla. Och det finns något som kallas hämnd."

Stefano nickade och såg på henne en lång stund.

"Visst, tanken har passerat. När jag varit som mest arg och desperat. Men jag är ingen mördare."

Erika såg långt efter den vackre italienaren när han gick ner mot parkeringen, utanför dom stora glasfönstren i polishusets entré. Han var i alla fall ärlig. Ilska, förnedring och vanmakt var god mylla för hat och tankar på hämnd. Det märkliga var att han talat om mord.

32.

Erika saktade in bilen vid en lång mur och kikade efter ett namn på brevinkastet som satt i en grindstolpe. När hon öppnat sidorutan en aning såg hon att det stod Edin graverat i metallen med sirliga bokstäver. Hon lyfte huvudet och kisade över muren, in över en fuktglittrande och mosig gräsmatta. Höga välväxta träd bildade en allé fram till en stor trävilla i två våningar med en bred veranda mitt på och mindre flyglar på var sida av huvudbyggnaden. Träden var stora och svarta och verkade vaka över varje steg som någon tog på den långa grusgången fram till villan. Hon parkerade utanför på gatan, klev ut i den iskalla vinden och avverkade sen snabbt grusgången fram till huset. Alla fönster var upplysta och det guldgula ljuset såg varmt och inbjudande ut.

En kort rund kvinna i obestämbar ålder öppnade dörren när hon ringt på.

"Kriminalinspektör Erika Ekman", presenterade sig Erika vänligt. Kvinnan log tillbaka så att kinderna bågnade. Men det runda ansiktet var trots det märkligt blankt.

"Jag är från polisen. Jag ska träffa fru Edin", sa Erika och studerade kvinnan som skiftade vikten från ena foten till den andra och samtidigt vred händerna om varandra.

Erika frös så att musklerna i ryggen drog ihop sig och magen brottades oroligt med baguetten som hon hastigt slängt i sig innan hon åkt. Leendet i det runda kvinnoansiktet slocknade och hon såg förvirrat på Erika med ett stelt leende klistrat över ansiktet. Förstod kvinnan vad hon sa? Kvinnans hår var korpsvart och tjockt som tagel. Under dom nötbruna ögonen skiftade hyn i blått och överläppen var mörk av fjun. Först när Erika visade sin legitimation reagerade hon, slog sig för pannan och släppte ut en ström av klagande, svårbegripliga ord, samtidigt som hon föste in Erika i hallen.

När Erika hängt av sig, visades hon in genom en lång hall fram till ett par höga dörrar som ledde in till två stora rum i fil. Kvinnan rultade kvickt in för att anmäla hennes närvaro medan Erika såg sig om. Väggarna var klädda med utsirade paneler upp till brösthöjd och ovanför dom växte en målad värld av skira landskap, ända upp till taket mellan bjälkar och ornamenterade kassetter. I var sin ände av dom bägge rummen stod pampiga kakelugnar och två stora kristallkronor spred mångfärgade reflexer och ett behagligt ljus i rummen över vackra parketter, soffor, en enorm matsalsmöbel och tunga skåp. Hon kände sig förflyttad till en annan tidsålder, en inspelning av en engelsk serie från sent artonhundratal.

En äldre dam satt i en nött skinnfåtölj, i det bortre av rummen, med ett stort korsord i knät och en stor rödgul katt vid fötterna. En bricka av silver med te, scones, kakor och marmelad stod framför henne på ett lågt bord. Kvinnan lyfte inte blicken från sin sysselsättning förrän hembiträdet böjde sig fram och viskade nära hennes öra. Då lyfte hon huvudet, la ner pennan och såg avmätt på Erika.

Kvinnans hy var porslinsvit och täckt av små fåror och rynkor men ansiktets drag var skarpa. Höga kindben med en rak näsa och mandelformade bruna ögon. Hon var klädd i en enkel men välskuren klänning, i havsgrönt tyg, som Erika gissade var tunn ull, och det vita håret var uppsatt i en elegant valk i nacken. Likheterna med dottern var påfallande. Men förakt och bitterhet hade någon gång fått fäste i kvinnans ansikte och dragit hårda fåror ner till mungiporna och gett ansiktet ett hårt uttryck. Barbros mor reste sig inte, utan satt kvar med händerna över korsordet och iakttog Erika utan att säga ett enda ord. Hembiträdet försvann snabbt ut ur rummet.

"Hej", sa Erika vänligt. "Jag är från länskriminalpolisen. Jag är här för att ställa lite mer frågor."

Kvinnan nickade, höjde hakan och pekade på en soffa mittemot. Hon smekte sakta katten som klivit upp i hennes knä och svartsjukt bevakande lagt sig till rätta med dom runda ögonen naglade vid Erika.

"Nå. Har ni hittat henne?" frågade kvinnan.

"Förlåt?"

"Min dotter", replikerade kvinnan vasst.

"Vi behöver ställa några frågor för att ...", försökte Erika.

"Frågor, igen? Jag och min man har redan pratat med polisen."

"Är inte er man hemma?"

"Nej, det är han inte. Han arbetar."

Erika gjorde en kort notering i sitt block och såg i ögonvrån att kvinnan rodnade svagt.

"Det var synd, att er man inte kunde vara med", la hon till med en lång blick på Barbros mor. Hon såg att kvinnan svalde och hade svårt att hålla fingrarna stilla.

"Och ni har inte fått några livstecken från er dotter?" frågade Erika försiktigt.

Kvinnan ruskade lätt på huvudet. Hon såg tigande på brickan på bordet framför henne och det bistra draget kring munnen hade blivit skarpare.

"Jag har pratat med poliserna som var här hos er, tidigare", förklarade Erika. "Dom berättade om ert samtal. Jag är ledsen om det känns jobbigt men jag vill gärna att du berättar igen. Vad som hände."

"Är det verkligen nödvändigt?"

"Jag beklagar. Men jag är en av dom som jobbar med att hitta er dotter nu och vi försöker på alla sätt förstå vad som har hänt."

Kvinnan såg länge på Erika. Hennes ögon hade blivit blanka.

"Hur tänkte ni när Barbro inte kom till middagen, som ni hade bestämt?" frågade Erika efter en stund av kvävande tystnad.

"Ska jag vara riktigt ärlig", började fru Edin och snurrade kattens öron genom fingrarna, "så blev vi inte så värst oroliga för att Barbro inte dök upp."

Erika lyckades dölja sin förvåning och gjorde en krumelur i sitt block.

"Hur menar du? Brukar hon ofta komma för sent?"

Den gamla skrockade torrt. Katten reste sig i hennes knä och lät sig smekas över ryggen. Svansen pekade stel mot taket.

"Att Barbro inte svarade i telefon kunde ju bero på tusen olika saker", svarade hon med ett litet leende i ena mungipan. Erika nickade och väntade.

"Nä, passa tider har aldrig varit Barbros starka sida." Kvinnan smackade menande. "Min dotter är en impulsstyrd kvinna, som ofta får infall av olika slag och följer dom. Gudarna ska veta att hon var ett ganska besvärligt barn. Hon har alltid haft en egen vilja", la hon till men såg mer belåten ut än oroad.

"Men när hon dröjde flera timmar, vad gjorde ni då? Vad tänkte ni?" frågade Erika.

Barbros mor suckade tungt och drog ut smekningarna från kattens huvud ändå ut till svanstippen.

"Det är klart att vi blev oroliga till slut", svarade hon med en irriterad rynka mellan ögonen. "Det måste hon ju förstå. Det är en faslig trafik här på vägarna och det finns så mycket underligt folk överallt. Jag ringde ..." Hon rodnade häftigt och tystnade tvärt.

"Du ringde vem?"

"Det var inte viktigt", snäste kvinnan. Hennes ögon hade mörknat.

"Allt kan vara viktigt", sa Erika mjukt.

Kvinnan suckade djupt och den smekande handen stannade. Efter en stunds tystnad mötte hon Erikas blick.

"Barbro har en barndomsväninna ... min man tycker inte om det umgänget. Han vill inte veta av det. Men jag vet att dom träffas. Så jag ringde. Men hon hade inte sett till Barbro."

Erika frågade om det var Julia Lindmark som var väninnan och den gamla bekräftade med en stram nickning. Rodnaden på halsen hade djupnat.

"Ni ringde till Jan Olof senare på kvällen, inte sant?"

Handen som smekte katten stannade.

"Min man ringde. Men vår svärson var bara oförskämd, som vanligt får jag väl säga. Ja, det är ingen svärmorsdröm vi fått, inte", snörpte hon vasst.

"Hur menar du?"

Kvinnan suckade djupt och katten rann ner från hennes knä och in under ett stort skåp där Erika kunde se dom stora gula ögonen lysa i mörkret.

"Ja, nu låter jag så klart lite elak, det vet jag. Men jag hade önskat att min dotter hade hittat en mera utåtriktad man, en som var mera social. Trevlig, om du förstår vad jag menar." Hon tryckte upp nacken. Munnen hade blivit stram.

"Frågar du min man så säger han att Barbro inte kunde ha fått en bättre karl. Han fick henne att studera vidare, han är stabil och har god ekonomi. Men jag ..."

Kvinnan tystnade, svalde hårt och stirrade ner i den tomma tallriken på bordet, där några smulor och ränder av den röda marmeladen bildade ett abstrakt mönster. Hon fyllde lungorna i en hastig inandning.

"Jag har aldrig tyckt om min svärson. Så är det. Jag skulle nog säga att jag inte riktigt litar på honom."

Erika betraktade kvinnan som vände sig mot henne och mötte hennes blick utan att vika.

"Du säger att du inte litar på Jan Olof. Är det något du vet som ..."

Kvinnan plockade mekaniskt med klänningen och gnagde på insidan av underläppen. Hon ruskade sakta på huvudet.

"Du sa att du tror saker. Vad är det du tror?" frågade Erika snabbt.

Kvinnan ryckte till och slickade sig om munnen. Hon tog upp servetten och började vrida den som om hon skulle kunna tvinga det slätstrukna linnet att forma sig som hon ville.

"Jan Olof avgudar Barbro. Du ska inte tro nåt annat, inte", svarade hon stramt.

Barbros mor rätade på ryggen och mötte Erikas blick med en sådan kyla att hon rös.

"Att Barbro inte lämnat Jan Olof tidigare är bara för att hon tycker synd om honom. Hon vet att det skulle krossa honom. Men Barbro är en mycket attraktiv kvinna. Uppvaktad. Jag vill inte låta skrytsam nu, men hon är mig upp i dagen. Hon kunde ha fått vem hon ville. Men så dök den där Jan Olof upp och han gav sig inte. Han skulle bara ha henne. Jag är uppriktigt förvånad att hon inte lämnat honom tidigare."

Erika kände att hon gapade och stängde munnen med ett snäpp. Hon antecknade febrilt och spände sen ögonen i kvinnan framför sig.

"Så du tror att Barbro lämnat sin man? Är det så jag ska tolka det du säger."

Plötsligt rullade kvinnans ögon runt i ögonhålorna, hon tog sig mot bröstet och verkade få svårt att få luft, hostade stötigt och ansträngt. Den trinda hushållerskan kom på snabba fötter från pardörrarna med en bricka med ett vattenglas och en medicinburk. Hon ställde sig tätt intill kvinnan i fåtöljen med orolig blick. Erika hann tänka att hon måste ha stått beredd bakom dörrarna sen hon kom. Den mörka lilla kvinnan hällde ut två skära piller ur burken med darrande händer och hjälpte Barbros mor att skölja ner dom. Efter en stund lugnade kvinnan sig och såg långt och anklagande på Erika.

"Min hälsa har aldrig varit bra", sa hon stramt. "Ett ok som somliga av oss får bära, hela livet. Hjärtat, förstår ni."

Hon klappade sig lätt på bröstet och lutade sig en aning framåt mot Erika.

"Jag litar inte riktigt på Jan Olof. Har väl aldrig gjort. Inte för att han är elak, absolut inte. Och snål är han inte. Men jag tycker att han är lite väl, vad ska jag säga ... kall? Jag har lite svårt att se att Jan Olof är en man som kan tillfredsställa en fullblodskvinna."

Fru Edin log. Erika stirrade på hennes mun, ett stelt tillgjort leende med saliven glittrande i ena mungipan. Hon såg ner i sitt anteckningsblock och avslutade deras märkliga pratstund med dom nödvändiga rutinfrågorna och med en känsla av att hon fått något slags förtroende, utan att egentligen förstå vad.

Erika lämnade den stora varmt upplysta villan bakom sig med en kluven känsla i magen. Vad hade hon egentligen sagt? Att Barbro länge tänkt lämna sin man och gjort allvar av dom planerna. Men varför hade hon sagt att hon inte litade på Jan Olof?

33.

Pubens ägare, som stod i baren, log vänligt mot Erika när hon kom in. Erika fick direkt syn på Julias korpsvarta hår inne i lokalen. Kollegornas beskrivning var på pricken. Julia Lindmark stack verkligen ut. Hon satt ensam vid ett hörnbord med en flaska rödvin och ett glas framför sig. Hon bläddrade i vad som såg ut att vara en almanacka. Intill henne på bordet låg en uppslagen skvallertidning med paparazzibilder av olika kändisar.

"Hej, Julia", sa Erika vänligt och studerade intresserat kvinnan, som enligt kollegorna varit i urusel kondition och på ett lika ruskigt humör när dom fångat in henne på Landvetter. Kvinnan som var Barbros närmaste väninna och barndomsvän. Julia ryckte till, slog snabbt igen almanackan och körde ner den i handväskan intill sig. Dom hårt sminkade ögonen svartnade när hon insåg vem som kommit fram till henne.

"Jaså, ere du? För det e väl du som e snuten? Ja ja, sätt dig vettja."
Julia verkade slappna av och hällde upp vin i sitt glas.
"Det är väl ingen mening å fråga ifall hon ska ha nåt?"
Erika ruskade på huvudet med ett leende. Julia var klädd i svarta skinnbyxor och stövlar med snörning, en sammetsglänsande blus med djup urringning, tunga smycken och hade extremt långa svartlackade naglar. Håret såg nästan ut som en peruk av god kvalitet och det bleka ansiktet var så hårt sminkat att det nästan liknade ansiktet på en skådespelare innan en teaterföreställning.

"Har du haft en skön semester?" undrade Erika med ett leende.
Julias ögon slöt sig och hon började pilla på sina långa naglar.

"Vi bryr oss inte om ifall du köpt en resa under falskt namn. Vi är bara glada att du inte råkat illa ut. Att du inte också försvunnit ...", sa Erika med lätt men ändå lagom dramatisk ton.

Julia suckade till svar.

"Du sa till mina kollegor här i Alingsås att du och Barbro inte hade träffats på länge?" började Erika och halade upp sitt anteckningsblock.

"Jag ljög", svarade Julia och en intresserad glans tändes i hennes svartsminkade ögon. Ett snett leende växte sakta från ena mungipan. Erika kvävde en suck.

"Okej. Så ni har träffats. Men inte kring nyåret?"

"Nä. Jag trodde nog att hon skulle komma förbi, men näe. Inte ett ljud."

"Jag undrar lite om Barbros familj, hennes relation till föräldrarna?" la Erika till och kände sig plötsligt vansinnigt trött.

"Häxan i Paradiset, menar du?" Julia skrockade torrt och elakt. "Ja, den djävla kärringen går inte av för hackor. Fy tusan ett sånt nedra huskors. Inte underligt att gubben beter sig som ett svin. Ja, inte mot Barbro, så klart. Henne avgudar han. Dyrkar, tamefan."

Julia lutade sig tillbaka mot väggen, log inåtvänt och drack njutningsfulla klunkar av sitt vin.

"Kärringen har alltid spelat sjuk", fortsatte hon med blicken i fjärran.

Erika teg för att inte störa flödet som plötsligt gett sig ut utanför fördämningarna.

"När det inte passa så fick hon nåt av sina fåniga anfall. Hon har ett medicinskåp hemma som fan i mej e större än Alingsås apotek. Där kunde man hitta en del godis! Ja, när vi var unga ... Ha ha ha, hrmm. Fast gubben e nog härdad. Å så har han väl andra fruntimmer på byn."

Julia kluckade belåtet och fyllde på sitt glas.

"Hur var relationen mellan Barbro och hennes mamma?" frågade Erika snabbt.

Julia besvarade frågan med ett belåtet leende över vinglaset.

"Svartsjuka, så klart! Kärringen ville väl aldrig ha nåra barn. Hon ville ha gubben för sig själv å sen var hon sjukligt rädd för att figuren skulle bli förstörd av en graviditet. Ett sånt korkat djävla spöke. Jag menar, den tar ju åldrandet ändå. Så Barbro var nog inte nåt välkommet barn."

Julia snörpte elakt på munnen och sörplade på vinet. Erika teg. En narcissistisk mor som spelade sjuk för att dra uppmärksamheten till sig och ett vackert barn som fick uppmärksamheten. En neutronbomb.

"Ja, du kan ju fatta att Barbro linda gubben runt fingret", fortsatte Julia med vinglaset vid läpparna. "Han öste presenter å kläder över henne", fortsatte hon. En plötslig rodnad spred sig över hennes ansikte.

"Ja, inte bara Barbro då", fortsatte Julia. "Jag fick en massa jag med. Kläder mest. Morsan var ju skitglad att jag fick presenter när jag var i Paradiset. Vi hade det ju inte så fett, precis. Å så var hon ju lite het på gubben också, men det hade hon aldrig nåt för."

Julia skrattade ihåligt och hostade till.

"Du säger att Barbros far avgudade Barbro. Fanns det mer än bara faderlig kärlek från Yngve?"

Julia kacklade hest, dom hårdsminkade ögonen glittrade.

"Man skulle kunna tro det, ja. Men jag vet att det inte var så. Den gränsen passerade gubbjäveln inte, om det nu var det du trodde. Men fruntimmer har han förstås haft. Gubben har ju stålar."

"Vet du om Barbro har haft andra män än sin man?" frågade Erika efter en stunds tystnad.

Julia frustade till i vinglaset så att rödvinet stänkte. Hon ställde ner glaset och torkade både bordet och skrattårarna med sin servett.

"Jösses! Den där torra kraken Jan Olof skulle bara veta. Kåtare fruntimmer får du leta efter. Hon får fan i mej aldrig nog. Det e alltid nån ny på gång. Varje gång vi träffas å pratar så har hon spanat in nån ny som hon ska sätta klorna i. Å hon e med i nån sån däringa klubb där dom leker rollspel. Dom hyr nåt tjusigt ställe i Vasastan där dom leker Herrskap å tjänstefolk the kinky way! Hon säger väl att hon ska spela bridge med väninnorna eller nåt ... Pikant som fan, i alla fall! Fast jag har inte vari där, om det var det hon trodde."

Julia log belåtet och studerade intresserat Erikas reaktioner. Erika antecknade och frågade en extra gång om klubben verkligen hette så, men Julia var inte helt säker på namnet. Däremot var hon mera exakt vad gällde adressen. Ett tjusigt hus på Vasagatan.

"Heter en av männen som Barbro träffar Sten Åhlander?"

"Japp, chefen hennes." Julia flinade belåtet. "Han dregla ihjäl sig. Dom pippa till å med på kontoret."

Hon såg med lysande ögon ner i rödvinet.

"Några fler män som du kommer ihåg namnen på?" undrade Erika.

"Du, jag gick ju inte å la alla dom gubbarna på minnet, liksom. Då hade man fått ha en djävla dator till skalle. Fast en som jag vet e den där rika knösen. Kai nånting, han som det skrivs om i tidningarna."

På Erikas ivriga frågor om det fanns fler av Barbros erövringar som hon kunde minnas, så ruskade Julia tankfullt på huvudet men mumlade efter en stund om en tjusig italienare, en arkitekt, men verkade sen snabbt tröttna på ämnet.

"Heter han Stefano?"

"Mm ... ja, det låter bekant."

"Hade Barbro en affär med honom, vet du det?"

"Nae. Jag har ärligt ingen koll, du vet."

"Du som känner Barbro väl, tycker du att hon förändrades? Var hon orolig för något?"

Erika fick ett långt och svart ögonkast under lugg från Julia, en hastig glimt av oro, kanske sorg.

"Du, när du säger det så. Det var en, som var annorlunda. Han hette Toni nånting ... Hon prata inte om nåt annat än den där karln hela hösten. Han var visst arkitekt han med. Nån framgångsrik typ, lite känd så. Hon sa att dom skulle gifta sig. Men sen dog han, bara så där. Hon var helt förstörd. Jag fatta aldrig vad som var så speciellt med den gubben."

Julia suckade tungt och sträckte upp ett uppmanande finger i luften. Strax stod en ny flaska rödvin framför dom på bordet. Hon hällde snabbt upp ännu ett glas och smuttade mellan strama läppar med ögonen på Erika över glasets kant.

"Jag hoppas att hon inte gjort nåt dumt, Barbro. Om du förstår vad jag menar?"

"Är du orolig för det?"

"Nae. Orolig vet jag inte. Men hon kan va lite frisk ibland, lite vågad, om du förstår. Å med alla karlar hon far fram med, så ... ja, man vet ju aldrig."

På vägen tillbaka från Alingsås, medan det frusna landskapet passerade i god fart, försjönk Erika i det Julia faktiskt hade sagt. Att Barbro förändrats under hösten. Att hon verkade ha varit förälskad, på allvar. Telefonen avbröt hennes funderingar. Det var Per.

"Jag vet inte om du blir så mycket gladare av det här, men vi har fått samtalslistorna nu och det verkar som om vår väninna är ute och reser", konstaterade han torrt.

"Va?"

Erika tappade ett kort ögonblick fokus på vägen och vinglade till med bilen mot vägrenen.

"Telefonen har varit på trots allt och samma dag som Barbro skulle hämta sin bil kan vi se att den kopplat upp mot en mast på Landvetter", sa Per med en nästan ursäktande ton i rösten. "Sen har den kopplat upp sig mot en nära Heathrow i England. Det intressanta är att det är attans kort tid emellan, så telefonen måste ha flugit. Vi ska kika på flygen och se vilket av dom som hon kan ha tagit. Vi får hoppas att hon har en lur med bra batteri. Jag kollar vidare. Var är du?"

"Alingsås. Eller typ Lerum eller nåt? Jag är på väg tillbaka."

Erika körde telefonen i jackfickan. Så, ute och reser alltså. Barbro kanske trots allt tagit pengarna och lämnat sin torre och svartsjuke make åt sitt öde. Listig flicka, tänkte Erika beskt men kände ändå ingen verklig övertygelse.

Efter en stund kände hon hur det surrade i fickan. Hon brottades en stund med bältet och lyckades fiska upp telefonen. Det var Ingemar. Jan Olofs kollega. Erika hade först svårt att höra vad han sa. Han rabblade ord i en strid upphetsad ström. Efter ett tag insåg hon att han hade besökt sin partner kvällen innan och att Jan Olof nu låg på Sahlgrenska.

"Jag tror att han tänkte ta livet av sig", sa Ingemar med gråten i halsen.

34.

Göran vaknade med ett ryck. Magen sög till, han spände sig mot illamåendet och väntade. Sakta sjönk det. Men han öppnade inte ögonen. Som ett jordskred kom huvudvärken. Den välbekanta rödglödgade spiken rakt genom vänsterögat kom som ett pistolskott och grävde sig in under kindbenet.

Det hade varit en trevlig kväll. Men varför i helvete utsatte han sig? Han spände upp käken och ett torrt klistrigt ljud hördes när munnen öppnades. Vatten. Kallt. Nu, för helvete. Han kunde känna det på insidan av kinderna. Då knöt sig magen igen. Han vacklade upp till badrummet, stod en stund vid handfatet och väntade, satte sen på kallvattnet och lät det rinna. Han satte sig på toaletten och pissade i det som verkade vara evigheter. Sen drack han direkt under kranen, litervis. Sakta. En klunk i taget, som en gammal trött häst.

Han kröp tillbaka ner i sängvärmen och zappade mellan idiotkanalerna tills han med en svordom kastade fjärrkontrollen i väggen. Han stirrade ut genom glipan mellan gardinerna på en gråmulen himmel med tunna strimmor av blått. Tunga mörkläggningsgardiner som luktade rök fast hotellet skulle vara rökfritt. Otroligt fula tapeter som såg ut som någon pissat på dom. Sängbordslampa i metall på ett slitet sängbord. Varför var inredningar på hotell så förbannat fula? Ville dom inte att man skulle stanna kvar? Eller ens komma tillbaka. Hans mobil låg på bordet.

Han sträckte sig efter telefonen, surfade runt bland nyheterna, vädret, Facebook och mejlen. Han tröttnade direkt. Pseudonyheter och kändisdynga. Egotrippar och fejkade gullegulliv. Värken i vänster ansiktshalva fick ögat att tåras och det var svårt att hålla det öppet. Han öppnade sina fotoalbum och bläddrade planlöst. Vänta! Han stoppade bildflödet med fingret och backade. Där. Va fan! Han hade tagit bilder av Inger. När fan hade han gjort det?

Han drog upp en efter en av bilderna och studerade alla bisarra detaljer. Några av bilderna var bara en blurrig sörja av ickefokus. Men flera var skarpa och detaljerade. Inger. En kollega. En av dom där brudarna som alltid dreglade efter honom. Som bara fanns där i hans närhet på kurser eller fester. Våta tiggande ögon och ett mjäkigt leende.

Så mindes han. Pubkvällen. Dom hade gått ut för att ta några bärs. Hon hade hängt vid hans sida, det bleka leendet klistrat över fejset, hela tiden en halvmeter ifrån honom. Han hade varit rätt dragen. Det hade blivit en del sprit den kvällen. Fast vem fan skulle kunna anklaga honom för det. Med allt han fått utstå.

Erika hade varit med men mest hängt med sina tjejpolare. Han hade retat sig på Erikas flamsande med kompisarna och Ingers efterhängsna sätt hela kvällen. Vad som egentligen hänt hade han bara vaga minnen av. Han och Inger hade hamnat ute på terrassen och hans irritation hade exploderat. Han hade tagit ett hårt stryptag på henne och pressat upp henne mot räcket och gett henne ett par rejäla örfilar. Han mindes vagt att hon fortsatt att le fast tårarna börjat rinna. Martin hade kommit ut, undrat om allt var okej. Han hade lagt armen om Inger då, därute mot räcket, som om han tröstade henne.

Martin. Bror rättrådig alla dagar. Han hade sett orolig ut, men gått efter en stund. Ingen hade sett att han lappat till den dumma bruden. Göran studerade Ingers blåslagna ansikte på bilden, skrapmärkena och dom gråtmosiga ögonen. Ett snett leende växte tills huvudvärken förvandlade det till en grimas. Men smärtan kunde inte hindra det belåtna skratt som bubblade upp ur maggropen. Det här var bara för bra för att vara sant! Nästa drag i schackspelet. Inger skulle säkert inte vara särskilt svår att övertyga. Erika, my darling, slutet närmar sig.

35.

Eva Norlén ryckte till när porttelefonen surrade. Vem i hela friden kunde det vara, så här dags? Hon slätade till kläderna och tittade hastigt till makeupen i spegeln ovanför trappan. Hon log brett mot sin egen spegelbild. Dom tre målningarna som hon arbetat med i omgångar i flera månader, hade äntligen börjat få liv, riktigt liv. Dom skulle sitta intill varandra, helst på en starkt färgad vägg. Ja, det skulle bli perfekt. Hon visste att det var lite spekulativt att måla en triptyk. Det var lite på modet och gick lätt att sälja. Men hon behövde verkligen pengarna.

I sin lycka hade hon dansat runt i ateljén, gosat med katterna och sen belönat sig med ett glas vitt ur boxen i kylen. Hon hade njutit av dom svala fruktiga smakerna, av lättheten som bubblade upp i huvudet och som värmde kring hjärtat. Det hade blivit några goda välförtjänta glas till. Nu kände hon sig trött, lite yr och faktiskt aningen irriterad för att någon störde. Men nyfikenheten tog överhanden. Det kunde ju vara mannen i antikaffären som ville komma på ett besök. Eva svassade fram till porttelefonen och svarade, men allt hon hörde var en diffus röst och fraset från bildäck mot våt asfalt nere på gatan. Hon tryckte in knappen som öppnade.

Mannen som stod utanför hennes dörr några ögonblick senare var rasande stilig, artig och belevad. Det hade tagit en stund innan hon förstod att det var hennes inneboende han frågade efter. Henne hade Eva så när glömt bort. Han hade bett så mycket om ursäkt först men eftersom han verkade så vänlig hade hon trugat honom att komma in.

Han hade avböjt vin och kaffe, tittat runt lite på konsten, berömt henne och sagt att hon hade talang. Katterna hade dragit sig undan och stirrat på honom bakom krukor och gardiner. Först hade han verkat nöja sig med att hon inte kunde tala om var Erika bodde. Sen hade han börjat gråta. Hon hade tyckt så synd om honom. Han hade sagt att han älskade Erika, att hon övergett honom och att allt han ville var att prata lite.

Eva hade våndats. Hon hade ju lovat. Men det här var inte det hon hade väntat sig. Den unge mannen var så stilig, så snygg och proper. Och verkade så översiggiven. Hon hällde upp ett glas vin till honom och gick fram för att berätta var Erika fanns.

Slaget mot hennes hand kom ur ingenting, det brann till och vinglaset singlade iväg och landade med en stum klang bland tavlorna som stod staplade intill väggen. Katterna flydde upp på loftet och stirrade ner på det främmande skådespelet med klotrunda ögon.

36.

"Slå dig ner."

Bengt gjorde en gest mot sin besöksstol. Per drog ut den och gled ner. Han studerade sin chefs bistra ansikte. Det var sällan han såg honom uppgiven och förbannad, men nu skvallrade den spända ryggen och käkmusklerna som hela tiden flexade, om att han var rejält frustrerad.

"Jag har fått mina fiskar rejält varma, kan jag säga", morrade Bengt och knölade ihop ett papper till en boll som han kastade mot papperskorgen men missade.

"Kan du tala om för mig va fan det är som händer? Jag hör ju vad ni säger och jag ser ju att Erika jobbar på som en gnu, men vi kommer ju för fan ingen vart och nu slafsar pressen runt i den här sörjan och jag har inte ett skit att komma med, varken till dom eller till våra överordnade. Jag kan ju säga att jag är grymt tacksam för att den där alkiskärringen till väninna dök upp i alla fall. Gud vare tack och lov för det lilla! Kan inte nån glappa till murvlarna om att det myglas på den där myndigheten och att kärringen har smitit ifrån skiten och dragit till nåt skatteparadis för att njuta av våra surt förvärvade skattemedel. För det är väl det hon har gjort?"

Bengt knölade ihop ännu en boll och prickade papperskorgen. Han rev sig över skalpen och grymtade ljudligt.

"Förlåt. Men jag blir rent ut sagt vansinnig på det här politiska tjafset och pressen som blåser upp varenda liten bajslort dom kan hitta till en hel djävla gödselstack."

Bengt tystnade, hans panna rynkade ihop sig.

"Det har varit lite rörigt ett tag, om jag uttrycker mig milt. Jag har sett att det är något som trycker dig?"

Per rätade upp sig i stolen och tryckte ner axlarna som hela tiden strävade uppåt och drog den lockiga luggen åt sidan.

"Morsan är dålig. Cancer. Hon har legat på sjukhuset i Östersund men är hemma igen. Jag kommer att behöva åka upp en sväng till Härjedalen. Hälsa på henne."

Bengt nickade bistert. Han hade sett en förändring i Pers hållning, i hans ansiktsuttryck, den sista tiden.

"Bra att nån är rak i alla fall", sa Bengt uppriktigt. "Dra inte för länge på det bara. Åk när du känner att du ska, men se till att du lämnar över. Det är ju rena kaoset här. Vad har vi att gå vidare på? Jag skulle ju ärligt talat vilja lägga ner hela den här utredningen om vår kära arkitekt men mina överordnade vill fortfarande se resultat."

Bengt underströk sina ord med att slå handflatan med en smäll i bordet.

"Va fan är det den där damen på Stadsbyggnads pysslat med, egentligen?"

"Ja-a ... det är väl det enda som vi faktiskt börjar få lite grepp om. Och det ser inte alltför vackert ut", svarade Per med ett snett leende. "Fast än så länge är det mest indicier, inga hårda fakta."

"Fy fa-an ...", muttrade Bengt med eftertryck. "Mitt uppdrag är att hitta ett försvunnet fruntimmer. Inte en härva med kommunalt mygel!"

"Hur har det gått med underrättelserotein?" undrade Per. Till sin lättnad såg han att Bengts ansikte ljusnade en smula.

"Jo. Buset är kartlagt. Vi vet i stort sett varifrån skiten kom. Och samtalen med Erika. Det verkar som om hon talar sanning. Men, Per ... håll ett öga på Erika. Jag vet att jag borde stötta henne. Men hon ger mig kalla kårar just nu", sa Bengt medan en skugga drog över hans bekymrade ansikte.

"Till råga på allt, har hon blivit anmäld för misshandel uppe i huvudstaden. En kollega."

Pers ögonbryn försvann upp under luggen. Han såg misstroget på sin chef. Bengt nickade misslynt.

"Ja. Så djävla illa är det. Hon ska ha gett sig på en kvinnlig kollega på en personalfest. Svartsjuka. Så jag måste plocka in hennes tjänstevapen. Det är nog bra ifall hon inte åker ut för mycket ensam."

Dom två männen kisade tankfullt mot varandra. Efter en stund reste sig Per och lämnade rummet. Bengt sjönk tillbaka i sin stol och stirrade tomt framför sig. Han kände sig lurad. Och heligt förbannad.

37.

Sahlgrenska sjukhuset tornade upp sig som ett berg av gammalt tegel. Erika svängde in bilen från den dundrande, stinkande genomfarten som obegripligt nog gick rakt igenom sjukhusområdet. Hon parkerade slarvigt efter flera varv genom området på jakt efter en p-plats. En jättelik pålmaskin stod längre bort i området och slog med våldsam och regelbunden kraft. Som jättelika hjärtslag dånade maskinens slag genom huskropparna och dallrande blålera.

Uppe på avdelningen möttes hon av en läkare, en man i övre medelåldern, med ett vänligt och väderbitet ansikte. Hans handslag var torrt och kraftfullt. Ögonen som snabbt fångade hennes och sen höll fast, var intelligenta och nyfikna.

"Jan Olof Olofsson är vid medvetande nu. Men han är väldigt medtagen. Han uppvisade symptom på förgiftning men framförallt panikångest, när han kom in. En vän till honom kom hit med honom igår kväll. Då var han knappt kontaktbar och vi tror att han blandat sömntabletter med alkohol. Vi väntar på provsvar om det."

Erika sökte snabbt läkarens ögon. Han ruskade på huvudet.

"Nej, inget självmordsförsök. Troligtvis några enstaka tabletter bara. Men med så massiva mängder alkohol blir det inte så lyckat", la han till med ett blekt leende.

Erika visades till ett rum som var kalt och sparsamt möblerat, men trots det gav ett ombonat intryck. Kanske var det dom gula gardinerna som någon satt dit. Kanske till och med sytt själv. Det högg till i Erika när hon såg Jan Olof som låg i en säng vid fönstret.

Kroppen såg ännu magrare ut än när hon senast sett honom. Hans knän stack upp som två runda miniatyrberg under den noppiga sjukhusfilten. Hyn i ansiktet var vit, gränsande till blå. Erika slog sig ner vid hans säng och betraktade honom tyst. Han låg kusligt stilla och hans hesa och ansträngda andetag ekade i rummet. Sjukhusmiljöer hade alltid gjort Erika betryckt och hon ville därifrån i samma stund hon kommit.

Jan Olof vände blicken mot ett glas vatten som stod intill sängen. Erika sträckte sig efter glaset och hjälpte honom att dricka några ansträngda klunkar.

"Hände det något särskilt igår, på kvällen?" frågade hon försiktigt. Jan Olof ruskade kort på huvudet.

"Nej. Jag har bara inte kunnat sova. Jag letade fram några sömntabletter som min hust..."

Han svalde och verkade sjunka djupare ner i sängen.

"Jag tog några tabletter, jag var desperat, ville få blunda, vila bara ..." Jan Olofs stämma verkade komma från någon annan del av rummet.

"Så ringde det på dörren och det var Ingemar. Det var rena turen att han kom. Jag har ju sagt ifrån förut och inte velat ha besök. Jag är så tacksam för att ..."

Den skrovliga rösten bröts. Jan Olof började sakta gråta, torra hickningar som fortplantade sig i den magra kroppen. Efter en stund hämtade han andan och suckade tungt. Han tystnade och stirrade ner på sina långa fingrar.

"Tack. Du är faktiskt den enda människa förutom Ingemar som verkar bry sig."

Erika nickade och fick en klump i halsen.

"Känner du Sten Åhlander?" frågade Erika.

"Nej." Jan Olof ruskade sakta på huvudet. "Jag har hälsat på honom. Pratat med karln på en personalmiddag. Men det är allt. Han har ju inte jobbat så länge på Stadbyggnads, bara ett knappt år."

Jan Olof fick en nyfiken glimt i ögonen.

"Varför frågar du?"

"Det finns dom som påstår att din hustru har varit otrogen mot dig, Jan Olof. Och en av männen som nämnts är Sten Åhlander."

Erika betraktade den magra figuren. Tiden drogs ut, en klocka tickade högt och irriterande.

"Fy fan! Så till och med polisen lyssnar på skit och skvaller nuförtiden. Va fan har det med min hustrus försvinnande att göra, om jag får fråga?!" väste Jan Olof, djupt ur halsen. Erika kastade en hastig blick på larmknappen som dinglade intill hennes huvud.

"Jag förstår ditt obehag, Jan Olof. Tro mig. Men, när brott begås så är det nästan alltid mellan personer som känner varandra. Och heta känslor har ofta två sidor. Jag försöker bara hjälpa dig."

Jan Olof stirrade vasst på henne, men efter en stund sjönk det aggressiva i blicken och sorgen kom tillbaka.

"Förlåt", sa han rossligt. "Jag vet inte vad som flög i mig. Jag mår bara så oerhört dåligt."

Han la sin hand på hennes underarm i en ursäktande gest.

"Visst vet jag att min hustru är en attraktiv och öppen kvinna. Och jag har förståelse för att hon flörtar med andra män. Men det är ett nöje som är henne väl unt. Men otrogen ... näe, där har skvallret tagit sig för stora friheter." Han hostade och visade med handen att han inte talat färdigt.

"Och har ni pratat med hennes väninna, den gamla alkiskärringen, så är det inget annat än hennes egna upphetsade fantasier. Barbro är vacker. Hon påverkar både män och kvinnor runt sig. Hon njuter öppet av livets goda. Sånt sätter fart på folks fantasier."

Erika nickade. Det han sa var sant. Allt kunde mycket väl vara elakt skvaller.

"Jan Olof, vi tror att din hustru faktiskt befinner sig utomlands. Vi har letat efter Barbros privata mobil. Och den har befunnit sig på Landvetter och senare på Heathrow i England."

Jan Olof ryckte till.

"Ne-ej, det har hon inte ... hon skulle aldrig lämna mig, hon kan inte ha ... det får inte ... ni måste ha tagit miste?"

Jan Olof såg bedjande på Erika. Hans ögon fylldes sakta av tårar.

Erika stod en lång stund i den kalla vinden utanför sjukhusets entré med jackan oknäppt och lät vinden och kylan ta tag i hennes hår och kläder. Varje gång hon mötte Jan Olof mådde hon nästan fysiskt dåligt. Hans sorg och hjälplöshet kröp in och rörde om i hennes egen sorg och rädsla. Och det skrämde henne. Hon brukade inte ta så illa vid sig. Erika tog upp mobilen och slog numret till Per. Han svarade kort, lät splittrad och ointresserad.

"Har du hittat nåt mer i samtalslistorna?" frågade hon.

"Förlåt, jag var ... jo, faktiskt. Luren kopplar upp sig mot ett amerikanskt nät efter England. Så tanten är med största sannolikhet i New York. Vi har hittat flyget hon har åkt med från Landvetter, men det skumma är att hon inte finns i passagerarlistorna. Det var ett bra glapp där efter England, men luren hittar ju inget nät på hög höjd och är väl dessutom avstängd under flighten."

Erika drog jackan hårdare om sig medan hon med tankfulla steg började gå mot parkeringen.

"Du, Per ... jag tror att vi ska försöka få telefonen pingad. Jag har precis pratat med Jan Olof igen. Han ligger på Sahlgrenska och jag tror att han har försökt ta livet av sig. Och allt mer pekar på att hans fru varit otrogen mot honom. Under lång tid och med flera män."

Hon svor tyst och försökte hitta bilen igen. Var fan hade hon ställt den? Hon sträckte upp handen och tryckte på fjärrkontrollen. En bit bort, snett bakom en mindre lastbil, blippade det till. Hon satte kurs mot bilen med långa steg.

"Dessutom påstår väninnan Julia att Barbro var förälskad i den danske arkitekten. Han som dog före jul. Toni Christensen."

"Hur tänker du nu? Att Jan Olof tagit livet av honom. Dog inte han av ett brustet magsår?"

"Jo. Men jag tror att Barbro ville lämna sin man. Jag får en känsla av att hon är på flykt. Både från honom och sina skumraskaffärer. Hon kanske höll på att bli avslöjad?"

Per stönade ljudligt som svar.

"Bengt vill lägga ner den här utredningen, så det blir inte helt enkelt att söka efter telefonen. Men, om du tror att det kan ge nåt så ..."

"Gör vad du kan", bet hon av.

Per släckte telefonen och stirrade på den i sin hand. Det var sista gången Erika skulle åka ut ensam. Av flera skäl.

38.

Tillbaka på Huset stängde Erika dörren om sig och samlade sig en stund innan hon tog upp mobilen och slog numret till Göran. Pekfingret rörde sig långsamt, en siffra i taget. En motbjudande sifferkombination, till en dörr som hon inte ville öppna eftersom hon redan visste vad som fanns innanför.

"Göran!"

"Hej. Det är jag. Erika."

"Nämen hejsan, lilla gumman. Så där är du. Så du vågar ringa mig i alla fall."

"Jag vill att vi pratar. På allvar."

"Visst, gumman min."

"Vi kan inte hålla på så här. Vi måste kunna prata om det."

"Visst. Prata på du. Du har väl en hel del att berätta, lilla gumman", sa Göran skarpt.

"Jag förstår att du är arg och besviken ..." Erika svalde ner illamåendet som steg i halsen. Händerna hade börjat darra. Hon måste få honom att resonera och förstå.

"Jag är verkligen ledsen för att jag smet iväg så där. Men jag har försökt prata med dig tidigare om ..."

"Fattar du va fan det är du har gjort? Egentligen?" avbröt Göran. Hans röst darrade av undertryckt raseri.

"Jag har försökt säga det förut", fortsatte Erika, rösten skar. "Jag vill inte leva med dig, Göran. Och vi måste kunna göra upp. Jag vill att vi kontaktar en bodelningsförrättare och delar upp vårt hem. Det är ingen mening att ..."

"Fattar du fan ingenting? Eller? Du gör inte så här mot mig! Fattar du det!" vrålade Göran så våldsamt att Erika nästan tappade telefonen.

"Du...", väste han, "... lämnar mig inte. Du har lovat att leva med mig i nöd och lust. Tills döden skiljer oss åt. Och det är tamejfan det du ska göra. Fattar du va fan jag säger?"

Erika kunde inte forma ett enda ord till svar. Hon svalde oupphörligen och kände pulsen dundra innanför tinningarna. Hennes hjärna kändes alldeles blank, inte en tanke, inte en bild. Hon kom inte längre ihåg det hon formulerat för sig själv, det hon tänkt säga eller taktiken hon lagt upp innan samtalet.

Hon såg sin syster framför sig. Hennes blå ögon, det rufsiga blonda håret och det varma leendet. Hennes ord. När blev han så här galen? Så där knäpp var han väl inte när ni träffades? Strupen snördes samman. Hon visste inte längre.

Kanske hade han varit galen redan då och hon inte kunnat se det. Några varningstecken måste hon ju ha sett. Men han hade varit så öppen med allt. Sin barndom, den supande fadern som slog honom och hans småsyskon, som tog familjens alla pengar till travhästar, dyra skrytbilar av tyska märken, kvällar på stadens krogar med supkompisar och kvinnor. Den frånvarande modern som levt i en fantasivärld serverad av veckotidningar och som knaprat bantningspiller från en skum läkare i Danmark.

Jag har gått vidare, hade han sagt. Jag har bearbetat allt det där. Jag har ingen kontakt med min far längre, det är mer än tio år sen vi pratades vid. Jag har inget gemensamt med honom längre. Allt det där är bakom mig nu. Han hade lett det varma sorgsna leendet, ett accepterande vemod i ögonen. Och så livet han levde som visade att han faktiskt gjort så som han sa. Träningen och livsstilen, äventyren och livsglädjen. Och polisyrket. Alla test han gått igenom, nålsögat han passerat.

Vem skulle hon vara att döma? Skulle hon ha vänt honom ryggen, tryckt ner förälskelsen och sagt att du är skadat gods, du är irreparabel, körd? Din barndom kommer ifatt dig, vad du än säger eller gör. Och så misstanken, att det var hon som på något sätt brutit upp låset och öppnat dörren till avgrundsdjupet och mardrömmen. Att det var hon som släppt in odjuret i deras liv. Erika ryckte till, harklade sig.

"Jag vill ha mina saker åtminstone ... mina ... Minnessakerna och mina foton, min farmors saker. Byrån som jag fick av henne, den blå, du vet. Allt annat kan du ta, Göran ..." Hon andades in häftigt och tog sats. "Och Boss. Jag vill ha hunden, Göran. Jag kan ta hand om honom."

Hon fick en väsande rossling till svar. Efter en stund förstod Erika att Göran skrattade åt henne.

"Du, gumman lilla ... sakerna får vi snacka om sen, du vet. Det är ju inte helt klart vad som är mitt eller ditt. Bilderna, vet du, dom har jag ingen aning om var dom är. Kanske har jag slängt allt i affekt eller så har jag tappat bort dom. Jag har bränt lite saker det sista. Jag har ju inte mått så bra på ett tag."

"Bränt?" flämtade Erika.

"Boss. Honom kan du fan glömma! Han har ett hem och det är här. Du har ju för fan inte ens en bostad. Och om jag fattat det rätt så bor du ju lite varstans just nu, hos lite olika karlar, konstnärer och annat löst folk. Och snart har du inte ett jobb heller ... så hunden kan du djävlar glömma!"

Det märkliga skrattet kom åter, ett klanglöst och torrt gnäggande.

"Du får ha det så gott så länge, gumman min. Vi ses snart!"

Samtalet bröts. Erika stirrade på telefonen.

"Ditt helvetes djävla förb..."

Hon kramade telefonen tills det knakade i plasten. Hon var sekunder från att slänga den ifrån sig, men stoppade sen långsamt tillbaka den i jackfickan.

39.

Erika parkerade bilen på baksidan av krogen vid Askims torg. Den bitande vinden hade övergått i snöblandat regn som kom från sidan och grävde och kröp in under kläderna. Inte ens hennes norrlandsjacka, som var lång och varm och borde vara vindtät, stod emot.

Hon klev med bestämda steg över det pyttelilla torget, mot vårdcentralen och det lilla biblioteket som verkade överleva mot alla odds. Hon väjde för en plirande närsynt dam med rullator, som ryggade överraskad men sen besvarade Erikas ursäkter med ett genomskinligt leende.

Ingemar Nordlund välkomnade henne återigen på sitt hemtrevliga kontor och hon slog sig ner och betraktade honom medan han rumsterade runt och dukade fram kaffe och kakor.

"Jag vill att du berättar om igår, när du gick hem till Jan Olof och sen körde honom till Sahlgrenska", manade Erika.

Hon sjönk ner i den bekväma fåtöljen och betraktade Ingemar som strök sig över hakan och med en koncentrerad min fäste blicken i taket. Efter en stunds tystnad flyttade Ingemar blicken till Erika. Dom annars så pigga och vänliga ögonen var fyllda av oro.

"Det är faktiskt lite kusligt ... men jag fick en känsla av att det var akut ... att nåt inte stämde."

Han smuttade på kaffet, smakade och bestämde att det dög, tog sen ett par rejäla klunkar. Den skarpa, vaksamma blicken återkom. Erika väntade.

"Jag tröttnade på Jan Olofs envisa nej och åkte dit, helt enkelt. Knackade på och gav mig inte."

Ingemar sög i sig resten av kaffet.

"Han öppnade efter ett tag och såg fullständigt eländig ut. Jag puttade upp dörren och klev in bara. Trots att han protesterade som tusan, babblade på om att allt var okej ... jag menar, kära gud, han såg ju ut som en katastrof! Jag reagerade med ryggraden. Klev in och tog hand om Jan Olof och släpade in honom i bilen. Det var inte många hastighetsgränser jag höll ..."

"Du gjorde helt rätt", svarade Erika lugnt. "Vad var det som fick dig att reagera så?"

"Jae du ... fan vet. Men, det var något med hans sätt, hans beteende som jag inte kände igen. Nåt som gjorde mig djävligt rädd. Jan Olof ..."

Ingemar tystnade och verkade leta efter ord.

"Jan Olof är en rationell människa", fortsatte Ingemar, hans blick vandrade runt i rummet som om han letade efter minnesbilderna. "Inte känslokall, inte alls. Men rationell. Men nu var det som om djävulen själv hade öppnat dörren. Jag kände inte igen honom. Han såg helt galen ut, svamlade en massa och ville jaga mig därifrån. Och vi som aldrig har haft några hemligheter för varandra. Så jag blev rädd så in i helvete! Och klev in."

"Mot hans vilja?" undrade Erika.

"Ja. Sen förstod jag ju varför. Han hade väl tänkt ta livet av sig, så jag kom förbannat olägligt."

Erika kontrollerade tiderna och fann att dom stämde med vad läkaren uppgivit.

Hon stod kvar en stund på torget. Återigen drabbades hon av känslan att ha missat något viktigt, något som låg synligt mitt framför henne.

40.

Erika lutade sig mot en av maskinerna och läste på metallskylten som satt fastskruvad i ryggstycket, medan hon lät telefonsignalerna gå fram. Gluteus Maximus. Bilden på skylten som skulle förklara, visade en rumpa uppdelad i strimmiga muskler. Signalerna råmade entonigt och hon såg frånvarande på ett par biffiga killar som halvlåg på dörrmattan innanför gymmets entrédörr och lyckligt busade med en svart pitbullvalp. Precis när hon tänkt ge upp knastrade linjen öppen.

"Pernilla Krans."

"Hej, Pernilla", sa Erika hårt. Allt hon hörde var sin före detta gruppchefs andetag.

"Jag har fått veta att jag ska ha misshandlat en av våra kollegor under en afterwork?" fortsatte Erika lugnt. En tung suck lämnade Pernilla.

"Vi har fått en anmälan mot dig, ja", svarade hon uppgivet.

"Fint. Och vittnen finns som kan styrka det hela?"

"Nej, det gör det inte. Däremot finns det skadefoton. Och Inger pekar ut dig."

"Jag förstår. Men vem som har bankat på fruntimret, vet vi alltså inte?"

"Sluta nu, Erika! Det här ger inte ett skit, det vet du. Du är anmäld. Anmälan ska tas upp och rätten får ..."

"Så när det produceras en anmälan mot mig, då kan man ta upp skiten", avbröt Erika med en röst som hon själv nästan inte kände igen. Hon huttrade, armarna vibrerade av ren ilska.

"Men alla mina anmälningar under åren, dom har bara försvunnit och ingen djävel har saknat dom. Är det så jag ska uppfatta det?" fräste hon hett.

"Snälla Erika, jag ..."

"Fy fan, Pernilla! Du vet att det är skitsnack. Du vet vem det är som ligger bakom. Inger har fått sig en omgång av Göran. Och sannolikt så har han hotat henne med mer om hon inte pekar ut mig."

Tystnaden i andra änden talade för sig.

"Jag säger inte att jag inte är tacksam för det du har gjort, Pernilla. Men du måste ju också inse att jag hänger förbannat löst även här nu. Du vet säkert vad som hänt?"

Ett knappt hörbart ja blev svaret.

"Ni kan inte låta Göran ... Det är jag som förlorar jobbet, jag som inte har en bostad, inga pengar, ing..." Erika svalde resten. Det var lönlöst. "Skit samma, Pernilla. Men lova mig för fan att ni ställer upp om jag får fram bevis mot honom. Lova!"

"Ja. Jag lovar."

"Var är han? Är han kvar här?"

"Troligen. Han är inte här i Stockholm i alla fall. Ingen har sett honom på snart två veckor."

Erika hörde hur Pernilla svalde.

"Erika. Ta för helvete hand om dig. Jag tror att han tappat greppet ..."

Dom avslutade samtalet med några torra hej. Erika bytte om och klev in i träningssalen. Det första fightingpasset på länge. Gipset var borta, men armen som kommit ut ur paketet var en illaluktande och overkligt tunn lem som mest liknade armen på en redan död. Skit samma. Hon skulle inte ge sig. Och Göran skulle få en fight, på ett sätt eller ett annat.

Medan hon drog på handskarna försökte hon minnas hur Inger såg ut. En söt och ambitiös kollega. Snygg. Snarare söt. Blond, så klart. Hon hade alltid visat intresse för Göran. Kunde det vara hon som fått fylla ut Erikas sida av dubbelsängen i Enskede? Av någon anledning kände hon sig tveksam. Men stryk hade hon fått.

Din stackare, tänkte Erika bittert medan pulsen började komma igång. Du vet inte vad du har framför dig.

Det första slaget tog andan ur henne. Hon ruskade på sig, fokuserade på sin motståndare och kände ruschen av adrenalin komma. Pulsen steg och det nedtryckta raseriet i hennes kropp exploderade.

41.

Erika grävde i fickan efter den lilla platsbiten som var "sesam öppna dig" till grinden mot gatan. Så råkade hon stöta emot grinden. Den gled upp. Någon hade glömt att stänga efter sig. Hon stelnade, ansträngde blicken för att kunna urskilja något i mörkret, lyssnade, men kunde bara höra suset från värmeverket, ventilationsanläggningar och musik inne från gården. Försiktigt sköt hon upp grinden. Den gnisslade i mittenläget, så hon öppnade bara så pass att hon kunde glida igenom. Hon smög längs väggen, på den mörkaste sidan. Lyssnade spänt. Ett plötsligt skrammel fick henne att stanna upp. Hon andades med öppen mun.

Det fanns gott om råttor inne på den djupa gården. Hon hade sett dom skutta omkring bland soptunnorna. Stora, chokladbruna djur med långa rosableka svansar och glänsande knappnålshuvuden till ögon. Välnärda och täta i pälsen. Erika väntade inne i skuggorna. Ett avlägset rassel av grus. Sen tystnad.

Huset som vätte mot gatan var öde och mörkt på nätterna. Medan husen runt och ovanför hennes märkliga bostad, lyste med hemtrevliga gyllene ögon till långt in på nätterna. Om hon kikade uppåt från fönstret i dörren i sitt krypin, såg husen ovanför ut att sväva och dom guldgula fönstren liknade glänsande stjärnor och planeter.

Erika smög med mjuka tysta steg ut på gården och höll åt vänster. I den högra delen fanns en sensorstyrd belysning och hon visste exakt hur långt dess känsel sträckte sig. Erika tryckte sig mot väggen och spände ögonen för att se in i mörkret runt sitt lilla hus.

Det bullrade till och dörren på ateljén svängde upp. Hon kunde urskilja ett hastigt blänk och en rörelse från något betydligt större än en brunråtta. Erika fäste blicken mot ljudet, som om hon genom ren vilja skulle kunnat se genom det svarta. Så tändes lampan vid gårdshusporten. Ljuset flödade vitt och bländade henne under ett kort ögonblick innan ögonen vande sig. Men Erika hann ändå uppfatta den stora kroppen som hon så väl kände.

Deras blickar möttes. Erika drog häftigt in andan, kastade sig runt hörnet med några få steg och vräkte sig genom grinden som hon sen med full kraft slog igen efter sig. Hon sprang allt vad hennes muskler klarade av ner för gatan, upp längs den lilla stigningen på Carolus Rex-muren, upp för trapporna, klampade ljudligt och hoppade sen ner till en smal asfalterad gång som ledde till en nästan osynlig grönmålad port, väl dold under ett spretigt buskage.

Erika hade gått trapporna så många gånger, att hon skulle ha kunnat ta sig fram utan att se. Ljuset från strålkastarna nere på Esperantoplatsen la en ljusvägg mot muren som steg rakt upp mot himlen. Allt innanför låg i skugga. Trapporna som gick upp för muren liknade solida väggar av svart sten i mörkret, utan steg eller former.

Erika pressade sig mot den lilla dörren. Hon hörde Görans tunga steg genom sin egen dundrande puls när han passerade henne, upp för trapporna, så nära att hon hade kunnat röra vid honom. Efter en stund stannade han, såg sig om och vädrade som en hund på jakt.

"Erika gu-umman! Lek inte med mig. Vi har lekt färdigt nu. E-rika! Sluta lek nu, för helvete! Du kommer inte undan, det vet du!!"

Göran snodde runt, ett ljud hade fångat hans uppmärksamhet och han avverkade snabbt trapporna neråt. Erika gled blixtsnabbt ut från sitt gömställe och joggade med lätta tysta steg upp för trapporna, mot toppen av muren. När hon nådde gatan ovanpå berget, smög hon tyst efter husväggen och in i porten på hörnet av Arsenalsgatan. Hon trevade över knappsatsen och tryckte in så många knappar hon kunde i snabb följd. Någon öppnade. Hon tackade gud, rev snabbt upp porten och slöt den så tyst hon kunde efter sig.

Erika läste andlöst på skylten i trapphuset. Henriksson. Våning fyra. Hon sprang snabbt upp för trapporna, passerade Pers breda dubbeldörr och satte sig en halv trappa ovanför och försökte hämta andan.

Då öppnades dörren till Pers lägenhet. Ljuset flödade ut i trapphuset. En kvinna i hennes egen ålder klev ut genom dörren. Hon var klädd i mörk kappa, hennes hår var långt och glödande rött. Hon vände sig om och la armarna kring Pers hals, kramade lätt och sa något som Erika inte kunde höra.

När klackarna försvunnit, gled Erika tyst ner för trappstegen men tvekade en stund framför Pers dörr innan hon till slut ringde på. När skuggan bakom det frostade glaset närmade sig, ångrade hon sig men hennes darrande ben ville inte lyda. Dörren sköts upp och Per stod framför henne. Håret lika rufslockigt som alltid, ett par slitna jeans med färgfläckar, barfota och med en urtvättad t-shirt på sig.

En varm doft av mat och hans goda parfym svepte ut med luftdraget. Han såg snabbt på henne, uppifrån och ner.

"Kom in", sa Per korthugget och steg åt sidan. Erika började andtrutet förklara sig, att hon bodde i kvarteret, att hon råkade veta att han bodde där och ...

"Häng av dig. Du ser ut som ett spöke", svarade Per lugnt, hans ögon smalnade. Erika blinkade ilsket bort tårarna som vällde upp utan tillåtelse och dolde ansiktet medan hon tog av jacka och skor, ursäktade sig och bad att få gå på toaletten. När hon kissat, baddat ansiktet med vatten och snörvlat bort tårarna, gick hon försiktigt ut i lägenheten.

Svag musik och en doft av mat och fuktig färg mötte henne. Lägenheten var öppen och rummen stora. Högt i tak, knarrande parketter och det svarta djupa utanför fönstren som skvallrade om en svindlande utsikt. Erika följde ljuset från köket. När hon kom in stod Per på en stege och målade med vana tag på en taklist. Köket var stort och öppet, inga överskåp, en mockafärgad ton på väggarna, parkett, snickerier i blankt vitt, grönskimrande glasmosaik och maskiner i rostfritt.

"Oj ... vad fint du har gjort!" utbrast hon uppriktigt.

"Tack", svarade Per. Han sänkte penseln och betraktade henne. "Har du ätit?"

Erika nickade fast det inte var sant. Per målade några tag till och klev sen ner, tvättade penseln och stängde färgburken. En plötslig frossa tog tag i Erika. Hon satte sig på en stol vid matbordet och grep med armarna om överkroppen.

"Vad är det som har hänt?" frågade Per. Erika svalde det sura som ville upp i halsen.

"Göran ... han hittade mig", kraxade hon hest.

"Är du okej?"

Erika nickade. Per stod kvar och såg långt på henne med en sökande misstrogen blick. Han pekade på skafferiet, sa att där fanns det sprit ifall hon ville ha, sen på kylskåpet, sa något om mat. Hon nickade bara, utan att höra vad han sa. Hon slöt ögonen, ville stänga honom ute. Hon hörde svaga ljud ute i lägenheten och lutade huvudet mot fönstret och blundade.

"Jag har bäddat på soffan åt dig. Teven och musiken styr du med den här kontrollen."

Erika ryckte till, rätade upp sig och kände att hon inte visste ifall hon somnat. Per la en fjärrkontroll på köksbänken. Hon nickade mekaniskt.

"Extra tandborstar finns under handfatet. Är det säkert att du är okej? Du vill inte ha mat? Te, kaffe?"

Per gav henne en lång och orolig blick. Men Erika ruskade bara på huvudet. Dom såg på varandra en stund innan hon återigen vek undan med blicken. Per suckade uppgivet och försvann. Erika hörde vatten som spolade, hur han borstade tänderna, skramlet av något hårt mot porslin. Hon frös plötsligt så att hon hackade tänder.

Hur länge Per stått i dörren och tittat på henne kunde hon inte avgöra. Hon ryckte till när hon upptäckte honom. Per stod lutad mot dörrposten, han bar vida träningsbyxor och hade en vit t-shirt slängd över axeln.

"Godnatt", sa Per mjukt. Han stod kvar ett kort ögonblick men försvann sen in i mörkret.

Erika satt kvar vid bordet. Hon såg ut över den glimmande leden djupt nedanför klippan, bort över hamnen mot dom skira bågarna som bildades av Älvsborgsbron i fjärran.

Utan att hon kunde hindra det började tårarna rinna och verkade inte vilja ta slut. Hon kämpade för att inte göra några ljud. Till slut var hon så utmattad att gråten ebbade ut. Hon reste sig stelbent och smög ut i den mörka hallen. Alla hennes kläder, linsvätskan och tandborsten, allt var kvar nere i det lilla gårdshuset.

En smal sträng av ljus lyste under dörren in till det hon antog var Pers sovrum. Hon smög försiktigt förbi, in i badrummet och hittade en tandborste. Och en handduk som det var broderat Gäst på. I vardagsrummet var en av sofforna bäddad med både lakan, täcke och kudde. Hon drog av sig jeansen, hängde dom på soffryggen och gled in under täcket. Sängkläderna var kalla och doftade rent.

Hon vände och vred på sig, länge. En molande värk hade satt sig i vänster sida av nacken och strålade upp genom ansiktet. Det stack och kliade i kroppen. Plötsliga ryckningar drev henne upp ur avslappningen, varje gång medvetandet började sjunka. Det tryckte över bröstet och halsen och pulsen ville inte gå ner. Den dundrade som en kapplöpningshäst under bröstbenet.

Utanför ett av fönstren hängde en stor, nästan gulaktig fullmåne. Kratrarna och bergen på den liknade ett trött ansikte. Men nu såg det inte längre så vänligt ut. Erika slöt ögonen för att stänga ute det ondsint stirrande månansiktet. Men det satt kvar på näthinnan, elakt leende.

42.

Kai Andrée var omåttligt sur. Och våldsamt bakfull. Han stod stödd mot bordet i förhörsrummet, med benen brett isär som om han var rädd att falla omkull, och vägrade sätta sig eftersom han påstod att han hade ryggskott. Dom hade hämtat den svårfångade affärsmannen tidigt på morgonen i hans flotta villa ute på Näset. En granne hade ringt kvällen innan och förtjust berättat att det var fest i den stora villan och att herr Andrée mycket troligt skulle finnas i sin säng på morgonen om nu polisen var intresserad.

Kai hade skällt som en folkilsken byracka, hotat med att anmäla polisen för övergrepp i rättssak, olaga intrång, stämma för ärekränkning och brott mot hemfriden och lite till. Kais advokat hade kommit till polishuset med kläder till honom. Den gräsliga morgonrocken hade bytts ut mot jeans, skjorta och en mörkt blå kavaj med guldknappar och ett broderat märke på bröstfickan och blanka nyputsade skor.

Erik studerade intresserat den beryktade affärsmannen. Ansiktet var solbränt med skarpa fåror i pannan och längs munnen. Håret var jämngrått och välklippt men morgonrufsigt. Klockan på armen såg tung och dyr ut och ett långfinger tyngdes av en klackring av guld. Men det som fascinerade Erik, var den malplacerade pojkfrisyren med lugg och långt hår i nacken. Nästan så långt att det gick att samla till en hästsvans.

Advokaten var huvudet längre än sin klient. Smalare, på gränsen till mager, men med en djupare solbränna och det blonderade håret klippt i en axellång page som fick honom att likna en övervintrad rockstjärna. Kostymen var svart, välskräddad och diskret. Dom två herrarna såg ut som ett par syskon när Kai blivit av med den fula morgonrocken. Två Kendockor. Med var sin gubbe inuti, tänkte Erik och kände hur trötheten blandades med en hysterisk lust att fnissa.

Kai lät sig till slut övertalas att sitta ner. Ansiktet sjönk neråt och tappade i skärpa när han väl satt sig. Men ögonen glimmade hela tiden vaksamt mot poliserna. Advokaten såg trött och nyväckt ut och strök mekaniskt den långa luggen ur ansiktet. Han satte sig bredvid sin klient med ett ansträngt leende.

Torbjörn klev in i rummet. Han stod en stund i dörröppningen och gav dom bägge herrarna gott om tid att ta in hans brutala närvaro. Han sträckte ut ryggen med en grymtning och gick sen bort mot fönstret, drog åt sig en stol och satte sig bakom affärsmannen och hans advokat. Erik satte sig på andra sidan bordet och log vänligt medan han till synes planlöst bläddrade i sina papper, kliade sig tankspritt över skalpen så att det raspade och skruvade rumpan till rätta på stolen. Beteendet fick precis som planerat effekten att Kai återigen exploderade i fula ord och okvädningar och att advokaten såg allt mer besvärad ut.

"Vi beklagar att vi blev tvungna att avbryta helgvilan", log Erik utan att mena en stavelse av vad han sa eller visa det minsta tecken på att ha hört dom fula orden.

"Men det har hänt en tråkig sak med er distriktsarkitekt. Hon har försvunnit. Vi vill gärna veta lite om din relation med henne? Och varför du brukar gå in på Stadsbyggnadskontoret och gorma och svära? Sist du var där var du ganska upprörd. Mest på Sten Åhlander, Barbros chef, har vi fått höra."

"Min klient har ...", började advokaten.

"Jag är övertygad om att herr Andrée här är fullt talför och vi skulle uppskatta ifall han själv kan berätta", log Erik. Den blonderade advokaten kastade en orolig blick på sin klient som klippte med ögonen och kliade sig sömnigt i det grå hårsvallet. Kai verkade plötsligt inse att han var iakttagen.

"Det är fan inte olagligt att höja rösten om man blir behandlad som skit", sa Kai rosligt.

"Har du blivit illa behandlad?" undrade Erik med allvarlig medkänsla.

"Ja, det kan man fan säga", flåsade Kai och drog in mer luft för att fortsätta, då han plötsligt ryckte till, gjorde en sur grimas och stirrade hätskt på sin advokat.

Erik lyfte blicken och såg på Torbjörn som nickade nästan omärkligt. Advokaten hade sparkat sin klient på smalbenet.

"Det är inte bra ifall du känner dig illa behandlad av en myndighet. Men det är ju också så att dom som ska göra jobbet på Stadsbyggnads inte tycker att det är särskilt trevligt att känna sig hotade." Erik la huvudet på sned.

"Jag har fan inte hotat nån, skaru veta", fräste Kai.

"Vad handlade det om, det där på Stadsbyggnads? Vad var det som gjorde dig så upprörd?"

"Jag ... eh ..."

Kai harklade sig tjockt och kastade en irriterad blick på sin advokat.

"Min klient har inte fått sitt ärende handlagt inom rimlig tid", svarade advokaten snabbt.

"Intressant", replikerade Erik och höjde ögonbrynen. "Skulle man kunna säga att dom är sega på den där myndigheten? Jag har själv fått vänta i evigheter på ett bygglov f..."

"Det är fan i mej helt djävla otroligt hur ...", började Kai.

"Min klient, har inget att tillägga", bröt advokaten in. "Har någon på myndigheten anmält min klient för något?"

Erik svarade att det hade ingen gjort.

"Då så", replikerade advokaten och pressade samman läpparna samtidigt som han stirrade uppfordrande på Kai.

"Jag har så klart alibi", rabblade Kai. "Jag är en ambitiös familjefar och trivs bäst nära dom mina. Min hustru och min son kan gå i god för mig. Jag har inget med den där kärringens utflykter att göra", la han till och svalde med en äcklad min något som antagligen pressat sig uppåt i halsen.

"Nu är det så att vi måste få veta var du befann dig under mellandagarna och fram till trettondagshelgen. Det är tyvärr så att er distriktsarkitekt är försvunnen och vi vill gärna veta ifall du vet något som kan hjälpa oss att hitta henne", svarade Erik beredvilligt.

"Vet?" Kai himlade med ögonen. "Herregud. Har jag inte redan sagt att jag inte vet ett skit om det där fruntimret. Jag har varit med min familj", gläfste han.

Advokaten slöt ögonen och gned sig intensivt i pannan, öppnade sin almanacka och stirrade ner i den som om lösningen på hans situation skulle uppenbara sig där. Efter en stund mumlade han otydligt om att dom skulle återkomma med exakta detaljer kring var Kai Andrée befunnit sig. Erik smackade ogillande och la till att han såg fram emot dom uppgifterna så snart det bara gick.

"Så ni hade kalas?"

Kai ryckte till och kastade en hastig blick snett bakom sig.

"Brukar ni alltid fira när ni har sett till att någon försvunnit?" sa Torbjörn lugnt och bearbetade snuset med en uppkäftig min.

Kai blev högröd i ansiktet och gjorde en ansats att resa sig men hindrades av sin advokat. Det var som att se hund och husse i en ständig kamp om vem som var högst i rang.

"Så du gillade det nya bygget då? Såg fram emot att få en ny granne på gatan", konstaterade Torbjörn och lät höra en ljudlig harkling. Kai glodde hätskt på den store mannen i stolen bakom.

"Det är klart som fan att jag inte gillade det! Försök för fan inte provocera mig. Men att jag skulle bli så djävla dum att jag fimpar kärringen på kommunen, där går fan i mej gränsen!"

"Åhå. Ja ja. Men hur var det nu med bygget mittemot?"

Torbjörn flinade och lutade sig lätt framåt, hans breda kropp skymde ljuset från fönstret.

"Vi vill bara veta lite mer om hur du kände för det, Kai? Om du var lite purken på det. Eller är det Barbro du är sur på? Det är inte så att du har henne inlåst någonstans för att få lite papper påskrivna?"

Kai bet ihop, cigarettpaketet i hans händer hade börjat bli tufsigt.

"Lite udda där att bygglovet gick igenom bara så där?"

Erik knäppte i luften med fingrarna för att illustrera hur lättvindigt han uppfattade att det hanterats.

"Jag trodde att alla grannar måste skriva på när det ska byggas? Men jag kan ju som sagt inte sånt där. Vad kallas det nu igen?

Inbytesmark. Det är såna tomter som går till pamparna. Eller hur?"

Han log troskyldigt mot Kai.

"Vem var det som drev igenom det? Det är inte så att det var chefen för distriktet som tog det beslutet? Eller ännu högre upp, kanske?"

"Ni har ingen rätt att insinuera att ...", började advokaten.

"Vi insinuerar inget", svarade Erik tålmodigt. "Vi vill bara ställa lite enkla frågor. Det är ju så här, Kai, att din distriktsarkitekt, Barbro Edin Olofsson, har försvunnit. Det var inte så att hon hade något med bygget mittemot att göra? Och att du blev upprörd över det. Det måste ju vara en besvikelse att få sin vackra utsikt förstörd av en sån där betongklump. Eller var det något som din arkitekt glömt att informera dig om?"

Advokaten sköt almanackan över bordet, så att den slog i Kais underarm. Kai som precis öppnat munnen stängde den med ett snäpp och blängde surt. Hans käkmuskler flexade medan han snodde fingrarna om varandra och stängde och öppnade det redan knöliga cigarettpaketet.

"Det är självklart så att min klient inte är särskilt glad åt den nya fastigheten", harklade sig advokaten myndigt. "Men vi har så klart också varit medvetna om att tomten förr eller senare skulle komma att bebyggas. Vi kommer så klart att överklaga höjderna och annat som vi anser avviker från detaljplanen. Och handläggandet som inte har skötts korrekt. Men ...", la han till med eftertryck. "Värt att notera är att det inte finns något som helst annat samband mellan min klient och den nya fastigheten. Och vad vi vet, så har min klients arkitekt inget med den att göra."

Advokaten smög åt sig sin almanacka, la dom manikyrerade fingrarna över den på bordet och betraktade nådigt sitt sällskap. Erik nickade fryntligt och bläddrade återigen i sina papper.

"Jag förstår ...", mumlade Erik med ögonbrynen högt upp i pannan så att den kortsnaggade svålen rynkade ihop sig. Han verkade ha tappat bort ett papper, fiskade så upp ett ur högen med en belåten grymtning och log godmodigt mot affärsmannen som hängde med huvudet och såg ut att vara på väg att somna.

"Det är bara några andra små detaljer vi vill få klarhet i. Ditt bygglov, Kai, det har ju blivit beviljat i förväg, som det heter. Och handläggaren för det beslutet var Barbro."

Kai verkade vakna till och blåste upp bröstkorgen, men avbröts återigen av sin ansträngt leende advokat.

"Det där är enbart formalia och en ren rutinsak. Inget att fästa sig vid", sa advokaten.

"Hmm ... nu har vi förstått att det inte är någon rutinsak. Men ni kanske inte har hunnit läsa tidningen idag? Det var ju trots allt kalas igår", flinade Erik och trollade fram en uppslagen GP som han sköt fram över bordet till Kai Andrée.

GIGANTISKT SVARTBYGGE PÅ NÄSET?

- Att bevilja ett bygglov i förväg, innan planen har ändrats, är synnerligen ovanligt. Och, får jag tillägga, anmärkningsvärt, säger chefen för Stadsbyggnadskontoret i Göteborg, Owe Norrman.
- Dessutom har det utförts sprängningar, bygge av en pool, murverk och två friggebodar på prickmark, alltså mark där byggnation inte alls är tillåten. Vi ska se hur vi ska gå vidare, men sannolikt kommer ägaren att få återställa stora delar av marken och betala ett ansenligt vite för nybyggnationen. Vi kommer hur som helst att se närmare på det här fallet, säger Stadsbyggnadskontorets chef till GP.

GP har sökt Kai Andrée för en kommentar men inte kunnat nå honom.

"Vi har fått en hel del antydningar om att din handläggare Barbro gav några av sina kunder lite extra service mot att dom betalade henne en slant under bordet. Det är inte så att hon tog rejält betalt för ditt fina bygglov, Kai? Och för att hon lovade dig att detaljplanen skulle ändras. Hon kanske till och med gick och lovade att den fina utsikten skulle förbli orörd. Kan det vara så elakt?" myste Erik medan han med fascination iakttog hur färgen i affärsmannens ansikte steg som graderna på en termometer.

"Vad som är ännu mera intressant är att vi har fått veta att du har en kärleksfull relation till din handläggare. För att vara lite mera rakt på sak så har vi fått höra att du satte på henne", la Erik till.

Kai blev för första gången under förhöret mållös och kastade oroliga blickar mot sin advokat som antecknade något i sin almanacka.

"Hon är rätt het, den där Barbro, eller hur?" sa Torbjörn lugnt. "En riktig puma."

Hans påstående hängde kvar obesvarat i den allt kvavare luften. Kai svalde ansträngt och såg plötsligt våldsamt illamående ut. Han bad rossligt om att få ett glas vatten och Torbjörn reste makligt på sig, rätade ut sin stora muskulösa kropp och sträckte på armarna som om den korta stunden på stolen fått honom att stelna till. Han försvann ut ett ögonblick och återvände sen med ett stort glas vatten som han ställde med en smäll framför Kai. Lite av vattnet skvimpade ut på bordet. Kai tog glaset i handen men rörelsen frös när Erik lutade sig framåt och studerade hans ansikte.

"Vi har fått veta att Barbro varit medlem i ett trevligt litet sällskap som ägnar sig åt vuxenlekar i en tjusig lokal i Vasastaden. Vi har förstått att du också är medlem i den där trevliga lilla sammanslutningen. Tror du att din hustru skulle uppskatta den informationen?"

Utan förvarning vräkte Kai sig mot bordskanten, armarna slängde ut mot Erik men nådde aldrig. Torbjörn reagerade blixtsnabbt och låste den ilskne affärsmannens armar i ett järngrepp.

"Det ska jag bara säga er", väste den upprörade affärsmannen så att saliven stänkte. "Att hade jag vetat var den där subban gömmer sig nånstans så hade jag strypt henne med mina egna händer! Och det kan ni fan i mej skriva upp!"

43.

Vanja Lankinen öppnade. Hon stod en stund och verkade begrunda att det var Erika och Per som stod utanför hennes lägenhetsdörr. Vanja var osminkad, ansiktet rent och öppet och lite sömndrucket svullet. Hon var klädd i mjuka mysbyxor och en sliten huvtröja, som stretade över buken, med fläckar som antagligen inte längre ville försvinna i tvätten. Hennes ögon smalnade, sen steg hon åt sidan med en uppgiven suck.

Lägenheten, som verkade bestå av ett stort vardagsrum, sovrum och kök, var ljus och hemtrevlig och inredd med vackra, väl utvalda möbler och bruksföremål från främst nordiska designers. På dom ljusa väggarna hängde flera stora tavlor i starka färger. Några föreställande, några abstrakta. Erika gick fram till ett av fönstren i vardagsrummet och hisnade. Vanja bodde på fjortonde våningen och utsikten över Axel Dahlströms torg, över taken i Högsbo och bort mot dom gröna kullarna, var sugande och vidsträckt.

Vanja frågade om dom ville ha kaffe, med spänd ovilja i rösten. Per och Erika avböjde och slog sig ner. Vanja satte sig i en graciös fåtölj av böjt trä med nött fårskinnssits och såg ner på sina fingrar. Hon petade brutalt på ett nagelband som var trasigt och upprivet. Erika såg äcklad på hur Vanjas grävande fingrar rev upp ytterligare en flaga hud och drog tills ljust färskt blod sipprade fram.

"Det känns som om du vet mer än du har berättat, Vanja", började Erika och tog fram sitt anteckningsblock och penna. Vanja stirrade envist på sina fingrar.

Erika och Per hade diskuterat utredningen på vägen ut till Högsbo.

Den fladdrade som ett nerbrunnet ljus, på väg att slockna. Barbros telefon hade gett ifrån sig några sista livstecken i New York, någonstans på Manhattan. Det kunde mycket väl vara så att Barbros telefon var stulen och ute och reste utan henne. Eller så hade hon haft den med sig till New York, övergett den och skaffat en ny.

Trycket från media hade också minskat och intresset för bortsprungna arkitekter, mygel och bestickning i kommunen hade börjat ebba ut. Några väl valda huvuden hade fått rulla på Stadsbyggnadskontoret, däribland Barbros chef Stens. Och med det verkade ordningen vara återställd.

"Vi har ju några som har anledning att tycka rejält illa om Barbro", hade Erika funderat. "Kai Andrée som får sin utsikt förstörd och som fått ett bygglov beviljat på väldigt lösa grunder. Där kan det också ha handlat om svartsjuka. Enligt Julia så har både Kai och Sten haft en affär med Barbro. Men å andra sidan vet vi inte hur mycket som bara är alkoholångor."

Per hade gett henne ett roat ögonkast.

"Och så har vi vår italienske arkitekt som fått känna på Barbros nypor när han inte höll sitt avtal. Sen har vi änkan Helene. Hon sitter också i skiten på grund av Barbro. Jag undersökte Toni Christensens död lite noggrannare, men det finns inget som tyder på brott. Han dog av stress. Ett magsår som han nonchalerat."

Hennes blick hade fastnat på en idrottsarena i slutet av Slottsskogen. Gulmålade träpaviljonger, med märkliga utsmyckningar. Öde, blött och slitet.

"Kanske är det bara svartsjuka och otrohet. Precis som Erik säger", hade hon suckat. "Det enda vi vet, är ju att hon är försvunnen. Frivilligt eller inte. Sen har vi en mängd indicier på att hon har bedragit sin man, inte med en utan flera. Och, att hon med största säkerhet begått mängder av tjänstefel."

"Att du orkar", hade Per lett med ögonen på vägen. "Utredningen läggs snart ner, det vet du. Vi hittar inget. Hon har dragit sin kos. Du vet …"

Per hade tagit av från leden in mot ett område, strax efter Slottsskogen, med långa och höga flerfamiljshus.

"... för ett par år sen hade vi ett fall med en gubbe som, precis som Barbro, bara försvann. Helt spårlöst. Tanten satt hemma och grinade och var helt förtvivlad. Men inte ett spår av gubben. Utredningen las på is. Efter ett tag fick vi nys om att han vunnit rätt mycket pengar på V75. Och flera månader senare, var det en granne till gubben som fick syn på honom i en bar på Mallis. När grannen gick fram och pratade med honom så sa han att han var less på kärringen och hade dragit. Och han hade inga som helst planer på att komma hem igen."

"Men jag kommer inte ifrån känslan av att det är något som inte stämmer", hade Erika muttrat. "Jag kan inte släppa det. Eller så är det bara för att jag behöver något att ägna mig åt, stoppa ner huvudet i ...", hade hon lagt till och känt att det hettade i nacken. Per hade inte svarat.

Erika fokuserade på Vanja som satt ihopdragen, likt en boll, i stolen framför henne. Dom rivande fingrarna blev intensivare under ett ögonblick. Sen la Vanja ihop dom trinda händerna i knät med en uppgiven suck. Erika andades ut.

Sakta och eftertänksamt började Vanja berätta om sin karriär på distriktet, hur glad hon varit över jobbet, över att få jobba med vanligt folk och hjälpa dom med deras drömmar. Men också över att kunna styra bort fusk och mygel. Bidra till en bättre boendemiljö. Men riktigt så hade inte verkligheten sett ut.

"Jag var naiv och idealistisk när jag började. Ganska snart insåg även jag att allt styrdes uppifrån och att det jag kunde påverka var gräsrotsnivån. Om ens det."

Vanjas kinder blossade och ögonen hade fått en skarp glans. Erika lyssnade intresserat och gjorde små krumelurer i sitt block.

"Barbro hade fått sparken från ett arkitektkontor och var bitter och hatisk. Vi märkte att hon föraktade oss och sin nya arbetsplats från början. Hon och vår förra chef kom i luven på varandra direkt."

Vanja knep ihop och gav Erika en snabb och flyktig blick. Hon verkade väga orden noga.

"Vår förra chef blev långtidssjukskriven. Och sen ersatte Sten henne."

Erika begrundade tyst det Vanja sagt och väntade.

"Barbro verkade aldrig ta jobbet riktigt på allvar", fortsatte Vanja efter en stunds tystnad. "Varken arbetstider eller bokade möten. Hon gjorde det hon hade lust med, resten fick bara vara. Hon var som en stor bebis på många sätt. När hon inte fick som hon ville eller det var något som gick henne emot, så tjurade hon eller ställde till med en scen. Eller bara störtade ut från kontoret. Jag tror att alla, också Sten, var rädda för henne på något märkligt sätt."

"Och du också", la Erika till, mera som ett konstaterande än en fråga. Vanja nickade tyst. Rodnaden flammade upp igen. Hon flackade med blicken mellan Per och Erika.

"Jag gav er dom där namnen för att jag ville få ett slut på myglet, på skiten som Barbro höll på med. Jag trodde bara att hon var borta ett tag. Nåt av hennes infall. Inte att det skulle ha hänt henne nånting."

"Hade Barbro ett förhållande med Sten?"

"M-mm", svarade Vanja och gjorde en föraktfull grimas. "Hon lindade honom runt fingret direkt. Flörtade och la ut sig så att man nästan dog av skam. Men han nappade. Dom var inte särskilt diskreta med det heller."

Erika lyssnade med stigande fascination på Vanjas torra och sakliga beskrivning av hur i stort sett allt förändrats på distriktet sen Barbro kommit dit. Hennes labila humör, hennes uppenbart barnsliga sätt att hantera konflikter eller svårigheter och hur hon snabbt förstått att utnyttja Vanjas plikttrogenhet och vältrat arbetsuppgifterna som hon själv inte ville ta i, över på hennes skrivbord.

"Hade Barbro förhållanden med fler män än Sten?"

Vanja stönade till och återupptog nagelbandspetandet. Erika vände äcklad bort blicken.

"Ja", svarade Vanja bistert. "Hon flörtade med alla män. Faktiskt. Lekte med dom. Höll på tills hon visste att dom var på kroken. Oavsett om hon var intresserad eller inte. Det var som en tävling eller en lek för henne."

"Kai Andrée?"

"Ja. Det var jag som fick ärendet från början men så fort hon fick syn på honom så såg hon till att hon fick ta över. Hon satte klorna i honom direkt."

"Visste Sten om det?"

"Jag vet inte. Svartsjuk var han ju. Men det struntade hon i."

"Hände det något speciellt före julen? Med Barbro."

Vanja slöt ögonen och svalde hårt. Hon såg sen sakta upp på Erika med smala ögon.

"Ja. Vi hade fått Toni Christensen som ärende. Barbro blev fullständigt till sig i trasorna. Hon var som galen. Pratade om honom som sitt livs kärlek, hur dom skulle bli ett par, arbeta tillsammans ... Det var helt barockt! Men han var iskall, visade inte ens ett artigt intresse. Det var nog första gången som en man inte lät sig påverkas ett enda dugg av henne. I alla fall som jag såg."

"Hur reagerade Barbro när Toni dog?"

"Hon ... blev först förkrossad, besviken. Men sen mera arg. Som om nån hade tagit hennes favoritsak ifrån henne."

"Helene. Tonis fru, hur ...?"

Vanja ruskade på huvudet med munnen hårt sammanpressad.

"Nej. Ingen av dom tog Barbro på allvar."

"Och arkitekten Stefano?" undrade Erika med ett snabbt fladder av förväntan i magen.

Vanja skruvade besvärat på sig medan hon sakligt berättade hur Barbro flyttat sitt fokus till näste vackre och framgångsrike arkitekt, efter Tonis död. Men att hon upplevt att det funnits en starkare kyla och hårdhet i Barbros sätt mot Stefano än mot Toni. Relationen med Sten hade fortsatt under hela tiden. Och Vanja var säker på att hon även fortsatt att träffa Kai.

"Det är inte så att du vet om Barbro hade någon ny man som hon flörtade med eller förälskat sig i? Någon hon nämnt?"

Vanja ruskade bestämt på huvudet. Hon stirrade länge på sina fingrar men återupptog inte pillandet. Hon kisade mot Per som fortfarande inte mötte hennes blickar utan verkade helt förhäxad av en av hennes tavlor.

"Jag har ingen aning om vad som hänt. Och någon ny man vet jag inte om hon hade heller. Så tyvärr", sa Vanja med ett bestämt drag över munnen.

Erika ritade i sitt block och studerade Vanjas runda ansikte medan hon tänkte. Små fina svettpärlor hade pressats fram strax under Vanjas hårfäste. Hennes fingrar trevade nervöst runt varandra och efter en stund hade hon hittat ett nytt finger att misshandla.

"Du säger att Barbro var otrogen mot sin man. Var han inte svartsjuk?"

"Han var inte svartsjuk alls", svarade Vanja häftigt. Hon blossade upp och svalde hårt. "Eller jo, kanske lite. Han var ju väldigt förtjust i sin fru, så visst, lite svartsjuk var han väl."

Hon andades häftigt och rev upp ännu en skinnflaga från det nya fingret så att mer blod sipprade fram.

"Men han verkade inte fatta ett skit. Eller så ... köpte han lögnerna. För att han ville tro på dom. Inte fan vet jag", la Vanja till.

Erika och Per såg hastigt på varandra. Det var första gången dom hört ett kraftuttryck komma ur den bleka kvinnans mun.

"Hmm, jag förstår", sa Erika tankfullt. "En sak som förbryllar mig lite är att jag inte kan hitta några personliga anteckningar eller en dagbok. För mig känns det som om Barbro är en som skriver dagbok?"

"Ingen aning", viskade Vanja i en djup utandning. Hon bleknade som om allt blod sugits bort från ansiktet.

"Är du säker?"

Vanja nickade intensivt. Erika släppte. En dagbok hade kanske gett dom svar. Kanske inte. En dagbok var ju inget annat än en människas högst personliga tankar. Drömmar. Ibland bara fantasier.

"Jag har bara en ytterligare fråga som jag skulle vilja ha svar på", sa Erika mjukt. "Det verkar som om Barbro varit medlem i ett slutet sällskap. Där dom spelar rollspel. Är det något d..."

Vanja flämtade till och slog händerna för ansiktet. Efter en stund hördes ett utdraget och smärtfyllt snyftande. Erika gav Per ett frågande ögonkast. Han nickade. Kör på.

"Du kände till sällskapet?" frågade Erika försiktigt.

Vanja nickade hulkande bakom händerna. Per gick ut i köket, hämtade lite papper som Erika räckte över. Vanja tog tacksamt emot det, torkade sig runt ögonen och snöt sig ljudligt.

"Ni visste att jag ..." Vanja såg skamset mellan dom bägge. Per nickade allvarligt och Erika bet sig i läppen för att hindra att hennes minspel skulle avslöja Pers bluff. Vanja stönade ljudligt, axlarna föll ner och hon stirrade nedslagen på pappersbollen i sina händer. Hon harklade sig och såg efter en stund, blossande röd, upp på Erika.

"Jag ville först inte. Men Barbro kan vara ganska övertygande. Hon ..." Vanja svalde gång på gång och vred sig där hon satt i stolen.

"Hon tog med mig några gånger. Man får vara med om man blir inbjuden av en medlem, på prov. Godkänns man får man själv bli medlem." Hon drog in luft och samlade sig. Dom annars så bleka ögonen hade blivit mörka och sorgsna.

"Det var pinsamt, jobbigt. Men samtidigt ganska spännande." Hon svalde hårt och kastade en blossande blick på Per som koncentrerat studerade sin mobiltelefon och inte verkade höra.

"Det var flotta lokaler, vackert dukat och fin mat", fortsatte Vanja nästan viskande. "Vi som var där på prov fick servera, passa upp. Men bara titta på." Vanjas ansikte flammade, hennes händer darrade häftigt.

"Det fanns en rangordning och dom flesta av kvinnorna skulle vara underdåniga, lyda, göra det dom blev tillsagda. Jag ..." Vanja tappade rösten. Hon stirrade stelt på pappersbollen i knät och knådade den hårt. Sakta svämmade hennes ögon över och tårarna började strömma ner för hennes flammiga kinder.

"Hon fick mig att tro att hon var intresserad. Att hon och jag ..." Vanja snörvlade, vecklade ut pappersbollen och gned sig ilsket i ansiktet.

"Men det blev inte så", sa hon bittert och såg anklagande upp på Erika. "Hon lurade mig också ..."

44.

Helene måttade upp det lättflyktiga putsbruket. Moln av vitt lättade vid varje skopa hon grävde upp ur påsen och seglade iväg i den kalla luften som vit andedräkt. Bort mot Kai Andrées monstruösa villa. Hon huttrade i den råa kylan medan hon med hjälp av en borrmaskin blandade bruket med vatten i en stor hink. Det monotona ljudet ekade i dalgången.

Efter en stund stängde hon av maskinen, rätade på ryggen och ställde sig att betrakta sin grannes storslagna hem. Det lyste i alla fönster och utomhusbelysningen hade kommit på plats. Lampor på fasaden, lampor vid entrén, lampor på murarna. Hon smålog för sig själv. Einar, den äldre mannen som bodde i en av dom två sommarstugorna allra längst ut mot havet, hade sagt att villan liknade ett stort rymdskepp som nödlandat. Men snart skulle dom övriga villorna på den lilla gatstumpen också bli bebodda och lysas upp. Också hennes.

Men då skulle hon själv inte vara kvar. Max en månad till, sen skulle hon sälja. Inte helt färdigt. Inget markarbete. Men så pass klart att hon kunde få ut det hon behövde. Precis när hon tänkte ta med sig hinken in för att börja måla väggarna med kalkblandningen, fick hon syn på Kai.

Han stod vid panoramafönstret i sitt vardagsrum och stirrade ut i mörkret. Himlen välvde sig för ovanlighetens skull svart och stjärnklar över havet och öarna. En bläckfärgad slät yta med ett stort uppsvällt månansikte högt upp, inbäddat i en halo av fuktigt dis. Allt som återstod av den korta dagen var ett blekblått band ovanför horisonten som snabbt såg ut att sugas ut till havs.

Det var första gången hon såg honom, sen han kommit med ritningarna i näven, flera månader tidigare, och krävt att dom skulle skriva på. På stående fot.

Hon andades in den skarpt kyliga luften och svepte med blicken över det svarta. Månens kalla sken låg som en lång silverbrygga ut mot Danmark. Hon snarare kände, mer än hörde, dom tunga slagen av en stor fartygsmotor långt ute i inloppet. Natthimlen var en duk av sammet, hade hennes far sagt. Stjärnorna var små hål i duken där ljuset från himlen sken igenom. Ett hugg av saknad gick genom kroppen. Nu var han borta. Precis som Toni ... Allt hade gått så fort. Livet hade vänt utan att fråga om tillåtelse.

Smärtan kom som en våldsam flodvåg och tryckte ihop bröstet. Helene knep ihop ögonen, böjde sig ner och lyfte den tunga hinken med ett ryck. Tårarna rann ljudlösa ner för hennes kinder och droppade ner på den kalla marken och ner i kalkblandningen. Det enda som kunde ta udden av ångesten var mer smärta. Fysisk. Hårt och tungt arbete. Lyfta, slita, svettas, slå, gräva.

Ljudet av en stor bilmotor kilade sig in i hennes medvetande. Hon rätade på sig och lät hinken sjunka tillbaka ner på marken. En stor Audi kom mullrande upp för den lilla backen och gled fram till Kai Andrées breda garageuppfart och stannade. En man i mörk kostym och blont halvlångt hår med en läderportfölj i handen klev ur och gick bort till villan. Han försvann in i huset.

Mannen i kostym dök, efter en kort stund, upp vid fönstret inne i villan, intill Kai. Dom två verkade diskutera något. Kai gestikulerade med stora yviga rörelser. Så klev dom bägge herrarna ut på terrassen. Helene backade in bakom en stapel av byggmaterial, kikade genom en smal glipa och spände hörseln.

"Har du fått reda på något?" sa Kai barskt och spände ögonen i mannen intill honom som Helene efter en stund insåg var hans advokat. Advokaten gned sig över dom kalla kinderna och blåste luft i händerna.

"Ja. Min källa säger att snuten inte hittar ett skit."

"Det var som fa-an!"

Kai såg fullständigt förbluffad ut. Han sörplade intensivt på något i ett glas.

"Ska du ha ett järn?"

Advokaten ruskade bestämt på huvudet.

"Nej tack, jag ska strax åka igen."

"Och ni hittar henne inte heller?"

"Nej. Det verkar vara lögn i helvete. Inte ett spår."

"Så du menar att jag sitter med Svarte Petter? Vet du vad jag har betalat den där djävla kärringen?"

Advokaten såg ut att ha bleknat i det kalla månljuset. Han ruskade på huvudet och kastade lystna blickar på whiskyflaskan som Kai höll i.

"Inte? Då ska jag tala om för dig att jag har betalat en smärre djävla förmögenhet till den där djävla Barbro och hennes förbannade chef, för att den där förbannade tomten ..." Kai sträckte ut armen som höll flaskan i ett hårt grepp runt halsen, mot tomten på andra sidan vägen. "... inte skulle byggas på. Och nu är det precis det som händer! Och då är Barbro puts väck. Och hennes fine chef Sten Åhlander, har sagt upp sig på grund av hälsoskäl."

"Kommunens starke man har sett till att han fått gå ...", muttrade advokaten och strök tillbaka den långa luggen.

Kai vände sig sakta om och ställde sig att titta ut mot havet igen. Helene följde hans blick och såg den nygjutna grunden till nästa stora villa som snart skulle växa upp ur marken. Den utsikt som Kai nu hade skulle snart vara ett minne blott. För tillfället stod bygget stilla men snart skulle det sjuda av aktivitet igen. Helene visste att Kai överklagat bygget men också att det inte skulle hindra det, mer än tillfälligt. Kai slog näven i glaspartiet så att det skallrade och vände sig mot sin advokat.

"Se för helvete till att nån av dom där oduglingarna till snutar eller detektiver hittar henne. Nu!" fräste Kai. "Jag vill se det förbannade fruntimret i ögonen. Hon ska fa-an inte tro att hon blåser mig så lätt!"

Dom båda herrarna stod tysta en stund som om dom bägge begrundade det hopplösa i situationen. Advokaten öppnade portföljen och halade upp en tidning som han räckte till Kai.

"Det var ju ingen vidare artikel idag i GT", sa han avvaktande. Kai gav sin advokat ett långt ögonkast och fnös.

"Va fan! Så djävla illa är den väl inte? Jag gillade att dom tog med det där att hon arkitektfrun är en djävla rättshaverist", gläfste Kai förorättad. "Va fan! Jag måste ju få säga min mening i det här, eller? Det blir svårt nog ändå att sälja den här skiten, nu när utsikten går åt helvete!"

"Men …"

"Vadå men? Du ska inte inbilla dig att jag tänker sitta kvar här och glo in i nån djävla pamps vardagsrum. Apropå det så vill jag att du fortsätter att titta på den där fastigheten i Thailand. Jag har redan ordnat internat åt ungen uppe i Värmland. Det är dags att det blir folk av honom. Nä, fan så djävla kallt här är, apropå det."

Kai vände och gick in, tätt följd av sin advokat. En kort stund senare kom advokaten ut och gick bort till sin bil. Han blev stående och såg tillbaka på huset han just lämnat. Helene förstod att han lyssnade på samma sak som hon gjorde. Dom välbekanta svordomarna, ännu ett av dom ständiga grälen, sen bullret och skriken. Kvinnans böner om att slippa. Med en het svordom rullade advokaten hårt ihop tidningen och kastade den i en vid båge ut bland träspill, plast och murbrukshögar och satte sig sen i sin bil.

Helene väntade tills han åkt, gick sen bort, nappade åt sig tidningen och gick in till sig. Hon la den tilltufsade tidningen på köksbänken och satte på vattenkokaren. Under tiden teet drog i kannan läste hon, med stigande intresse.

SVARTBYGGE PÅ NÄSET.

Ombyggnaden blev ett nytt hus, utan bygglov. Garaget fanns inte ens med i ansökan. Friggebodarna står på prickmark och vare sig poolen, terrasserna eller stödmurarna har ägaren sökt tillstånd för.

En ny villa står klar på Näset. Det är civilingenjören och storföretagaren Kai Andrée som byggt.

- Jag och min familj är sjätte generationen här i Göteborgs västra stadsdelar. Vi har alltid bott här, säger Kai Andrée.

Huset som tidigare låg på tomten var från 1934. Kai Andrée sökte lov att riva delar av det gamla sommarhuset och bygga om. Göteborgs kommun sa ja. Redan i augusti jämnades det gamla huset med marken.

- När vi började riva i det gamla huset så visade det sig att det var så dåligt att vi var tvungna att riva alltihop, säger Kai Andrée.

Ansökte du om lov att riva huset?

- Nej, men det är ju i princip samma sak som det bygglov jag hade fått, hävdar Kai.

Håller huset som du bygger de mått som fanns i bygglovet och har du bygglov för garaget?

- Nej, bygget är inte riktigt enligt det bygglov vi sökte. Men det är i princip samma sak och vi har gjort allting på rätt sätt.

Byggnadsnämnden i Göteborgs kommun är inte riktigt lika övertygade om att allting stämmer.

- Detaljplanen på Näset är från 1950-talet. Under alla år som gått sen dess har en rad olika undantag tillåtits och det är många hus som inte längre är femtio kvadrat, vilket var det som gällde från början, säger Håkan Ström på Stadsbyggnadskontoret.

- Men det är ingen tvekan om att det garage som nu byggs intill huset är ett svartbygge. Vi har också meddelat ägaren att han saknar bygglov för själva huset, säger han.

Du som är civilingenjör och jobbar i byggbranschen måste väl ändå känna till vilka tillstånd som du måste ha för att bygga?

- Det hade aldrig blivit några problem om inte en av mina grannar hade varit rättshaverist. Hon överklagar allt och ställer till det både för kommunen och mig. Jag har köpt marken. Förrättningen är klar och det är en ny detaljplan för området på gång så då ordnar det sig, säger Kai Andrée.

Detaljplanen för den här delen av Brevik, har varit på gång i många år. På granntomten, som också ägs av Kai Andrée, ligger ett poolhus, en stor pool och en utomhusjacuzzi, allt på prickad mark, vilket innebär totalt byggförbud.

- Det är möjligt att några av de anläggningar som byggts av ägaren inte behöver bygglov men nu kommer vi att göra en totalöversyn över vad som pågår, säger Håkan Ström.

Helene rev upp tidningen i delar och la intill braskaminen. Hon tog tekoppen med sig och gick tillbaka ner till bottenvåningen, tände bygglamporna, rörde om med kraftiga tag i hinken och började sen måla med en stor roller på långt skaft. Kalkfärgen var tungarbetad och hon var snart genomsvettig.

Kanske skulle rättvisan komma ifatt den pompöse affärsmannen? Det roade henne att han fått problem. Kanske skulle det lösa även en del av hennes problem. Ändå, hennes mål var ett helt annat. Då hörde hon en lätt knackning på den provisoriska ytterdörren. Hon nappade åt sig spikpistolen som låg innanför dörren innan hon häktade av tvärslån och öppnade med pistolen i handen.

"Det är bara jag", sa Stefano.

Dom föll i varandras armar när han kommit innanför dörren.

45.

Göran svor för sig själv. Han frös och hade glömt handskarna på hotellet. Bakfyllan vältrade sig fortfarande i magen och huvudvärken låg och tryckte som en tung metallskiva mot ena sidan av skallen. En kluven känsla delade illamåendet och han insåg att han inte ätit en bit sen han vaknade. Törsten klibbade i munnen trots att det var minusgrader ute.

Han tittade på den handtextade skylten som stod alldeles intill hans ben, upplutad mot väggen till ett kafé. Vi har vegetarisk buffé, goda mackor, gott te och ... Göran stönade ljudligt. Fy fan! Han kastade en lång blick över kanalen, mot Järntorget. Där låg ett par pubar och ett hamburgerhak. Han behövde fett och salt. Och en kall öl.

Han lyfte armen och tittade på armbandsklockan. Han hade väntat i över en timme. Han knöt handen hårt så att dom frusna knogarna blev blå. Under ett ögonblick övervägde han att gå upp på Kungsgatan, in på gården och vänta på henne där. Men han hade inte sett något ljus alls i det lilla huset dom sista dygnen. Däremot hade han sett henne kliva på buss sextio vid Ullevi. Varje kväll. Hon borde återvända. Åtminstone för att hämta sina saker.

En vild tanke slog rot i honom. Kunde hon vara så djävla ... Det fick fan inte vara sant! Men ju mer han tänkte på det, desto mera sannolikt tedde det sig. Klart som fan att den slemmige donjuantypen hade tagit hand om hans fru. Han hade pressat Torbjörn, men han hade sagt att han inte visste vart hon tagit vägen. Att hon skulle bo hos någon av kollegorna hade han inte alls trott på. Hos Torbjörn bodde hon i alla fall inte. Även om Göran först skämtat med honom om att det ju var dit upp som bussen gick. Kanske tände hon inte lyset alls i sitt krypin? Den fega lilla råttan.

Göran morrade till, sparkade på kaféskylten så att den rasade ner efter väggen och klev iväg över torget mot Carolus Rex-muren som reste sig tung och orubblig ur marken. Det var värt ett försök. En unken dunst av uppvärmd källare slöt sig runt honom när han passerade en stor metallgrind i botten av muren. En av alla ingångar till Göteborgs underjord som, precis som hemma i Stockholm, var så perforerad att det närmast liknade ett maskbo. När han klättrat upp för trapporna och ställt sig på murkrönet upptäckte han det perfekta gömstället. Snabbt tog han dom tre trappavsatserna i några få kliv, ner till lekplatsen som låg på en avsats nedanför gatan som löpte uppe på muren. Om hon kom gående längs gatan skulle hon knappast titta neråt och bakåt.

Han ställde sig alldeles intill muren, precis där trapporna tog slut och intalade sig att han hade rätt. Någon enstaka bil kom makligt rullande och letade efter parkering, ett par klev ur med matkassar i händerna, ivrigt diskuterande. Några hundägare promenerade förbi, gick ut på murens krön och ner på gräsmattorna där dom lät hundarna göra sitt. Men ingen kom ner till lekplatsen. Där var tomt bland sandlådor och dom grova snidade träfigurer som skulle föreställa olika djur.

Precis när Göran var på väg att ge efter för hungern som rev i hans maggrop, kom hon. Den ljusa skaljackan på sig, mörka handskar, ljusa jeans och kängor. Erika gick med raska steg och drog ner huvan från huvudet, precis när hon passerade ovanför honom, så att dom ljusa lockarna föll ut. Göran lösgjorde sig ur skuggorna och tog trapporna i fyra stora löpsteg. Men Erika hade redan hunnit fram till hörnet av huset. Han nådde fram lagom för att höra hur porten slog igen efter henne.

Göran stod en stund vid porten och hämtade andan medan han stirrade på snickerierna runt valvet och den lackade trädörren. Han och Torbjörn hade gått in genom den för bara några dagar sen. Varit inne hos Per och druckit hans whisky och grappa. Pratat. Göran knöt näven så hårt att det gjorde ont. Han laddade mot dörrbladet, men avstod. Han backade ut över gatan, mot staketet vid branten, böjde nacken och stirrade upp mot fasaden på det höga tegelhuset. Våning fyra. På hörnet. Köksfönstret vätte mot väster. Dom andra mot söder. Han kunde inte se mer än blänket av den blåsvarta kvällshimlen i glasrutorna och det varma ljuset från belysningen inne i rummen.

"Din satans djävla hora!" väste han mellan tänderna, händerna var hårt knutna och käkarna så hårda att han kände blodsmak. Han vände och grep hårt om staketet ut mot branten och stirrade ner över kanten. Han stod på randen av den gamla befästningsmuren, ovanför hustaken. Om han kastade sig över kanten skulle fallet döda honom. Han skakade staketet så att det sjöng i järnet.

"Jag ska fan döda dig, ditt satans djävla luder! Jag ska fan i mej döda dig ..."

46.

Vanja stod vid ett av fönstren i vardagsrummet och såg ner på torget och parkeringen nedanför. När hon flyttat in i lägenheten hade hon först haft svårt att gå fram till fönstren. Och ännu svårare att gå ut på balkongen. Det hade räckt med att hon närmat sig ytterväggarna för att suget i maggropen skulle komma tillsammans med en obehaglig känsla av att golvet blev mjukt och vek sig utåt. Ibland hade hon fått häftiga panikkänslor, känt att väggarna skulle falla ut i intet och att hon skulle stå i en byggnad utan väggar, som i en krigshärjad stad. Rädslan hade dämpats under åren hon bott där, men balkongen hade förblivit omöblerad och det var mycket sällan hon gick ut på den.

Det hade varit något slags politiskt möte nere på torget under eftermiddagen. Det stod fortfarande grupper av människor och värmde sig vid ett par oljefat som dom eldade i. Men nu stod plakaten lutade mot en pickup och banderollerna var ihoprullade. Kylan hade tagit ett stadigt grepp om landskapet igen och det låg ett tunt lager snö på marken. Snöhögarna hade frusit till hårda isvalkar och en seg skarp vind drog fram mellan husen. Människorna som stod kvar och pratade, trampade av och an och värmde händerna över tunnorna.

Vanja hade väntat på att mötesdeltagarna skulle samla ihop sina saker och åka därifrån men insåg att dom tänkte vänta tills eldarna slocknat. Det glödde ur tunnorna men inga lågor syntes längre. Hon suckade kvävt och gick tillbaka in i lägenheten, in i sovrummet. Framför sängen stod en gammaldags kista som hon ärvt av sin farmor. Hon öppnade locket. Där låg välmanglade lakan prydligt staplade. Det skulle så klart vara det första ställe där en inbrottstjuv letade.

Det verkade vara en primitiv mänsklig instinkt att gömma undan saker i garderober och strumplådor. Men, även om det hade varit tio gånger mera listigt att låta dagboken ligga synlig på ett bord eller stå i en bokhylla, så hade hon ändå stoppat undan den, längst ner under alla lakan.

Vanja lyfte på lakanshögen och drog upp den tjocka läderinbundna boken. Hon la noga tillbaka lakanen, stängde kistan och blev sen sittande på sängkanten med boken i knät. Hon behövde inte öppna den för att veta vad som stod. Hon hade redan läst den från pärm till pärm, vissa avsnitt många gånger. Den sträckte sig över nästan tre år och innehöll Barbros alla noteringar om hennes märkliga agerande på jobbet, vilka som fått vad och vad dom skulle betala för Barbros tjänster, vilka som inte gjort det dom skulle och hur hon skulle bestraffa dom. Men också männen. Deras relationer, deras ärenden, deras svagheter och fysiska företräden, ekonomi och sexuella preferenser.

Det var som att läsa en tonårings dagbok. Barnsligt, egotrippat och fixerat. Och samtidigt fanns det ett kallt beräknande som var allt annat än naivt. Första gången Vanja läst sidorna som handlade om henne själv, hade hon rusat upp från sitt köksbord och kräkts i vasken. Men då hade hon redan varit insnärjd i Barbros förföriska spel. Äcklad men lockad på samma gång.

Vanja strök med händerna över boken. Hon hade satt polisen på spåren, satt stopp för myglet och utpressningen. Och det var inget hon ångrade. Vad som fått henne att erkänna sin förälskelse i Barbro, fattade hon däremot inte. Skammen brände fortfarande under skinnet. Förnedringen och föraktet fick Vanjas blod att forsa fram genom ådrorna som flodvågor. Vacker och utstuderat förförisk hade Barbro fullkomligt invaderat avdelningen, tagit den i besittning, med kollegor och allt. Alla rutiner och fasta regler hade lösts upp av hennes divafasoner, hennes oförutsägbara utbrott och att ingen av dom visste när hon skulle dyka upp eller utebli eller vilka nya katastrofer som skulle segla upp i hennes kölvatten. Och så Sten. Den nye chefen som skulle styra upp verksamheten. Men som förvandlats till en dreglande fåne i koppel efter Barbro.

Din djävla fucking helvetes bitch! Måtte djävulen ta dig, tänkte

Vanja och kväljdes över den bittra smaken av förnedring och löje. Hon reste sig klumpigt, gick ut i hallen och tog på sig kappan, skorna och handskarna. Med boken under kappan tog hon hissen ner, gick ut på parkeringen och ställde sig bakom en av pelarna som bar upp huset och kikade bort mot människorna vid eldkaren. Dom gestikulerade och skrattade och började gå bort med banderollerna till en bil.

Vanja gick tyst bort till eldarna, såg sig hastigt omkring och gick fram till ett av karen. Hon höll boken en stund över den heta glödande ytan. Hon hade lånat ut den. Till den person som hon trodde skulle klara att agera, som var tillräckligt stark. Och som hatade. Långt senare, när hon fått tillbaka boken, hade hon sett att det saknades sidor. Exakt vilka det var och vad som stått där, visste hon inte. Sen hade Barbro försvunnit. Vad som hänt ville hon inte ens tänka på.

Hon släppte boken i glöden, såg kort på gnistregnet som flög upp, vände på klacken och gick snabbt tillbaka.

47.

"Du får sova på min soffa inatt igen då", sa Per, mer som ett torrt konstaterande än ett erbjudande. Erika nickade tyst. Hon hade hämtat sina saker i ateljén tillsammans med Per på morgonen. Hennes få tillhörigheter stod nu i en flyttlåda och två träningsväskor innanför Pers ytterdörr.

Konstnärinnan Eva behövde sitt förråd igen, hade hon sagt. Hon hade inte angett någon orsak. Blånaderna hon hade i ansiktet hade hon fått för att hon snubblat i trappan till sovloftet i sin ateljé. Klumpigt men mänskligt. Men både Erika och Per hade sett rädslan i kvinnans ögon. Och nu kunde Erika ändå inte bo kvar.

Diskussionerna hade gått heta hemma hos Anna och Krister. Dom hade återigen erbjudit Erika husrum men Erika såg i sin väninnas ögon att det var en ren artighet och inget dom egentligen ville.

Erika såg förstulet på Per. Han hade varit nere i mataffären nedanför berget och handlat och släpat upp två stadiga matkassar med den lätt skämtsamma upplysningen att trappan upp från Hvitfeldtsgatan, som för övrigt hette Artilleristen Gladers trappor, inte var till någon glädje utan bestod av etthundranio mördande trappsteg. Han plockade upp matvarorna, hällde upp två glas vitt vin och radade upp grönsaker, kyckling och konserver och gav henne kniv och skärbräda. Han arbetade effektivt och gav korta bestämda order till Erika som skalade morötter, sköljde kikärter och styckade kyckling.

Per drog ut en låda med den mest imponerande samling kryddor hon någonsin sett. Han blandade en mängd olika doftande kryddor i en burk och skakade den så att hans lockiga hår studsade. Erika blev med ens akut medveten om hans kroppsvärme. Han doftade gott. Per stannade upp i sina rörelser och såg på henne. Det vaksamma iakttagandet fanns ständigt i hans ögon. Han var inte ensam om att ge henne dom där blickarna, av medlidande, nyfikenhet och avvaktande misstänksamhet. Hon borde ha vant sig, efter alla år i Stockholm. Ändå brände det smärtsamt att hon tvingades släpa på samma ok, trots att hon lyckats fly och kliva ut ur sitt fängelse. När tog det slut? När skulle hon få börja om, få en chans?

"Tror du att han har gett sig på henne? Konstnärinnan?" undrade Per.

Erika bröt sönder kycklingbenet hon höll i, satte in kniven och drog isär.

"Jag vet inte. Eva kan ju ha ramlat, precis som hon säger. Men ... jag tror inte det. Hon var rädd. Han har lyckats hitta henne. Och fått ur henne var jag fanns."

Hon sträckte sig efter vinglaset, tog en stor klunk och återupptog sen styckningen av fågeln.

"Det hemska är att jag drar in oskyldiga i min skit."

Erika stirrade på fågelkadavret framför sig. Satte kniven i en led men slant och skar ett djupt jack i pekfingret. Hennes blod färgade det bleka fågelskinnet. Hon betraktade uppgivet sitt misstag.

Per tog snabbt hennes hand, virade en kökshandduk runt fingret och tryckte ner henne på en stol vid matbordet. När blodflödet stillats konstaterade dom båda att jacket var djupt men inte så djupt att det behövde sys. Erika höll handen så stilla hon kunde medan Per hämtade sårtvätt och tejp och la ihop såret. När det var klart reste sig Erika och gjorde en ansats att fortsätta stycka fågeln.

"Nä, nu sitter du där. Jag vill inte ha ett slagfält i mitt kök", sa Per med ett snett leende och ställde Erikas vinglas framför henne på bordet. Erika sjönk tillbaka, slöt intill det stora fönstret och lät blicken dras ut i utsikten över hamnen och den branta ravinen nedanför muren. Trygg och varm för tillfället. Ändå utanför och kall. Fingret dunkade.

Per klappade in kryddblandningen i kycklingdelarna, blandade kikärter och grönsaker med bitar av inlagda citroner som han fiskade upp ur en stor glasburk på bänken, la allt tillsammans med kycklingen i en glasform, hällde på lite vitt vin och ställde in i ugnen. Snart spred sig en frestande doft av kanel, kummin, timjan och citron i rummet.

"Du får tyvärr sova på soffan inatt igen. Sen kan jag fixa en extrasäng åt dig i arbetsrummet."

Per sa det med lugn självklarhet. Erika vände sig från fönstret och såg på honom, hans smidiga loja rörelser som ändå var så effektiva, så säkra. Han dukade fram tallrikar, bestick, en skål med sallad, skar upp gurka och tomat och blandade ner i ljummen couscous.

Erika kände hur ilskan flammade upp, ett irrationellt raseri över hans loja tillbakalutade lugn, självklarheten i det han just sagt.

"Så jag ska flytta in här hos dig", sa Erika beskt. "Husets nya pressläcka, flykting från storstaden, anmäld för misshandel på en kollega och utan tjänstevapen. Och dina dambesök ... ska jag gå en runda på stan då, medan du ..."

"Och vart tänkte du ta vägen?" avbröt Per, oberörd av hennes utbrott.

"Du vet ju inte ens vem jag är. Om jag talar sanning eller är en hysterika, precis som min man säger. Erkänn att ni inte litar på mig?!" fräste Erika.

Per vände sig från köksbänken, lutade ryggslutet mot den och betraktade henne.

"Vi kan väl säga så här, att du inte är den av kollegorna som vi litar mest på, just nu. Sant."

Han tog en eftertänksam klunk ur sitt vinglas.

"Men du får ju inte behandla oss som idioter. Vi är ett gäng erfarna utredare som har sett en del." Han kisade skarpt mot henne över glaset.

"Frågan är bara varför du gör som du gör? Ärlighet varar längst, du vet."

Erika teg och fingrade på vinglaset. Dofterna från maten fick hennes mage att dra ihop sig. Hon kände både hunger och illamående.

Trots värmen i köket kände Per sig plötsligt frusen. Han betraktade Erika där hon satt, lockarna som till hälften dolde hennes ansikte, fingrarna som plockade med vinglaset. Han kunde se den inlagrade smärtan och spänningen i hennes ansikte, axlar och rastlösa rörelser. Timern på spisen avbröt hans tankar. Han tog ut kycklingen och dofterna av kryddblandningen slog ut, varm och exotisk. Han ställde fram maten och bjöd Erika att ta med en tyst gest.

"Mm-m ... jättegott", mumsade Erika efter en stunds hungrigt glufsande. "Vad ...?"

"Nordafrikanskt. Jag har snöat in lite på det. Liknar indiskt men mildare kryddat, mer aromatiskt."

"Du gillar att laga mat?"

Per nickade med ett hastigt leende. Sen kom det intensivt studerande tillbaka i hans ögon. Erika koncentrerade sig på maten. Hon hade tänkt skämta om sin egen totala okunskap i matlagning, dra några misslyckanden för att lätta upp den tjocka stämningen, men teg.

När dom ätit klart, dukade Per snabbt av, satte på espressobryggaren och skummade mjölk. Han tog ut en flaska grappa ur det stora skafferiet i hörnet på köket och ställde fram glas och koppar. Han satte sig mittemot henne vid bordet och såg på henne. Hon klarade inte att möta hans blick utan stirrade på sitt sargade finger som svullnat och bultade smärtsamt.

"Du vet lika väl som jag, att jag bara har ett val", svarade hon med ett hårt tryck i halsen.

"Jaså, och det är vad?"

"Alla som jag drar in i det här utsätter jag för risker", viskade hon hest. "Det finns bara ett sätt att få slut på det här. Och det är att locka ut honom. Få honom att göra ett misstag. Och misstag göra han bara när han känner sig fullständigt säker."

"Är Ridley Scott en av dina favoritregissörer, kanske? Eller Jan de Bont?

Erika fnissade ofrivilligt till, satte vin i halsen och hostade samtidigt som hon började skratta.

"Lite för mycket Ripley och Lara Croft. Är det det du säger?" log hon och mötte hans mörka ögon. Hon längtade plötsligt häftigt efter att få kliva ut ur sin mardröm och istället få sitta bredvid Per, i hans soffa och titta på film. Få diskutera regissörer, klipp, dramaturgi, ljussättning. Dricka vin och kaffe och komma i låtsasgräl över någon fånig detalj.

Per nickade, med ens allvarlig igen.

"Ja. Lite för mycket Ripley. Hjältinnan som ensam möter monstret. Är det verkligen så klokt?"

"Jag vet hur han fungerar", svarade Erika stillsamt och stirrade ner i vinet som var kvar i hennes glas.

"Jag vet hur han tänker. Jag, om någon, känner honom. Och jag måste sätta stopp för det."

Hon rev runt i det rufsiga håret. Snodde sen ihop det och gjorde ett tafatt försök att dra det bakåt, från ansiktet. Per såg fascinerat på hur hennes lockar sakta återtog sin ursprungliga form igen och spretade lika egensinnigt som innan.

"Vem skulle annars göra det?" frågade hon utan ironi. Hon smakade tankspritt på grappan, rynkade pannan och kisade ner i glaset. Den var god. I hennes värld smakade grappa bensin. Hon gjorde en förvånad min mot Per. Han nickade belåtet men såg återigen hur hennes leende snabbt raderades och ersattes av ett plågat uttryck.

Han öppnade munnen, men kom inte på något att säga. Han tog en mun ur glaset, lät spriten rinna långsamt ner genom strupen medan han betraktade hennes sorgsna och trötta ansikte.

"Vi ser ju det här i stort sett varje dag, eller hur?" började Erika tankfullt. "Hur kvinnorna kämpar för att rädda sig själva och sina barn. Hur dom får rådet att lämna en våldsam man. Men det är först den dagen då hon sätter ner foten, säger att hon vill gå, skiljas, det är då det verkliga helvetet bryter löst."

Per kunde bara nicka. Det hon sa var sant. Han sträckte sig efter flaskan och fyllde sakta på hennes tomma glas till randen. Hon följde först hans rörelser med blanka frånvarande ögon innan hon blev sittande en lång stund och såg ut genom fönstret på himlen, som mörknade, och ljusen som sakta tändes på andra sidan älven.

"Vi uppmuntrar dom att bryta upp", fortsatte hon envist. "Ger dom bilden av att uppbrottet är slutet på våldet och hoten." Hon suckade djupt, vände sig mot Per igen, hennes ögon var blanka och stora.

"Sen, när hon begär enskild vårdnad och besöksförbud för att skydda sig, det är då hon drar ut honom i ljuset, det är då grannar och arbetskamrater, alla, får se. Fasaden rämnar, han riskerar att straffas, hamna i fängelse eller betala dagsböter för sina hot. Det är då kvinnan möter honom på öppen gata och blir knivhuggen till döds eller kommer hem och finner barnen mördade. För han har inte längre något att förlora ..."

Erikas ögon svämmade över. Hon snorade ilsket, svepte sitt glas och gjorde en ansats att resa sig. Men Per stoppade henne genom att lägga handen över hennes arm.

"Duger det med en stuga vid havet? Som ligger hyfsat isolerat. Fri sikt runt", frågade Per långsamt. Erika såg förbluffad på honom men han ändrade inte ansiktsuttryck utan såg fullständigt allvarlig ut. Efter en stund nickade hon. Hon förstod hur han tänkte. Göran skulle vara tillräckligt desperat och uppumpad av hat och frustration, för att gå på det.

"Bra, jag ordnar det."

Per reste sig abrupt, plockade snabbt ihop i köket och försvann sen ut i lägenheten. Erika lutade huvudet mot fönsterkarmen, sval luft rann efter dom stora fönstren. Himlen hade klarnat något och hon kunde skymta en spröd månskärva i gliporna mellan molnen som drev hastigt och högt. Men inga stjärnor.

När Erika borstat tänderna tassade hon ut i vardagsrummet. Hon kunde se en glipa ljus i dörren till arbetsrummet när hon passerade. Hon kröp hastigt ner under täcket i soffan, låg en stund och stirrade rakt upp och ut genom ett av dom stora fönstren. Himlen var tät och hotfull, i det närmaste svart. Det kalla månljuset rann över fönsterrutorna. Hon slöt ögonen.

Utan förvarning slog panikkänslan ner i hennes sinnen och tömde lungorna i en enda utandning. Hon flög ut med handen och träffade Per i ansiktet. Han stönade till i samma ögonblick som Erika fann sig sitta i ett stenhårt grepp. Smärtan från axeln sköt ut i handen. Per höll tills hon slutat kämpa emot och släppte sen sakta. Han kände försiktigt över sitt ansikte.

"Fan, bruden ... du är djävlar i mej värre än idioterna i klubben", stönade han. "Shit! Jag trodde inte att du somnat. Sorry. Här. En urgammal mobil jag har haft liggande. Med kontantkort i. Ta den. Jag har lagt in mitt nummer som kortnummer ett. Och, den har inspelning. Allt idioten säger spelar du in."

Erika nickade, huvudet bultade och hon kände sig yr och galen. Per satt kvar på huk intill henne. Doften av hans tvål och aftershave kom nära. Hon kunde återigen känna hans kroppsvärme och insåg att han bara var klädd i ett par jeans. I halvdunklet kunde hon se konturerna av hans axlar och överarmar.

"Ska du låta mig sova? Eller tänker du köra några av dina förförarknep", snäste Erika och rätade på sig där hon satt så att avståndet mellan dom ökade. Per ställde sig upp i en flödande mjuk rörelse.

"Nä. Det räcker med att du låter fantasin skena", skrockade han roat. Erika kände hur en het rodnad spred sig över överkroppen. Hon var tacksam för att det var mörkt i rummet. Hon satt stel kvar i samma ställning och stirrade mot Pers sovrum tills det smala bandet av ljus under dörren slocknat.

"Jag ska inte ta någon fight. Jag tänker ge mig", sa hon med lugn röst, ut i mörkret.

48.

Erika såg på telefonens display. Dolt nummer. Det drog svagt i magen. Hon väntade två signaler till. Hon kunde inte låta bli att svara bara för att det eventuellt var Göran. Det enda hon hade var sitt jobb. Hon kunde inte sjabbla med minsta lilla detalj. Hon harklade sig och öppnade samtalet.

"Erika Ekman, länskriminalen Västra Götaland", svarade hon så mjukt hon klarade.

Det susade i telefonen. En tom tystnad, som om hon just lyft locket till en djup brunn. Men hon kände ändå en närvaro. En elakt leende väntan, en konstpaus, för att öka hennes puls och dra henne lite längre ut mot avgrunden.

"Länskriminalen Västra förbannade Götaland ... så det säger du?"

Hon hörde direkt att Göran inte var nykter. Hon kastade en hastig blick på klockan, den var strax efter lunch. Hon höll sig tyst och tog med sig telefonen och gick snabbt bort mot Pers och Eriks rum, längre ner i korridoren.

"Så det här är tacken för allt, din djävla fitta. Först drar du, från all skit du ställt till med och lämnar mig att ta hand om den djävla dyngan. Sen springer du omkring och spelar fin i kanten på ditt nya djävla skitjobb ... och hur länge tror du att du har det kvar? Va? Svara för helvete!"

Erika blundade, som om spottet från Görans gapande mun skulle kunna nå henne genom telefonen. Hon knackade lätt på Eriks dörr, petade sen upp den men fann att han inte var där. Hon pressade samman läpparna över svordomen som ville ut och hastade vidare mot Pers rum.

"Jag borde ha fattat det. Att det första du skulle göra var att börja hora runt. Fy fa-an, gumman. Fy fa-aan! Du kunde fan inte vänta, va? Flyttar runt hos karlarna, särar på benen direkt. Ditt helvetes satans djävla luder! Fy fan vilken djävla hora du är, vet du det?"

Erika knackade försiktigt på Pers dörr. Hon hörde röster därinne och höll handen över dörrhandtaget. Handen skakade. Efter en evighet hörde hon skrapet av en stol och en röst som hon trodde sa kom in.

"Jag vet att du knullar den där satans djävla donjuantypen, den där mörkhåriga djävla krulltotten. Så du går på en sån djävla slemmig fittslickare. Fy fan vilken djävla hora du är! Jag ska fan i mej döda den djävla fjanten. Så du kan glömma honom! Jag ska fan ..."

Dörren öppnades. Per tittade ut. Torbjörn och Erik stod bakom honom längre in i rummet. Erika öppnade munnen och formade ett ljudlöst Göran och pekade på telefonen. Per tog den, la den mot örat, lyssnade och ruskade sen på huvudet. Samtalet var brutet.

49.

När motorn stannat blev det fullständigt tyst. Det skrämde henne plötsligt. Mörkret utanför bilen förtärde allt ljus. Himlen välvde sig över dom som en tom svart rymd utan gränser.

Per var den förste som sa något.

"Japp, då återstår bara en liten promenad då?"

Per såg frågande på sin vän, Esko Hietala, vars sommarstuga nu skulle bli Erikas nästa tillflyktsort. På en klippa ute vid havet. Med fri sikt runt om.

Finnen nickade tyst. Han hade inte sagt ett ord mer än nödvändigt, något som Anna viskande påpekat. Erika hade inte reagerat. Tystnad störde inte en norrlänning. Erika andades in den fuktmättade luften, smakade på dofterna av ruttna växter, jord och saltvatten. Parkeringen var tom med deras egna två bilar som enda undantag. Höga träd stod tätt intill den stora asfalterade ytan, hotfullt nedtyngda, och mörka vinterstängda sommarstugor skymtade bland träden och buskarna.

Erika drog jackan tätare kring kroppen, tog sin ryggsäck på axeln och ställde sig intill den store finnen. Hans ansikte lyste spökligt vitt i halvdunklet. Han var lång och smal med seniga utdragna muskler. Erika gissade att han sprang långt eller klättrade. Han hade välformad mun, höga kindben, lätt snedställda ögon, ett allvarligt och kargt ansikte. Han satte kurs mot parkeringens bortre hörn och dom följde snabbt efter hans långa ryggtavla.

Anna berättade ivrigt, för ivrigt, tänkte Erika, hur stugorna i busksnåren fylldes av människor mot våren och sommaren. Att klipporna liknade fågelberg av alla människor som solade, badade, åt och drack och utförde den första delen av parningsdansen innan kvällen på krogen och natten på klubben. Hon hade lika svårt att föreställa sig den lilla parkeringsplatsen fylld av bilar som klipporna fyllda av människor.

Det var kallt, rått och mörkt och den tjocka luften pressade mot kroppen, tyngde ner kläderna och kröp in till skinnet. Vinden ryckte planlöst i trädgrenarna som släppte kaskader av feta vattendroppar som osvikligt hittade in i klädernas glipor. Stigen ringlade mellan träden och började luta uppför, bli allt stenigare och mera förrädisk av löst grus och rötter. Sommarstugorna svällde ju närmare havet dom kom och liknade mer små villor i miniatyr än sommarstugor, med stora panoramafönster och pedantiska miniträdgårdar med staket och stenar lagda i rader för att efterlikna murar. Det fanns gott om sten, den hårda kala och grå som för Erika var sinnebilden av västkusten. Klippor som snaggade svålar, blankpolerade av ett grinigt klimat från väster.

Erika avskydde verkligen havet. Hatade det salta klibbiga vattnet, stanken av ruttnande tång, maneterna och sandmaskarna under sina ringlande sandhögar som såg ut som hundskitar på botten. Mest av allt avskydde hon att bada i saltvatten och den orena känslan som klibbade fast över huden och i håret, hinnan av salt och skit när man torkat. Luftdraget var med ens starkt och mera ihållande och den kväljande lukten pressade mot henne. Dom klev ut på släta klippor. Träden glesnade och gav vika och hon kunde ana havets öppna yta nedanför berget. Stigen blev med ens osynlig uppe på berghällen.

"Oh, gud!" utropade Anna och tog ett snabbt kliv åt sidan. Hon stirrade mot ett litet rött hus bakom ett högt plank och höll händerna över munnen.

"Moomin", sa Esko torrt och stannade upp. Han betraktade skådespelet bakom staketet, vita figurer som verkade självlysande i mörkret.

"Och fy fan vad rädd jag blev", stönade Anna. "Det ser ut som Hattifnattar, dom där som blir självlysande i åskväder."

Esko nickade.

"Jo, han är litt knepig den. Samlar på Momintroll, har alla sorter, fulla djävla trägårn, dom ser ut å lysa för att dom är vita."

Han vände sig mot Erika.

"Börja int prata me han om dom där figurerna, han slutar aldri. Men va int orolig, han är int farli. Bara förbannat originell."

Esko vände och hans långa ben klev vidare över hällarna. Erika skyndade sig att följa honom och undrade hur hon skulle hitta tillbaka till civilisationen igen. Den väl upptrampade stigen kom tillbaka, på grus och tuvor mellan stenarna. Några enstaka tallar hukade in mot stigen, alla lutande åt samma håll, pinade av västanvinden. Esko vek av från stigen och klev uppåt på släta stentrappsteg. Erika fick syn på ett litet hus där stegen slutade med ett uthus intill. Säg inte att det är utedass, tänkte hon och stönade ofrivilligt. Hon nöp tag i Annas arm och pekade, men Anna ruskade bara på huvudet. Hon visste inte.

Stugan var högsmal, med slät träpanel laserad i en grå nyans som drog mot blått och smala höga fönster. Ett av dom liggande. Esko pekade på det liggande fönstret och sa belåtet att man kunde se ut över havet när man diskade. Esko låste upp och gav Erika nycklarna. Dom klev in. Det luktade lite instängt men inte illa, mest färskt trä och lim.

Det lilla huset var välplanerat in i minsta detalj. Ett rum med bäddsoffa, ett lågt bord, pentry i vitt och rostfritt stål och en liten toalett med dusch. Det höga fönstret låg i hörnet ut mot havet och gav känslan att vattenytan var en del av rummet. Erika pekade mot det lilla uthuset och frågade Esko vad det var. Han log, det breda ansiktet började glöda.

"Nå, det är klart att det finns bastu. Va fan trodde du det var? Ett djävla utedass, eller?"

Annas skratt rullade runt i det lilla huset. Erika log lättad. Det märktes att Esko var finne och arkitekt. Klart att sommarstugan var ett litet men genomtänkt underverk. Hon hade fruktat en illaluktande och åsidosatt mögelhärd från sjuttiotalet.

När Esko visat hur varmvattenberedaren fungerade, hur hon fixade ett strömavbrott genom att nollställa jordfelsbrytaren och hur man satte på bastun, såg Esko frågande på Erika. Hon nickade. Huset var perfekt. Hon var mycket tacksam. Anna bullrade runt och kikade in i alla skåp, beundrade detaljer och pekade glatt ut i mörkret, ut över havet.

Erika mötte Pers ögon. Han stod stilla och tyst intill dörren. Hon svalde stramt, nickade kort. Jo, det var okej. Hon var tacksam för det han gjort. Per släppte inte ögonkontakten. Hans mörka ögon var fyllda av oro och något som Erika tolkade som skuldkänslor. Erika nickade bestämt och gjorde ett tyst tecken. Hon ville det här. Punkt. Ingen diskussion. Per gjorde en uppgiven gest och la ena handen en stund på hennes arm och tryckte till. Han kramade sen Anna adjö och försvann, tillsammans med finnen och Krister, ut i det vindpinade mörkret.

Anna packade upp kandelabern, ljusen, tallrikar, glas, handdukar och sänglinne, några kastruller, en vattenkokare och lite torrvaror, frukt och toapapper. Sen plockade dom upp räkorna och det vita vinet, grovt grekiskt bröd, aioli och ostar.

Erika ställde sig vid fönstret och försökte få grepp om vad hon såg, men mörkret utanför var helt ogenomträngligt. Den berömda havsutsikten existerade inte under mörka vinterkvällar. Utan kontraster eller punkter att fästa blicken vid, kunde dom lika gärna svävat tyngdlösa ute i världsrymden. Så pekade Anna. Hon hade fått syn på några lanternor som flöt i ultrarapid längs en tänkt horisont. Och så en fyr. Ett ljus som kom och gick, från samma punkt ute i det svarta. Anna påstod tvärsäkert att det var Vinga, den enda av fyrarna som gav upphov till ett så starkt sken och som roterade, likt en lång kall månskenssvans. Erika nickade. Vinga lät ju romantiskt.

Dom åt stilla, skalade och sög, kletade och slickade på fingrarna, drack av det svala vinet, en ljuvlig Chablis som Krister med ett illmarigt leende, plockat upp ur bilens skuff, en hel låda.

"Han är verkligen underbar, din man", konstaterade Erika och kunde inte hindra sticket av avundsjuka i den egna rösten. Hon hade drömt samma dröm. Trott sig ha gjort den sann. Sen hade verkligheten förändrats. Dom sista veckorna hade hon allt oftare vaknat kallsvettig ur drömmar där hon jagades i långa underjordiska gångar, genom betong och skyddsrumsdörrar. Hon slet i dörrhandtagen som alltid var svidande brännheta. Fick hon upp en dörr i drömmen så dånade elden innanför och slickade efter henne. Eller så vällde det ut svärmar av insekter som girigt kastade sig över hennes kropp och började slita bitar ur den med sina små käftar ...

Erika svepte vinglaset, blundade och väntade in den varma bedövningen, det behagliga surret som stängde av pladdret innanför skallbenet, åtminstone för stunden, och tog färgen ur dom äckliga bilderna, gjorde dom mera avlägsna.

"Jo, han är fin", log Anna lätt generad. "Jag älskar honom."

Erika kunde ana att hon rodnade i skumrasket. När räkorna, brödet och ostarna var uppätna, dukade dom av och ställde tallrikarna i blöt i pentryt. Diska kunde dom göra dagen därpå. Sen bäddade dom ut soffan och gjorde en dubbelsäng, kröp ner och småpratade tills ingen av dom längre orkade. Erika stirrade ut genom fönstret över Annas huvud. Rutan såg ut att vara målad med svart färg på utsidan. Hon lyssnade på dom ovana ljuden utifrån. Vinden, träet i stugan som klagade under luftens tryck och av ändringar i temperaturen, det envisa hamrandet av tunga vattendroppar på det lilla plåttaket. Annas lätta snarkningar, små oskyldiga snusande ljud. Hennes kropp blev allt tyngre intill Erika, mjuk och varm.

Erika gled ljudlöst ur sängen och kände sig fram med bara fötter, lirkade upp kylskåpet, tog den andra vinflaskan och drack direkt ur flaskan, djupa klunkar. Och lät det bränna och svida i magen. Domningen i nerverna kom tillbaka och bilderna av svarta flygande demoner med tomma ögonhålor gled längre bort. Ett glas, kanske mindre, återstod i flaskan. Erika tvingade ner det i några kväljande sista klunkar och pressade sen skamset ner flaskan i soppåsen. Hon gick på osäkra, knottriga ben tillbaka till sängen och gled ner i värmen som fortfarande fanns kvar i duntäcket.

Det var inte mörkret som skrämde henne. Hon hade aldrig varit rädd för det. Det hade hennes far och äldre bröder lärt henne. Att inget var annorlunda för att det var mörkt, att inget förändrades bara för att ljuset försvann. Det som skrämde henne var det mörkret kunde dölja.

50.

Erika vaknade, skräckslagen, med känslan av att ha hjärtat högt uppe i halsen, som ett eget levande väsen. Under ett kort ögonblick trodde hon sig vara tillbaka i huset i Enskede och att kroppsvärmen intill henne kom från Göran. Efter en stund hade hennes sinnen förflyttat sig till stugan, tillbaka till bäddsoffan och Annas varma närhet.

Hon reste sig försiktigt, släppte äcklad det fuktångande täcket, tassade fram till fönstret och såg ut över havet. Ljuset hade kommit tillbaka. Himlen var klar och golvet under hennes fötter så kallt att det brände under fotsulorna. Isen låg som ett pussel av bitar med det släta vattnet emellan och bryggorna som stack ut från udden var täckta av fluffig frost. Havet längre ut var stilla och blankt. Det var dödstyst. Inga båtar rörde sig, inga människor syntes till, inga röster hördes, bara någon enstaka fågel som skrek. Allt verkade ha frusit och stannat upp.

"Åhh, gomorron."

Anna kikade yrvaket upp, den mörka luggen spretade och ögonen var smala mot ljuset.

"Wow! Vilket väder. En söndag för promenader. Det är ju perfekt!"

Anna log med blossande kinder. Erika huttrade. Ljuset låg lågt, blekt rosa mot orange, och orkade bara en bit över vattnet och dom rundslipade klipporna. Över himlen låg tunna utdragna moln som sönderrivna ark av flortunt papper.

Anna drog upp värmen på elementen medan hon släpade runt duntäcket som en kokong runt kroppen. När hon fått på sig kläderna under utrop och frustanden började hon bädda och plocka med samma effektiva energi som hon hade när hon lagade mat eller städade lägenheten på Nedre Fogelbergsgatan.

Erika saknade energi. Hon stirrade ut över det stelfrusna havet, över dom kala klipporna, öde stugorna och röda sjöbodarna på andra sidan viken. Men hennes brist på engagemang verkade inte störa Anna och utan att Erika riktigt förstått hur det gått till hade Anna dukat, rostat resterna av det grekiska brödet och trollat fram te och juice. Anna och Erika åt under tystnad, dukade av, borstade hastigt tänderna och tog på varma kläder och kängor och steg ut i den kalla stillheten.

"Mmm ... en sån utsikt! Det är verkligen ljuvligt härute."

Anna blundade och vände upp ansiktet mot himlen som välvde sig som en glaskupol i skirt blått över deras huvuden. Luften var kall och helt stilla, några minusgrader. Horisonten låg långt borta och man kunde tydligt se att jorden var rund. Öarna liknade fjärran bergskedjor ute i det stilla havet, blekare och allt mer upplösta ju längre ut dom låg.

Marken som varit mosig och blöt kvällen innan var nu hård och gav inte ifrån sig ett ljud när dom gick över den. Allt liv verkade ha dragit sig undan. Försiktigt gick dom längs den hårdfrusna stigen och passerade det rödmålade huset med det röda planket och lika illröda uthuset. Dom kikade förstulet in på myllret av plastfigurer som stod tysta och stilla invid varandra innanför planket, dom flesta med ansiktena vända mot stigen.

"Mumintroll som vakthundar ... ja, kanske det", fnissade Anna blekt. Hon rös ofrivilligt. Det kändes som om dom mörka plastögonen följde dom medan dom passerade. Erika såg på trollen, den tysta skaran av sagofigurer som fyllde ytan innanför planket. Vem var det som bodde där? Vad var det som fick honom att måla det fula huset i en röd blank lack och befolka trädgården med sagoväsen? Kanske att ingen av dom borde spekulera i det. Bara vara glada att han inte samlade på annat än just harmlösa troll av plast.

När mörkret inte längre bäddade in allt, kunde Erika se att hennes tillflyktsort låg nära inloppet till en grund och i det närmaste rund vik. Mittemot låg rader av röda sjöbodar sammanbundna av långa smala bryggor. Vattenståndet var lågt och den runda viken nästan torrlagd, som en slät skridskobana omgiven av vass och vildvuxen skog och buskmark. Erika och Anna traskade på i god fart och rundade den lilla viken, gick ut på bryggorna och betraktade sommarstugorna på udden därifrån dom nyss kommit och Eskos grå stuga, granne med det illröda huset.

Dom gick tillbaka en bit och följde stigen till en öppen vik där en privat badförening hade sina lokaler. En liten frusen sandstrand och några uppdragna badbryggor och längre bort i viken, en liten småbåtshamn med fler röda sjöbodar som stod tätt tillsammans vid kajkanten.

Villorna som låg utmed klipporna och innanför småbåtshamnen var stora och påkostade. Några hade strandtomt och egna bryggor med söta båthus. Anna pladdrade på om dom olika husen, vilka välkända arkitekter som ritat och vilka kända familjer som bodde där. Erika följde strandlinjen med blicken. Hennes nya tillflyktsort låg uppenbarligen på promenadavstånd från den nybrutna vägstumpen där både Kai och Helene byggt sina hus. Hon log för sig själv och ruskade misstroget på huvudet. Alla dessa samband. Och ändå hävdade dom flesta att livet egentligen bara bestod av slump.

Dom stannade där stigen löstes upp på klipporna och såg ut över vattnet. Den södra delen av skärgården låg utanför. Dom kunde skymta dom vita husen på Donsö och bron över till Styrsö. Berget dom stod på var nästan helt kalt, bara vindpinade enar och några enstaka träd klamrade sig fast i sprickorna. Efter en stund vände dom inåt land och traskade förbi ett par mindre sommarstugor i kanten av skogen och möttes av byggarbetsplatserna och den nya vägen.

"Jag växte upp i radhusgettot härute", log Anna och kisade mot en grävmaskin som stod stilla med skopan lutad mot marken som om den stod och sov. Hon stannade upp och skuggade med handen över ögonen.

"Jaha. Så det är det här som är den nya utvecklingen. Herregud, jag känner knappt igen mig", log hon obekymrat och klev iväg mot nybyggena. När dom nådde krönet stannade dom upp och tog in synen under tystnad. Det var spökligt tyst. Inte en rörelse någonstans. Vindstilla tystnad. Som om dom klivit in i ett ljudisolerat rum.

Dom två monteringsfärdiga husen i början av vägen hade fått takstolar sen sist Erika varit där. Trävirket och dom färdiga väggpaketen hade snabbt mörknat i duggregnet. Helene Christensens villa såg grå och övergiven ut. Inget ljus och ingen bil. Det lyste i en byggbod intill Kai Andrées enorma bygge. Ett par gistna bilar stod parkerade intill som om dom ställt sig i skydd av bodarna. Erika gissade att hantverkare bodde där.

Bygget mittemot affärsmannens jättevilla, på andra sidan vägens böj, var lika spökligt tyst som allt annat. En av dom formgjutna betongväggarna hade rests, färdig med hål för fönster och dörrar. Byggmaterialet låg i prydliga staplar och högar, i kontrast mot röran runt Andrées villa där allt, bråte såväl som användbart material, verkade slängt utan tanke.

"Hur tänker du?" undrade Anna. Hon stod stilla intill Erika med blicken riktad mot bygget, dom stora vackra ögonen klara och vakna mot det finfördelade ljuset.

Erika rörde sig inte, bet på insidan av läppen och teg. Beslutet hade växt. Hon förbannade sig själv att det tagit sådan tid. När hon tänkte tillbaka blossade skammen över kinderna. Åren med Göran kändes som att ha levt i en bubbla av förnedring och skam. Men hon visste också att det inte var hela sanningen.

Hon hade varit förälskad, uppriktigt kär. Och kärleken hade gjort henne både stark och svag. Fyllt henne med ett glödande men samtidigt meningslöst hopp om förändring. Att hennes kärlek skulle bota honom. Bara hon förändrade sig, ansträngde sig lite mer, så skulle det onda och hotfulla ätas upp, smälta bort eller åtminstone mjukna.

Sakta hade ett gnagande raseri börjat flamma, långt därinne. För varje dag hon befann sig utanför Görans brutala stålbur, ju tydligare blev det hur sjukt allt varit. Där, i landskapet mellan normalt och onormalt, växte ilskan som en vätska som sakta värmdes mot kokpunkten.

"Menar du stugan?" svarade Erika med grus i halsen. Anna nickade, vände sig mot henne och studerade henne öppet. Det fanns en vass orolig glans i hennes ögon.

"Ja. Gömmer du dig?"

"Nä. Tvärtom. Jag är här för att han ska hitta mig. Men på mina villkor ..."

"Men Erika, du ... du kan inte ... Åh, fy fan!"

Anna slog en handskklädd hand över munnen.

"Du vet vad jag måste göra", svarade Erika, utandningen som en fladdrande rysning. "Så länge jag flyr undan så fortsätter han. Mot mig ... och mot andra."

Anna betraktade henne tyst med stora blanka ögon. Erika kunde känna att hon darrade. Tystnaden i det färglösa diset över havet verkade närma sig och kväva alla rörelser, allt ljud och allt liv.

"Snart är vikariatet slut ... och vad gör en arbetslös polis?"

Erika kände hur Anna vände sig bort. Alla visste. Tystnaden runt henne växte. En osynlig karantän som följde henne vart hon än gick.

"Det är bara jag som kan locka ut honom", bet Erika av.

"Herregud, Erika! Som nån nedrans hjältinna? Ta dig an besten ensam. Är ensam alltid stark? Din fami..."

Anna tappade orden och kände att hon skällde som en liten hund, ett meningslöst bjäbbande. Hon tystnade.

"Du vet lika väl som jag", fortsatte Erika envist, "att det enda som kan få honom att bli oförsiktig, är när han har segervittring."

Anna lät höra ett oväntat fniss.

"För att hans ego är så stort att inte ens universum räcker till. Var det inte det du sa en gång?"

Erika log hastigt.

"Näe, jag sa att han är universums medelpunkt. Hans ego är så uppsvällt att om någon sitter och viskar längre bort i ett rum, så är det om honom dom viskar. Det är det som kallas paranoia. Ett uppblåst ego är inte alltid lätt att bära ..."

Erika gav sin väninna ett varmt och tacksamt ögonkast. Dom föll i varandras armar och kramade hårt och länge.

"Jag har saknat dig", mumlade Erika i sin väninnas hår. "Mycket. Och jag är så ledsen för att vi tappade kontakten. Men det blev så. Jag hoppas du förstår?"

Anna backade och höll Erika med utsträckta armar. Hon log mellan tårarna och nickade.

Dom promenerade raskt tillbaka. Kylan och mörkret kom långsamt åter, som en slöja från havet. Och längre ut till havs växte en tjock mur av blå svärta som sa att starka vindar och mer snö eller regn var på väg. Dagarna var fortfarande korta. Än var det långt till verklig vår.

Dom hämtade Annas saker i stugan och gick den vindlande förrädiska stigen tillbaka till parkeringen. En sista gång försökte Anna övertyga Erika att följa med tillbaka och bo hos dom inne i stan. Men Erika var orubblig. När Anna åkt gick hon snabbt tillbaka. Ljuset skulle snart vara helt borta.

När hon nådde Eskos stuga hade det tjocka diset lättat och himlen klarnat en aning. Isen klängde längst in mot klipporna, i gräs och sand. Stilla svart issörja flöt mot stenen, som bitar av krossat industriglas. Klipporna var svarta av fukt och inga färger fanns kvar i landskapet. Allt liknade ett svartvitt fotografi.

Hon klättrade upp på en låg stenmur bredvid sitt lilla hus, sen upp på klippan bakom och studerade sitt nya hem från en ny vinkel. Sen började hon arbeta. Det lösa gruset på stigen makade hon ihop, samlade i den spade som stod lutad mot väggen och öste ut det jämnt runt stugan så att det skulle vara omöjligt att närma sig helt ljudlöst. Redan lösa stenar lossade hon ytterligare. Hon la grenar och bråte överallt där någon kunde tänkas närma sig. Trots kylan blev hon snabbt svettig under kläderna.

"Ska du bo här ensam?"

Utan förvarning tömde panikkänslan Erikas alla sinnen som om en strömbrytare slagits av. Hon snodde runt och fann sig stirra rakt in i överkroppen på en enorm man. Han var närmare två meter lång och kraftigt byggd, bred och sälformad. Händer och huvud fick henne att tänka på en neandertalare. Hans ögon satt tätt och djupt inne i skallbenet, pannan var bred och låg och underdelen av ansiktet såg ut att mest bestå av en grov underkäke.

Han iakttog henne med skarpa knappnålsögon. Ansiktet hade ett förledande barnsligt uttryck. Men det barnsliga förtogs av den halvöppna munnen där han hela tiden löpte med tungan på undersidan av överläppen, likt en orm eller ödla på jakt.

"Nej, jag ska inte bo här ensam", ljög Erika och sträckte på sig. Hon spände ut bröstet och försökte få tillbaka sin balans.

"Du ljuger", sa den store mannen och flinade belåtet. Tänderna var gula och sneda, på ena sidan såg dom ut att helt fattas och hörntanden i underkäken var sliten till en vass spets. Erika svarade inte. Hon insåg att hon mött den trollsamlande grannen.

"Jag vet när nån är rädd", fortsatte han. "Jag kan lukta mig till det."

Han hade stigit obehagligt nära, en främ doft av otvättad kropp, fuktigt ylle och en svaveltung andedräkt tryckte sig mot Erika. Hon stålsatte sig mot rädslan och försökte hitta en stabil andning. Hon drog in luft för att svara men mannen hann före.

"Jag vet varför", sa han belåtet och nickade leende. "För att du inte kan se när du sover. Och inte höra. Och då blir man rädd. Man behöver nån som gör det åt en."

Han vände plötsligt och gled in bakom sitt rödlackade plank. Erika drog en lättnadens suck och skulle just vända om när han återigen nästan ljudlöst materialiserade sig intill henne.

"Här!" sa han med ett leende som fick det märkliga ansiktet att skina. "Dom ser och hör. Du får låna dom av mig. Då tar det rädda slut där!" sa han och petade Erika med ett hårt och blixtsnabbt pekfinger i magen. Gesten var lika snabb som oväntad. Hon hickade till och tog klumpigt emot två stora vita mumintroll av plast. Det klirrade svagt inuti trollen. När mannen försvunnit in bakom sitt illröda plank igen, skakade hon försiktigt på det ena och lyssnade. Det var fyllt med hästbjällror.

När hon kommit in i Eskos stuga, fått av sig ytterkläderna och skorna och ställt dom märkliga stornästa varelserna på skohyllan, gick hon fram till det höga fönstret i hörnet av rummet och stirrade ut över havet. Öarna låg som svarta sälkroppar i vattnet och stormen som var på väg reste sig snabbt som en tjock mur av svärta vid horisonten. Hon var blöt av svett på ryggen. Hjärtat dunkade och gjorde små skutt som ekade upp i halsen. Skräcken låg alldeles under huden, hur hon än försökte trycka ner den och intala sig själv att inte låta fantasin skena iväg.

Hon lutade pannan mot det kalla glaset och började gråta. En klagande kramp kom ur hennes strupe, som från ett sårat och övergivet djur, medan hon sakta sjönk ner på golvet med armarna hårt runt sig själv. Hon grät och snörvlade medan hon grävde så hårt in i sina överarmar med fingrarna, att smärtan strålade ut i händerna. Rädslan och insikten om hur ensam hon faktiskt var, övermannade henne.

"Käre gud, gode gode gud", snyftade Erika, rakt ut i tomheten runt sig. "Jag klarar inte det här, jag orkar inte mer ... jag orkar fa-an inte mer ..."

När tårarna torkat till strama saltspår på kinderna öppnade hon ögonen, rätade sakta på sin stela kropp och såg sig yrvaket omkring i mörkret. Stormen hade nått närmare kusten och luften kring stugan rörde sig oroligt. Det klagade svagt i väggarna och något skramlade oregelbundet utanför. Hon spände hörseln mot ljudet men förstod efter en stund att det kom från stuprännan.

Hon reste sig, gick på ostadiga ben fram till diskbänken och kisade ut genom det smala liggande fönstret. Om hon lutade sig fram kunde hon skymta muminsamlarens stuga och såg att det lyste i ett av fönstren innanför det höga planket. Hon blev stående så och stirrade på det svaga gulaktiga skenet. Det ensamma fönstret glimmade som en ljusstark planet mot det svarta.

Hon hade dragit ut Göran i ljuset och nu skulle han försvara sig och sin heder. Sitt ansikte. Hon hade två vägar att gå. Den som satte stopp för Göran. Inte för alltid, men för ett tag. Eller ... så valde hon hans väg. Tillbaka till det hon redan kände, utan och innan. Tillbaka till hunden och deras lilla grå putsade hus i Enskede. Utan att andra drogs in. Det senare kändes plötsligt oerhört frestande.

51.

Anders Quist stod innanför dörren och tog emot Erika med en öppen gest in mot rummet. Erika svalde och satte sig tyst, pulsen steg och dunkade rytmiskt i halsen. Djupa andetag och fokus på andningen lyckades inte trycka ner pulsen.

"Ja, Erika. Vi pratade ju om tillslaget sist vi sågs", började Anders med vänlig men korrekt röst. "Och din kontakt med din kusin, Karl."

Han fortsatte att mässa om alla fakta kring det misslyckade tillslaget, konsekvenserna det fått och Erikas inblandning. Erika tappade snabbt fokus. Anders monotona röst blandades med dånet av den egna pulsen inne i huvudet, maginnehållet rörde sig oroligt och hon kände en hastigt uppflammande huvudvärk som formade sig som en smärtsam punkt innanför ena ögat.

"Glädjande nog, så kan vi konstatera att din kontakt med din kusin verkar vara, precis som du själv sagt, en olustig tillfällighet, en märklig slump. Så här långt ser det ut som om din inblandning bara består av det enstaka telefonsamtalet, inget mer. Men, vi är inte färdiga ännu. Det är många inblandade och vi förstår fortfarande inte riktigt motivet bakom den här händelsen." Anders spände blicken i Erika, väntade med en min som sa att han ville att hon skulle utveckla tankegången. Men Erika teg.

Anders höjde missbelåtet ögonbrynen och tittade sen ner i sina papper. Efter en stunds tystnad fäste han blicken på henne. Erika kände hur svetten bröt ut i armhålor och mellan brösten.

"Sist vi träffades så nämnde jag att vi fått lite trista signaler från din arbetsplats i Stockholm. Jag har pratat med din tidigare gruppchef där, Pernilla Krans. Hon har berättat att hon uppmuntrade dig att söka vikariatet här i Göteborg och också erkänt att det skulle lösa en del av hennes problem, eftersom det börjat skära sig allt mer med dina kollegor på roteln. Hon sa att hon inte var särskilt stolt över sitt agerande men att hon trodde att det skulle hjälpa dig. Hon hade försökt övertyga dig att gå till psykolog. Men du hade vägrat?"

Erika nickade stumt. Hon hade vägrat.

"Pernilla berättade att du varit sjukskriven ganska ofta det sista året och att flera hade uppfattningen att du mådde dåligt och hade någon form av problem privat. Jag ska vara ärlig mot dig och berätta att det är flera av dina tidigare kollegor som sagt att dom trodde att du missbrukade alkohol och tabletter. Och Pernilla bekräftade att det fanns såna tankar. Vad säger du själv?"

Erika harklade sig tjockt. Rösten ville inte, hon hade svårt att få luft. Efter en stund lyckades hon kraxa fram några ord.

"Jag var sjukskriven en del under det sista året, ja. Och jag kan bekräfta att jag inte heller mådde så bra under den perioden. Men jag har inte haft problem med varken alkohol eller tabletter."

Anders nickade stilla, blicken intensivt fäst på Erika.

"Vad var det som gjorde att du inte mådde så bra?"

"Mitt förhållande med ..." Erika tappade rösten igen, harklade sig och gned bort tårarna som börjat fylla ögonen. "Mitt äktenskap ... Jag mådde dåligt i mitt äktenskap."

"Du är gift med Göran Frank, inte sant?"

Erika nickade.

"Vi har pratat lite med din man om det här och det är en rätt sorglig bild vi har fått. Han påstår att du missbrukat både tabletter och alkohol och att du haft ganska svåra psykiska problem, humörsvängningar och aggressivitet. Han har också berättat att han under en längre tid försökt hjälpa dig ur det här och försökt övertyga dig att gå till en psykolog eller i parterapi tillsammans med honom. Men att du inte gått med på det?"

Erika svalde hårt och nickade. Det var sant. Hon hade vägrat både psykolog och parterapi. Aldrig i livet att hon skulle sätta sig i samma rum som Göran och tvingas försvara sig mot hans lögner.

"Och, som du kanske vet", fortsatte Anders obevekligt, "så har en av dina tidigare kollegor, Inger Karlsson, anmält dig för misshandel under en personalfest i december. Enligt den anmälan ska du ha slagit och hotat henne. Och hennes uppfattning är att orsaken var svartsjuka?"

"Jag har inte slagit Inger", svarade Erika hest.

"Så du menar att hon anmält dig ändå? För att? Och vem skulle ha slagit henne då, menar du? Det finns skadefoton."

"Det vet jag inte", svarade Erika med blicken i bordsskivan. Anders suckade ljudligt.

"Du har alltså inget tjänstevapen just nu?"

Erika ruskade på huvudet. Anders betraktade henne och kliade sig på hakan.

"Varför flydde du? För det är väl det du har gjort, eller hur?"

Erika teg och stirrade envist ner på sina händer.

"Du vet, Erika. Pernilla säger att du är en utmärkt polis. Varför vill du inte berätta vad det är som har hänt? Är det något du är rädd för? Eller skäms för?"

Tystnaden i rummet tjocknade. Erika rätade på ryggen, svalde hårt över gråten som svällde i halsen och stirrade envist ut genom fönstret i Anders rum.

"Din man, Göran ... han har inte sagt ett enda ont ord om dig, Erika. Tvärtom. Men han är väldigt orolig för dig, säger att du behöver hjälp. Psykiatrisk hjälp. Är det helt omöjligt att ..."

Erika pressade samman läpparna, mötte Anders blick.

"Jag behöver ingen sån hjälp", väste hon hårt. Anders nickade bistert, läpparna hårt sammanpressade.

"Nähä. Det är annan hjälp du behöver? Och jag gissar att du inte tänker berätta vad."

Erika teg, rak i nacken med blicken stadigt på Anders.

"Du gör det inte särskilt lätt för dig själv, Erika. Jag har en stark känsla av att du egentligen vet vad det här handlar om men att du väljer att inte berätta. Varför?"

"Därför att jag inte kan ... Därför att det inte hjälper. Och för att ingen skulle tro mig", svarade Erika lågt, nästan viskande. Anders lutade sig framåt över bordet, ena ögonbrynet hade åkt upp.

"Testa mig."

Hans ljusa ögon hade fått en intresserad glans.

52.

Erika stod intill stugans släta vägg, lutade axeln mot den och såg ut över havet och öarna som låg som tvådimensionella pappersark lagda i ett slarvigt collage. Det vibrerade i hennes jackficka. Hon öppnade telefonen och kisade med torra ansträngda ögon på skärmen. Okänd. Hon blundade och samlade sig med en djup utandning.

"Erika. Hallå?"

Vinden susade ojämnt, några grenar rasslade och släppte tunga kalla vattendroppar på hennes händer. Erika huttrade med blicken rakt ut över sjöbodarna, dom pinade förkrympta träden och öarna, ut över havet.

"Hej, Erika", sa en stram kvinnoröst till slut. Erika flämtade till. Hon hade varit säker på att det var Göran, igen. Hon lyssnade intensivt medan tankarna virvlade. Rösten lät spänd och ansträngd. Och märkligt bekant.

"Ja, det är Inger. Inger Karlsson", sa den spända rösten efter en stunds tystnad.

Erika slöt ögonen, handen runt telefonen hårdnade. Det var som att ha klivit rakt ut i djupt kallt vatten. Samtidigt växte raseriet i henne som en svidande brand. Erika klarade plötsligt inte den tryckta tystnaden.

"Jamen hej, Inger! Har du tagit tillbaka din falska anmälan? Är det därför du ringer?" väste hon mellan tänderna och ångrade sig direkt. Fel metod, fel, fel alltihop. Hennes utbrott besvarades med en stum tystnad. Erika fick bita sig i läppen för att inte börja pladdra ursäkter eller bortförklaringar. Gjort var gjort. Och det var Inger som ringt upp.

"Jag vill att du slutar att sprida lögner om Göran", sa den tunna rösten till slut. Erika tappade bokstavligen hakan och kände hur både munnen och ögonen stod vidöppna.

"Nu tror jag inte riktigt att jag hänger med", skrockade Erika och hörde den skriande tillgjordheten i den egna rösten.

"Det tror jag säkert att du gör", fräste Inger tillbaka med överraskande hetta. "Du snackar skit med allt och alla i Göteborg om Göran. Du försöker svartmåla honom och förstöra hans karriär och rykte i kåren."

Erika hörde hur kvinnan i andra änden andades in och tog sats för mer.

"Som om det inte räckte med alla falska anmälningar och skit du vräkte över honom här, innan han dumpade dig."

Erika hämtade andan, la den fria handen över pannan och försökte samla sig.

"Har han redan slagit dig, Inger? Hotat dig?" frågade Erika torrt.

"Du är ju för fan helt djävla sjuk, vet du det", kraxade Inger mellan andetagen. Erika hörde hur gråten hade börjat darra under ytan i hennes röst.

"Göran är inte sån!" la hon till, rösten skar.

Erika slöt ögonen och tryckte knytnäven mot pannan. Hon försökte få kontroll på andningen. Lungorna kändes vattenfyllda och utspända. Hon måste vända samtalet, ta tillbaka kontrollen. Hon insåg att Inger kanske inte visste något om anmälningen. Kanske hade någon tagit bilder av henne utan att hon förstått? Nej. När hon tänkte efter så var det inte så. Hon hade förstått men blivit övertygad. Tvingad. Och det var hon som anmält henne. Om nu inte någon förfalskat den.

"Inger, Inger, lyssna nu ... snälla."

Sanningen låg ju där. För varje dag hon befann sig utanför Görans mentala och fysiska stålbur, ju tydligare blev det hur sjukt deras förhållande varit. Och hur det sjuka kommit att bli det normala.

"Du kommer att få gråta, Inger!" väste Erika och ryckte till över hur hård hennes röst lät. "Mer än du någonsin gjort i ditt liv. Du kommer att få ligga vaken på nätterna och inte veta var han är, när han kommer hem och vilket humör han är på när han väl behagar göra det."

Erika hörde det väsande ljudet när Inger drog in andan för att försvara sig, men lät henne inte få chansen.

"DU ... kommer att vara rädd, mer rädd än du någonsin varit. Du kommer att bli slagen, om och om igen. Du kommer att få veta hur ful du är, hur fet du är, hur värdelös du är, hur djävla usel du är i sängen, att du är frigid och så motbjudande att ingen man någonsin kommer att vilja se åt dig! Och du kommer att bli våldtagen. Hör du vad jag säger?"

Erika hörde det hon trodde var snyftningar. Kvinnan i andra änden höll handen över munnen, försökte dämpa sig. Men hon la inte på.

"Varför ... varför Inger, ställer vi kvinnor inte upp för varandra. Kan du svara på det?" Erika fick inget svar.

"Kom inte ... och säg att jag inte varnade dig!" väste Erika och kände den bittra smaken av medkänsla blandad med förakt, avsky och rädsla. Tystnaden i andra änden var med ens kompakt.

"Inger?"

"Jag ...", svarade Inger skrovligt, harklade sig och fortsatte med överraskande styrka i rösten.

"Jag tänker inte ta hand om din djävla byracka mer. Jag skiter i den djävla hunden. Bara så du vet!" fräste hon med något som lät som skadeglädje.

Erika såg bilden av det svarta hundansiktet med våta knappögon framför sig. Helvetes förbannade djä...

"Vadå skiter i hunden?" skrek Erika. "Har Göran tubbat dig att säga det där? Också?"

Men samtalet var redan brutet. Erika höll telefonen i handen framför sig en lång stund och stirrade på den neutrala displayen. Efteråt spelade samtalet som en slinga i hennes huvud utan vare sig början eller slut. Hon försökte sortera, hitta svar och motsvar under en lång stund innan hon gav upp, släppte taget och svalde ner hatet och ilskan som smakade galla.

Hon stapplade bort en bit, ut på klippan och ställde sig med en förvriden tall som ryggstöd. Skymningen kom hastigt. Kylan hade redan börjat krypa inåt land från havet och temperaturen sjönk snabbt. Hon drog jackan hårdare kring sig och såg ut över havsytan som liknade utspilld olja i mörkret. Hon ville samla sina tankar, skärpa dom och hitta svar. Men hon fann inga. Bara dom förvridna tankarna från Görans sjuka sinne.

"Hon väntar nån?"

Erika famlade rakt ut och fick tag på en trädgren som hindrade henne från att falla. Muminsamlaren stod plötsligt tätt intill henne i halvdunklet. Hans ögon lyste och han stod så nära att hon kunde känna den fuktvarma andedräkten mot kinden. Erika höll hårt i grenen och kämpade för att få tillbaka sin balans. Det var obegripligt hur den jättelike mannen kunde ta sig fram så snabbt och framförallt så tyst. Inte ett enda ljud hade hörts innan han var alldeles intill henne.

Muminmannen kisade med smala ögon på Erika och pekade förbi henne mot stugan med ett grovt finger. Erika följde hans finger med blicken. Huset smälte väl in i omgivningen med sin grå panel och sitt tak i matt zinkplåt. Vid en snabb anblick fanns inget anmärkningsvärt alls med det lilla huset. Men marken runt det var nu minerad med grus, stenar och annan bråte. Och när hon hastigt kisade upp på den väldige mannen, kunde hon se att han också visste.

Det som avvek var dom två stelögda mumintrollen i plast som stod som i givakt, på var sin sida om ytterdörren. Tittade man hastigt, såg det mest ut som en rolig dekoration. Men trollen var hopbundna med genomskinlig fiskelina ...

Erika gav sin granne ett långt ögonkast och nickade sen. Jo, hon väntade någon. Hans leende blev bredare. Han slog sig ner med en belåten suck på den kalla stenhällen intill henne och betraktade stugan med ett smalt, svårtydbart leende. Erika släppte sakta greppet om trädgrenen och satte sig försiktigt bredvid. Hon såg oavvänt på mannen och väntade. Tystnaden la sig kring dom. Bara suset från havet och den svaga vinden petade små hål i det allt mer kompakta mörkret. Erika såg sig själv utifrån, där hon satt, tyst, tätt intill en jättelik utvecklingsstörd man på en klippa i den råa kylan. Jag håller verkligen på att bli galen, tänkte hon.

"Jag väntar på en man...", sa hon till slut. Hon lät blicken försvinna ut över havet. Den stora kroppen intill henne andades lugnt och tillitsfullt.

"Min man", sa hon efter en stund. "Jag måste möta honom. Lura honom. Annars kommer jag att gå under..."

Jätten intill henne rörde sig inte, andningen var lugn och oberörd. Men blicken hakade plötsligt i henne, lysande och intresserad.

"Jag har flytt från honom", fortsatte Erika. "Han är ingen ond människa, men sjuk. Mycket sjuk..."

Gråten hängde plötsligt i halsen och hjärtat pumpade som om hon sprungit för sitt liv. Jätten vid hennes sida nickade. Ett belåtet kurrande ljud kom ur hans strupe.

"Jag vet att man inte kan vinna mot en psykopat...", kraxade Erika och kämpade mot tårarna som plötsligt vällde över. "Men jag måste försöka. Jag väntar på honom. Här i stugan. Jag vet att han kommer. Snart."

Erika vände sakta upp ansiktet mot jätten och deras blickar möttes. Han nickade igen, men leendet var borta. Bara den märkliga glöden långt inne i hans ögon fanns kvar.

"Han kommer..." Det sneda leendet återvände plötsligt till jättens ansikte, dom gula, skarpa tänderna glimmade. "Han tror att han ska vinna."

Erika nickade utan att kunna ta blicken från den jättelika varelsen intill sig.

"Högmod går före fall. Det sa alltid min mamma", sa han med ett lätt skrockande läte. Erika kunde inte låta bli att le. Det var sant. Högmod. Motsatsen till ödmjukhet. Det förblindade och krympte världen och människorna runt omkring. Men bara inne i det egna huvudet. Inte i verkligheten. Jätten reste sig, lätt och mjukt som ett barn och klev med några få steg bort till sitt röda hus och försvann in bakom planket. Lika ljudlöst som han kommit.

Erika satt kvar och kände hur kylan från stenhällen trängde allt djupare in i musklerna och hur vinden bet i kinderna. Hon ville gråta men ögonen förblev torra. Hon satt kvar tills himlen och havet flutit ihop till en slät konturlös svärta utan fixpunkter. Hon såg Göran framför sig. Den långa kroppen, hans stora händer, dom vackra underarmarna, håret som var tjockt och lockade sig när han blev svettig eller när det regnade. Dom klart blå ögonen som lyste när han log.

Dom hade haft det fantastiskt, den första tiden. Många fina stunder. Kanske kunde det bli så igen ...

"Varför, Göran, blev det så här?" kved hon medan tårarna tryckte på och till slut svämmade över. "Jag älskar ju dig ..."

53.

Kontoret låg bara några kvarter från Huset, i ett litet tvåvåningsannex bakom Dicksonska palatset, nära Trädgårdsföreningen. Erika ringde på och huttrade i den fuktiga blåsten som svepte längs Allén och tog med sig blötan som bilarna rev upp när dom i hög fart passerade. Hon kisade genom regnet på dörrskylten. Simonsson & Strid arkitekter. Ännu ett av dom nya framgångsrika arkitektkontoren. Här arbetade Helene Christensen som byggnadsingenjör.

Erika var återigen ensam. Per skulle ge henne dödarblicken när han fick veta att hon förhörde själv. Eller så fick han inte veta det. Hon drog i jackan och försökte hindra vattnet från att tränga in runt handlederna och halsen. Hon kände sig märkligt naken utan vapnet. Det var som om trycket av hölstret blivit en slags trygghet.

En ung man öppnade, regnjacka och cykelhjälm fortfarande på. Erika frågade efter Helene Christensen. Han hängde av sig innanför dörren och tog glatt emot hennes dyblöta jacka och frågade om hon ville ha lite varmt kaffe. Erika svarade tacksamt ja.

"Sätt dig här i köket så länge så säger jag till Helene", sa han muntert och visade Erika in i ett rymligt och ljust kök och serverade henne en liten kopp espresso, innan han försvann upp på övervåningen. Det åldriga husets bastanta yttre hyste en hypermodern och extrem inredning. Precis som Erika väntat sig. Hon blev stående vid ett av fönstren och såg ut på den trånga parkeringen bakom palatset, medan hon blåste på sin heta espresso.

"Det här huset fungerade som stall för palatset. Här bodde hästarna och på övervåningen bodde kusken."

Erika vände sig mot rösten. Helene stod i öppningen till ett större mötesrum. Hon gick sakta in i köket, fram till diskbänken, spolade kallt vatten och hällde upp i ett glas och drack stora klunkar. Erika konstaterade återigen att Helene såg sliten, mager och jagad ut.

"Har det hänt något?" frågade hon. Ögonen var mörka av sorg, som om hon förväntade sig ännu fler dåliga nyheter.

"Nej. Inget har hänt", svarade Erika. "Jag vill bara veta mer om relationen mellan din man och Barbro. Du sa tidigare att han inte tyckte om henne, men att han spelade med. Vad menade du med det?"

Något svart och plågat drog hastigt över Helenes bleka ansikte.

"Mm-m ... Ingen av oss tyckte om henne. Hon var falsk som vatten, inställsam men ändå barnsligt krävande. Jag menar ... hon var en vuxen kvinna men betedde sig mer som en oerhört bortskämd femåring. Både jag och min man fick känslan av att Barbro levde i en fantasivärld. Och att grovgörat, det verkliga jobbet, sköttes av Vanja. Men, jag kan ha fel."

Hon svepte ner resten av vattnet i glaset. Efter en stund lyfte hon blicken och såg på Erika.

"Det är en märklig situation man befinner sig i som vanlig människa och gräsrot mot en myndighet. Det finns ingen jämlikhet i det mötet. Och när jag sa att min man spelade med så var det just det han gjorde. Vi ville ju få det hela ur världen så att vi kunde bygga klart, flytta in, leva ..."

Dom betraktade tyst varandra. En av Helenes kollegor klev småvisslande in i köket men tystnade tvärt, ursäktade sig, tog sitt kaffe och slank ut igen. Helene ställde vattenglaset i diskhon med en tung suck. Hon lutade sig mot bänken och såg sorgset på Erika.

"Jag vet vad du tänker fråga. Visst, jag kände mig både hotad och förnedrad av den där kvinnan. Hon klängde på min man så att det var rent pinsamt. Dom få gånger jag mötte henne såg hon på mig med nån slags skadeglädje, överlägset, som om hon redan vunnit över mig."

Helene tystnade, tog upp sitt glas ur vasken och fyllde det med vatten igen och drack törstigt.

"Hade din man en affär med henne?" frågade Erika. Helene ruskade långsamt på huvudet.

"Nej. Som jag sa. Han spelade med så långt det var rimligt. Vi ville ju bara få allt ur världen. Men när vi blev satta under utpressning för att hon lovat Kai Andrée för mycket, då fick vi nog, båda två. Det märkliga var ..."

Helene lösgjorde sig från köksbänken, gick fram till fönstren mot gården och ställde sig en bit ifrån Erika och såg ut över den lilla parkeringsplatsen med det märkligt formade garaget, mot baksidan av palatset.

"Det var som om motståndet bara triggade henne", fortsatte Helene. "Som om hon inte kunde acceptera ett nej från en man. Hur som helst ... helvetet bröt löst. Och sen dog Toni. I december."

"Vad hände?" undrade Erika och såg hur det sista av färgen i Helenes ansikte vek. Hon såg ut som om hon skulle svimma. Hon grep om fönsterbrädan med smala fingrar där naglarna var nedslitna och flera fingrar var inlindade i plåster.

"Blödande magsår. Så djävla banalt! Om han bara hade haft någon i närheten av sig. Men han hade gått ensam till lokaler vid Kungsportsplatsen. Dit byrån eventuellt skulle flytta. Och som vanligt lämnat telefonen kvar i bilen. Det fanns ingen som kunde hjälpa honom. Där var tomt, inga fasta telefoner, ingenting."

Erika teg, stod blickstilla och studerade Helene noga. Det fanns inget i hennes sätt att beskriva situationen som antydde att hon skulle ljuga. Men något i hennes kroppsspråk kändes kluvet. Erika drog in andan men Helene förekom henne igen.

"Jag vet vad du tänker", sa Helene rossligt. "Svartsjuka är en stark kraft. Och i mina svartaste stunder har jag så klart anklagat Barbro för allt som hände. Men så enkelt är det ju aldrig. Men visst ... jag erkänner, jag skulle inte bli ett dugg ledsen ifall Barbro Edin Olofsson råkat illa ut", sa hon och såg på Erika utan att vika med blicken.

"Stefano?" sa Erika snabbt. Helene ställde ifrån sig sitt vattenglas och lät blicken vandra ut genom fönstren.

"Om du menar att han skulle ha varit otrogen med Barbro så är svaret nej."

Helenes blick gled tillbaka och hon fixerade Erika en lång stund. Allvarlig och helt lugn.

"Och att han skulle ha kidnappat Barbro ... Inget som han skulle kunna pressa henne till nu kan hjälpa honom. Så svaret är nej. Han gick i hennes fälla. Han gick med på hennes villkor men svek och hon gav tillbaka."

Erika nickade och ställde inga fler frågor. Hon kunde se i det svarta blänket i Helenes ögon att hon tänkte samma sak. Hämnd. Det Helene kanske inte visste var att Stefano var den ende utan alibi för dagarna då Barbro försvunnit. Å andra sidan hade dom knappt ens indicier på att något hänt henne.

"Jag har snart byggt så långt som jag tänkt ... Sen säljer jag", sa Helene plötsligt.

Erika såg överraskad upp på henne och nickade sen. Helene log nästan omärkligt.

"Det verkar som om vitesföreläggandet kommer att dras tillbaka. Det har kommit en ny chef till distriktet. Vanja har tagit över mitt ärende. Och det har startats en utredning om Kais bygglov ..."

"Det låter bra", sa Erika ärligt. Hon hade velat fråga vart hon tänkte ta vägen, men teg. Det var inget hon hade med att göra.

"Jag råkade höra en diskussion mellan Kai och hans advokat en kväll", fortsatte Helene tankfullt. "Jag kanske skulle ha hört av mig?"

"Var det något särskilt du tänkte på?" undrade Erika.

"Ja. Herrarna diskuterade faktiskt Barbro. Det verkade som om dom letar efter henne, lika mycket som ni. Men att inte heller dom hittar några spår. Kai hade tydligen betalat Barbro en hel del pengar för att få sitt bygglov och löfte om ändrad detaljplan. Hon verkade också ha lovat att inbytesmarken mittemot skulle förbli obebyggd. Där det byggs en jättevilla nu."

Helene smålog roat åt Erikas förvånade minspel.

"Ja, Barbro måste ha tappat fotfästet rätt rejält. Det är ju pamparna som bestämmer sånt. Inte en vanlig handläggare."

"Så hon hade verkligen ställt till det för sig. Är det det du säger?"

"Ja. Verkligen." Helene log blekt. "En annan sak ... Kai slår sin fru. Så nästa gång ni ..."

Erika höjde ögonbrynen.

"Du kan anmäla det", sa hon snabbt.

Helene pressade samman läpparna och ruskade på huvudet.

"Nej. Jag tror inte det. Jag vill inte bli inblandad."

Helene följde Erika genom det stora konferensrummet med glänsande glaspartier och smäckra möbler, tillbaka till entrén igen.

"Ni hittar inget, eller hur?" frågade Helene med dom trötta glansiga ögonen fästa på Erika.

Erika hade velat säga som det var. Att nej, vi hittar inte ett skit. Barbro har tagit stålarna och stuckit. Långt från sin supande karl och sina problem. Precis så som en klok flicka bör göra.

"Det går rätt trögt", svarade hon och insåg att hon skulle vara lättad när dom väl stängde utredningen. Hennes känsla av att det hela tiden fanns något som inte stämde, att dom missat något väsentligt, hade börjat släppa till slut. Kanske hade den känslan producerats av hennes egen ångest. Hennes egen vilja att kunna visa upp resultat och göra bra ifrån sig.

"Lycka till med bygget. Jag får väl gå förbi och se hur det går för dig. Vi är ju nästan grannar nu", sa Erika och blossade en aning för att det bara undsluppit henne.

"Jaså?"

"Jag lånar en sommarstuga ute på Smithska udden."

Erika krånglade på sig den genomvåta jackan och rös av känslan av det kladdigt blöta och den unkna doften som frigjordes när hon drog på sig plagget.

"En sommarstuga?"

"Ja, jag har ingen bostad. Jag har nyligen flyttat hit, till Göteborg. Och den är jättefint renoverad."

"Nä, det är verkligen inte det lättaste i den här stan", funderade Helene. "Jag kanske kan höra mig för, ifall det är någon som kan hyra ut? Vi har ju i alla fall lite kontakter."

Erika nickade, stannade upp i sina rörelser.

"En sak till bara. Har du någon kontakt med Stefano?"

Helene vek undan ett kort ögonblick med blicken men rätade sen upp sig och såg Erika rakt i ögonen.

"Nej, tyvärr. Jag har faktiskt inte hört av varken honom eller hans fru på ett bra tag nu. Vi jobbar ju inte på samma kontor, så ..." Helene ryckte på axlarna, kinderna blossade upp.

54.

Han lyfte försiktigt det stornästa trollet, satte ner det med nosen en aning mer åt väster. Han måttade. Ungefär tjugo grader. Sakta och metodiskt gick han igenom alla trollen. Ett efter ett flyttades så att dom riktade sina ansikten lite mera åt väster. Alla stod inte exakt likadant. Dom hade olika riktning.

Varje dag flyttade han dom. Inte mycket. Bara lite. Han rätade upp sig och studerade noga den första raden han flyttat. Det fanns ett system och ett mönster i hur dom stod. Ingen annan än han själv visste hur. Men för honom var det självklart. Trollen bestod av familjer. Mamma, pappa och barn. Men också farföräldrar och morföräldrar. Kusiner och lite mera avlägsna släktingar. Ibland hade han troll på besök. Sådana som han tog in på prov för att se hur det gick.

När han kommit igenom dom två första raderna ställde han sig upp. Det var någon som gick längre ner på stigen. Det fanns folk i flera av stugorna även på vintern. Många av husen var riktiga villor i miniatyr, med balkonger och panoramafönster mot havet. Men dom allra flesta stod trots allt tomma på vintern och väntade på sina innevånare.

Han stod blickstilla. Bara ögonen rörde sig när han följde den mörka figuren med blicken. Det var gubben som bodde längst ut i sin gulmålade stuga som kom lufsande förbi med två stadiga plastkassar i händerna. Öl. Han kände väl igen Systembolagets kassar.

Bägge kassarna var fyllda så att plasten spände. Sex ölburkar i varje. Och så en flaska sprit innanför jackan. Han såg bulan där innerfickan var, strax under kragen. Det skulle räcka i två dagar. Sen skulle gubben gå ner till bussen igen och åka till Frölunda Torg och köpa mera. Och imorgon skulle han gå bort till Ica på Näset och handla falukorv och bröd.

Han sträckte lite på halsen och såg att det fortfarande var mörkt i Eskos stuga. Han gillade finnen. Han var stark och snäll. Sa inte för mycket. Hälsade. Frågade aldrig. Han hade visat honom bastun när han byggt den. Aldrig lagt sig i. En bra granne. Bodde där med en liten pojke på sommaren. Hade båt och fiskade.

Nu bodde den vackra blonda där. Med oroliga ögon. Och ont i kroppen. Hon var spänd. Rädd. Väntade ... Han kikade lite extra och smalnade av ögonen. Han kunde skymta trollen som stod på var sida om dörren till hennes stuga. Bra.

Han böjde sig ner igen och fortsatte att systematiskt flytta trollen, ett efter ett. När han var klar, sträckte han försiktigt upp fiskelinorna som förband några av dom i ett speciellt mönster. Han torkade av händerna på tröjan och betraktade belåtet sin lilla armé.

Då hörde han andetag och strax efter kraset av grus och hårda fötter med mjuka styva sulor på. Det var steg han inte kände igen. Det var något ilsket i kroppen. En stor människa. Han förblev stilla i hörnet av tomten, alldeles intill planket. En lång man klev ut på klippan och ställde sig att spana. Han hade svarta kläder på sig. En huvtröja. Huvan över huvudet. Han såg en hastig skymt av det vita ansiktet under. Blont hår. Ingen pojke. Man. Stark. Och väldigt arg.

Mannen gick fram till Eskos grå stuga, stod sen stilla och såg på huset en god stund. Sen gick han vidare på stigen. Stegen krasade, hårda och arga. När muminmannen bara hörde vinden igen, gick han ett sista varv längs staketet och kontrollerade att allt var på plats. Precis när han skulle gå runt fältet med troll och in i stugan igen, kom den svartklädde mannen tillbaka längs stigen. Han andades högt. Det ekade. Han var som ett stort djur, fast utan instinkt. Muminmannen ruskade på huvudet. Så oförsiktig och så rasande.

Mannen stannade framför Eskos stuga igen. Han flåsade genom öppen mun. Muminmannen kunde se hans ögon blänka till under huvan. Sen gick han igen. Tog stigen mot parkeringen. Stegen försvann och det blev tyst.

Muminmannen gick med mjuka tysta steg in i sin stuga och satte sig vid fönstret. Där hade han uppsikt över stigen och Eskos hus. Hon skulle inte behöva vänta så länge till. Snart skulle det vara över.

55.

Erika gick försiktigt över gruset och stenarna och undvek noga snubbeltråden mellan dom vita trollen, när hon gick in i stugan. Hon hade först skrattat åt sin grannes fobi och hans barnsliga, och samtidigt listiga, sätt att larma sin tomt. Men när hon väl tänkt till, hade idén inte alls varit så dum.

Hon hade haft en stark känsla av att vara iakttagen dom senaste dygnen. Hon visste att hennes granne i det röda huset ofta spanade på henne. Eller som han själv sa, vaktade henne. Men hon såg i hans gulaktiga ögon att det inte bara var han som hade henne under uppsikt. Dom hade pratat korta stunder varje dag efter deras första samtal på klipporna. Den väldige mannen kom med korta kluriga kommentarer som för det mesta verkade helt ryckta ur sitt sammanhang och som Erika för det mesta besvarade med något om vädret, vilket inte verkade störa honom det minsta.

Erika andades in den hemtrevliga doften av färskt trä och dom dofter av hav som hon så småningom accepterat. Kallt och friskt men ändå starkt aromatiskt av salt och allsköns ruttnande och vattenlevande saker. Med en liten twist av skog och buskmark.

Hon hängde av sig, tog in kassarna med bröd och torrvaror och den färdiga mat som Krister envisades med att leverera med jämna mellanrum från sin krog. Erika var tacksam för det. Det var inte alla dagar hon ens tänkte på vad hon skulle äta, utan bara körde på.

Hon hade svårt för sin isolering ute på Näset och undvek den fortfarande genom att ofta bli sittande på arbetet och dra ut på sysslorna så länge det bara gick. Eller dröja kvar på gymmet. Men de senaste dagarna hade hon allt mer medvetet tvingat sig att åka hem, till sin stuga och vara där, visa sig och sin isolering. Skylta med den. Och det hade gett henne gott om tid att tänka, att stanna upp och försöka hitta tillbaka till sig själv igen.

Anna ringde, varje dag. Flera gånger. Ibland kom hon bort till Erikas rum och satt en stund, småpratade om väder och vind, Kristers krog, att det snart skulle bli vår och att turisterna skulle strömma fram och åter efter Haga Nygata igen. Frågade ifall det fanns något hon kunde göra, något som Erika saknade. Uppmanade henne att söka efter en riktig bostad, en lägenhet, något eget. Erbjöd henne att flytta tillbaka till deras lägenhet igen. Gjorde tafatta försök att övertyga Erika att Göran inte skulle våga, inte ha mage, att göra något så dumt som att söka upp henne igen, hemma hos dom. Men båda visste att det var fel. Att det inte var en lösning.

Livet gick på sparlåga, i en andlös väntan på upplösningen.

Erikas mardrömmar hade blivit intensivare, mera obehagliga och ångestfyllda. Hon drömde varje natt. Att lägga sig för att sova innebar inte längre någon verklig vila. Det var länge sen hon vaknat utsövd. Och drömmarna slutade inte längre med att hon hittade ut ur labyrinten eller klarade sig undan elden eller dom gnagande insekterna. Varje morgon vaknade hon hårt inlindad i täcket, svettig och frusen på samma gång, med ett ångestskrik på väg upp ur bröstet.

Hon började motvilligt inse att det skulle ta tid att läka, att få distans. Det var inte bara att ta sig ur levande. Det skulle ta tid att bygga upp något nytt, något som kunde kallas normalt. Och det svåraste av allt skulle bli att försöka förlåta sig själv. För åren av underdånighet, av tigande och socialt spel, ångest och smärta. Men framförallt förnekelsen.

Göran hade tystnat. Ingen hade sett till honom, och samtalen och hans meddelanden hade ebbat ut. Ingen av hennes vänner i Stockholm verkade veta var han var och hennes före detta gruppchef hade återigen konstaterat att Göran inte synts till på sin arbetsplats på närmare tre veckor.

Tystnaden var illavarslande. Han fanns där. Såg henne. Och väntade. Som en jägare som väntar ut sitt byte. På ögonblicket då hon skulle sänka garden, sluta ögonlocken och för ett litet ögonblick inte längre orka vara på helspänn.

Hon såg ut över havet, det ständigt närvarande, stilla för det mesta, svart och outgrundligt. Åt andra hållet gick stigen upp över berget mot parkeringen och busshållplatsen, förbi muminmannens rödlackade hus med plank och skimrande vita plasttroll som verkade sväva över marken som en spöklik armé. Det lyste i hans kök. Han var hemma, gjorde något i sitt lilla hus, levde sitt liv. Långt utanför samhället. Kanske hade han en diagnos, ett syndrom med ett namn. Säkert något slags bidrag som räckte till mat och ett och annat mumintroll. Han störde ingen och fick själv vara ifred.

Erika tog av sig, släppte jackan på golvet innanför dörren och baxade upp maten på köksbänken. Hon gick in i det lilla badrummet, tvättade händerna och blaskade ansiktet med kallt vatten, drog fingrarna genom håret och suckade lätt. Fukten fick hennes lockar att bli ännu bångstyrigare. Hon gick tillbaka ut i rummet, skar en tjock skiva av det goda brödet som Krister bakade varje dag på sin restaurang, la på tjockt med smör och smulade på en nypa havssalt. Hon tuggade och njöt men svalde ändå glupskt och nervöst. Hon vred upp vinflaskan, hällde upp ett glas och lät alkoholen ta sitt grepp om magen och inälvorna och lägga en lugnande yta på det inre dallret. Inte för mycket. Bara lite.

Hon värmde maten på en tallrik i mikron, krämig risotto och lammfiléer. La upp av den saftiga salladen till. Kristers specialare. Melon och hyvlad gurka med lime och jalapeño-tabasco. Hon åt, glupskt och lite hetsigt. Den sugande hungerkänslan i mellangärdet gav inte med sig. Den bestod bara delvis av hunger.

Hon hade ringt till Martin, Görans partner och en av deras vänner. Det senare var hon inte lika säker på längre. Vilka var egentligen hennes vänner? Hade hon några? Eller skulle alla välja Görans sida och acceptera hans version av allt som hänt? Ta avstånd och inte vilja bli indragna. Hon hade frågat Martin var Boss var. Hon hade hela tiden tagit för givet att det var där Göran lämnat hunden. Men Martin hade sagt att dom inte sett varken Boss eller Göran på flera veckor.

När hon inte klarade att äta mer, plockade hon undan och ställde sig vid det höga fönstret ut mot havet. Hon mötte sina vidöppna ögon i fönsterglaset. Det skulle kunna stå någon där utanför och stirra på henne utan att hon skulle kunna se det. Det hade börjat blåsa igen och en seg vind ven genom luftintagen ovanför fönstren. Hon hörde hur det knäppte och prasslade, hur stugan makade sig i vinden, träet som knakade och sträckte sig mot kraften och förändringen i temperatur.

Hon lystrade till, tyckte sig urskilja ett ljud som inte hörde dit, men bestämde sen att det var isen som klagade. Så hörde hon. Grus som krasade invid väggen. Och så det plötsliga rasslet av hästbjällror, ett troll som dragits omkull. Erika reste sig häftigt, såg sig om och tog ett par snabba steg mot pentryt. Hon trevade efter mobilen på bänken och hittade den. Så, du kom till slut?

Kallsvetten bröt ut över bröstet och upp i nacken. Erika stod blickstilla, andades ytligt och lyssnade så att det gjorde ont. Så var allt fullständigt tyst igen. Herregud, Erika, nu är du allt bra ensam och panikslagen. Du hörde fel. Det finns inget därute annat än havet och vinden.

Hon gick fram till ytterdörren och skulle just känna på handtaget för att försäkra sig om att hon låst, när dörrbladet splittrades med en öronbedövande smäll. Flisorna yrde runt henne i ultralångsamma svischande cirklar. Dörren rycktes upp och åkte ut i mörkret och vinden susade in tillsammans med en våg av iskall havsdoftande luft.

Erika ville backa från dörren men benen rörde sig inte. Doften kom före honom in genom dörren. Aftershave, tvål, svett och adrenalin. Så kom ansiktet in i ljuset, vitt som vax, vidgade näsborrar och en vildsint febrig svärta i ögonen. Göran. Axlarna kom efter, breda som på en gorilla, urkraften strålade emot henne och fyllde rummet, allt syre sögs ut igen som om det aldrig kommit in genom dörren.

"Varför, Erika? Varför gör du det här mot mig?"

Görans röst hade en gnällig ton under raseriet. Självömkan, tänkte Erika hastigt. Fy fan vad jag hatar självömkan. Kräkreflexen kom över henne, hon svalde hårt och andades häftigt genom näsan.

"Varför, Erika ...?" morrade han hest och kom fram mot henne med armen utsträckt för att ta henne runt nacken och dra henne intill sig, som när man visar ett husdjur vem som bestämmer. Han skrek åt henne med sådan kraft att han måste dra in luft mellan orden.

"Varför ... gör ... du ... det här ... mot mig?"

Erika försökte hålla balansen medan hon trevade efter mobiltelefonen som hon stoppat i magfickan på tröjan och tryckte in knappen som startade inspelningen. Hon hade övat greppet tusentals gånger, tacksam för att det var en gammaldags mobil med knappar.

Ur ingenting kom dom hårda fingrarna runt Erikas hals. Hon höll andan utan att göra minsta ansats att skrika. Greppet runt halsen hårdnade och ströp all möjlighet att få luft. Hennes rygg brakade in i väggen under den fulla tyngden av Görans massiva kropp, hennes bakhuvud slog med en duns i väggen och det gnistrade innanför ögonlocken. Överallt var hans händer, fingrar som järnklor. Erika hade inte längre någon plats att röra sig eller andas. Göran började treva och gräva i hennes hår, in i hennes mun, pressa över hennes bröst, dra i behåbandet.

"Vad har jag gjort dig? Varför behandlar du mig som skit, Erika? Va?! Svara, för helvete! Va fan har jag gjort för att förtjäna din skit? Inget duger du till, vet du det. Du är så djävla värdelös!"

Görans röst råmade i hennes öron och skar som vassa sågblad in under skallbenet. Hon blundade och kände det varma spottet som landade på kinder och ögonlock.

"Allt du gör är att skämma ut mig och göra mig till ett djävla åtlöje. Du njuter av det, eller hur? Din djävla hora!"

Hans fingrar grävde sig in i hennes överarmar, det brände i köttet.

"Du är en frigid djävla subba, vet du det. Snål och gnällig, fet och otränad. Så vem fan tror du vill ha dig? Du ska vara så djävla tacksam för att jag tar hand om allt åt dig, alla gånger du gör bort dig."

Erika knep ihop ögonen och försökte stänga ute hans förnedrande ord. Alltid samma saker. Att hon inte klädde sig snyggt nog, att hennes byxor var några centimeter för korta, att hennes skor var oputsade och fula, att hennes frisyr var ful, att hon inte var vältränad nog eller rent ut fet. Och sen var det sexlivet. Alltid detta sexliv. Som inte existerade. För att hon aldrig ville, för att dom gjorde det för sällan, för att hon aldrig tog i honom, aldrig smekte honom, aldrig sög hans kuk ...

"Är jag så förbannat motbjudande?" skrek han. "Jag ska fan ligga där mellan dina feta djävla lår och slafsa ... men jag då?!"

Göran flåsade i hennes öra, slickade efter halsen och grymtade.

"Du måste bara vara lite snällare mot mig, gumman min. Om du bara gör som jag säger. Du får inte springa omkring och ljuga om mig. Fattar du? Jag får alltid veta allt. Fan va du ljuger, Erika! Djävla helvetes djävla subba vad du ljuger jämt. Kan du aldrig fan säga ett djävla sant ord!"

Sakta började små färgade fläckar ta över Erikas synfält. Hon kämpade för att få in luft, det pep i luftrören. Sakta gled hon neråt i Görans grepp, lät kroppen mjukna. Hon famlade med darrande händer över hans breda axlar, upp mot nacken och håret. Sen ner igen, över ryggen. Smeksamma kramande rörelser, undergivna och tiggande. Den stora brutala kroppen mjuknade tveksamt, kände efter och stannade upp. Greppet runt hennes hals lättade, Erika andades mot hans hud, snörvlade, öppnade munnen och la läpparna mot hans hud.

"Förlåt mig ... älskade Göran, förlåt mig ... jag har saknat dig så ... jag är så ledsen för allt jag har ställt till med ... jag har inte förstått ... snälla älskade Göran, jag älskar ju dig."

Erika snyftade blött, öppnade munnen och lät läpparna glida över hans svällande halsmuskel. Hon grät öppet och lät den råa smärtan, som låg lagrad inne i henne, forsa ut.

Göran böjde sig över henne, grep om hennes hals och ansikte och stirrade sökande in i hennes ögon. Erika snyftade hickande, öppnade sig, mun och ögon, hela sin själ mot honom. Han släppte efter en aning, trevade in under hennes tröja och rev upp behåbandet. Erika lät honom knäppa upp jeansen. Huvtröjan vred hon över huvudet och slängde bakom sig, in mot badrummet. Hon hörde den dova dunsen av telefonen när den landade under handfatet.

Erika tog emot Görans stora kropp och smärtsamma grepp, spretiga smekningar och hårda underliv. Hon fäste blicken rakt ut över havslinjen, i det mörka tomma intet och slöt ögonen, andades och fokuserade utanför sig själv så långt bort hon kunde medan den välbekanta men ändå främmande kroppen våldförde sig på henne med grymtande stön.

Erika öppnade mödosamt ögonen. Hon och Göran låg omslingrade på golvet med trasmattan som en knöl under sig. Den iskalla vinden kom i stötar från dörröppningen och letade sig fram utmed golvet. Göran gled ur henne, grymtade belåtet och makade på armen.

"Jag saknar Boss jättemycket", mumlade Erika mot hans hals.

Hon kände att han log och lät ena handen vandra, ner över hans breda stubbiga mage och fingra på musklerna som låg som ett landskap under huden, ner mot hans mjuka ljumskar.

"Jag längtar hem ...", viskade hon darrigt.

Göran stelnade ett kort ögonblick men slappnade sen av igen och skrockade djupt nere i halsen. Han lutade sig bakåt på armbågen med ett fast grepp runt hennes midja och studerade hennes ansikte medan han lät fingertopparna på den fria handen vandra på hennes panna och ner på nästippen. Hans ögon glimmade misstänksamt.

"Ja, gumman min. Nu ska vi åka hem. Du och jag. Det är slut på den här djävla farsen nu."

Erika slog ner ögonen, undan hans vassa genomträngande blickar.

"Är Boss okej?" frågade hon silkesmjukt mot hans hals.

Göran kisade retsamt på henne och flinade.

"Det tog, va? Jycken. Du är allt bra svag för den där lille skiten, eller hur?"

"M-mm ..."

Göran smackade belåtet, hävde sig upp till sittande, muttrade över att det blivit kallt och drog åt sig sin tröja. Hon återupptog sin trevande vandring med fingrarna över hans breda bringa. Göran slappnade sakta av och log belåtet. Erika fick anstränga sig för att inte kasta blickar in mot badrummet där hennes tröja, med telefonen, låg.

"Jag trodde du var tuffare än så, gumman min. Du kan vara lugn. Jycken är okej."

"Hur ...?" kraxade hon. Kölden och skräcken fick hennes underkäke och alla muskler i kroppen att rycka.

"Hahhaha ... Hur? Det skulle du allt gärna vilja veta va?"

Görans ögon hade fått en rödaktig glöd som fick hennes inre att vrida sig i panik men hon höll sig stilla, andades genom munnen och försökte göra sig så liten och så ofarligt ynklig hon någonsin kunde.

Göran rätade på sig, sträckte ut sina grova muskler och stönade. Han drog upp jeansen och knäppte gylfen medan han intresserat studerade det svarta utanför stugan. Sakta vände han sig om.

"Den där korkade djävla kusinen du har, han hade börjat samla på sig ett litet register. Och inte ville han ha mera, så ... låt oss säga att han fick betala för det. Och kom undan billigt, dessutom! Men erkänn att jag var rätt listig där, när jag fixade kopplingen till dig."

Göran fnös föraktfullt, klev tillbaka till Erika, tog henne bryskt i överarmen och drog henne på fötter. Han höll greppet, hårt och länge.

"Sen skadade det ju inte att idioterna här nere på västbanken fick det lite hett om sina fina öron ett tag. Fan, jag skulle ha kunnat ge en hel del för att fått se deras miner när dom mötte pressen därute. Och inte ett bus så långt ögat nådde. Ingenting kvar, bara en tom djävla kåk. Men, lite mer ödmjukhet skulle ju inte skada. Eller vad tycker du om dina nya fi-ina kollegor? Va?"

"Min kusin?"

Erika lät rösten nästan gå upp i falsett i sin ansträngning att trigga. Skräcken som ett levande väsen uppe i halsen.

"Ja! Din djävla korkade kusin, ja. Karl. Du hade ju snackat om honom, så jag kollade upp honom. Snygg släkt du har, gumman min. Småbus. Så, jag tubbade idioten att spräcka tillslaget. Och snacka med dig. Buset har ju aldrig bestått av nån direkt intelligensreserv."

Göran flinade belåtet. Erika klippte med ögonen som kändes som fyllda med lättflyktigt grus. Din stackare, tänkte hon och kände hur illamåendet började bli akut.

"Min kusin Karl är en mes", viskade Erika rossligt.

"Ja, en mes är fan i mej ordet. Han var inte svår att övertala. Fan va han snyftade och ömkade sig. Nu spelar han väl hjälte. Sitter på krogen med polarna och ljuger om hur han blåste snuten."

"Inger ..." Erika tappade orden, rösten bar inte.

"Så, minsann, tror jag inte att du är lite svartis i alla fall?"

Erika mötte Görans isblå blick. Hon kände hur hatet flammade upp. Högerhanden darrade. Hans ansikte var alldeles nära. Allt hon behövde göra var att sträcka ut handen, klösa och riva, slå ... Hon höll blicken, nickade. Görans leende blev bredare. Den upphetsade glansen i hans ögon återvände medan han drog upp sin mobiltelefon ur jackan, snabbt öppnade bildslingan och vände den mot henne.

Hon svalde hårt när hon fick syn på bilderna av Ingers ansikte, gråtrandigt och svullet mosigt. En strimma blod som rann från ena näsborren. Så slocknade Görans leende plötsligt och han lät mobilen glida tillbaka ner i jackfickan. Han högg hastigt tag om Erikas haka och pressade in fingrarna i hennes kinder.

"Jag gillar inte klängiga fruntimmer. Så jag visade henne vem fan det är som bestämmer, vem som knullar och när."

"Slog du henne?" viskade Erika rossligt. Görans grepp runt hennes huvud smärtade, när han tryckte henne uppåt så att hon blev tvungen att stå på tå.

"Ja, va fan tror du?" skrattade Göran. "Spelar du dum, eller?"

"Hon anmälde ju mig", mumlade Erika grötigt och kände hur pulsen skenade. Men Göran skrattade bara roat.

"Ja, va fan, jag tänkte att indraget tjänstevapen skulle bli en extra liten krydda på anrättningen. Hade jag fel, eller?" väste han, backade henne och tryckte upp henne mot diskbänken. Hon kände att han hade fått stånd igen. Hon svalde hårt, nickade, ögonen vidöppna mot hans. Göran smekte henne hårt med den fria handen, upp längs sidan, klämde på hennes bröst. Hon flämtade av smärta och rädslan som plötsligt sköljde över henne. Göran grävde med fingrarna i hennes ansikte, ett par fingrar in i hennes mun. Erika kände doften av kön ur hans mun, hans puls som steg och andhämtningen som blivit ytligare. Så slocknade den galna glöden i hans ögon och han släppte efter.

"Nu ska vi åka hem, gumman min."

"Jag ska bara ta på mig lite, det är kallt. Och tandborst..."

Erika böjde sig ner och tog upp sin huvtröja från golvet i badrummet. När hon rätade upp sig slöt Görans stenhårda grepp återigen om hennes nacke, smärtan strålade ut i ena armen och låste hennes kropp.

"Skit du fan i nån djävla tandborste. Sån kan du köpa sen."

Han drog henne intill sig. Han doftade skarpt av adrenalin och svett. Ögonen glimmade vasst och det kalla djurlika hade återkommit. Erika frös så hon skakade.

"Och sen, Erika, gumman min ... ska du ge fullständigt fa-an i att anmäla mig för ditten och datten i fortsättningen. Fattar du?"

Hans starka fingrar grep hårdare. Erika svalde ansträngt men svarade ett knappt hörbart ja. Göran rätade på sig, drog in luft så att den stora bröstkorgen fylldes.

"Duktig flicka. Jag kan ju inte be kollegorna fimpa dina anmälningar hela tiden. Det blir så satans tjatigt."

Erika drog huvtröjan över huvudet, kände telefonen i magfickan och drog kvickt upp jeansen. Hon tog inte blicken från Göran en enda sekund. Han böjde sig ner, tog upp sin tröja från golvet och trädde den över huvudet och armarna.

Då rusade Erika barfota ut genom den vidöppna dörren, ut i det becksvarta mörkret. Och hon stannade inte förrän lungorna hotade att sprängas.

56.

Trötthetenlåg som en dov summerton i Pers huvud. Huvudvärken hade försvunnit under promenaden i den kyliga luften men smärtan hade ersatts av en domnad känsla. Det var som om hans nerver slutat fungera och någon tryckt på en knapp som brutit energitillförseln till stora delar av hans kropp och medvetande.

Inom sig visste han att han borde gå hem och lägga sig i sin säng och låta en stunds sömn reparera nedbrutna celler, fylla tömda energidepåer och sortera i alla överhettade skrymslen i hans hjärna. Han hade en lång natt framför sig. Tomas hade ringt igen och berättat att deras mamma var tillbaka på sjukhuset i Östersund. Hon var sämre. Mycket sämre.

Men han styrde stegen mot träningslokalen. Den instängda luften slog emot honom när han klev innanför dörren. En distinkt doft av fotsvett hängde över drivorna av vinterskor i entrén. Stönen, dunsarna och ropen från dojon sögs in i hans kropp som ett gammalt minne och väckte honom till liv.

Han bytte om, omsorgsfullt och metodiskt, drog på sig den indigoblå fotsida dräkten, knöt bältet, tog med rustningen och steg in i dojon. Där knöt han sitt harnesk runt överkroppen, vek huvudduken och la den på huvudet, drog på hjälmen och knöt den bakom nacken, drog på handskarna och plockade upp svärdet. Träningen tog vid och slöt runt honom, ett meditativt flöde av ord och rörelser, hårda slag och gutturala stridsvrål, kroppslig smärta och själslig frid. Kroppen brann och svetten flödade under dräkten. Men ansiktet log, fånigt och rödmosigt. I duschen lät alla det heta vattnet dra med sig smärtan och tröttheten, ut i avloppet, stod kvar och lät värmen ånga bort, jämförde blåmärken och diskuterade den avslutande fighten, vem som tagit flest poäng, på vad och hur.

"Det är som fiske", brukade Erik säga. "Halva nöjet är skrytet efteråt."

Per tog vägen förbi Huset. Bilen stod i garaget. Han hade fortfarande inga vinterdäck. Korridoren var stilla och öde, en kanal genom mörker och tomhet. Per avverkade den med effektiva steg med inåtvänd blick, redan på väg i tanken genom Värmlandsskogen, förbi Siljan och finnskogen. Han passerade Erikas rum men hejdade sig. Det lyste. Per sträckte sig in för att släcka när han fick syn på henne. Det blonda trassliga håret låg över armen ut på bordet. Hon hade jackan över sig och ansiktet var dolt.

All värme i Pers kropp försvann. I ett enda steg var han framme vid henne och kände i hennes nacke efter puls och andetag. Han la försiktigt ansiktet mot henne och lyssnade på dom tunga andetagen, andades ut och försökte få pulsen normal igen.

"Herregud, kvinna, så du skräms", mumlade han lågt och drog försiktigt undan några hårtestar från hennes ansikte medan han ofrivilligt drog in doften av hennes hud. Erika ryckte till, suckade sömndrucket, men några andetag senare reste hon sig så tvärt att hennes bakhuvud nockade Per över pannan och näsan. Hon snodde runt och stirrade yrvaket och vildögt på honom med kroppen i total spänning, beredd. Per höjde armarna i försvar.

"Det är jag! Lugna ner dig, för helvete ..."

Per grimaserade, tog sig över näsan och lät händerna sjunka. Hon såg ut som ett jagat djur. Näsvingarna arbetade och hon blossade ner över halsen. Håret var rufsigt som om det varit blött och fått torka medan hon sov. Hon hade ett ilsket rött skrapsår i pannan, runt såret hade huden börjat svullna och hon hade blod i håret. Kring ena ögat hade en skarpt rödblå svullnad börjat klämma ihop ögat och ögonvitan var ilsket röd. Sidan av halsen var en mosaik av färger och märken. Och hennes högerhand var täckt av blod och skrapmärken. När Per hastigt tittade, såg han att ett par av naglarna var helt avrivna. Han mådde med ens häftigt illa.

"Är du okej? Va fan har hänt? Har ..." Per sträckte ut handen men den blev hängande.

Erika stirrade misstroget på honom, ögonen flackade som om hörnen i rummet gömde garderobsmonster från barndomen, men efter ett tag sjönk det hårda i hennes kropp undan. Hon rörde sig inte, stod bara kvar medan huvudet föll framåt och gråten tog över.

Per stod först stel och hjälplös. Sen gick han fram, la försiktigt armarna runt henne och drog in henne i famnen. Som en ledlös docka föll hon in mot honom, högljutt snyftande. Per strök tankspritt över Erikas hår. Hon protesterade först, men tröttheten och den sen länge uppdämda skräcken och smärtan, hade dränerat henne.

"Jag fick den djäveln", hickade hon mot hans bröstkorg. "Jag fick den dumma fan att snacka ..."

Efter en stund, när andetagen blivit regelbundna igen, rätade hon på sig, mötte hans blick och la försiktigt mobiltelefonen i hans hand. Per såg långt på henne, det bleka tilltufsade ansiktet, den sargade handen som höll telefonen, det rufsiga och smutsiga håret. Han såg ner på den gamla slitna mobilen i sin hand.

"Jag har kollat", bekräftade hon hest. "Allt finns där. Han tubbade min kusin att bränna tillslaget. Och han anmälde mig för en misshandel han själv gjort", viskade hon kraftlöst.

Per ruskade matt på huvudet och stoppade försiktigt telefonen i innerfickan. Han gjorde en gest mot dörren och Erika följde tyst efter honom. Hon satte sig i den kalla bilen, teg hela vägen till Kungshöjd och sa inte ett ord annat än ett tyst tack när han öppnade porten för henne. Som en genomskinlig älva klev hon in i hans lägenhet, tassade försiktigt in, hängde mödosamt av sig och gick in i badrummet.

När hon kissat och hjälpligt tvättat av sig, blev hon stående framför spegeln. Pulsen skenade okontrollerat och händerna ville inte lyda. Gråten hängde i halsen, ett skrik av övergivenhet som blandades med en hysteriskt galen lust att skratta.

När hon klev ut, stod Per utanför, ansiktet allvarligt och blekt. Erika flämtade överraskat. Dom såg på varandra under tystnad. Erika ville krypa in i hans famn, känna värmen, höra tröstande ord och bli smekt, övertalad om att allt var okej, att inget mer skulle hända. Men hon stod stilla.

"Är du okej? Vi kanske ska lägga om det där skärsåret du har i handen. Och dina fingrar ..."

Pers ögon var varma och fyllda av sorg. Erika gjorde en menlös gest som varken betydde ja eller nej. Per hämtade förband och sårtvätt och tog med henne ut i köket. Han satte på espressomaskinen, tog ut en flaska Strega och hällde upp ett rejält glas juice till sig själv. Han gjorde en menande gest mot Erika med juiceglaset men hon ruskade på huvudet.

Hon tog tacksamt emot några isbitar inlindade i en kökshandduk som hon tryckte mot svullnaden i pannan och lät honom sen omsorgsfullt tvätta rent hennes sönderskrapade händer och såret i pannan. Han la tillbaka den nästan helt avrivna nageln, som fortfarande hängde kvar, tvättade det andra fingret som var helt utan nagel och tejpade ihop. Han hällde upp av Stregan och sköt glaset mot henne tillsammans med en liten kopp het espresso. Det fanns bara ett glas.

"Ska du inte ha?" undrade hon och försökte fokusera honom med ett öga.

Per ruskade bara på huvudet, dom mörka lockarna guppade. Han försvann ut i lägenheten igen och Erika kunde höra honom rumstera om i badrummet.

"Här", sa han, när han kom tillbaka, och la en tjock badhandduk på stolen intill henne. Han försvann igen, det prasslade i hans sovrum. Jag sover i soffan, tänkte Erika matt.

"Jag har bäddat rent i sängen", sa Per som plötsligt stod i dörröppningen igen och såg mörkt och outgrundligt på henne.

"Du borde nog lägga dig och vila. Du har slagit i huvudet rätt rejält. Och du ska gå till en läkare med handen imorgon. Du kan få en infektion."

Erika nickade, såg frånvarande på sina händer som liknade något ur en zombiefilm, fulla av skrapsår, jack och bandage. Hon drack tankspritt av spriten, sköljde ner den med kaffet och reste sig darrigt, gick genom hallen och ställde sig i dörröppningen till Pers sovrum.

Rummet var stort och hade högt i tak, en bred dubbelsäng bäddad med fluffigt duntäcke och många kuddar. En stor nonfigurativ tavla hängde på väggen över sängen. Hon ryckte till när hon i ögonvrån såg masken med metallgaller för ansiktet, som ett huvud utan innehåll, som satt över dräkten och det blanka harnesket. Intill rustningen hängde en rad vackra svärd. Hon kunde känna den fuktiga dunsten av svett när hon gick fram och försiktigt smekte över det grova tyget, maskens galler och dom grova handskarnas snörning.

Golvet kändes med ens mjukt. Trötttheten kom som en rysning, ett häftigt illamående. Hon klev ur kläderna och kröp snabbt ner under det prasslande täcket och begravde sig med en suck. Hon andades, väntade och hörde varje rörelse när Per kom in i sovrummet.

"Här ...", sa Per och sträckte fram ett par nycklar. "Portkoden sitter på kylskåpsdörren. Frukost får du fixa så gott du kan."

Erika rätade upp sig och stirrade efter honom, slängde täcket och följde honom ut i hallen, naken och osminkad. Han stod i hallen, krängde på sig ett par kängor och sin tjocka skinnjacka, slängde upp en bag på axeln och såg på henne. Det glödande röda i hans mörka ögon var tillbaka.

"Var ... du ...?"

Erika tuggade luft och sökte i Pers ögon. Kinderna hettade.

"Jag ska köra till Östersund inatt ...", svarade han. "Min mamma är döende. Jag är ledsen, Erika, men jag måste åka. Klarar du dig? Ring Erik ifall du ..."

Han släppte väskan med en duns på golvet och stod med ens alldeles intill henne, smekte långsamt och mjukt med ett par fingrar längs hennes kind, ner över halsen. Det stela lädret i hans jacka nuddade hennes bröst. Erika grep om hans överarmar, höll hårt, la kinden mot hans och snyftade till.

Efter en stund lossade Per hennes armar, svalde ner det han tänkt säga och smekte henne över kinden. Som förstenad såg Erika hur han öppnade dörren och klev ut i trapphuset. Hon slog armarna kring sig och huttrade.

"Per ...!"

"Ja-a?"

"Kör försiktigt ...", viskade hon.

Han nickade kort. Erika stod kvar när porten ekade långt därnere med gråten återigen i halsen. Hon låste snabbt och snubblade tillbaka till hans säng, kröp ner och virade in sig i hans täcke. Dom svala släta sängkläderna värmdes upp och frigjorde doften av hans kropp. Hon la mobiltelefonen på nattduksbordet intill och somnade nästan direkt.

57.

Per betraktade dom stinna korvarna som sakta rullade runt på en grill framme vid kassan. Doften av fett och stekos hängde tjock över biltillbehör, matvaror, tidningar och gammalt lösgodis. Han betalade bensinen och en hängig baguette med någon slags kycklingröra i.

En grupp av män i åldrarna mellan tjugo och trettio bullrade in på Statoilmacken och köpte korvar med tillbehör. Nästa mål verkade vara krogen mitt över vägen där något dansband skulle spela lite senare. Ett par av männen var redan märkbart berusade. Bilarna började flockas på parkeringen utanför. Fordar och Volvobilar i olika stadier av förfall eller upputsade så att man kunde spegla sig i lacken och nedtyngda av extrautrustning. Men ännu hellre fyrhjulsdrivna jeepar med störtbågar, vinschar och extraljus för vilda och olagliga jakter i skog och mark. Stämningen var mera aggressiv än uppsluppen.

Per gick på toaletten och konstaterade att den var hyfsat fräsch. Kanske väl mycket syntetisk parfym. Men någon ansträngde sig uppenbarligen för att hålla stånd mot griseriet. När han kom ut var macken tom igen. Utanför dörrarna kände han hur kallt det blivit. Det var mörkt och svart. Per såg på klockan. Den var redan lite över nio. Det hade tagit längre tid än han väntat att komma iväg. Och den första biten fram till Mariestad kändes bara som en oändligt plågsam transportsträcka innan resan egentligen tog sin början, när man väl svängde av in i skogarna.

Han drog jackan hårdare runt sig, kröp in i bilen som fortfarande var varm och lät den glida ner mot 45:an igen. Killen bakom disken på macken hade sagt något om oväder men Per hade inte lyssnat. Allt han behövde var att komma iväg och komma fram. Vägarna hade hittills varit torra och fria från snö. En mörk himmel med lätta moln välvde sig över skogarna och en fet fullmåne följde honom och lyste upp vägen med ett vitt overkligt sken. Inte ett enda djur hade han sett, hittills. Han var tacksam för det.

På väg mot Orsa hade han bara mötande trafik. Alla i trakten verkade ha samma mål denna kväll. Husens fönster lyste varmt och ombonat och vattnet låg blankt och glittrande i månljuset som ett stort upputsat mynt i Siljansförsänkningen. Någonstans i stigningarna mot finnmarken ovanför Orsa kom väggen. Den som killen på macken pratat om.

Månen var plötsligt borta, ett tungt regn började ösa ner. Det smattrade mot bilplåten och sikten krympte till några tiotal meter. Strax efter järnvägsövergången efter Amådalens ravin övergick regnet till snöblandat. En vägg av vitt virvlande tvingade honom att släcka helljuset. Allt som gick att se var dom mörka vattniga spåren av något fordon som passerat före honom på den allt vitare vägbanan. Efter en stund fick han syn på ett par röda baklyktor inne i snöväggen och hakade på.

Han koncentrerade sig på att ha jämn hastighet med ögonen klistrade vid dom röda bakljusen och på reflexerna på snöröjningens pinnar i dikeskanten. Inga hastiga rörelser, inte nudda varken koppling eller broms. Strax innan det började luta neråt igen mot Sveg, började bilarna rada upp sig, låg i vägrenen, i dikena, stod i långa köer. Den slippriga modden hade blivit mer än ett par decimeter tjock med en hårdfrusen isskorpa ner mot asfalten. Blåljusen från två polisbilar och en ensam bärgare flammade i trädväggarna. Långtradarna stod på kö i dom långa uppförsluten och förarna stod lutade mot sina bilar, blickande ut i det tjocka snöfallet med cigarettglöden mot sina sammanbitna ansikten.

Det enda Per kunde minnas som varit halare än den tjocka snömodden han gled igenom på sina slitna sommardäck, var den glashala isen när han och hans kompisar lånat en gammal Saab och åkt ut på älven. Det hade varit sent på året, kanske i mars eller april, och isen hade varit täckt av flera centimeter vatten mellan snövallarna. Varje rörelse, varje manöver, hade fått den gamla bilen att snurra flera varv. Dom hade tappat orienteringen och skrattat sig fördärvade när Saaben rammade dom mosiga snövallarna.

Men just nu kunde Per inte hitta något att skratta åt. Hans kropp var på helspänn och ögonen var klistrade på vägen framför. På något sätt, hur kunde han inte redogöra för efteråt, hade han kommit fram till Sveg och sakta tagit sig över den istäckta bron och glidit fram till macken. Där hade han stigit ur på darrande ben och så när halkat omkull direkt på den glashala isen, vimmelkantig av trötthet, och gått in för att kissa, dricka vatten och köpa något sött. Vid disken stod två genomsvettiga killar från bärgningskåren och åt korv med mos i glupande tag. Dom diskuterade kaoset, alla olyckorna, hur man skulle få bort alla stora fordon och snösvängen som nu var ute till siste man.

"Det e då fan att folk inte kan lyssna på vädret ...", knorrade den ene och nickade karskt mot Per som nickade tillbaka, utan att kommentera.

När Per startade sin gamla BMW igen, klarade han nästan inte av att få bilen från parkeringen utanför macken. Och det trots att den var helt plan. Han rös. Sakta lyckades han få bilen att kravla sig fram till korsningen och vika av åt höger, mot Östersund. I ena ögonvrån skymtade han Svegs kyrka. Den vita fasaden stod stel i fasadbelysningen. I ett blixtsnabbt ögonblick såg han framför sig hur han och Tomas gick mot altaret med en vit kista med blommor på locket.

Han nådde Östersund vid fyra på morgonen. Stapplade in på bedövade ben genom den öde och tysta entrén och fick en kort och lågmäld beskrivning på klingande mål av hur han skulle hitta till rätt våning och avdelning av en vänlig kvinna i receptionen. Han klättrade upp för trapporna, letade sig fram i korridoren och hittade en sjuksköterska som vänligt ledde honom till rummet där hans mor låg.

Tomas siluett avtecknade sig mot fönstret och Frösöberget i kallt månljus. Han vände sig om när Per kom in, gick fram mot en av sängarna i rummet, satte sig på fönstersidan och pekade på en stol på andra sidan sängen. Per satte sig i dunklet, tog sin mors kalla hand i sin en stund, klappade henne försiktigt på kinden och lyssnade på hennes ansträngda andhämtning.

Elin Henriksson vaknade till när himlen började färgas djuplila av en sol som knappt orkade över skogsbrynet i öster. Månen hängde kvar som en stor kall boll över Frösöberget. Per tog hennes hand i sin, den var tunn och benig, fingrarna var kallare än handflatan och hon log trött mot honom.

"Du kom i alla fall ...", suckade hon. "Jag skulle ha sagt någe... men det blev inte, Per. Du har ju så mycket."

Per svalde. Va fan hade han som var viktigare? Han tryckte dom smala fingrarna. Något skarpt drog över hennes ljusa ögon. Hon grep efter Tomas hand, han kom närmare och smekte hennes kind. Elin suckade rossligt.

"Jag e så ledsen för allt pojkar, att det blev som det blev me allt. Att jag inte ... att jag inte tog er därifrån. Men ... jag orka inte. Tordes inte."

Per kände hur protesten svällde men teg när han såg Tomas milda ansikte, den lugna accepterande kärleken som han själv inte hittat, ännu.

"Du gjorde så gott du kunde, mamma", sa Per med stillsamt eftertryck. Han la en lätt kyss på sin mammas kind. Dom log mot varandra. Så blundade hon och jämrade sig tyst.

"Hon har ont igen", konstaterade Tomas och tryckte på larmknappen. En sköterska kom, Elin fick mer morfin och somnade igen. När himlen blivit ljust blå och månen bara var en tunn urblekt pappersrundel intill Åreskutan, slutade Elin att andas.

58.

Erika gick förbi Trädgårdsföreningen. Huvan över huvudet, stegen jämna och rytmiska, inte för snabba, inte för långsamma. Blicken hela tiden rakt fram. Men ögonen spända för allt som rörde sig i synfältets ytterkanter. Inte ett ljud hade hon hört från Göran sen kvällen ute i stugan. Hennes kollegor letade efter honom. Men hittade inte ett spår.

Eskos stuga stod öde och övergiven, avspärrad med dörren igenbommad mot vädrets makter. Inspelningen av Görans uppblåsta skryt hade tagits för analys och händelserna hade fått nya betydelser. Det snöpligt misslyckade narkotikatillslaget reddes ut igen. Och Inger hade tagit tillbaka sin anmälan om misshandel mot Erika.

Dom sista dagarna kände Erika att hon kunnat börja andas i korridorerna. Som om någon vädrat och släppt in frisk luft i den tryckande ovissheten. Anna hade stormat in i hennes rum och kramat tills Erika blivit tvungen att dra loss henne och förklara att det gjorde ont. Erika hade avböjt middagar hos Anna och Krister så länge, sagt som det var, att hon fortfarande ville ligga lågt, att man inte hittat Göran, att han fanns därute.

Andfådd av den kyliga och tungt fuktmättade luften klev hon hastigt in genom porten på Arsenalsgatan. Hon låste upp Pers lägenhetsdörr, vädrade och lyssnade efter obekanta ljud ett ögonblick innan hon tände ljuset och hängde av sig. Hon släckte sen snabbt efter sig och slank in i köket, tände bara fläktlampan, öppnade kylskåpet, tog ut resterna från gårdagen och ställde i mikron.

Medan mikron surrade ställde hon sig och såg ut över staden, mot väster. Rökplymerna från värmeverket och den ständiga ormen av ljus utmed leden, det svaga glittret av vattnet på älven och den nya stadsdelen på andra sidan älven, där ljusen i fönstren liknade en svärm eldflugor på långt håll. Det var något med ljuset och den fria utsikten. Det blev lättare att andas, att finna ro. Hon kunde förstå att människor med resurser och drömmar betalade stora pengar för en vacker och vidsträckt utsikt från sina fönster. Känslan det gav hade ett värde.

Mikron plingade och hon rycktes ur sina tankar. Hon tog ut maten och åt utan att egentligen känna vad det smakade. Bengt hade verkligen varit rasande på hennes risktagande. Med rätta. Han hade skällt ut henne efter noter men samtidigt varit grymt orolig. Erika log mellan tuggorna och när hon var klar plockade hon ihop och torkade upp efter sig. Hon släckte och gick sen tyst ut i vardagsrummet och ställde sig en stund vid ett fönster mot söder och kisade upp mot Linnéstaden och Skansen Kronan. Lägenheten var kolmörk bakom henne. Hon ville inte synas genom ett fönster eller genom glasen i ytterdörren. Inte en sekund mer än nödvändigt.

Under dagarna hon bott där, hade hon sakta gjort sig hemmastadd och nyfiket och ändå djupt generad, undersökt innehållet i bokhyllorna, öppnat lådorna i köket och skåpen. Inget av det hon hittat hade varit riktigt det hon väntat. Allt i Pers lägenhet visade att han valde tingen han omgav sig med med omsorg och många av redskapen han hade i lådorna i köket var för henne rena mysterier.

I hans spellistor hittade hon klassisk musik, men ännu mera blues, rock och mängder av metal. Faktiskt även en hel del hardcore och death metal. Hon hade lyssnat och till sin egen fascination funnit att hon gillade det. Och hon hade spenderat timmar med att lyssna på Apocalyptica, finska cellister som spelade vansinnig och glimrande rock med klassisk perfektionism. Filmsamlingen var en söt orgie. Nästan varenda av hennes älsklingsfilmer och favoritregissörer fanns prydligt samlade. Och mängder av intressanta böcker trängdes i dom välfyllda bokhyllorna. Allt från klassiker till faktaböcker i kriminologi och psykologi till mängder av kokböcker. Och faktiskt en hel samling med deckare. Mest engelska och amerikanska.

Intill sängen i Pers sovrum låg en trave kokböcker. Läste han dom som kvällslektyr? Hon hade själv legat i hans breda säng och bläddrat, studerat vackra, frestande matbilder, skummat recept, fascinerats och nästan kunnat känna smakerna. Hade han lagat rätterna? Hon rodnade skamset över sin egen okunskap i köket. Så ringde hennes telefon. Det var Mia.

"Tjenare, sys! Hörde att du greppat dom där ballarna. Fy fan. Jag måste säga att jag är impad men ... du är för helvete inte klok!"

Erika log in i telefonen. Hon hörde fnittret och lättnaden i systerns röst trots att hon försökte dölja det genom att låta barsk och tillrättavisande.

"Tack", myste Erika. Lättnaden fanns där. Men överskuggades av vetskapen att hon startat ett krig och att inget på något sätt var över. Hon berättade om hur Göran till slut brutit sig in i hennes lånade stuga, att hon väntat på honom och spelat in hans uppblåsta skryt. Hon berättade inte några detaljer. Mia var tillräckligt intelligent för att inse vilket priset hade varit för den bekännelsen.

"Dom letar efter Göran ... han har varit borta från jobbet i över en månad nu. Men jag ska få Boss snart. Kollegor gick in i vårt hus och han var lämnad ensam ..."

"Nämen gud! Vovven då. Är han okej?"

"Ja. Han var hungrig och lite uttorkad, men okej. Han hade lyckats få upp skafferidörren och fått hål på torrfodersäcken. Och vatten hade han hittat i badkaret. Det låg tvätt i blöt där."

Det brände till i mellangärdet när hon sa det. Hon längtade så att det sved efter den svansviftande kelsjuka varelsen med tiggande pepparögon.

"Så, Göran har dom inte hittat?" Mia släppte inte så lätt.

"Nej. Han håller sig väl undan nu ..." Erika svalde hårt. Så länge han inte satt i häktet kunde hon inte ens börja slappna av.

"Du ska inte flytta tillbaka till Stockholm nu då?"

"Nä. Jag stannar här. Flyttar jag någonstans så blir det hem igen", småskrattade Erika.

"Sä-äkert", fnös hennes syster.

"Jo, men ärligt. Ibland längtar jag verkligen hem. Jag fattar inte att jag aldrig såg hur vansinnigt vackert det är hemma. Man ville ju bara därifrån, som nåt Fucking Åmål, typ?"

"Det är nog inte såå underligt. Det är ju så djävla mörkt jämt så du såg det aldrig", fnissade Mia belåtet. Dom bestämde att det snart var dags för en tripp norrut för Erika, för att se den nya veterinärkliniken i stadsdel Norr och broderns nyinköpta gård på Annersia och avslutade sen samtalet.

Erika återvände till Pers bokhylla och tände golvlampan för att kunna se. Hon smekte fjäderlätt över bokryggarna och läste med huvudet på sned. Förutom klassiker hittade hon en samling böcker om budo. Hon drog ut en efter en av dom och bläddrade. Tai chi, zenbuddism, karate av flera olika stilar, aikido och så klart kendo. Hon slog sig ner i Corbusierstolen under golvlampan och började bläddra.

Boken om kendo beskrev den urgamla kampsporten där man stred med svärd. Detaljerade beskrivningar av utrustningen, hur man knöt sin dräkt, sitt bälte och hur man vårdade rustningen, torkade den och tvättade den. Det mjuka, böjliga men ändå överraskande hårda träningssvärdet av bambu. Hur man vek huvudduken som dämpade slagen mot huvudet under hjälmen. Bilderna var bedövande vackra.

Erika återvände till Pers sovrum med boken fortfarande i handen och smekte med vördnad på rustningen som hängde på väggen. Hon böjde sig fram, vädrade och kände en svag doft av svett och kropp ur det tjocka tyget. Den hängde på tork i hans sovrum, precis så som hon läst det beskrivet.

Med boken under näsan vandrade hon tillbaka ut i rummen och återvände till bokhyllan, ställde tillbaka och återupptog sökandet. Det var ett par böcker som fångat hennes uppmärksamhet, med rufsiga ryggar och titlar som gjorde henne nyfiken och förbryllad. Hojojutsu? Hon dök ner i boken. Konsten att binda. Under strid, snabbt och elegant, effektivt och brutalt. Under transport, till fångenskap eller avrättning. Hon greps av texterna om vikten av att binda fången väl och vackert, inför hans avrättning. Där fanns en brutalitet men samtidigt vördnad inför ödet som väntade fången.

Så fann hennes fingrar en bok längst ut i hyllan. Shibari. En tung och tjock volym, oinbunden, som höll på att falla sönder av ålder och människors hantering. Hon drog försiktigt ut den. Pappersomslaget var solblekt och tufsigt. Men innehållet var det inte. Vackra kroppar, bundna med intrikata knutar och band som framhävde linjer och former hos den som var bunden. Men också detaljerade beskrivningar av hur man band vackra paket och gåvor. Erika stirrade fascinerad på beskrivningar och urblekta bilder. Lätt skamsen, som om hon tjuvtittat på något som förde hennes tankar till bondage och porr, men som vid en objektiv betraktelse, snarare var konst.

Erika reagerade först instinktivt, huden i nacken och ner över ryggen drog ihop sig. Strax efter kom ljudet. Någon stod utanför ytterdörren. Satan! Hon hade tappat fokus ... Förb...! Hon flackade med blicken runt rummet och tog sen golvet med några snabba tysta steg, in genom sovrumsdörren. Svärden! Hon drog i ett av dom så att fästet brast och smög sen tyst utmed väggen med fingrarna som blodlösa klor runt svärdet, ut till hallen. Hon spanade ur sitt mörker mot ljuset ute i trapphuset, genom ytterdörrens frostade glas. En skugga kom mot glaset, kände på dörrhandtaget och en arm hölls upp som om personen skuggade över ögonen och försökte kika in.

Erika stirrade mot den mörka gestalten, hon var torr i munnen. Hon kramade svärdet med bägge händerna och insåg att hon stod vänd mot höger och var högerhänt. Hon gled snabbt och ljudlöst över till motsatt sida av hallen och ställde sig framför dörröppningen in mot badrummet och väntade.

Skuggan utanför försvann plötsligt. Erika sträckte på halsen och försökte förstå vad hon just missat. Hon tog ett försiktigt kliv framåt och lyssnade intensivt, ett litet steg till ... Då reste sig skuggan upp, fyllde fönstret och tog bort allt ljus. Det rasslade till i låset.

Erika tryckte sig bakåt, in i dörröppningen med pulsen som en darrande fågelunge i halsen. Så, det var så här det skulle sluta? Hon såg ner på den grafiskt mönstrade mattan på golvet. Den ologiska tanken att det var synd att bloda ner Pers snygga matta, kom för henne. Dörren trycktes upp och det hördes en dov duns av något på golvet. Så tändes ljuset och allt blev vitt för ett ögonblick.

"Va fan?! Hahaha ... har du suttit och glott på Kill Bill nätterna igenom, eller?"

Pers hela kropp vibrerade av skratt medan han hängde av sig jackan. Han blev sen stående en stund och betraktade hennes darrande bleka uppenbarelse, inklämd i dörröppningen med svärdet i ett krampaktigt grepp. Hans munterhet rann av och han gick mjukt fram till henne, lirkade svärdet ur hennes grepp och la det oändligt försiktigt på hallbordet.

"Förlåt mig, Erika. Jag skulle så klart ha ringt innan, men jag tänkte inte. Jag har kört halva dagen i skitväder och jag ville bara hem."

Per såg in i Erikas stora mörkt blå ögon som gnistrade av ilska och rädsla, skam och utmattning. Han backade ett par steg, satte upp händerna i en avväpnande gest och log trött.

"Vad sägs om något att äta? Jag är utsvulten. Du?"

Erika lutade pannan mot dörrposten ett ögonblick och såg långt på Per. Han såg trött och sliten ut, sorgsen. Själv darrade hon inombords. Nerverna som en bunt upphettade ledningar under huden. Hon kände sig dum, hysterisk och ertappad. Men mest fullständigt utmattad. Hon nickade och följde honom ut i köket.

På något mirakulöst sätt förvandlade Per ett paket nudlar, några trötta morötter, ett par ledsna rödlökar och ett paket frusen lövbiff till en doftande wok. Hon mumlade ursäktande att hon redan ätit men smakade lite. När Per ätit, skalade och fileade han några apelsiner och satte på kaffe. Han serverade apelsinskivorna med flytande honung och en aning olivolja. Och Erika kunde inte motstå, utan åt och blundade och lät kaffet värma.

"Jag har skaffat ett hus", sa Erika. Tystnaden kändes som en vibrerande massa i rummet. Den skavde, gjorde henne olustig.

"Jag kan flytta redan i helgen."

Pers mörka ögonbryn försvann upp under luggen.

"Eskos stuga? Näe?"

"Nä. Inte den. Men Esko har lovat att titta på huset och se om det går att bygga om och göra lite modernare. Det är från början av sjuttiotalet ..."

Hon rodnade plötsligt men när hon såg upp på Per och såg hans breda roade leende, kunde hon inte låta bli att le i samförstånd. Älskade hatade sjuttiotal. Bilder av gillestugor, nedsuttna obekväma soffor i manchester och noppiga ylletyger, orange, brunt och grönt.

"Det ligger ute på Näset ...", la hon till. Ett bubblande fnitter ville upp ur hennes mage. Det hon sa lät så galet. Per såg helt förbluffad ut.

"Helene Christensen, du vet, änkan till ..."

Per viftade otåligt bort den omständliga förklaringen.

"Det ligger ett par sommarstugor i slutet av den nya vägen där hon bygger. Hon ringde. Gubben som äger den ena vill inte bo kvar. Folk är tydligen där och tjatar om att få köpa och han hade dessutom blivit osams med sina barn. Farbrorn har träffat en ny kvinna och barnen hade börjat bråka om sitt arv ... Ja, lång historia."

Per reste sig med ett nyfiket leende och tog ut en flaska grappa ur skafferiet, tog den och två glas ut i vardagsrummet.

"Det här kräver en förklaring", sa han med ett retsamt leende. "Jag hade för mig att du inte gillade havet?"

Erika skrattade. Dom slog sig ner och pratade länge, om hur hon efter ett tag känt sig hemma därute, att det fanns mer som påminde om utsikten över Storsjön än som inte gjorde det och hur mycket hon älskade den fria sikten, känslan av öppenhet. Per smuttade på sin grappa och hans ögon glimmade varmt medan hon berättade. Efter en stund tystnade dom bägge. Mörkret hade lagt sig, det enda ljus som fanns i lägenheten var det från köket. Per satt med ryggen mot fönstret, hans ögon låg i skugga.

"Hur mår du?" frågade Erika, plötsligt generad över att hon inte frågat. Per förblev tyst en lång stund innan han svarade.

"Jag mår okej. Det har varit jobbigt. Jag har förlorat min mor. Men jag har fått tillbaka min familj."

Hans blick fokuserade den genomskinliga vätskan i glaset, en lång stund. Han såg blek och sorgsen ut. Erika slöt munnen. Det fanns så mycket hon ville fråga, men det kändes inte rätt att göra det nu.

"Jag ska åka tillbaka igen, till begravningen, snart. Det känns tomt och sorgligt. Jag känner att jag försummat min mamma, samtidigt som jag vet att hon inte tyckte det. Jag har besökt min bror och hans familj, sett deras hotell, deras hem. Jag är tacksam för det. Att jag har rötter, på riktigt. Inte bara genetiskt, om du förstår vad jag menar."

Han log hastigt och reste sig. Erika stirrade bara rakt ut i mörkret. Kände sig tom och handfallen.

"Du får fortsätta att sova i sängen, jag tar soffan."

Han plockade ihop och försvann ut i köket. Erika gick till badrummet och tvättade av sig. När hon klev ut genom dörren slog hon den i Per som stod böjd och packade upp ur sin väska. Han stönade ljudligt, rätade på sig, gick fram till Erika och la en hand på hennes kind.

"Måste du alltid slåss, tjejen? Om du vill att vi ska bli vänner så får du tänka om ..."

Han log retsamt och lät fingrarna löpa längs hennes kind. Dom stod så, en lång stund, med öppna ansikten, känslan av hud som blivit elektrisk. Per suckade tungt och klev ur förtrollningen.

Han tog en filt från stolen i hallen och gick ut i vardagsrummet, till soffan. Erika stod kvar i hallens mörker, i doften av hans kropp som hängde kvar och lyssnade på prasslet när han la sig i soffan. Hon kände värmen efter hans fingrar som glödande spår på kinden ...

59.

Erika stod återigen på trappan till det låga huset på Trollåsens krön. Hon kände en obestämd känsla av obehag. Huset kändes slutet, som en människa som gett upp och dragit sig undan, in i sig själv. Fördragna gardiner eller mörka öde fönsterrutor, som blinda ögonhålor. Ingen bil på uppfarten, inga saker på tomten, inte en rörelse. Det enda som skvallrade om att någon bodde i huset, var en rad prydligt hopknutna soppåsar som låg staplade intill garageporten.

Hon vände ansiktet mot havet. Det var något märkligt med ett öppet landskap, hur det drog blicken till sig. Att vända ryggen till kändes fysiskt omöjligt. Det var en ny och lite överraskande insikt, att hon var beroende av öppna landskap och fri sikt. Att hon kanske inte riktigt var den stadsråtta hon själv ville framhålla. Hon kände Per bakom sig och visste att också han hade blicken ut över landskapet nedanför.

Hon hade övertygat Bengt om att dom skulle höra Jan Olof en sista gång innan dom definitivt gav upp utredningen. Trots att det såg ut som om Barbro samlat på sig en rejäl summa pengar från olika kunder i sitt arbete och sen lämnat landet. Själv eller tillsammans med någon. Ändå hade Erika svårt att släppa taget. Kanske för att allt verkade just så självklart. Bengt hade protesterat och lite fint påpekat att hennes egna erfarenheter spelade in. Erika hade inte förnekat det men ändå envisats.

"Jag vill bara reda ut ifall han vet mer än han säger. Jag kommer inte ifrån min misstanke att det trots allt kan handla om ett försäkringsbedrägeri. Tänk om Jan Olof spelar teater och hans hustru väntar på honom med mutpengarna. Eller att dom planerat hela den här historien med mutorna tillsammans och väntat ut ett bra tillfälle att försvinna tillsammans. Ingen skulle bli direkt förvånad ifall Jan Olof gick och hoppade från Älvsborgsbron i sin förtvivlan och försvann i tomma intet. Vi har ju fortfarande inte ett spår efter Barbro. Ingen kropp, ingenting."

"Vad är det du letar efter?"

"Jag vet faktiskt inte", hade hon erkänt.

Bengt hade himlat med ögonen och muttrat om envisa fruntimmer, men med en uppskattande blick accepterat ett sista försök att skruva locket av den övergivne maken i Askim.

Jan Olof öppnade nästan genast när dom knackade. Han såg aningen friskare ut än när Erika sett honom på sjukhuset. Blicken var öppnare, mera närvarande. Men hans kropp såg lika eländigt mager ut. Kinderna var urgröpta och hade fallit in mot kraniet. Han klädde sig fortfarande väl men byxorna och skjortan var skrynkliga och kavajen hade synliga fläckar. Och han luktade illa.

Huset var instängt och kvalmigt. Ingen vädrade, ingen verkade heller städa. När Erika såg sig om kände hon att Jan Olofs hem inte längre hade någon tideräkning. Här stod allt stilla, inget förändrades, dammet hade börjat samlas och gav dom plana ytorna ett luddigt intryck i det vita släpljuset utifrån. Men han hade ingen sprit framme på bardisken och hon såg inga glas. Däremot två stora askkoppar som var bräddfulla med surt luktande fimpar. Katten syntes inte till.

"Hur mår du?" frågade hon lågmält när dom slagit sig ner i var sin soffa i vardagsrummet. Jan Olof drog i sig luft i en utdragen suck och såg långsamt upp på Erika. Smärtan i hans ögon var så påtaglig att hon rös. Han kisade med ett svårtydbart drag i ansiktet på hennes bandagerade hand och det blålila ögat. Hade det varit i en annan situation hade hon kanske kunnat se det komiska i att hon ständigt gick omkring och var blåslagen och skadad.

"Jag mår lite bättre", svarade han frånvarande, ögonen blev snabbt röda och hans bleka ögonglober blev blanka och förstorade.

"Du ser lite piggare ut", sa Erika och hörde den falska klangen i den egna rösten. "När skrevs du ut?"

"I måndags."

Jan Olofs röst var metallisk.

"Har du haft något sällskap sen du skrevs ut? Har Ingemar varit hos dig?"

Jan Olof ruskade bara uppgivet på huvudet.

"Jan Olof. Din hustrus mobiltelefon har spårats till USA. Närmare bestämt till New York. Och vi tror också att hon har ställt till det lite för sig på sin arbetsplats. Vi har inget mer att gå på. Så det verkar som om Barbro har åkt iväg."

Jan Olof såg inte ut att ha hört vad hon sa. Han klippte torrt med ögonen och sträckte sig efter sitt cigarettpaket, tände med darrande händer en cigarett och drog girigt i sig röken. Efter en stund samlade han sig, lyfte uppgivet blicken och såg långt och sorgset på Erika.

"Jag är ledsen, men jag förstår faktiskt inte?"

"Jo ... jag tror nog att du förstår", sa Erika och kände plötsligt hur en oändlig trötthet vällde upp. Varför envisades hon? Vad trodde hon att det skulle ge. Hon kunde plötsligt inte komma ihåg vad det var som drivit henne att fortsätta.

"Jag har frågat dig tidigare, Jan Olof, ifall det är så att du vet var din hustru är. Om hon väntar på dig någonstans. Ni har rejäla livförsäkringar på er båda."

Jan Olof ruskade bara uppgivet på huvudet. Erika såg hur den bleka huden dallrade, ögonen som snabbt såg på henne för att sen vika igen, var rödsprängda. Det var uppenbart att Jan Olof börjat supa igen, så fort han kommit innanför dörren. Och, på något märkligt sätt förstod hon honom. Det var inget hem han bodde i längre. Snarare en hållplats, en övergiven perrong, på vilken han stod och väntade, på ingenting.

"Jan Olof?"

Erika såg intensivt på honom, sökte hans uppmärksamhet och fick den efter en stund.

"Vet du var din hustru är just nu? Jag vet att det kan kännas som en underlig fråga, men jag vill ändå att du svarar, ärligt. Det är inte så att du egentligen vet? Men att du inte orkar prata om det."

Jan Olof reagerade inte utan gled undan in i sitt eget mörker. Han satt kvar i den ställning han haft och gungade kroppen svagt fram och åter med blicken fäst någonstans utanför huset, långt ute över Askimsviken. Erika svalde ner, kände hur luften tog slut i rummet, hur sorgen och ovissheten kröp mot henne som en demon. Så suckade Jan Olof tungt.

"Du är faktiskt den enda som har lyssnat på mig under den här tiden. Ja, och så Ingemar då ..."

Han log hastigt, blekt och förvirrat.

"Jag är så ensam nu, det är så tomt, så meningslöst. Förstår du? Det är inget hem längre, det här. Det är bara ett hus, ett hus som någon annan skulle kunna bo i, en ung barnfamilj kanske. Som skulle renovera och njuta av utsikten, grilla ute på terrassen på sommaren och barnen skulle leka på gräset härute ..."

Tårarna kom tillbaka och svämmade över. Jan Olof hulkade med ansiktet begravt i händerna, långa utdragna väsande andetag. Erika såg sorgset på honom. Det han beskrivit lät som hans egen dröm om livet med sin hustru. Den dröm som dom inte fått.

Det var så mycket i parets liv som Erika fortfarande inte förstod. Dom föll inte in i någon mall. Dom var inte det vanliga Svenssonparet med en flock vilda busungar, två bilar och var sitt vanligt kneg, som ramlade ihop i tevesoffan på fredagarna, käkade tacos med förmognade avokador, drack vin ur box och sparade till en Thailandsresa om året eller hade båt nere i Askimsviken.

"Så det här är slutet?" frågade han och vände sig plötsligt mot Erika. "Ni hittar inget? Det tar slut här."

Erika kände en oerhörd lust att bara nicka, men höll sig så stilla hon kunde. Det var han som skulle ge svaren nu. Inte hon. Hon hade inga.

Per stod stilla i dörröppningen till parets sovrum. Han höll sig i bakgrunden och lät Erika prata med Jan Olof. Han såg sig omkring. All inredning i huset andades diskret lyx, dyrt och utvalt. Och välordnat. Nästan militäriskt. Inte en bok som stack ut, inte en tavla på sned, inte ett papper som låg framme. Men det var kanske så att han inte rört dom sakerna på länge. För trots ordningen och det prydliga så utstrålade huset ett slags kaos, en uppgiven misär. Ett par av garderobsdörrarna stod på glänt. En kavaj stack ut och hade fastnat i kläm i dörren. Sängen var obäddad men bara på ena sidan. Överkastet var slarvigt undandraget och sängkläderna på den obäddade sidan var knöliga och såg ut att ha legat lindade kring en människa som svettats eller inte brytt sig om att tvätta sina sängkläder på länge.

Per gick fram till bokhyllan och strök med handen över bokryggarna men fann inget som väckte hans intresse. Han hörde Erikas lågmälda frågor till Jan Olof ute i vardagsrummet och hans entoniga svar. Per vände sig om och hans blick fastnade på två tavlor med lackade träramar som satt alldeles bakom dörren in till sovrummet. Dom såg antika ut. Han böjde sig fram. Grafiskt vackra bilder som, när han tittade närmare, var foton av en vacker kvinnokropp, mjuk och fyllig, intrikat bunden med tunna rep. Han backade och såg långt på bilderna. Det var ramarna som var antika eller åtminstone gamla. Men bilderna såg ut att vara tagna med en modern kamera ...

Han gick tyst ut ur rummet, fortsatte längs hallen och gick metodiskt igenom alla rum. Inget verkade ha förändrats, inget fångade honom. Han öppnade dörren till trappan och gick tyst ner till garaget. Ett fint damm hade lagt sig på den tvåsitsiga lilla sportbilen. Den mörka Audin var blank men med streck av lera och salt längs sidorna. Jan Olof hade slutat bry sig.

Per tryckte försiktigt upp dörren in till källarutrymmet innanför garaget. Han lät blicken svepa över hyllorna som stod längs väggarna, fyllda av flyttkartonger, uppmärkta med sitt innehåll, trädgårdsprylar, hängare med kläder, skidor och en plastjulgran, naken utan kulor och glitter. Längre in stod en stor frysbox och en rad hyllor med konserver, glasburkar med sylt och marmelad, tomma burkar och flaskor som väntade på att bli fyllda. Per tittade ner i frysboxen. Den var till hälften fylld av frysta matvaror i plastpåsar.

Han blev stående ett ögonblick, då den vita katten kom trippande. Per log och satte sig ner och lät katten nosa och stryka för att undersöka främlingen och sätta sina revirmarkeringar. Han drog över kattens kråmande rygg och svans men katten gled genom hans fingrar och bort mot källarväggen där den gjorde den typiska kattåttan, en ringlande kelsjuk rörelse, utmed väggen. Den stannade med svansen tryckt mot väggen invid en av hyllorna och glodde på Per med klotrunda grönaktiga ögon. "Mauuooo", sa den uppfordrande men flyttade sig inte. Per lockade med ett vänligt kisskiss men katten stod kvar i samma ställning och glodde.

När Per kom upp och in i vardagsrummet igen, satt Jan Olof nedsjunken i en av sofforna och grät utan att försöka dämpa sina snyftningar. Erika satt intill honom på soffans armstöd med en tafatt hand på hans axel som studsade under gråtkramperna. Hon gav Per en hjälplös blick. Han nickade.

"Hon har lämnat mig, eller hur?" snyftade Jan Olof. Orden var knappt hörbara bakom hans händer. Han snörvlade in snoret, det lät som om han skulle drunkna.

"Hon har övergett mig ... jag som alltid tr... jag ... Åh gud, kära gud! Hjälp mig ..."

60.

Per ställde sin gamla BMW på parkeringen. Den var lika öde som förra gången han varit där. Erika hade fått tillåtelse att tömma Eskos stuga på dom sista sakerna som blivit kvar. Under dagen hade hon, Krister, Anna och Einar Anderssons skrattlystna kvinna Fahrida, skurat rent i stugan i Brevik som Erika nu skulle få låna, ja, faktiskt köpa ifall hon ville. Einar hade först sagt att hon fick hyra stugan. Sen hade han ringt och föreslagit att Erika kunde få köpa den för några hundra tusen.

"Det e ett elände för en gammal människa att förstå att man e mera värd för sina barn död än levande", hade han sagt med en skarp bitterhet i rösten.

"Fahrida å jag vill ju bara njuta av livet nu. Inte trodde väl jag att jag skulle hitta en ny kärlek på gamla dar. Å nu när vi tänkte gifta oss, så e det bara prat om arvet och arvet. Å om hennes söner. Men dom bor ju för tusan inte ens i Sverige. Om hon köper stugan av mig, så får ungdjävlarna fundera på vilka dom verkliga värdena i livet e. Å jag å Fahrida kan resa upp pengarna."

Erika hade först trott att den gamle mannen skojade. Men det gjorde han inte. Han var rosenrasande och hade inte minsta lust att vara i stugan mer.

"Vi vill inte bo här på somrarna mer. Det har blive nåt slags nedra Klondyke av alltehopa. Dom nya grannarna e ena fisförnäma nyrika typer utan hyfs eller vett nånstans. Å vi e less på alla som kommer här å knackar på å ska köpa. Mäklare å såna däringa advokater. Tjatar så örona trillar av."

Erika hade protesterat och sagt som det var. Att priset var alldeles för lågt. Stugan och framförallt tomten, var värda mycket mer än så. Sen hade hon inte fast arbete och banker hade inte minsta lust att låna ut några pengar till någon utan fast tjänst, inte ens ett par hundra tusen. Men Einar hade envisats. Hon var ju polis. Och så var hon vän med arkitektfrun. Hon kunde ju låna stugan så länge, om hon hade det knapert, hade han envisats.

Pers gode vän Esko hade kommit ut en stund och fikat på förstukvisten, i dom första värmande solstrålarna, och konstaterat att Einars gamla stuga inte alls var så anskrämlig som dom fruktat, när den blivit städad och tömd. Han hade med ett visst nostalgiskt skimmer i blicken studerat den i detalj och även haft en gammal ritning på stugan med sig från fastighetsarkivet, så som den sett ut när den byggdes i början av sjuttiotalet.

Han hade med iver pratat om olika färger som passade ute i skärgården och som stod emot det hårda klimatet. Och med ett brett leende slagit fast att en friggebod kunde man ju alltid bygga och att den så klart skulle användas som bastu. Något annat var otänkbart.

Per och Erika följdes åt längs den smala och förrädiska stigen som vindlade mellan buskar och över stenhällar. Promenaden gjorde henne obehaglig till mods. Bilder av hur hon halkat och snubblat fram i blind skräck genom mörkret, trängde sig på. Hon kunde fortfarande känna den intensiva smärtan när hon ramlat och slagit sig och gång på gång rafsat sig upp på fötter igen, rivit av sig naglar, rispat ansiktet på grenar och rötter och skadat sina bara fötter på vassa stenar. Och sprungit så länge att hon till slut hostat blod.

När dom närmade sig stugan såg hon att det lyste i köket hos muminmannen. Trollen stod i klungor och verkade vaksamt studera allt som passerade. Erika undrade om han flyttade på trollen. Hon hade, varje gång hon passerat, fått en stark känsla av att dom aldrig stod riktigt på samma sätt från ena gången till den andra. Eller så levde plastvarelserna ett eget hemligt liv.

En ny dörr hade ersatt den sönderbrutna på Eskos stuga och Erika öppnade med nyckeln hon fått till det nya låset. Bitar av det blåvita plastbandet med texten avspärrat hängde fortfarande fasttrasslade i buskarna intill stugan. Dom packade snabbt ihop dom få saker som Erika hade tvingats lämna i stugan. Porslin och lite husgeråd, lakan och handdukar, några klädesplagg, kandelabern hon fått av Anna, kuddar och täcken. Per tog den första av flyttkartongerna dom fyllt och började gå tillbaka mot bilen.

Erika började fnissa, nästan gråta, när hon upptäckte att någon av teknikerna eller hennes uniformerade kollegor, ställt in hennes två mumintroll på skohyllan. Hon tog upp en av dom runda plastfigurerna och skakade den ömsint. Bjällrorna klang inne i figurens mage. Hon bestämde sig för att lämna tillbaka dom till sin granne. Hon kanske till och med kunde försöka hitta fler till honom.

Ett plötsligt drag fick dörren att slå igen. Erika reste sig häftigt och stirrade mot fönstren i rummets yttre hörn. Allt hon såg i den blanka rutan var spegelbilden av sig själv och köksinredningen. Dunklet utanför var diffust. Hon svalde hårt, lyssnade. Det var med ens obehagligt tyst. Plötsligt rann en skugga tätt förbi fönsterrutan. Erika ryggade häftigt, tappade balansen och famlade efter kanten på diskbänken, men missade och ramlade bakåt ner på golvet. Hon blev sittande med blicken naglad vid dörren. Men inget ljud hördes utanför den och handtaget rörde sig inte.

Flämtande och med hjärtat i halsgropen, reste sig Erika, hukande med diskbänken som stöd. Hon lutade sig försiktigt fram mot det låga breda fönstret och kikade över kanten på fönsterbrädan. Träden utanför hade börjat vaja allt mer, vindbyarna hade blivit kraftigare. Molnen jagade över himlen och snabba skuggor flög över marken. Då fick hon syn på flyttkartongen som stod övergiven på stigen.

"Nej! För helvete, nej", väste hon, rev upp dörren och klev rakt ut i vinden. Lufttrycket slog emot henne och hon tappade för ett ögonblick andan medan hon stirrade ut över stigen, bort mot klippan och muminsamlarens plank. Men allt hon kunde se i det flackande ljuset var den övergivna papplådan som stod mitt på stigen. Hon snodde runt, gick hastigt upp för stenstegen, in bakom stugan i det lösa gruset. Hon kisade i dunklet och fick syn på spaden som stod lutad mot stugväggen. Med spaden i ett hårt grepp gick hon ner till stigen och började följa den med snabba ögonkast åt sidorna, in bland buskar och vispande trädgrenar.

Ett rop trängde igenom vinden, Erika stirrade mot ljudet. Där stigen gick över klippan, bredvid muminmannens röda plank, stod en bred kraftfull skugga och slog, fullständigt besinningslöst, på något som hon inte kunde urskilja. Erika skrek rakt ut och störtade fram. Hon kastade sig mot den stora ryggen och måttade ett våldsamt slag mot Görans nacke med spaden, men halkade och träffade snett mot hans rygg så att spadens blad slog i med den breda sidan, vreds ur hennes händer och flög iväg i en vid båge. Göran rätade på sig med ett vrål och vrängde Erika ifrån sig i en brutal rörelse, som om han schasade bort en irriterande insekt. Erika ramlade bakåt utmed klippan som lutade brant neråt, men lyckades komma på fötter igen och sköt fart med kraft av benen, med överkroppen riktad mot Görans ben. Hon rammade honom i knähöjd med ena axeln, kände hur något krasade men fick honom att tappa balansen.

Göran svor högt, snodde runt och grep henne hårt i jackan och överarmen. Hans fingrar grävde sig ända in i hennes armmuskler och smärtan fick kallsvetten att bryta ut mellan brösten. I en enda rörelse, svepte Göran iväg sin hustru, ner för klippan mot stenarna och gruset. Erika kände hur hon flög och hann tänka att det inte skulle gå väl, innan hon slog i. Förlamad av smärta och mötet med marken som slagit luften ur hennes lungor, såg hon hur Göran vände sig mot Per igen, som låg på marken.

Erika lyckades resa sig upp på ena armbågen och såg hur slagen haglade med en kraft och ett ursinne som bara en verkligt desperat människa kan uppamma. Per rullade hastigt runt, Göran missade hans ansikte och slog istället knytnäven i stenen under. Göran vrålade av smärta och ilska. Per kravlade sig upp på fötter och skulle just räta upp kroppen, då Göran tryckte en pistolmynning mot sidan av hans hals. Per stannade upp rörelsen och såg upp på Göran.

"Så det var du", väste Göran. "Du din djävla ... Jag lovade att jag skulle knäcka vartenda satans ben i din kropp. Minns du att jag lovade det?"

Per stod blickstilla med blicken fäst vid Görans ansikte. Då hörde

Erika hur Göran osäkrade sitt vapen. Hon famlade framför sig för att komma upp men halkade istället bakåt. Den iskalla luften grep runt henne och hon kände att hon var på väg att kräkas.

"Jag skulle ha knäckt dina ben redan då", vrålade Göran hest. "Ställ dig på knä och be en sista bön, ditt satans avskum. Du skulle inte ha tafsat på min fru, din sa..."

Per dök ner mot stenen och försökte precis få grepp runt Görans ben, när skottet brann av.

61.

Hunden stannade plötsligt upp och stelnade, med nosen riktad mot havet. Den stora kroppen darrade till.

"Näe, Gandalf, vi ska inte gå till havet idag, det är för mörkt nu. Och halt", la han till med blicken ut över skogskrönet.

Han lyssnade. Allt som hördes var det svaga ljudet av vinden som låg på, ryckig och oregelbunden. Det var kallt och fuktigt i luften, en doft av jord och stillastående havsvatten, troligen nere från den långgrunda viken vid Smithen. Vattennivån hade stigit det senaste dygnet, en jämn pålandsvind hade tryckt på och vattnet hade lagt sig ovanpå isen och blött upp marken.

Han såg med ömhet på sin schäferhanne. Vinden smekte runt i den tjocka pälsen på hundens nacke som var grov och bred, det klumpiga huvudet hängde en aning medan hunden lystrade. Ena örat stod rakt ut från huvudet. Något ämne för utställningar hade han aldrig varit, men en bra kamrat, under många år. Dom enorma tassarna spände mot stenen. Precis när Lennart skulle dra lite mera bestämt i kopplet för att börja gå hemåt igen, drog schäfern till och spjärnade emot stenen så att det krasade under klorna. Lennart stapplade till, men fann balansen och tog några snubblande steg efter hunden innan han hann protestera.

"Gandalf, din gamle tok, vad är det du har fått korn på nu då?" suckade han och lät hunden dra. Han var själv lite nyfiken. Kanske var det ett av rådjuren som förpestade hans trädgård. Han borde ta ett nytt samtal med sin gode vän i jaktlaget, tjata lite mera, dom behövde verkligen skjuta av. Eller en grävling? Det skulle förklara varför han inte fått några igelkottar i lövhögen han så noga makat ihop.

Han följde hunden, som nu drog hårt i kopplet, bort från den smala bilvägen och upp över klippan. Så tvärstannade hunden, reste ragg och morrade djupt nere i strupen. Åskblå moln rusade över himlen, högt uppe i luftlagren där vinden var snabbare. Ljus himmel skymtade förbi i gliporna och gjorde ett fladdrande ljusspel på marken och bland träden. Havet öppnade sig nedanför bergknallen, med den lilla viken med rödmålade sjöbodar på andra sidan inloppet och stugorna som låg och kurade bland träden på den sida dom stod på.

Framför dom på den släta stenen såg han två män. Den ene låg ner på marken medan den andre stod lutad över honom och slog med brutal kraft. Lennart ställde direkt hunden.

"Sluta! Genast!" ropade han allt vad han kunde. Men ingen av männen verkade reagera.

Då brann ett skott av, det klirrade till i klippan och ven längs ett rödmålat plank. Skottet ekade ut över havet. Lennart tappade nästan fotfästet när han insåg vad som hänt. En av männen hade skjutit. Han mindes med ens med en rysning dagen då ett gäng gjort upp, nere vid badplatsen längst ut på Näset flera år tidigare, mitt på dagen, bland badande barnfamiljer. Det fick fan inte vara sant, inte här, igen.

Gandalf morrade långt nere i halsen och gav plötsligt skall.

Göran stirrade upp mot det oväntade ljudet och såg misstroget på den äldre mannen som stod längre upp på klippan med en borstig schäfer i koppel. Hunden skällde dreglande och visade tänderna.

"Jag ringer polisen", la mannen till men med betydligt mindre kraft i rösten. Han höll upp en mobiltelefon i ena handen.

"Du ringer inte nånstans, gubbdjävel", bet Göran och visade tydligt att han riktade vapnet mot mannen på marken. Lennart darrade så häftigt att han nästan tappade telefonen. Hunden drog och slet i kopplet. Han sträckte sakta ut handen som höll mobilen, visade den tydligt och la den sen sakta och försiktigt på marken framför sig. Hunden gjorde ett plötsligt och hårt utfall i kopplet och mannen föll framåt, ner på knä på stenen. Han ropade rakt ut av smärta och skräck, men lyckades hålla fast i kopplet och hindra schäfern från att gå till anfall. Hunden stretade i kopplet och skällde snörvlande och vrålande, raggen över ryggen stod rakt upp som ett igelkottsborst och tänderna glimmade gulaktiga i gapet.

Flämtande halvt kröp och halvt stapplade Erika över stenen, fram till Pers kropp som segnat ner på stenen och låg alldeles stilla. Innan hon nådde fram grep Göran henne i håret och lyfte henne brutalt mot sig. Hon flaxade och sparkade men fann sig hänga fritt i det svidande greppet. Tårarna rann av smärta.

"Nu följer du med mig, gumman min", väste han mellan tänderna.

62.

Erika drog häftigt in luft men kunde inte röra sig. Sakta lät Göran den svarta tingesten glida utmed hennes kind och tryckte sen in pistolmynningen i hennes mun. Görans hårda arm låg runt henne och tryckte hennes rygg mot honom. Om han avlossade ytterligare ett skott skulle kulan splittra hennes huvud och fortsätta in i Görans. Dom skulle dö för samma kula. Hon började skaka okontrollerat.

"Försvinn härifrån, gubbdjävel", väste Göran mot mannen, som hulkande stod på alla fyra på marken med händerna invirade i hundens koppel för att hindra den att gå till anfall. Under ett kort ögonblick såg Göran att den gamle mannen stirrade på något bakom honom, men hann inte reagera.

Per kisade genom tårar och blod. Han hade rullat åt sidan i sista stund och skottet hade gått igenom honom någonstans i axelhöjd. Det var som om ett klot av eld landat i hans ena sida och sakta börjat förtära honom inifrån. Synfältet hade smalnat av och det han såg var flimrigt och suddigt. Göran och Erika avtecknade sig som om dom stod på andra sidan en skrovlig glasyta.

Det var då han upptäckte en stor mörk skugga som verkade växa upp bakom Göran. Ur Pers perspektiv såg det ut som om själva stenen fått liv och börjat resa sig. Stenjätten lyfte armen och slog med den mest brutala och lugnt medvetna kraft Per någonsin sett. Göran föll handlöst till marken. Det såg ut som om varelsen använt en klubba. Men när Per reste sig och kisade genom tårar och svett, såg han att den gigantiske mannen helt enkelt bara gått fram och klubbat ner Göran med knytnäven. Görans kropp låg som en hög på klippan och den store mannen hade satt sig på honom.

"Jag har sett han förut här ... han vill henne illa."

Mannen pekade mot Erika som sjunkit ner på knä på stenen intill. Ett skevt leende bredde ut sig i hans grovhuggna ansikte.

"Han ska ringa nu, till polisen", sa jätten och nickade mot Per.

Per nickade och gjorde ett tafatt försök att hitta sin mobil i fickan med den oskadda armen. Men smärtan klöv kroppen itu, allt blev vitt och frasigt runt honom och rösterna bäddades in som i tjock bomull. Det blev behagligt tyst.

När Per öppnade ögonen låg han på något stumt, det luktade kemikalier och avgaser. Han vände mödosamt på huvudet och såg rakt in i Torbjörns ljusa ögon. Han såg bistert på Per, tryckte upp snuset med tungan, nickade och log sen brett. Per slöt ögonen och andades ut.

När han försiktigt vände huvudet åt andra sidan, mötte han Erikas glansiga blick. Hon reste sig upp på armbågen, fick en skarp tillsägelse av en sköterska i ambulansen men vägrade lyda och sträckte ut handen mot honom. Hon hade smuts och kvistar i håret som var hoptovat och kladdigt av rödsvart blod. Tårarna hade gjort långa ränder i smuts och blod i hennes ansikte och den lilla mascara hon haft låg som band under ögonen.

Han tog hennes hand i sin. Hennes knogar var sönderskrapade och sårtejpen som hållit den skadade nageln hade rivits av. Han klarade inte att titta. Per andades ut, tjockt och surt. Han försökte sig på ett leende men visste inte om han lyckades. Ett av hans fingrar stod i en underlig vinkel och när känseln sakta återvände kände han att det var av. Axeln brann av en smärta som han inte tidigare känt och när han försiktigt trevade med fingrarna var det han som fick en skarp tillsägelse av sköterskan.

"Vi måste sluta slåss, du och jag, tjejen", mumlade Per och kisade på Erika med ett öga. Han kände en hysterisk lust att skratta. När hennes ansikte blev lite skarpare såg han att hon log.

63.

"Du kommer fan inte att tro det här!"

Aleks klev in genom Pers dörr, utan att knacka. Per höjde ögonbrynen och gav sin kollega en lång och frågande blick. Det var sällan, ja, nästan aldrig, som något kunde rubba Aleks så pass att han visade någon form av upphetsning. Per grimaserade när han försiktigt sjönk tillbaka i sin stol. Han såg misslynt på sin vänstra hand. Den var hårt lindad, ringfingret låg fast förankrat i en stålskena och hans vänstra axel var fixerad mot kroppen. Han hade blivit en halv man, en ensiding, som Aleks muntert påpekat när Per envist vägrat att vara hemma och vara sjukskriven. Skottet som Göran avlossat hade gått rakt igenom axelmuskeln. Ett köttsår, rätt och slätt.

"Va fan ska jag göra hemma, menar ni?" hade Per grumsat. "Måla kan jag inte, slipa kan jag inte, inte träna, inte ..."

"Knulla", hade Torbjörn fyllt i med ett elakt leende.

Per nickade mot stolen. Aleks satte sig med en duns.

"DHL, Per. Dom har hittat Barbros telefon. Den låg i ett paket, skickat med DHL. Till en adress på Manhattan. Men ingen har hämtat ut paketet. Någon djävel driver med oss!"

"Va?" Per studerade sin kollegas ansikte en lång stund innan han insåg att Aleks inte ägnade sig åt sina vanliga skämt. Det var allvar. Han försökte ta in informationen. Hjärnan vägrade.

"Du vet, det förklarar det där med att hon inte fanns med på några passagerarlistor."

Aleks såg nästan skamsen ut, som om han borde ha klurat ut den gåtan långt tidigare.

"Luren har så klart gått i ett paket i buken på ett passagerarplan", fortsatte han. "Den kopplade upp sig, allt eftersom den åkte iväg, och la ett spår som vi följde. Så att vi skulle tro att tanten tagit sitt pick och pack till staterna. Men hon åkte aldrig själv, eller hur? Det är bara luren som har åkt utomlands."

"Någon har postat hennes lur påslagen till USA", upprepade Per långsamt med tryck på varje ord. "När postades den? Visste dom det?"

"Den fjärde januari, min vän, den fjärde", sa Aleks med en bekymrad min.

64.

Erika parkerade bilen utanför huset uppe på Trollåsens krön. För vilken gång i ordningen visste hon inte. Aleks hade erbjudit sig att följa med. Men hon hade sett i hans ansikte att han inte hade varken lust eller tid. Det var inget regelrätt förhör. Mera ett samtal. Jan Olof ville tacka henne, hade han sagt. Det fanns inget skäl att åka ut annat än att hon ville berätta att utredningen nu definitivt var lagd på is. Själv. Inte över telefon. Utan personligen.

Det var med blandade känslor hon stod på trappan och knackade på dörren igen. Men hennes hjärta lättade när Jan Olof öppnade och faktiskt gav henne ett av sina sällsynta leenden. Han såg nykter ut. Men fortfarande blek och tärd. Och oerhört sorgsen. Dom slog sig ner i det ljusa vardagsrummet. En brasa knastrade hemtrevligt i den öppna spisen och den vita katten låg utsträckt på en av fåtöljernas armstöd och blundade i värmestrålningen. Det såg ut som om Jan Olof städat lite, åtminstone dammsugit, torkat av bordet i vardagsrummet och bänken i köket.

Jan Olof dukade fram te och nybakade scones med smör och marmelad. Han sa inte så mycket, några ord om vädret, att det snart skulle bli ljusare. Han serverade henne teet ur en vacker kanna. Hon smuttade på den heta drycken och tog ett av dom varma bröden och la lite smör på.

"Så, nu är det alltså över?" sa Jan Olof plötsligt och såg på Erika. Han såg samlad ut. Beredd.

"Ja. Vi hittar inget mer."

"Var det telefonen?"

"Ja. Och att vi inte kan hitta några spår efter din fru. Vi tror att hon håller sig undan."

Jan Olof nickade tankfullt. Sen log han, ett underfundigt leende bakom smala läppar. Erika tänkte att hon aldrig tidigare lagt märke till att Jan Olofs tänder var så skarpa.

"Men du trodde länge något annat, eller hur?"

Erika rätade på sig och gav honom en hastig blick. Men sa inget. Han hade rätt. Men hon förstod ändå inte vart han ville komma. Hon var inte beredd att sitta och diskutera sina misstankar mot honom, nu. Att hon hela tiden tyckt att något i parets förhållande hade varit märkligt och att något legat och rullat i henne ända från början, var inget hon hade lust att gå in på. Inte nu. Inte heller känslan av att Jan Olof inte var riktigt den hjälplöse mannen han tett sig vara. Och att hans svartsjuka och oerhörda fixering vid hustrun, inte var helt sund. Två ensamma människor, som knappt umgicks med andra, som ägnade sig åt varandra, bundna och beroende. Vad hände om en av dom ville bryta sig ut? Om den ena av dom visade sig vara något annat än det hon utgett sig för.

"Du är en klok kvinna, Erika. Mycket klok."

Jan Olof log och smuttade på sin egen tekopp med blicken någonstans långt borta.

"Jag har sagt det tidigare och jag säger det igen. Jag är oerhört tacksam för ditt engagemang. För att du faktiskt har brytt dig om mig och min hustru. Det är det inte alla som har gjort, kan jag säga. Du är nog den enda som förstått, verkligen förstått."

Jan Olof log ett blekt men samtidigt glödande leende som fick Erika att kippa efter luft. Det var ett leende som hon inte tidigare sett. Hon svalde ner sitt te. Magsyran bubblade. Hon kände tyngden av tjänstevapnet mot sidan men hejdade impulsen att känna på det. Nackhåren reste sig med ens, insikten som ett trubbigt slag i magen. Hon svalde ansträngt ner tuggan av scones med apelsinmarmelad och kände hur rummet gjorde ett varv runt henne. Jan Olof fortsatte sitt entoniga berättande och ägnade henne knappt en blick.

"Jag fick sidor ur en dagbok. Som Barbro skrivit. I ett kuvert till jobbet, strax efter jul. Det fanns ingen avsändare. Jag hade ingen aning om att hon hade en dagbok. Hon berättade att hon skrivit dagbok som liten, som mycket ung. Men jag visste inte att hon fortfarande gjorde det."

Jan Olof harklade sig, rätade lite på den krumma ryggen och sökte Erikas ögon. Det kalla leendet kom tillbaka.

"Jag förstod för första gången i mitt vuxna liv att jag aldrig lärt känna henne, på riktigt. Att jag inte visste vem min fru var. Hur kall och beräknande hon kunde vara och hur mycket hon älskade mig men samtidigt föraktade mig ... Att hon varit otrogen mot mig i många år och att hon varit förälskad i andra män. Men samtidigt på något underligt sätt, ville ha mig kvar. Hela min värld rasade samman. Jag blev fullständigt galen."

Jan Olof gjorde en förklarande gest. "Då, bestämde jag mig ..."

Han såg rakt in i Erikas ögon, fixerade dom med ögon som var kalla som stenar. Han fortsatte.

"Hon skulle hålla det löfte hon ingick när vi gifte oss. I nöd och lust, tills döden skiljer oss åt." Han böjde sig fram och grep runt hennes arm, dom välbekanta beniga fingrarna grävde sig in.

"Jag var faktiskt beredd att förlåta, ska du veta. Att se mellan fingrarna med hennes eskapader, bara hon stannade hos mig. Det var till och med så, att jag kunde se att hennes äventyr gjorde vårt förhållande gott. Gav det mera passion, mera krydda. Det var då hon begick sitt stora misstag."

Han nickade sorgset. Som för att bekräfta sina egna ord. Greppet om Erikas arm lossnade.

"Hon sa att hon ville skiljas, att hon hittat en ny man som hon skulle gifta sig med. Att hon ville lämna mig. För gott." Han ruskade bedrövad på huvudet och vände sig sen mot Erika igen, såg henne djupt och förtroligt i ögonen.

"Jag har varit så nära att berätta allt för dig, ska du veta. Flera gånger."

Han strök henne ömt över armen.

"Det blev så ensamt, trots att jag hade Barbro kvar. Och du lyssnade ..."

Erika flämtade, försökte säga något, resa sig eller lyfta armen. Men hon kunde inte röra sig. Hela kroppen var som förlamad. Hon sjönk längre ner i soffan, hennes tekopp rasade ner i mattan och en våt fläck bredde sakta ut sig, mörk som blod. Hon stirrade ilsket och uppgivet på Jan Olof som besvarade hennes rasande blickar med ett ömsint och belåtet leende.

"Ja, jag förstår att du är lite besviken på mig nu, Erika. Men det blir bra till slut, jag lovar."

65.

Per kikade in hos Aleks.

"Var är Erika?"

Aleks lyfte på huvudet. Log ett avväpnande leende och drog handen genom håret, en kokett och totalt onödig gest eftersom hans hår ändå direkt återgick till den form han gett det på morgonen. Han gjorde en eftertänksam min men gav upp när Per stånkade ljudligt.

"Okej då", grumsade Aleks. "Hon åkte ut till den övergivne i Trollåsen. Han ville visst prata av sig. Och hon har ett hjärta som ömmar för såna där figurer och ville berätta personligen att utredningen är stängd", flinade Aleks obekymrat.

"Själv?" protesterade Per.

"Na. Tjurigt norrlandsfruntimmer, det där. Jag erbjöd mig faktiskt. Men vi har ju lite annat att göra också, så ..."

Det breda leendet lyste upp hela hans ansikte. Per rynkade pannan. Ryckte sen på axlarna och gick tillbaka till sitt rum. Han slog sig ner, slängde upp fötterna på skrivbordet. Erik kom inbullrande genom dörren med en kattbur dinglande i handen. Han ställde ogenerat plastlådan på Pers skrivbord, slog sig ner och stånkade.

"Nu, serru, blir det veterinären för den här herrn."

Erik gjorde en snittrörelse över halsen med handen men sprack sen upp i ett avväpnande leende.

"Nej, för tusan! Bara snöpning. Annars drar herrn ut i Backadalen och gör det han vill göra och jag får Ahmed och Mohammed efter mig, krävandes underhåll", skrockade han.

"Sitter och jamar vid dörren som en galning! Har till och med börjat hänga sig i dörrhandtaget. Så nu får det vara nog", la han till och blinkade glatt mot katten inne i lådan. Katten satt tyst och glodde tillbaka. Efter ytterligare en stunds småprat om väder och vind och den kommande graderingen, svepte Erik ut igen med buren i ett stadigt grepp.

Per stirrade mot fönstret i sitt rum, mot en gråvit vägg. Bilarna utanför frasade förbi i regnvattnet. Nu får det fan i mej bli vår snart. Han lät blicken svepa tillbaka, över pappershögarna på bordet. Det papperslösa samhället, not. Han lutade sig tillbaka, lät tankarna vandra iväg. Till villan ute i Askim. Hur tänkte hon? Men, hon hade väl hela tiden känt någon slags sympati för den magre kraken. Landskapet gled förbi på insidan av hans ögonglober, snabba utsnitt, snabba bilder av huset, rummen, möblerna, bokhyllor och personliga saker. Så mindes han dom två bilderna som han sett i paret Olofssons sängkammare. Vackra, ovanliga och utsökta. Shibari. Han var säker.

Märkligt. Fast kanske ändå inte märkligare än att han hade en halv bokhylla fylld med böcker om budo. Och shibari. Han såg dom prydliga men ändå ostädade rummen framför sig, det kala förrådsrummet där katten smugit omkring.

Per stelnade. Katten? Han såg den vita katten som en perfekt bild framför sig. Hur hon hade markerat, visat honom ... Per hann tänka samtliga svordomar han kunde, medan han sprang ner genom korridoren till Torbjörns rum och slet upp dörren.

66.

Röda och vita punkter svävade i rymden, sen svart, ett sug neråt. Erika flämtade och kämpade för att få upp ögonen. Allt runt henne snurrade och illamåendet fick henne att sluta ögonen igen. Hon knep ihop och försökte andas. Hon snörvlade ansträngt och kände vått dregel på hakan. Då insåg hon att hon bara kunde andas genom näsan och att ansiktet låg ner i något mjukt. Paniken fladdrade upp, hon flåsade snorigt genom näsan, stönade till och försökte räta på sig.

"Om jag vore du, så skulle jag inte göra så", sa en hes röst intill henne. Erika blinkade och snörvlade till. Hon hade svårt att se. Allt var diffust och dimmigt. Hon slöt ögonen igen och kände under stegrande panik att hon var bunden. Smala band av smärta och tryck över kroppen. Något mjukt och svullet spände ut hennes mun. Hon öppnade ögonen och fokus kom sakta tillbaka. Hon snyftade till när hon fick syn på sig själv i en stor spegel.

Bilden hon såg var som en bisarr tavla. Hon kände igen sin egen kropp men den låg i en så underlig ställning att hon mer liknade en krabba. Hon låg på mage. Naken. Armarna och benen var bundna bakom hennes rygg och sammankopplade så att hon nästan låg i brygga. I munnen hade hon en svart boll fäst med något som liknade ett betsel som löpte runt hennes huvud. Repen var svarta och smala. Men det som fick henne att snörvla av skräck var repslingan som låg runt hennes hals och löpte ihop med fötterna som var smärtsamt böjda bakåt, upp över hennes rygg.

Hon kämpade för att hålla huvudet i rätt vinkel, utan att röra benen. Ena lårmuskeln darrade och hon anade en annalkande kramp.

Hon svepte snabbt över rummet med enbart ögonrörelser. Hon ryckte häftigt till och kände direkt hur rycket fortplantade sig till halsen och hur snaran stramades åt en aning till. Det satt en kvinna rakt framför henne, intill väggen.

Kvinnan var klädd i en beige kappa, bruna handskar och hade en mönstrad scarf av glänsande siden över håret. När Erika fått kontroll över andningen, såg hon att kvinnan satt mycket stilla. Ögonen var stela och overkligt blå. Munnen hårt sminkad med rött läppstift och vidöppen, som om hon stelnat i ett förvånat O. Efter en stund insåg Erika att det var en erotikdocka som satt lutad mot väggen, iklädd kappa och scarf. Och Barbro hade bruna ögon. Inte blå.

Erika kämpade för att försöka se var hon befann sig. Rummet såg kalt och omöblerat ut, som ett källarförråd. Det var märkligt tyst. Bara ett svagt susande av det hon trodde var ventilationen. Och så ett dovt monotont brummande, som lät som en kompressor till ett kylskåp.

När Jan Olof stillsamt och mjukt satte sig bredvid henne på sängen började hon gråta. Han strök henne ömsint över håret och log ett glimmande belåtet leende.

"Om du lovar att vara en snäll flicka, så kan jag ta bort bollen."

Han strök mjukt bort en hårslinga ur hennes panna. Hon höll sig stilla, snörvlade och försökte dämpa ylandet som ville upp ur strupen. Försiktigt lossade Jan Olof betslet och lirkade ut gummibollen ur hennes mun. Erika grät rakt ut när trycket släppte och snörvlade blött ner på överkastet.

"Ja, det är verkligen så sorgligt alltihop. Hur våra liv blir. Vad vi gör med varandra", sa han med släpig frånvarande stämma. "Men ibland har man inget val. Eller hur?" Jan Olofs smala fingrar smekte tankspritt över hennes huvud och lindade hennes lockar runt fingrarna.

"Tycker du om henne?" frågade han leende med en nick mot dockan. Erika slöt och öppnade ögonlocken till svar. Jan Olof sken upp.

"Ja, hon blev rätt fin, måste jag säga."

Han skrockade först roat men tystnade snabbt och blev tankfull.

"Jag blev rasande på Barbro", började han med rösten hes av rörelse. "Så rasande att jag nästan dödade henne. Jag tryckte en kudde över hennes ansikte när hon var bunden. Hon älskade det, att bli bunden och tvingad när vi älskade. Men jag ångrade mig i sista stund. Jag ville inte att hon skulle dö. Jag ville bara att hon skulle vara kvar hos mig, vara min, som hon alltid varit. Så jag stängde in henne här."

Jan Olof vände sig långsamt mot dockan som satt lutad mot väggen bakom honom. Han fortsatte med drömsk stämma.

"Jag insåg att jag måste få det att se ut som om hon åkt iväg, lämnat mig. Det var ju det hon tänkt göra. Och vad passade bättre än att hon smet sin väg när hon skulle besöka sina föräldrar? Problemet var bara alla kameror som det dräller av överallt, nuförtiden. Det var då jag kom på att jag kunde klä upp lilla Barbara här, i Barbros kläder."

Erika slöt ögonen och förbannade sig själv. Det var så barnsligt och så naivt att det hade fungerat. Dom hade svalt skådespelet. Jan Olof vände sig sakta mot Erika. Han log ondskefullt och smekte henne mjukt över håret, ner över kinden. Det långa smala fingret vandrade vidare i en långsam upptäcktsfärd. Han lät det stanna vid hennes mun och stack in det i hennes mungipa, drog lite. Så släppte han. Han såg med ens oändligt trött ut. Erikas puls sköt i höjden.

"Ja, Erika, min vackra blåögda vän ... jag söp som en gris, det gjorde jag. Men inte hela tiden. Och inte fullt så mycket som alla trodde."

Jan Olof lutade sig bakåt på armbågen. Sängen gav efter åt hans håll och Erikas kropp ändrade ställning. Hon flämtade till när snaran runt halsen spändes. Hon tvivlade inte en sekund på att repet mellan hennes fötter och hals löpte enbart åt ett håll. För varje litet motstånd hon gjorde så skulle snaran dras åt. Men aldrig ge efter.

"Det är märkligt hur lättlurade människor är, inte sant?" fortsatte Jan Olof entonigt. Han lät som om han pratade med sig själv. "Det måste ju ni tänka. Ofta. Att vi är förbannat naiva ... Även du. Och även jag." Han såg frågande på Erika och nickade sen bistert.

"Inte ens Ingemar, som ju borde känna mig utan och innan, fattade. Och grannarna..." Han skrockade roat. "Jag visste ju att dom skulle titta ut om jag raglade runt på tomten och körde motorgräsklippare i februari. Dom kunde gott skvallra på om den övergivne deprimerade grannen, hur jag söp dygnet runt."

Jan Olofs ögon hade fått en rödaktig glöd som fick Erikas inre att vrida sig i panik. Men hon höll sig stilla, andades så tyst hon kunde, gjorde sig så osynlig hon kunde. Jan Olof skrattade plötsligt, ett inåtvänt ihåligt skratt.

"Duktig flicka. Du skulle tycka om det här ... Jag visste det redan första gången jag såg dig, att du skulle tycka om det."

Jan Olof klappade lätt på Erikas ena skinka. Sen slog han med handflatan, ett lätt men ändå svidande rapp. Hon flämtade och kvävde ett kvidande medan ett rasande vrål växte inne i henne. Jan Olof återgick till att smeka över hennes hår, linda testar av det runt fingrarna och studera hennes ögonbryn och ögonfransar.

"Ingemar, ja", mumlade han, rösten hade tjocknat, fingrarna hade blivit lite hårdare, mera målmedvetna.

"Honom var det inte lika lätt att lura. Han blev attans besvärlig till slut. Det var när han kom hit som jag förstod att det inte skulle fungera. I längden. Jag var tvungen att flytta Barbro, ta med henne, resa bort. Men hon ville inte. Så jag hade inget val ..."

Jan Olof la huvudet på sned, studerade intresserat Erikas ansikte och lyfte hennes haka en aning mot sig. Han skrattade lätt. Det hade kommit en simmig glans i dom bleka ögonen. Han sög en stund på sitt långfinger och la sen ett fuktigt spår över Erikas läppar med fingertoppen. Erika hulkade till, rysningarna skakade hennes kropp och ansträngningen i musklerna brann. Ena sidan av ryggen hotade att böja sig i kramp. Hon andades med vidöppen mun.

"Var inte så orolig, min vän. Allt kommer att bli bra. Leka får vi göra om en stund. Du kommer att trivas här hos mig. Och om du tänker att dom letar efter dig, så kommer dom inte att hitta något. Snart är vi borta. Jag tog livet av mig till slut ... Sen är det bara du och jag, min sköna vän. Bara du och jag."

67.

Per satt sammanbiten mot smärtan och försökte hålla kroppen så stilla det gick medan Torbjörn körde ut mot Askim, mot alla hastighetsbegränsningar som någonsin funnits. Per bad till gud att dom inte skulle möta en intet ont anande gamling med rullator eller någon bil, i den slingrande och smala backen upp mot Trollåsens krön. Men en hundägare på promenad var den ende som fick kasta sig åt sidan.

Torbjörn slirade in bilen framför garaget till Olofssons villa, vräkte sig ur och gick före. Han tog trappan i ett enda kliv, tog i ytterdörren och fann den låst, hoppade från trappan rakt ner till garageinfarten, rev i porten men också den var låst. Per ålade sig ut ur bilen och kom efter så snabbt han klarade. Torbjörn studerade dörren och låset i några korta ögonblick innan han backade några steg, siktade och sen sparkade med full kraft mot dörrbladet. Träflisor yrde när låset gav vika. Torbjörn pressade upp dörren och gick in.

"Där", väste Per, när han kommit in i garaget, och pekade mot dörren in till källaren. Torbjörn drog upp dörren och dom klev in i det tysta rummet. Torbjörn gav Per ett frågande ögonkast där han stod med händerna runt sitt dragna vapen.

"Kattfan stod där, vid väggen."

Per pekade på raden av hyllor med kartonger och burkar. Gamla vita utrangerade Billyhyllor, som fått ett nytt liv. Per svepte desperat över väggarna och golvet med blicken. Han pekade frågande upp mot ena hörnet. Det satt en märklig ventilationstrumma uppe vid taket med ett galler över utblåset. Eller om det var ett intag.

Då fick han syn på en svag linje, ett nästan osynligt halvmåneformat skrapmärke på golvet. Han pekade tyst. Torbjörn nickade, gick fram till hyllan som stod innanför halvmånen och tog ett rejält tag i den och drog. Han höll nästan på att ramla baklänges ut i rummet. Hyllan gled mjukt runt och ut och öppnade sig som en grind. Den löpte på hjul. Bakom den satt en bred tung ståldörr i betongväggen med ett handtag och en tung balk som någon lyft ner och lutat mot väggen. Torbjörn visslade lågt.

"Ett satans skyddsrum. Listigt!"

Ståldörren gick inåt. Torbjörn tog tag i den och Per svalde. Han försökte stålsätta sig mot det han kanske skulle få se. Dom tittade kort på varandra, nickade. Torbjörn tryckte upp ståldörren med axeln, vapnet framför sig.

68.

Jan Olof satt bakom Erika där hon låg. Hon kämpade mot krampen i låret, som började bli akut. Repet runt halsen stramade allt mer men hennes fångvaktare verkade inte märka det.

"Snälla ... ta bort repen", viskade hon, rösten höll på att försvinna, strupen blev allt mer hoptryckt. Jan Olof skrattade lojt. Han lät frånvarande, nästan drogad. Hon såg i spegeln hur han tagit fram en liten plastförpackning som han rev upp. Han höll en vit klump mellan fingrarna. Ett stolpiller. Satan! Men hon var samtidigt tacksam för att han inte valt en spruta. Hon kände ett kort hugg av smärta och sen hur hans finger trevade in i hennes stjärt. Kräkreflexen överrumplade henne, men hon lyckades hålla emot och svalde ner.

"Jag är ledsen för det här, men jag vill inte att du börjar bråka. Vi ..."

Jan Olof reste sig plötsligt, han vinglade till och hans kroppsliga närvaro försvann abrupt. Han stod med ens en bit bort och vädrade som ett djur i luften. Erika insåg att också hon hade hört ett svagt skrapljud utanför dörren. Hon höll andan.

"Ne-ej, neej ..."

Jan Olofs röst bröts i stycken och förvandlades till ett ylande skrik, ett ömkligt snyftande.

Erika höll sig så stilla hon kunde. Hon kämpade mot smärtan i låret och skakningarna som hotade att ta över kroppen. Hon lyssnade medan pulsen i halsen hotade att kväva henne. I ögonvrån såg hon hur mörka skuggor växte upp i utkanten av hennes synfält. Det fanns med ens en stark spänning i luften. Hon hörde deras röster men kände inte igen dom. Hon registrerade ord som lät bekanta, hårda och bestämda. Något i dom lugnade. Små vita och röda fläckar började simma över synfältet, det susade i hennes huvud, hörseln försvann. Det lät som om hon dykt ner under vatten och ljuden hon registrerade, rösterna, kom från någon uppe på land.

"Helvete, ta loss repen. Hon kvävs ju, för fan!" väste Torbjörn medan han höll ögonen klistrade vid Jan Olof som nu stod med ryggen mot rummets bortre vägg, ögonen vitt uppspärrade och händerna uppsträckta framför ansiktet.

Per lydde och försökte snabbt förstå hur Jan Olof knutit upp Erikas kropp. Löpsnaran gick från benen och upp över ryggen och förband fötterna med halsen. Han gissade att den bara löpte åt ett håll. Drogs åt. Men inte tillbaka. Det gällde att inte ta fel. Han tänkte först logiskt, försökte följa repen. Sen stängde han av och lät sinnet bli öppet. Han hade sett det här förut. Han visste med ens ...

"Du! Visa oss hur vi tar loss henne, nu", röt Torbjörn och tog några steg närmare Jan Olof med vapnet riktat mot hans huvud. "Hör du ..."

I samma ögonblick kastade sig Jan Olof bort mot dockan som satt vid väggen, stilla i sin kappa, gapande med ett uppspärrat förvånat uttryck. Han rev åt sig något bakom den och Torbjörn hann bara se att det glänste till innan han fattade vad det var. En sax. Han tog ännu ett steg närmare för att få sig själv mellan Jan Olof och sängen där Erika låg. Men det som hände var inte det han väntat.

Jan Olof tog saxen i ett blodlöst hårt grepp, öppnade saxens blad och vände dom mot sitt eget ansikte. Under ett svindlande kort ögonblick kände Torbjörn hur han föll rakt ner i avgrunden i Jan Olofs ögon. Hans kropp registrerade och förstod det som skulle hända, innan han hann tänka tanken. Torbjörn kastade sig framåt. Och slöt ögonen mitt i steget när blodet kom sprutande mot hans ansikte ...

När Per och Erika åkt med ambulansen, stod Torbjörn kvar och väntade på teknikerna och bårbilen. Den unkna doften av blod svävade i det kala rummet. Sängen Erika legat på stod mitt i rummet, dom tunna repen låg som svarta ormar över det vita överkastet. Snett bakom honom låg Jan Olofs kropp i en onaturlig ställning, stilla och tyst. Torbjörn undvek att se på kroppen och lät blicken vila på dockan, som satt lutad mot väggen med uppspärrade ögon och munnen i ett stelt och förfärat utrop.

Erika hade kraxande försökt säga något till honom innan dom åkt. Han trodde sig ha hört orden inlåst och Barbro. Det monotona surrandet drog till sig hans uppmärksamhet. En stor frysbox stod intill den bortre väggen, skrapmärken på golvet framför den. Han gick sakta fram till boxen, såg tankfullt på den innan han tog tag i locket med sin handsklädda hand och drog i handtaget.

Ett moln av vit rök steg upp när locket släppte med ett sugande ljud och när det vita molnet skingrats kikade han ner i boxen. Torbjörn ryckte till så häftigt att han slog översidan av skallen i locket, när han mötte den stela tomma blicken i två bruna ögon.

69.

Erika klev in genom dörren. Den redan väl begagnade luften slog emot henne. Erik, Torbjörn och Aleks satt redan i konferensrummet. Alla utom Torbjörn log brett mot henne och hon var tvungen att slå handen över munnen för att dölja sitt belåtna och samtidigt gråtmilda leende.

Hon hade känt dom nyfikna blickarna som stickningar mot huden i korridorerna och i fikarummet. Hon hade mött nya kollegor som hon inte kände men som ändå hälsat henne med uppskattande blickar. Några hade kommit fram och kramat om henne, frågat hur hon mådde. Syret hade återvänt. Hon kunde andas igen. Gå rak i ryggen och möta sina kollegors blickar.

Torbjörn satt tungt tillbakalutad. Han nickade kort mot henne. Erika tyckte sig kunna skymta ett leende, en glimt i dom ljusa ögonen, ett erkännande. Hon mötte hans blick och höll den. Hon var djupt tacksam för det dom gjort. Torbjörn spände lätt på axlarna och flyttade snuset en bit. Erika log.

Hon slog sig snabbt ner intill Aleks som gav henne ett illmarigt leende och la armen retsamt indiskret bakom henne på stolsryggen. Erika kisade frågande på honom. I flera veckor hade han vabbat av och till. Hans annars så friska och pigga ansikte hade fått en grådaskig nyans av trötthet. Hon insåg skamset att hon knappt sett honom alls, den senaste tiden. Men varit så inne i sin egen bubbla av ångest att hon inte märkt. Han såg annorlunda ut, tillfreds. Ansiktet var öppnare och han hade ett belåtet leende i mungipan som inte ville lägga sig.

"Hur mår barnen?" frågade hon lågt.

"Det är inget fel på dom", log han tillbaka. "Ett kok stryk nu och då skulle inte skada." Erika höjde ögonbrynen i en fråga. Men hon hann inte få något svar. Erik hade rundat bordet och gav henne en hård och njutningsfull kram. Hon stönade så lågt hon kunde.

"Respekt bruden, respekt." Han ruskade på huvudet. "Men du måste vara utredaren med personligt rekord i skador. Lova mig att inte fortsätta den delen av karriären. Man kan ju tro att man är med i en inspelning av nån mumiefilm", skrockade han.

Erika tackade för komplimangerna med ett snett leende. Hon visste mycket väl hur hon såg ut. Sårtejp i hårfästet och en svartlila blåtira runt ena ögat. Vänster hand i bandage, igen. Resten av skadorna doldes tack och lov av kläderna.

"Hörde att du blivit hemmansägare på gamla dar", skrockade Erik retsamt och sörplade ljudligt på sitt kaffe. Erika nickade och kände hur värmen spred sig i mellangärdet. Hon hade efter alla märkliga turer äntligen lyckats flytta in det lilla bohag hon ägde i den snusbruna stugan vid havet. Och med hjälp av Krister, klämt åt runt en ogin banktjänsteman som till slut lyssnat på Kristers basunerande om att bankanställda inte kunde känna igen en god affär ens om den hoppade upp och bet dom i arslet. Erika hade gått ut med ett lån på dom futtiga tvåhundra tusen, som Einar Andersson begärt för sin stuga. Ett raffinerat långfinger mot dom giriga arvingarna. Han och hans nya kvinna skulle bo i hennes lägenhet på Älvstranden, ta båten till krogen och operan och resa upp pengarna för stugan och inte lämna ett enda korvöre till dom giriga ätteläggarna.

"Så, nu är du en bland miljonärerna därute, då?" myste Erik. Erika ruskade leende på huvudet. Miljonerna intresserade henne inte. Det var platsen hon förälskat sig i. Hon njöt av varje ögonblick i sin primitiva stuga. Och lät tankarna på vad man skulle kunna göra med det lilla huset löpa fritt, underblåsta av Eskos strama skisser som hon fäst upp på väggarna i stugan.

"Det är en sommarstuga, Erik. Det finns ingen detaljplan", log hon.

"Jamen ... har du inte lärt dig nåt av det här knäppa fallet?" protesterade Erik. "Planen kommer att ändras. Och då sitter du på miljoner, min sköna. Snacka om havsutsikt! Förresten, Erika ... det står två jädra mumintroll på ditt skrivbord?"

Erika började skratta. Hon nickade och torkade tårarna för att hindra att makeupen, som hon lagt dagen till ära, skulle lösas upp.

"Jag ska ge dom till en vän ...", sufflerade hon över bordet.

Bengt kom sist. En bunt med papper i händerna, som om han läst dom på väg i korridoren. Han spanade ut över sin arbetsgrupp. Samtliga såg ovanligt muntra och uppspelta ut. En skadad, men uppenbarligen ändå på mycket gott humör ... En man kort, på begravning i Norrland. Han satte sig och bad vänligt Erika att sammanfatta vad som hänt. Det sista innan dom la utredningen åt sidan för gott.

Erika samlade sig, tittade ner i sina papper, kände hur strupen drogs samman under ett kort ögonblick innan hon harklade sig och såg upp på Erik som nickade godmodigt tillbaka.

"Som ni vet så började allt med att Jan Olof Olofsson anmälde att hans hustru Barbro försvunnit ..." Erika fortsatte lugnt och metodiskt att återge hur Barbro skulle ha åkt med sin man till bilverkstaden, vidare till sina föräldrar i Alingsås där hon skulle tillbringa några dagar, men sen inte dykt upp till deras middag på restaurang Hos Pelle och inte svarat på hans samtal.

"Nu vet vi att hon aldrig åkte med sin man för att hämta bilen, hon satt inspärrad i källaren i sitt eget hem. Han iscensatte färden till bilverkstaden och spelade den övergivne äkta mannen som söp och isolerade sig. Han gick ensam till Hos Pelle och satt i baren och låtsades vänta på henne. Han hade fått kopior ur något som han trodde var en dagbok, skriven av Barbro, i sin post på kontoret under mellandagarna. Innehållet gjorde honom rasande och han var nära att döda sin fru i affekt, men ångrade sig och spärrade in henne i skyddsrummet. Vi har inte hittat några spår av dagboken." Hon samlade sig lite, svalde över ett plötsligt äckel, virrvarret av minnesbilder som ville tränga sig på.

"Vi besökte huset men förstod inte att det fanns ett skyddsrum intill garaget i huset. När Jan Olofs partner kom på oanmält besök och inte lät sig motas bort, blev Jan Olof desperat. Han spelade upp en låtsad självmordsscen för att hindra Ingemar från att förstå vad som pågick och blev skjutsad till Sahlgrenska. Han berättade för mig, att det var då han insåg att situationen var ohållbar och att dom måste ta sig därifrån. Det han inte räknat med var att hans fru vägrade. Då valde han att istället döda henne. Han hade lagt hennes kropp i en extra frysbox som stod inne i skyddsrummet. Obduktionen är inte klar så vi vet inte hur hon dog, men vi vet att det är Barbro och att hon varit död ett tag. Vi trodde länge att hon valt att lämna landet, speciellt som telefonen åkt till New York. Men det var Jan Olof som skickat den påslagen. Ja, resten vet ni ...", la hon till och tystnade. Erika kände hur ansiktet blossade upp. Hon borde ha anat, förstått. Och ändå inte.

Torbjörn tog snabbt vid och avslutade med att berätta hur Per, genom några iakttagelser, insett att Erika var i fara, hur dom brutit sig in hos Jan Olof och räddat Erika från hans sjuka planer och hur han valt att ta sitt liv när han avslöjades.

"Men förklara det där igen, när han, den där Jan Olof, lämnade frun för att hon skulle hämta bilen. Vi såg ju kärringen?" protesterade Erik med förklarad min. Torbjörn lät höra ett kluckande burkigt skratt.

"Han insåg ju sitt misstag, så han iscensatte hur han skjutsade tanten till verkstaden för att hämta bilen. Han hade till och med gjort sig omaket att slå sönder kameran på baksidan ... Packat hennes saker och passet. Nånstans insåg han väl att både vägkameror och kameror vid verkstaden skulle fånga allt på bild. Han hade en uppblåsbar Barbara som han klädde i sin frus kläder. Vi gick på den", flinade han så att snusbussen lyste.

"Det är bara en sak jag inte förstår i det här", la Bengt till med ett illmarigt leende.

"Det där sällskapet där dom leker Herrskap och tjänstefolk, hur kommer man med där? Tror ni att jag hade platsat? Det var ju bara inbjudna som fick komma dit. Och nåt slags prov som skulle godkännas. Vad är det för slags människor?" grumsade Bengt belåtet. Torbjörn nickade med ett roat leende. Erika kunde inte heller låta bli att le. Hon hade inte sett Bengt så lättad och uppsluppen på hela den tid hon arbetat i hans grupp.

"Jae", flinade Erik och ruvade en stund på det han just kommit på. "Med tanke på alla knopar, så borde det vara nån slags sjöscouter ..."

70.

Erika rätade på sig och gjorde en ofrivillig grimas. Ryggslutet värkte motsträvigt efter timmar vid huggkubben. Hon pressade samman skulderbladen och tryckte halskotorna uppåt. Hela ryggen kändes krympt. Hon flyttade över yxan till vänsterhanden och flexade högerhandens fingrar som var stela och svullna av ansträngningen. Hon betraktade belåtet högen med kluven ved. Nära hälften av dom tunga klabbarna som legat staplade mot stugväggen var nu upphuggna i mindre, hanterbara bitar. Framförallt brännbara.

Kylan låg som ett tryck mot hennes rygg, från havet. En råkall stillhet. Kinderna blossade av ansträngning och köld. Under kläderna var hon varm och svettig. Hon kisade ut över havet. Inte ett ljud kom från vattnet och flaken av is, som återigen bildats runt öar och kobbar och längre in i viken. Allt var stilla och fruset, tillbakadraget i en sammanbiten väntan på att den envisa vintern skulle släppa taget. Det var som om allt i naturen sparade på sin energi.

Ett lugn hade börjat infinna sig. Hon var inte längre jagad och hotad. Inte på spänn i varje vaket ögonblick. Göran satt häktad. Vad som skulle komma sen visste hon inte. Sakta hade självkänslan på jobbet börjat återvända. Sakta började hon läka ihop. En dag i taget.

Ibland när hon hastigt vände sig mot utsikten över öarna, blev hon osäker på var hon var. Den vidsträckta vattenytan med akvarellblekta landlinjer, genomskinliga, nästan svävande, förflyttade hennes själ till Storsjöns strand. Likheterna i landskapet var faktiskt större än olikheterna.

Ibland blev hon stående och väntade att hennes syster skulle komma runt skogsbrynet med alla hundarna som en vild flock runt sig och att månen skulle hänga som en lysande skör skiva över Åreskutan om hon kisade mot norr. Att norrskenet skulle orma sig och ge ifrån sig ett elektriskt knastrande ljud som inte påminde om något annat.

Hon andades ut i en djup suck och försökte få ner axlarna. Boss kom runt hörnet på stugan med svansen som en rotor efter sig och hälsade henne med samma översvallande lycka som varje gång dom sågs, efter någon av hans små upptäcktsfärder. Erika böjde sig ner och fick blöta hundpussar på sina kalla kinder och på munnen. Erika smålog för sig själv. Hennes syster hade, som den expert hon trots allt var, protesterat mot valet av ras, redan från början. Flatcoated retriever. Snälla och glada förvisso, men lättskrämda och frossade osunt mycket i gräs och andra hundars bajs. För att inte tala om fågelskit!

"Herregud, Erika! En hund som sprätter och studsar för minsta ljud i skogen. Hela bakvagnen far och flyger som på en hästkrake. Och fiser! Med den dieten ska du inte ens fundera över vad det är du får dig till livs med alla slickar. Iuuhh!"

Erika log kärleksfullt mot Boss och lät honom pussa. Han var fortfarande lite stelbent efter skadan han haft i ena bakbenet. Hur han fått den verkade ingen veta. Hon föredrog att inte spekulera. Erika slog sig ner med en utmattad suck på huggkubben, snodde in händerna i hundens öron och gosade medan Boss gnydde, tryckte sig intill hennes ben och försökte sitta fint på sin viftande svans. Erika la ansiktet mot hans lena varma huvud.

"Du vet, Boss, syrran har nog rätt. Du kommer att få en förslitningsskada i rumpan om du viftar så där hela tiden", mumlade hon småleende i hans päls.

Plötsligt rätade hunden upp sig, tryckte ifrån och galopperade runt hörnet på stugan. Erika reste sig stelt från sin primitiva sittplats. Einar? Han och hans vackra kvinna hade kommit på besök flera gånger sen Erika fått överta stugan. För att se till att hon hade det bra, sa alltid Einars nya kvinna med ett brett vitt leende och glitter i dom mörka ögonen. Einar hade först hållit på sin stolthet men snabbt glömt den när Fahrida förtjust skrattande hade busat och gosat med hunden. Erika anade att hon bjöd Boss på förbjudna godisar när hon inte såg. Men hon förlät mer än gärna.

När hon såg honom komma runt knuten var hon egentligen beredd, men ändå inte. Per stannade upp när dom fick syn på varandra. Hans händer strök okoncentrerat mot Boss kärleksförklaringar. Deras blickar möttes, frågande, sökande. Hon kände hur pulsen steg, rodnaden som flammade upp utan tillåtelse.

Hon kunde inte ta i sin egen kropp, inte krypa i ett plagg, känna lakanen mot huden, inte äta, inte dricka, utan att hon tänkte på honom. Men bilderna blandades hela tiden upp. Görans ansikte gled in utan hennes tillåtelse, hångrinande, den alkoholtjocka andedräkten, hans muskulösa kropp och grova starka händer ... Hon slöt ögonen ett ögonblick, försökte hitta någon form av balans och tränga undan bilderna. Så med ens stod Per intill henne.

"Hej ...", sa Per i hennes hår, en varm hand la sig på hennes arm. Hon slog upp blicken och såg rakt in i hans mörka ögon, mötte den röda glöden.

"Hej ...", mumlade hon hest och kände doften från hans kropp, fuktig nyduschad hud, en aning tvål, den kryddiga parfymen han använde.

"Vad bra att vovven är okej. Han är fin!"

Per log det loja vargleendet. Erika stirrade på hans läppar, dom vita tänderna, en hörntand var lite sned. Den slätrakade huden såg mjuk och len ut, men det mörka över hakan skvallrade om att hans skäggväxt var grov och hård.

"Jag hoppas jag inte skrämde dig", sa han retsamt. Erika blossade generad upp när han mjukt sträckte sig efter yxan, som hon på något märkligt sätt åter höll i handen.

"Måste du slåss eller ha vapen i hand varje gång jag kommer i närheten", log han retsamt. Erika stönade och ställde generad yxan mot husväggen.

"Förlåt", mumlade hon. "Jag högg ved och ..."

"Jo jo. Skulle du kunna tänka dig att bjuda in mig, innan jag fryser ihjäl? Jag har mat med mig."

Per dinglade med en välfylld plastkasse.

"Och vin. Och Strega!"

Han öppnade skinnjackan, en flaska av den illgula likören stack upp ur jackans innerficka. Han log vitt, ögonen dansade. Erika såg länge och forskande i dom mörka ögonen, sen nickade hon, fnisset bubblande i halsen. Hans parodi på en blottare var oemotståndlig.

"Okej. Boss har godkänt dig. Och du har mat och Strega med dig. Välkommen, främling!"

Hon öppnade handen mot stugdörren. Dom gick in. Per ställde maten och vinet i köket, hängde snabbt av sig och inspekterade stugan under retsamma kommentarer om gröna vågen-norrlänningar och perversa böjelser för sjuttiotal. Erika ursäktade sig och gick in i badrummet, slet av sig dom svettiga kläderna och ställde sig i duschen. Hon kunde höra Per småprata med hunden och rumstera om i hennes kök. Hon blossade när hon tänkte på det stilrena och välutrustade köket hemma hos Per i kontrast mot det primitiva och mycket pövert utrustade, som hon nu ägde. När hon duschat, bytt till jeans och tröja och kom ut i rummet igen, sprakade brasan redan i öppna spisen och Per var i full färd med att förbereda grönsaker. Han räckte Erika ett rosa plastglas med svalt vitt vin. Dom skålade med plastglasen och Erika stönade generat.

"Jag vet! Jag har inte kommit i ordning så mycket än. Men ..."

"Det här kan bli skitbra", avbröt Per. "Du får väl sätta den där italienske arkitekten att rita om kåken. Var inte du lite tänd på honom, förresten?" log Per retsamt och la sin hand på hennes axel i en tankspridd och ändå medveten gest. Erika gav Per en skarp blick.

"Tänd på? Nä nu djä..."

Erika gjorde en låtsad ansats att ge sig på honom men hejdade sig. Fnittret var som bortblåst. Per tog glaset ur hennes hand, ställde det i fönstret och la sakta armarna runt henne. Han drog henne nära och andades tungt i hennes hår, smekte trevande i nacken.

"Du måste sluta slåss ...", mumlade han. Erika kunde känna hans undertryckta skratt som ryckningar i bröstkorgen. Hon blundade och andades in dofterna från hans kropp och hår, kände hur värmen från honom fick blodet att rusa i ådrorna. Han kysste henne försiktigt på kinden, släppte sen och sköt henne mjukt ifrån sig. Erika huttrade till och huden drog ihop sig från nacken och ner över ryggen. Hon blev stående vänd mot fönstret, blicken fäst någonstans långt ute till havs.

Erika satt sen, inlindad i en mjuk fleecefilt, i Einars gamla nedsuttna soffa med det fula platsglaset i händerna, med blicken mellan brasan och Per som med ett brett leende stod i hennes kök, iklädd det nyinköpta förklädet och lagade mat.

Hon hade känt ett behov av att ha avstånd till honom i början. Misstolkat hans loja iakttagande som ett uppsvällt ego, uppumpat av ett charmigt yttre, bortskämd av en aldrig sinande kö av trånande kvinnor. Medan hon såg på hans kompakta kropp där han med målmedvetna rörelser förberedde maten, kom insikten. Hon hade inte älskat på många år. Kärleken, den hon trott sig ha hittat, hade stelnat och ebbat ut långt tidigare än insikten kommit till henne.

Dom åt framför brasan. Pratade i mun på varandra, berättade, ibland allvarliga, ibland fnittriga, och makade på Boss som svartsjukt och indiskret närgånget slingrade sig mellan dom bägge med våta tiggande ögon.

"Jag har frågat Esko om han vill rita om stugan, ja, utifrån den plan som finns här nu", sa Erika. "Jag gillar din vän Esko. Han är en duktig arkitekt."

Erikas skratt började som ett litet fnitter men bubblade upp och svällde till ett hysteriskt snyftande skratt som nästan tog andan ur henne. Per såg på henne med ett roat leende medan hon torkade tårarna med ärmen på tröjan.

"Och ... vad sa han då?" log Per och ruskade lätt på huvudet åt hennes utmattade anfall. När hon lugnat sig, svalt ner lite av galenskapen och kunde möta Pers blick igen, reste hon sig och hämtade några av dom vackra skisser som Esko snabbt och spontant gjort när han kommit på besök.

"Fan va snyggt!" bekräftade Per och beundrade sin väns teckningar men fäste snart blicken på Erikas ansikte igen.

"Du är vacker", log han och strök försiktigt bort en hårtest från hennes kind. Till hans förvåning rodnade hon, vände bort ansiktet och drack ur det sista av vinet i sitt glas.

"Jag skulle ha sagt det långt tidigare. Att du är vacker", sa han dröjande och såg på hennes profil. Håret färgades guldrött av ljuset från elden. Han kunde se att hon svalde. Efter en stund vände hon sig sakta mot honom och log illmarigt. Ögonen var bitar av svart, blått och vita kristaller runt kolsvarta pupiller.

"Tack. Jag behöver höra sånt ..."

Hon fnissade till, räckte uppmanande fram det rosa glaset och Per fyllde på med mer vin. Erika kände sig både varm och kall. Den röda glöden djupt inne i Pers bruna ögon sög in henne. Hon rätade upp sig, drog i tröjan, slätade över jeansknäna och svepte undan den rufsiga luggen som lika snabbt föll tillbaka.

"Gillar du att åka skidor?" mumlade han mörkt. Hon nickade sakta. Han log, inget förvånade honom med Erika. Allt föll på plats, hela tiden. Han visste vad som fanns där. Och ändå inte ...

"Har du varit i Funäsdalen?" undrade han och hon nickade återigen, samma fnittriga leende och med ögon som dansade. "Min bror har hotell där", fortsatte Per förklarande och kände hur Erikas fnissiga trötthet smittade.

"Vid sjön. Jag var där och tittade och hälsade på hans familj. En gammal gård som dom byggt om och gjort ett fantastiskt jobb med."

Erika nickade. Hon slöt ögonen för ett ögonblick, verkade se inåt, hastigt hämta en känsla. När hon såg på honom igen var det han som svalde.

"Jag har jobbat däruppe några säsonger", sa hon mjukt. "I Ramundberget och Tänndalen. Köksbiträde, städ, servering och skidlärare."

Hennes leende blev bredare när hon såg Pers överraskade min. Hon fnissade ner i glaset.

"Ja, skidlärare var väl att ta i då ...", erkände hon. "Men jag har stått och hakat på folk i liften och jag har släpat hjälmfotingar i barnbacken och haft glasstrutlektioner för dom minsta. Min far är uppväxt där", la hon till som en förklaring.

"Jag kan hjälpa dig bygga", sa Per och gjorde en vid gest med handen, med ens allvarlig. "Jag har inte tummen mitt i näven. Och jag är stark."

Han lutade sig bakåt i soffan och slog lojt ut med armen bakom hennes nacke. Hon nickade allvarligt.

"Stark. Och slåss kan du ..." Hon la sin hand över hans kind. Huden var sval och kärv vid första kontakten men hettade snabbt under hennes handflata. Deras blickar möttes.

"Tack", sa hon med eftertryck. "Jag har inte sagt det, men jag är grymt tacksam för ..." Hon slog ner blicken.

"Du ska inte skämmas", svarade Per. "Ingen av oss fattade. Stackars sate, så knäpp han hade blivit. Jag är så glad att du är okej, att det inte gick riktigt, riktigt illa. På alla sätt ..."

När mörkret sakta lagt sig över öarna, havet och klipporna och det bara var röd glöd kvar av elden i den öppna spisen, reste sig Per motvilligt ur soffan.

"Jag ska gå nu. Jag är stuptrött och behöver komma hem och sova. Jag måste läka ihop. Om bara fyra veckor ska jag packa för att åka till Japan. Och förhoppningsvis gradera." Ett hastigt leende gled över hans ansikte. Erika reste sig nästan i samma stund som han gjorde det, följde honom till dörren och småpratade om den kommande graderingen, i Kyoto, om hans chanser nu när han varit skadad, medan Per drog på sig ytterkläderna.

"Du borde hålla dig på avstånd från mig ...", sa Erika andlöst precis innan han skulle gå. Han vände sig hastigt om, blicken mörk och otydbar. Erika slöt ögonen och svor inombords. Helvete, jag borde be dig stanna, jag blir din när du vill, jag ... Helvete!

"Jag är skadat gods. Jag menar allvar, Per, jag ..."

Per stod stilla. Så gick han tillbaka till henne, la handen runt hennes nacke och kysste henne, öppet och vått. Erika kämpade emot i några korta sekunder innan hon gav efter och kysste honom tillbaka, hungrigt, själ mot själ. Per släppte motvilligt taget, backade några steg och betraktade henne med en otydbar blick innan han vände och med snabba steg klev iväg längs vägen.

Erika stod kvar och såg efter honom tills han försvunnit bakom backens krön. Gråten svällde smärtsam i halsen när Boss tryckte sig mot hennes ben och, flåsande och viftande, försökte trösta.

71.

Helene drog sin väska dom sista metrarna upp för den branta gränden, in i hotellets lobby. Hon checkade in, tog sig till sitt rum som var stort och hade högt i tak och mycket riktigt en balkong. Hettan var kvävande i det ovädrade rummet och hon öppnade dörrarna, klev ut på balkongen och möttes av en vägg av oväsen. Hotellet låg i en återvändsgränd, precis som det stått på nätet. Det dom glömt att nämna var att baksidan av hotellet vätte ut mot det som antagligen var öns enda genomfartsgata. Gatan lutade brant uppåt och vespor, varubilar och ettriga mopedbilar gasade upp för allt vad tygen höll nedanför hennes balkong.

Hon gick tillbaka till receptionen och förklarade, på en blandning av engelska och den lilla italienska hon behärskade, att hon inte klarade av bullret, att hon ville ha ett annat rum, ett som var tyst. När mannen i receptionen bestämt ruskade på huvudet och sa att hotellet var fullt, bröts det sista av Helenes kraft i bitar och tårarna vällde fram. Sorgen kom som en uppdämd flodvåg och hon snyftade hjälplöst och övergivet. Den trinde italienaren vred sina händer, rabblade något om en chef och försvann in bakom receptionen.

En slank och vacker kvinna kring trettio med långt blankkammat hår, svart dräkt och eleganta smycken kom fram till Helene och la en sval hand på hennes. Hon frågade milt hur hon mådde och varför hon var så ledsen. När hon förstått att allt Helene ville ha var tystnad, log hon varmt och sa att allt skulle ordna sig. Hon gav den satte lille italienaren några stränga ögonkast och Helene hann uppfatta rum nummer trettiosex.

"Bene. Då ska vi gå till ditt rum. Det är inte stort, men ... det är tyst."

Dom tog hissen högst upp och gick sen genom en lång och ganska trång korridor fram till en dörr som såg ut att leda till en annan huskropp. Den liknade mera en gammal port med breda grova brädor och gammaldags beslag än en vanlig dörr. Kvinnan öppnade den låga porten och visade vänligt Helene upp för en smal och mycket brant trappa. Helene slöt ögonen. Det kunde inte vara sant. Från gatubullret och avgaserna till någon slags instängd dammig vindskupa? Hon kom att tänka på Stig Helmer i skidresan till Alperna.

Men trappan ledde inte till någon vind. Den ledde rakt ut på hotellets platta tak. Helene klev ut och bländades av ljuset från solen som höll på att sjunka och låg som en svetslåga över havet. Hon kisade oförstående på det stora platta taket som löpte vidare i flera olika nivåer, omgärdat av en låg mur. Här och var stod stora terrakottakrukor med övergivna palmer och aloe vera. Palmerna rasslade torra och döda men längs murarna klängde bougainvillea, som just börjat blomma i skarpt lila och cerise. Utsikten från hotelltaket var bedövande.

Rakt framför trappan låg ett litet hus uppe på hotellets platta tak, som en sockerbit en jätte glömt kvar efter sitt morgonkaffe. Hotellchefen förklarade ursäktande, att för tystnaden fick man betala genom att gå ner för trappan till ett badrum i korridoren om man ville duscha.

Helene grät och tackade. Den vackra italienskan klappade tröstande Helene på armen och schasade iväg sina anställda sen dom bäddat rent i hennes lilla bostad och serverat espresso och grappa på en bricka.

När Helene blivit ensam igen, slog hon sig ner på bänken intill sitt nya hem med kartboken i knät och kisade ut över taken och den lilla staden, mot Siciliens norra kustlinje. Solen höll på att försvinna bakom den stora ön, som såg ut att sväva en bit ovanför vattnet i kvällsdiset. Solen sögs långsamt upp av diset och bleknade från orangerött till blekt lila och blått och kylan från det fortfarande kalla havet kom snabbt tillbaka.

Helene reste sig och gick bakom sitt lilla sockerbitshus och kisade norrut. Lipari, den ö hon befann sig på, var den största av öarna och den enda med något som kunde kallas stad. Den näst största var den lantliga ön Salina som hon kunde skymta som en blågrå hägring rakt norrut. Närmare det italienska fastlandet, åt öster, låg öarna Panarea och den berömda vulkanön Stromboli, där Ingrid Bergman bott i ett litet anspråkslöst hus i hela sex år med sina barn och italienske man. Helene trodde sig ana den ständiga ångplymen från vulkanen mot horisonten.

Tårarna kom tillbaka, droppade först stilla ner i glaset för att sen ta andan ur henne, kasta henne på stenplattorna och vrida ur henne den sista gnuttan kraft. Hur länge hon legat hoprullad på stenen kunde hon inte avgöra. Kroppen var stel och hon huttrade av gammal gråt när hon kom till sans. Det hade hunnit bli mörkt och vinden från havet var doftande och kylig. Helene vecklade mödosamt ut sin stela mörbultade och huttrande kropp, gick in i det lilla sockerbitshuset och drog igen fönstren som börjat slå i brisen.

Ur sin ryggsäck drog hon en bunt handskrivna blad. Hur det hela börjat visste hon egentligen inte. Hon och Toni hade haft täta kontakter med Barbro i början av deras husprojekt. Vid ett av dom tillfällena hade Vanja tagit kontakt med Helene. Hon hade först reagerat med förvåning och misstänksamhet på det Vanja berättat. Hon hade sen bittert ångrat att hon inte litat mer på sin instinkt den gången.

Sen hade Toni dött och lämnat henne med ett halvfärdigt hus, hela ansvaret, myndighetskonflikten och grannfejden. Första gången hon besökt Stadsbyggnads igen efter hennes älskades död hade hon tagit kontakt med Vanja. Hon hade gått raka vägen till hennes rum och fått en blick som fått hennes rygg att dra ihop sig av rädsla. Den tjocka dagboken hade blivit Helenes, ett lån, hade Vanja sagt, med något blankt och skyddslöst i ögonen.

Innehållet i dagboken hade gett Helene en sådan chock att hon vacklat bort till diskbänken i sitt ofärdiga hus och kräkts upp sin fattiga middag av smörgåsar och kaffe. Att dom mött en människa som var narcissistisk, tappat fotfästet och hade någon form av känslomässig störning, det hade hon och hennes man Toni pratat om redan efter det första mötet med Barbro. Men Toni hade, full av sin vanliga professionella tillförsikt, tagit sig an Barbro med inställningen att hon bara var en kvinna som var sugen på bekräftelse och var gravt uttråkad på sitt arbete. Hur fel han haft förstod Helene den kvällen hon öppnade dagboken. Dom hade missbedömt sin fiende.

Någon gång under den långa natten, när Helene suttit och läst i den bisarra boken, hade hon fått för sig att hon var utsatt för ett grymt practical joke eller att Barbro bara var en galen mytoman. Men ju mer hon läste, desto mer insåg hon hur utstuderat och sjukt spelet som Barbro utsatt sin omgivning för varit.

Helene hade noga valt ut sidor ur dagboken som hon sen kopierat och lagt i ett anonymt kuvert utan avsändare och själv lagt i brevlådan på revisionsbyrån på Askims torg, en av dom sista dagarna i december. Innerst inne visste Helene vad som drivit henne. Hämnd. För hennes mans död, för den krossade drömmen och för att Barbro klivit rakt in i deras liv och trott sig ha både rätten och möjligheten att göra vad hon ville med det. Och vad skulle vara effektivare än att tända eld under hennes makes svartsjuka.

Det fanns sidor i Barbros dagbok som Helene läst om och om igen. Dom där Barbro skrev om sina ambitioner att bli Tonis hustru, om deras kärlek, deras arbete tillsammans, deras kommande liv, utan henne. Helene hade med precision skurit ut dom sidorna ur dagboken med en skalpell, så tätt och fint att ingen som såg dagboken skulle kunna misstänka att dom funnits där. Det var dom sidorna hon nu la i en av dom tomma krukorna och tände eld på.

Hon stirrade på lågorna som hastigt flammade upp i den starka brisen och förtärde pappersarken. Hon hade med en stigande skräck i maggropen läst varenda rad som skrivits om Barbros försvinnande. Insikten om vad hon hade satt igång hade skrämt henne så att hon nästan tappat vettet. Och varje gång som den blonda poliskvinnan tagit kontakt, hade hon förberett sig på att bli avslöjad.

När bara aska var kvar av arken reste hon sig, ställde sig att se ut över havet en stund. Det var dags att gå ner till middagen. Helene slöt ögonen ett ögonblick och kände Tonis närvaro lika stark som hon gjort hela tiden sen hans död under vintern. Hon insåg att hon bara hade en kort tid att njuta av hans sällskap. Snart skulle hans själ lämna henne och ge sig iväg. När resan i Italien var till ända, skulle hon åka vidare till sin syster på Kreta och hjälpa henne med det nya hotellbygget. Kanske stannade hon? Kanske inte.

"Stanna med mig tills jag är på Kreta", bad hon honom och kände att han log intill henne och tog hennes arm under sin.

TACK

Jens Ahlstrand, kriminalkommissarie
Nils Hassellöf, arkitekt
Kerstin Elfberg, hundentusiast och SBK-instruktör
Gunilla Hedin, tålmodig manusläsare
Ulrik Vinje, psykologilärare

FANTASI OCH VERKLIGHET

Stadsbyggnadskontoret har genomgått en renovering och ser inte längre lika sjavigt ut som jag beskriver det.

Delar av handlingen i den här romanen utspelar sig ute på Näset, ett villaområde i sydvästra delen av Göteborg. Med författarens rätt har jag möblerat om i den verkligheten. Varken Eskos eller Einars sommarstugor existerar, inte heller finns det en nybruten väg i Brevik som heter Nya Badvägen. Och därmed finns inte heller någon av dom fastigheter som jag placerat där. Psykiatrikerns excentriska hus finns, men på en helt annan plats.

Och mig veterligen finns ingen som samlar på mumintroll i sin trädgård ute på Smithska udden ...